날 좀 보소~ 날 좀 보소~

국악 멜로디가 들린다. 익숙지 않은, 낯선,
아니 처음 듣는 벨소리다.
할머니들이 여행을 오셨나 싶어 고개를 돌려보니,
내 또래 여자의 모습이 눈에 들어온다.
낮은 돌담 사이, 어젯밤 내린 소나기 물기가 남아 있는 길을
어린아이같이 풍풍거리며 뛰어가는 뒷모습이 예쁘다.
그녀를 향한 그리움을 잠시 잊고,
낯선 여자의 뒷모습을 카메라에 담는다.
초여름 풀냄새가 나는 그 뒷모습을.

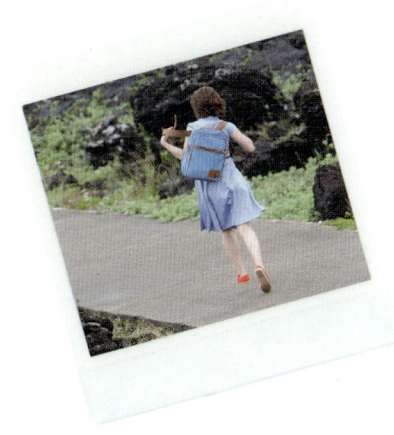

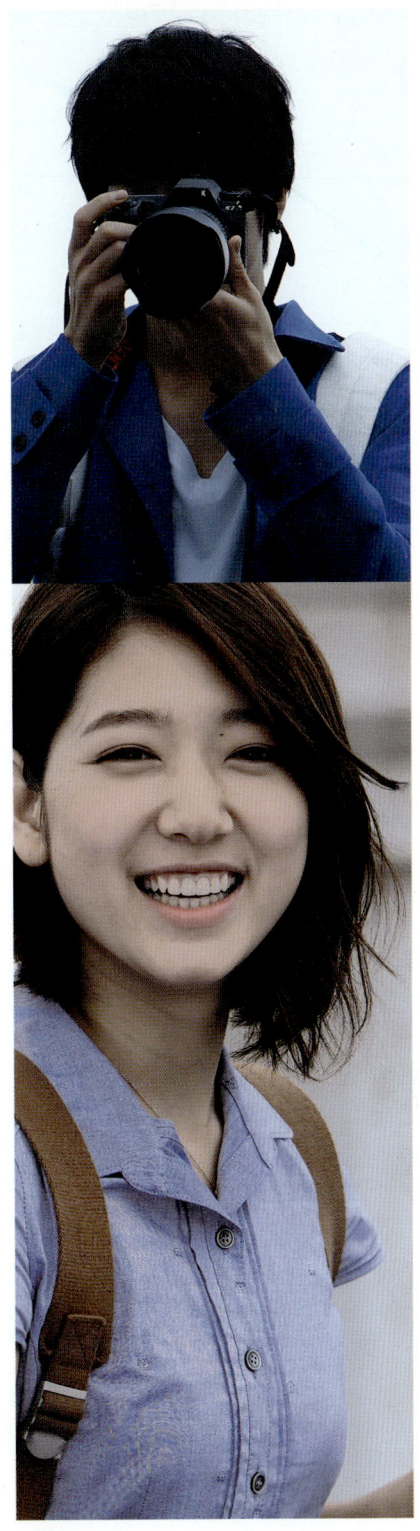

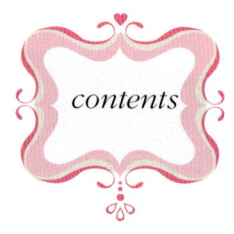

contents

—— chapter 1 ——

그립고 그리운 사람

To. 넌 내게 반했어~

2011. 08

'넌 내게 반했어'
많이 사랑해주세요~♥   2011. 8.
                              박신혜

넌 내게 반했어 포토 에세이

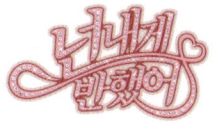

넌 내게 반했어 포토 에세이 | 초판 1쇄 인쇄 2011년 9월 15일 | 초판 1쇄 발행 2011년 9월 20일 | 사진 넌내게반했어 | 글 임영주 | 펴낸이 金湞珉 | 펴낸곳 북로그컴퍼니 | 편집 김옥자 이혜경 태윤미 이혜진 박연수 | 본문디자인 KM디자인 | 마케팅 고현경 정주열 | 경영기획 김형곤 | 주소 서울시 마포구 합정동 413-19 제이하우트 401호 | 전화 02-738-0214 | 팩스 02-738-1030 | 등록 제300-2009-30호 | ISBN 978-89-94197-22-7 13810 | 이 출판물은 (주)제이에스픽쳐스와의 라이센스 계약에 의해 만든 것으로 저작권료와 초상권료가 포함되어 있습니다. 따라서 저작권자와 출판권자의 사전 서면 승인 없이 내용의 전체 또는 일부를 사용할 수 없습니다.

넌 내게 반했어 포토 에세이

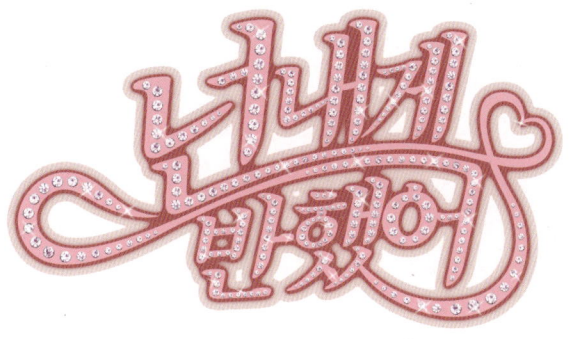

사진 **넌내게반했어** | 글 임영주

북로그컴퍼니

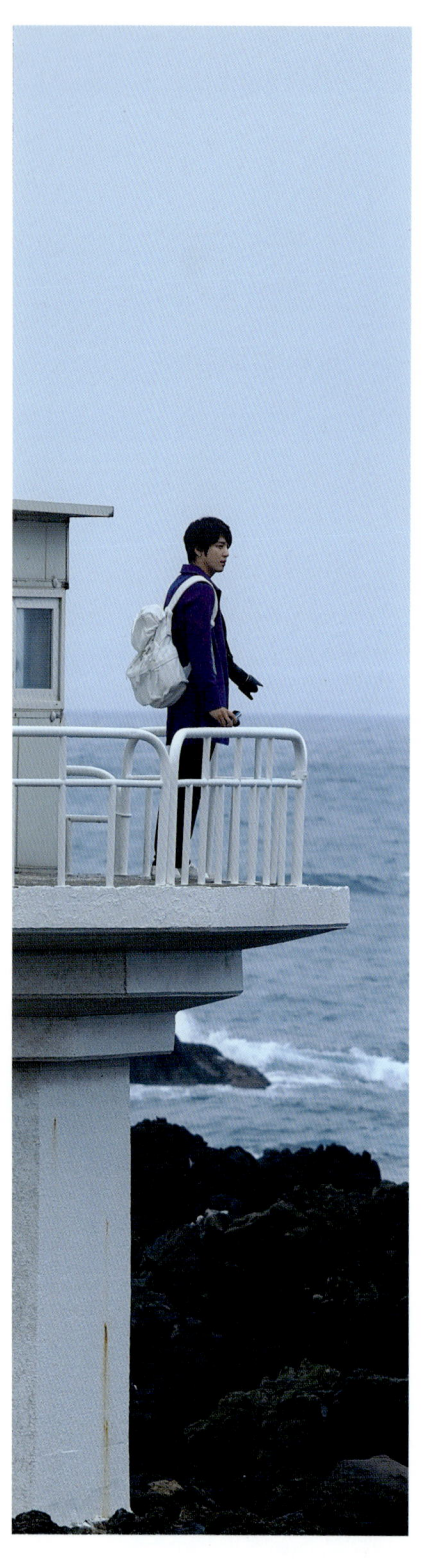

prologue

그리움,
그리고 또 다른 인연의 시작

그리움으로 출렁이는 마음을 재우러 내려온 제주도.

오히려 그리움은 파도가 되어 온몸으로 스며든다.

바닷바람이라도 실컷 마시면 내 마음속 그녀가 사라질까 기대했지만,

부는 바닷바람에도 체할 정도로 그리움은 깊어간다.

내 마음 어디에도 빈자리가 없다는 걸 다시 한 번 확인한다.

비록 받아들여지지 않는 마음일지라도….

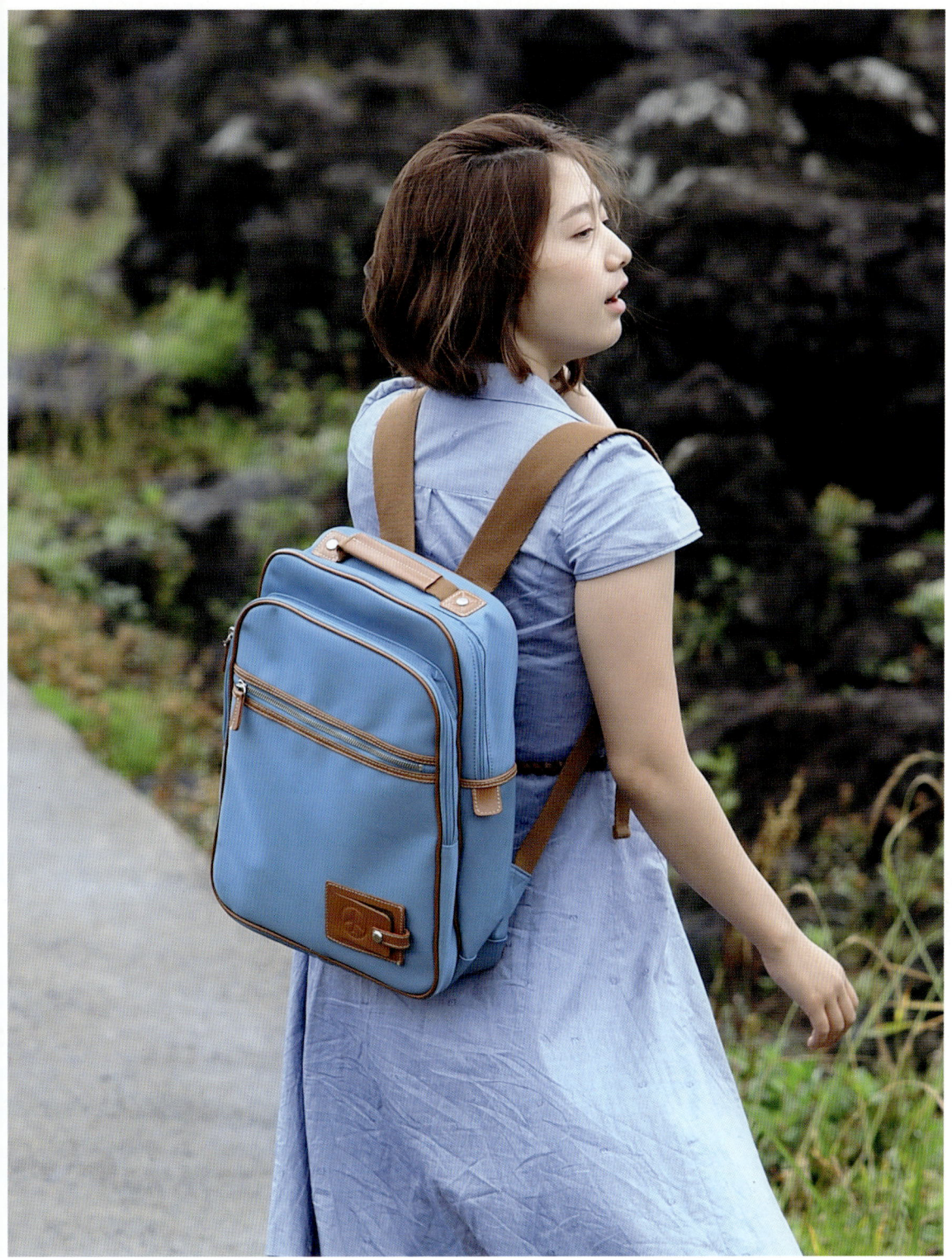

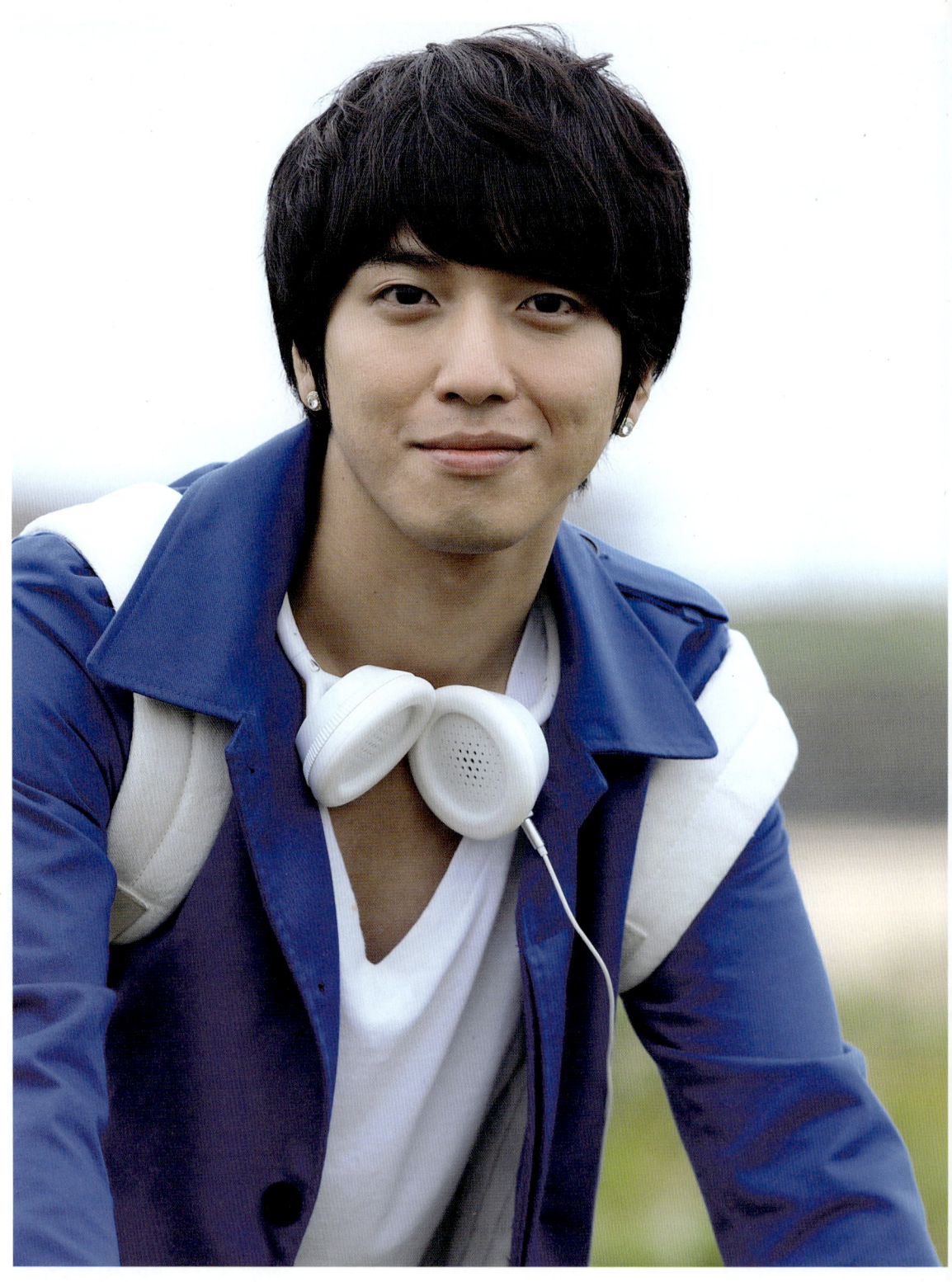

chapter 2

조금씩 천천히, 너에게

—— chapter 3 ——

네 꿈을 펼쳐봐

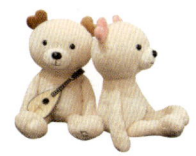

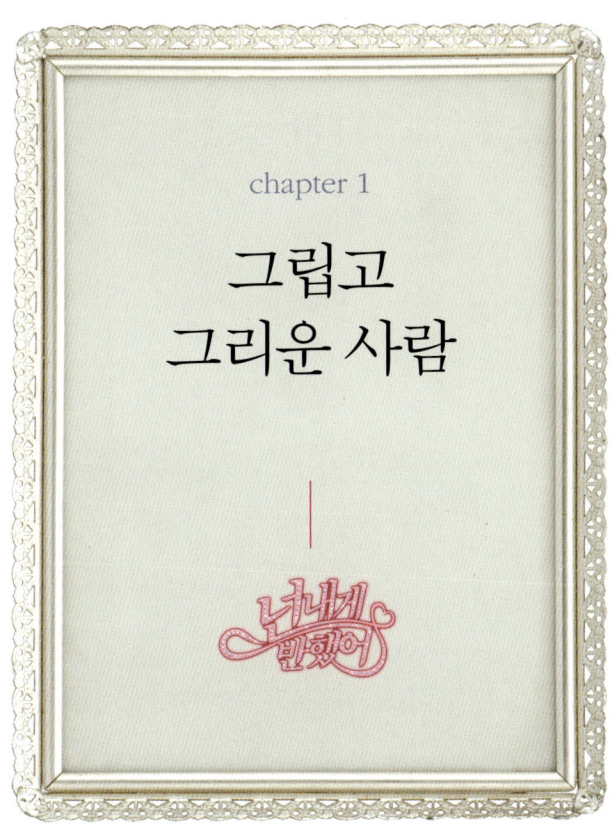

chapter 1

그립고
그리운 사람

01

어쩌다 마주친,
당신의 슬픔

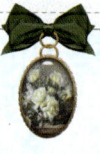

캄캄한 연습실에서 혼자 음악을 따라 돌고 돌던 그 사람.

아픈 다리를 쥐고 쓰러져 내 마음도 함께 쓰러지게 하던 사람.

왜 그랬는지 모르겠다.

기타와 음악밖에 모르던 내가

당신의 절망 앞에 왜 그토록 마음이 쓰였는지,

혼자 우는 당신의 울음소리가 왜 그렇게 마음이 아팠는지….

바보, 바보, 나는 바보인가봐.

정윤수, 당신 때문에 우는 나는

당신 때문에 웃는 나는 바보가 확실하다.

다가올 수도 다가갈 수도 없는 당신을 노래한다.

어쩌다 마주친 당신의 슬픔을….

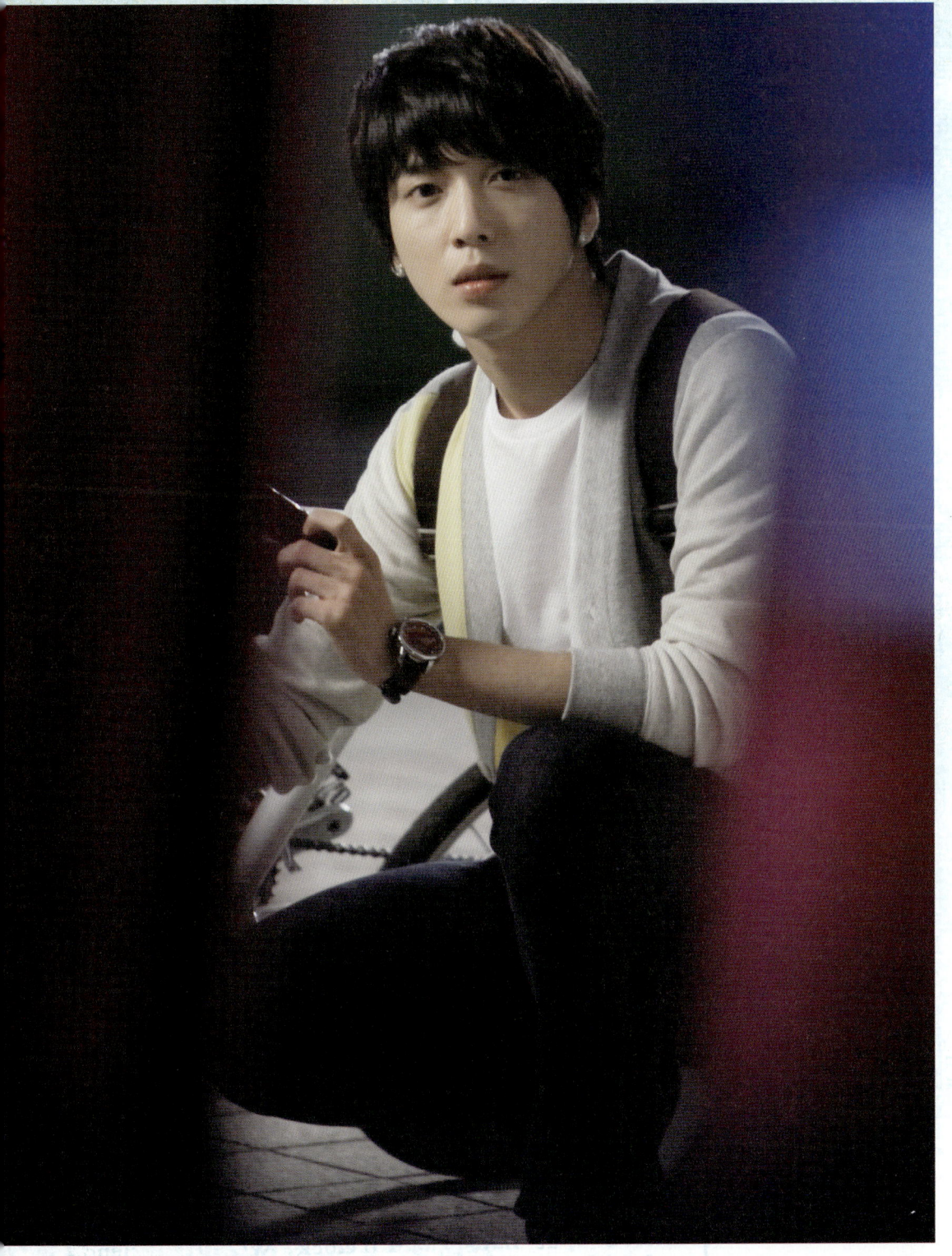

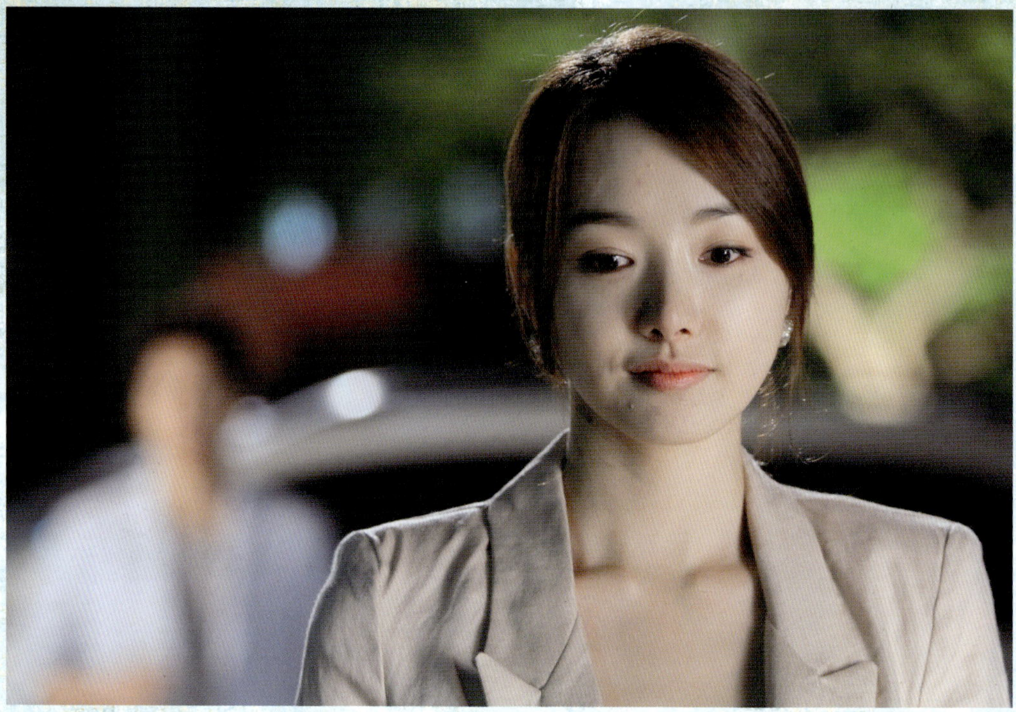

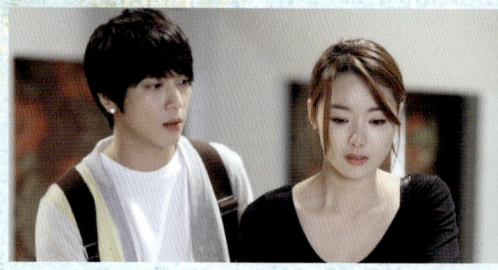

"스튜디오에서 몰래 지켜보는 거 하지 마.
밤늦게까지 기다리지도 말고
내가 밥을 먹었는지, 다리가 아픈지 걱정도 하지 마.
아무것도 하지 마!
너한테 어울리는 어린 여자앨 좋아해."

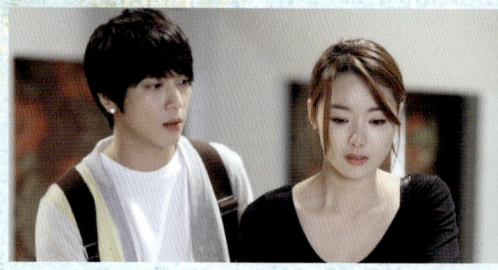
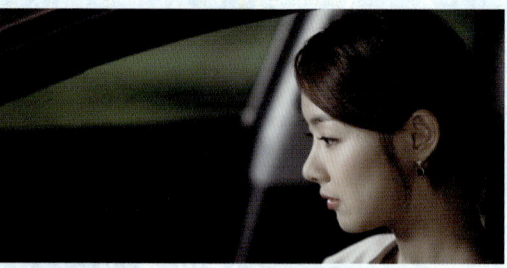

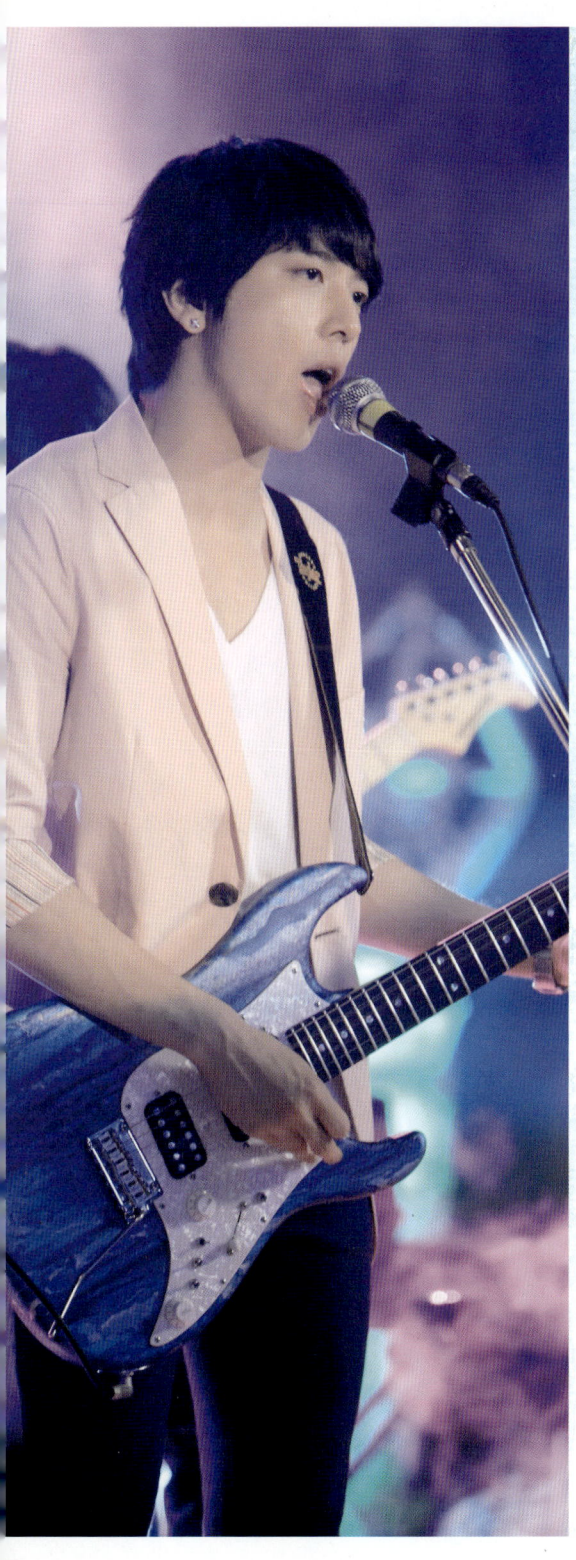

싫습니다.

내가 당신 곁을 서성이는 건 당신 탓입니다.

당신은 자꾸 혼자 아프니까요.

아무리 날갯짓을 해도

빠져나가지 못하는 한 마리 아기 새처럼

당신에게 옭아 매여 있는데,

당신 곁을 떠나라고 해도

나는 그렇게 못 합니다.

내가 당신을 떠나지 못하는 것은

내 의지가 아니라 당신 때문입니다.

이제 와서 이럴 거라면 당신은 그날,

절망이 안개처럼 내려앉던 그날 밤

혼자 아프지 말아야 했습니다.

당신이 아플 때 곁에 있을 수 있다면 나는 만족합니다.

당신이 울고 있을 때 혼자라는

생각을 떨칠 수 있게 할 수 있다면,

그것으로 충분합니다.

가시 돋친 당신을 사랑하는 것이 나도 많이 아파서,

그저 이렇게 지켜보기만 하겠습니다.

그러니까 당신을 떠나라는 말 하지 마십시오.

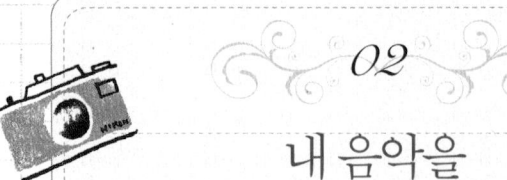

02
내 음악을
모욕하는 건 참을 수 없어!

"사람을 외모로 판단하고 상처 주고. 넌 그렇게 잘났어?"

이규원이라고 했지. 꼬마 같은 이 여자애, 꽤나 당돌하다.

눈을 동그랗게 뜨고 사탕바구니를 내미는 폼이

싸움이라도 한판 할 기세다.

구태여 내 마음을 알아달라고 하고 싶지도 않지만

그렇다고 내 마음을 함부로 판단하는 건 용서 못 한다.

사람이 무슨 말이나 행동을 할 때는 저마다의 사정이 있는 법.

나는 내 안에 가득 차 있는 그 사람 때문에

바람조차도 들여놓을 수 없다.

아무도 들어올 수 없는 이 공간을 누군가 두드리는 것만으로도

부담이 된다는 사실을 넌 모르지?

너같이 아무것도 모르면서 다 아는 척하는 애들 정말 싫고

구구절절 내 마음을 변명하는 것도 싫다.

그러니까 함부로 말하지 마!

쓸데없는 간섭을 향해 쐐기를 박는다.

"난 못생긴 애들이 싫어. 지금 너랑 얘기하는 것도 괴롭고."

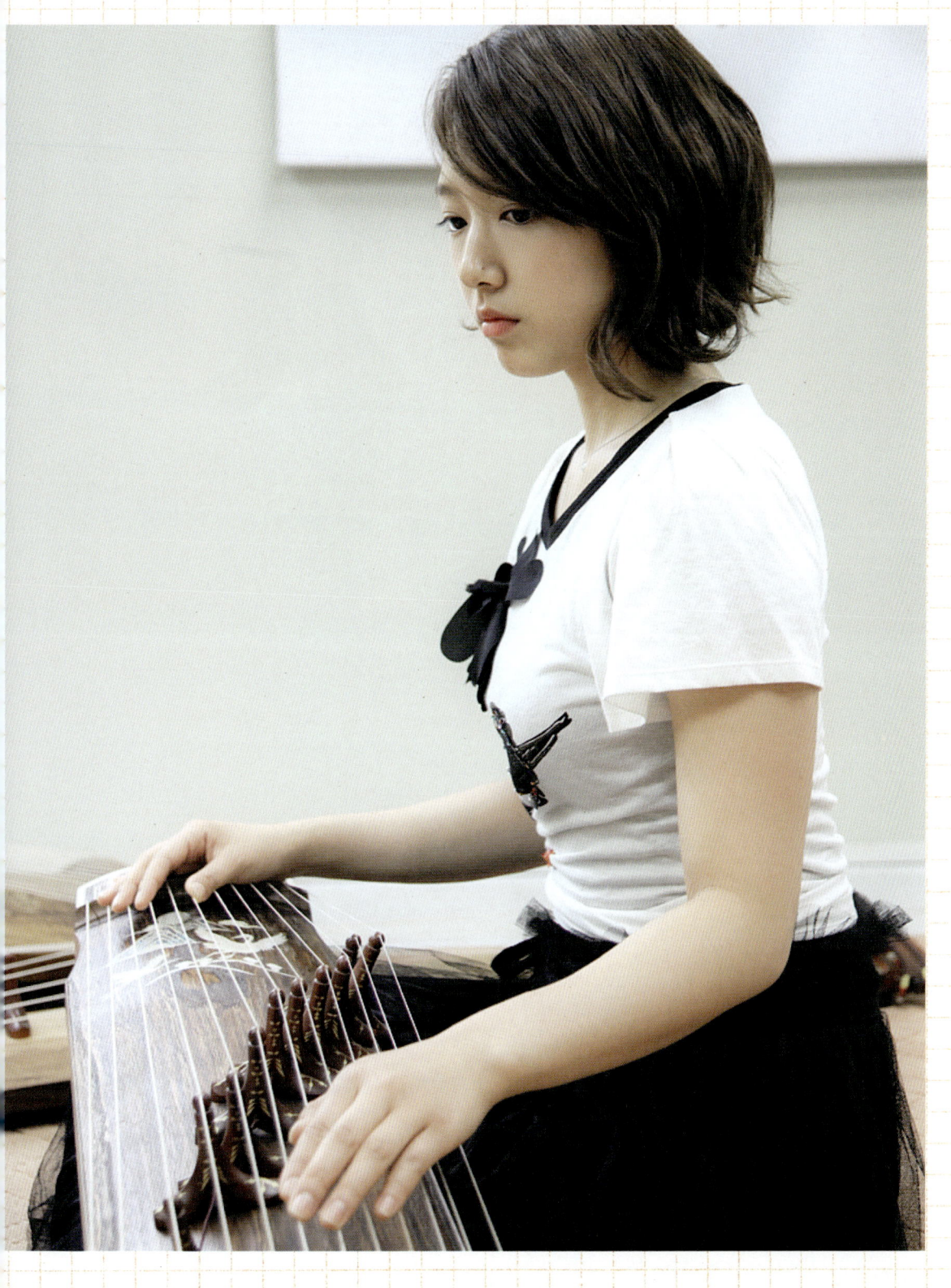

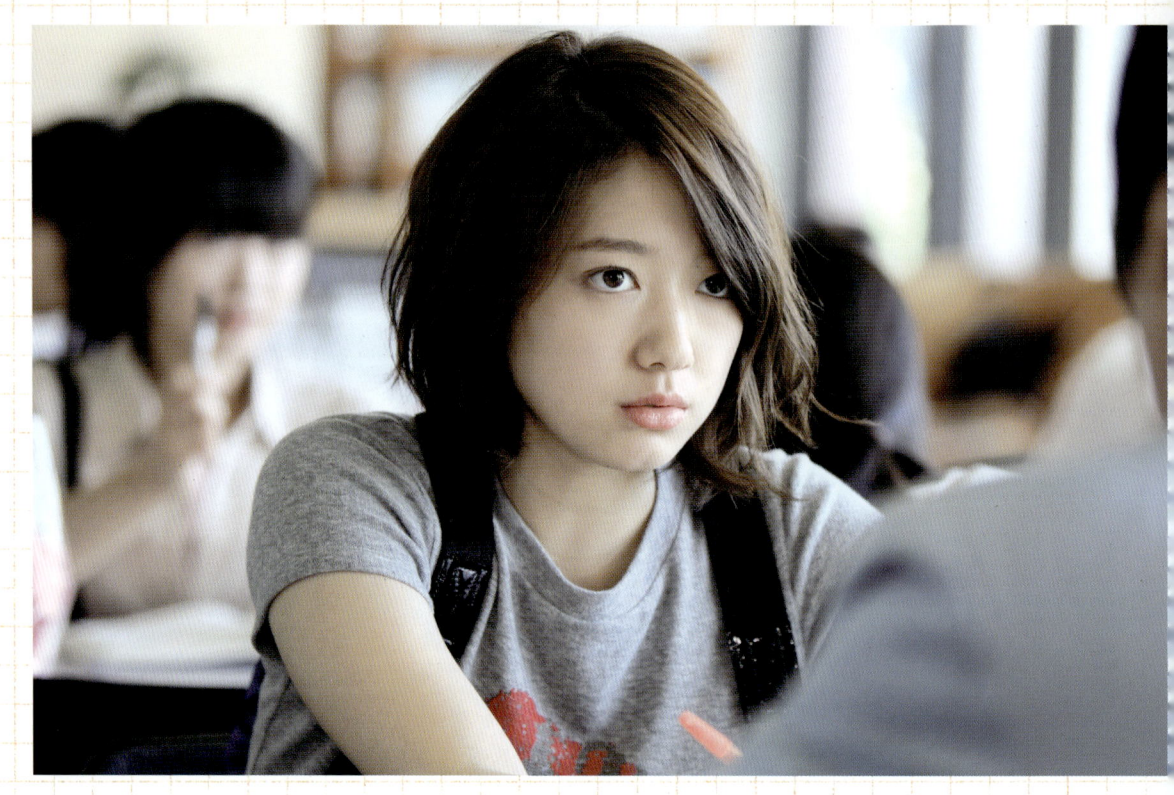

갑작스런 동생의 수술로 국악과 일일찻집 공연을 펑크 냈다.
다른 일에 자꾸 얽히는 게 싫었지만 교수님 병원비에 보탤 거라던,
이규원의 눈빛이 자꾸 눈에 밟혔다.
약속을 어긴 나쁜 놈이라고 욕하는 건 괜찮지만
그 아이의 진심이 외면당한 건 아니라는 걸
알려주고 싶어서 돈을 돌려주러 갔다.

연습실 밖으로 그 아이의 가야금 소리가 새어 나온다.
맑고 우아한 소리가 휘몰아치더니 하늘로 날아오른다.
먼저 소리와 나중 소리가 공중에서 만나 나비처럼 춤춘다.
격정이 담긴 세찬 소리가 손끝에서 튕겨 나와 허공에서 흔들리더니
이내 바스라졌다가 또다시 살아나 몸속으로 흘러든다.

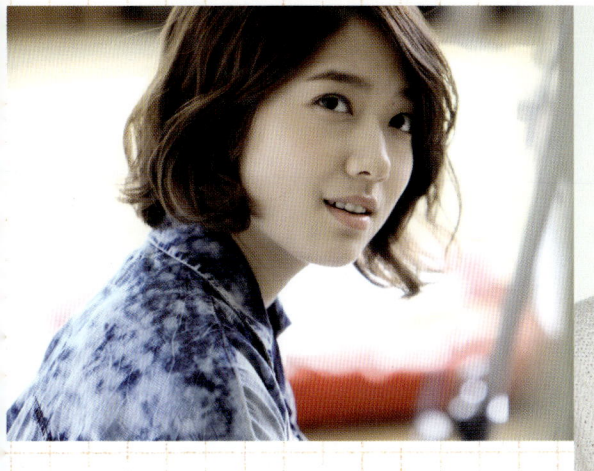
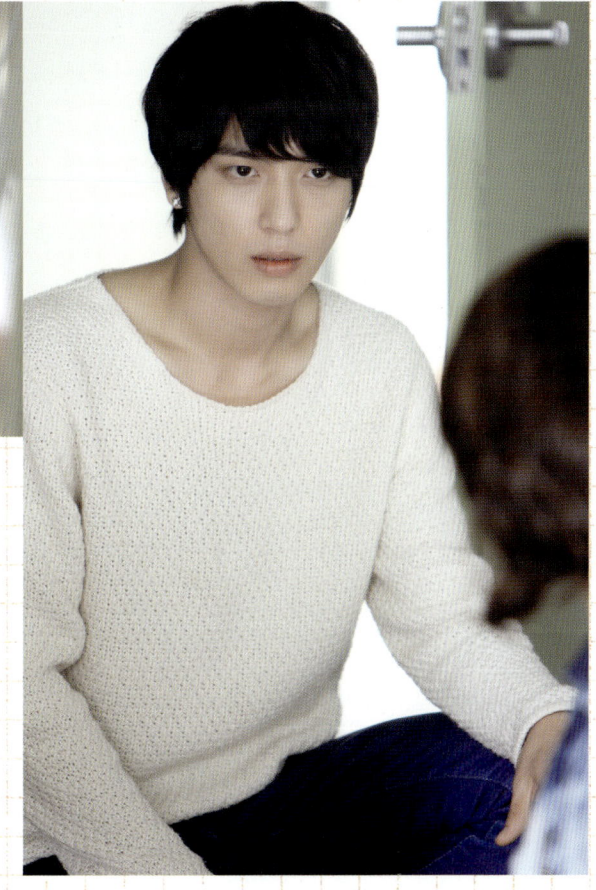

"네가 잘난 줄 알지? 흥! 네 음악은 심장을 울리지 못해!"

약속을 어겼기 때문에 욕먹어도 할 말은 없지만,

내 음악을 모욕하는 건 참을 수 없다.

무슨 일인지 물어보지도 않고 다짜고짜 따지는 모습,

앞뒤 꽉 막힌 성격임에 틀림없다.

조금 전, 네 가야금 소리는 사람의 가슴을 울렸는지 모르지만,

지금의 너는 정말 답답하다.

너, 이규원!

오만과 편견에 빠져 다른 사람의 입장과 생각에는 아무런 관심도 없지?

쓸데없는 오기가 치솟아 이규원과 연주 배틀을 하기로 했다.

야무지게 앙다문, 이 아이의 입술이 무척이나 얄밉다.

네 음악은 가슴을 울리지 못해

심혈을 기울여 준비한 일일찻집이 엉망이 되었다.

이신이 이끄는 최고의 인기 밴드라던 스투피드의 공연이

점점 늦어지는 바람에 어쩔 수 없이 내가 노래를 했다.

제발 이 노래가 끝나기 전에 이신이 나타나기를 바라면서.

그러나 이신은 끝내 나타나지 않았다. 왕싸가지!!

하긴 다른 사람이 정성으로 준비한 선물도,

진심이 담긴 고백도 제대로 받을 줄 모르는 사람인데

약속 같은 걸 소중하게 생각할 리가 없지.

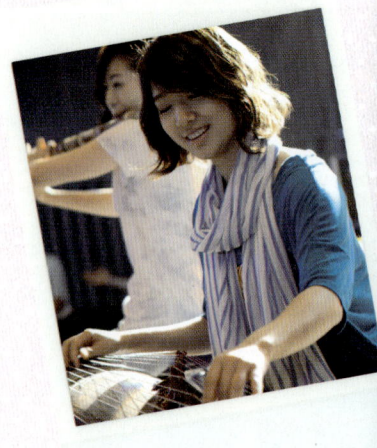

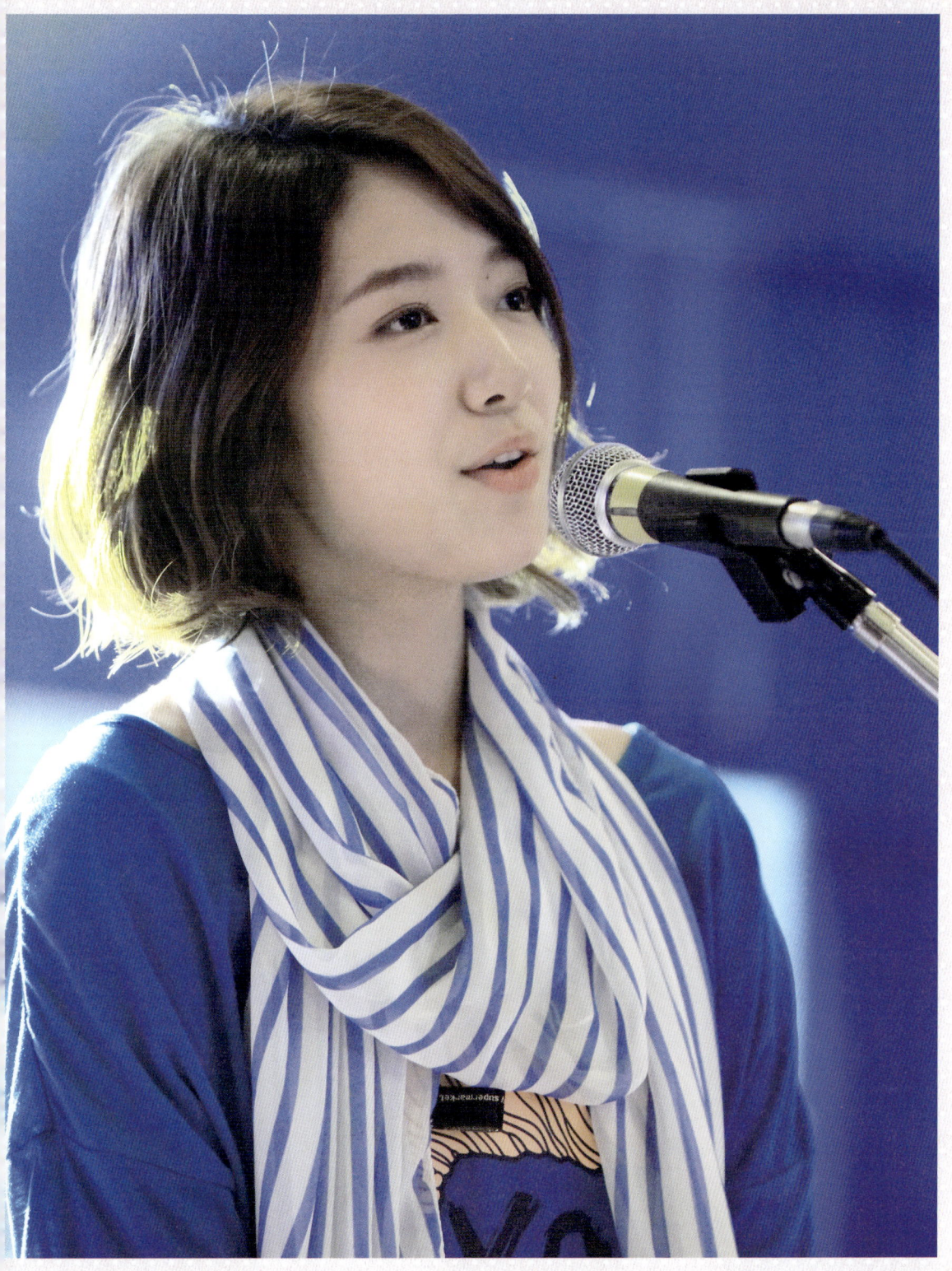

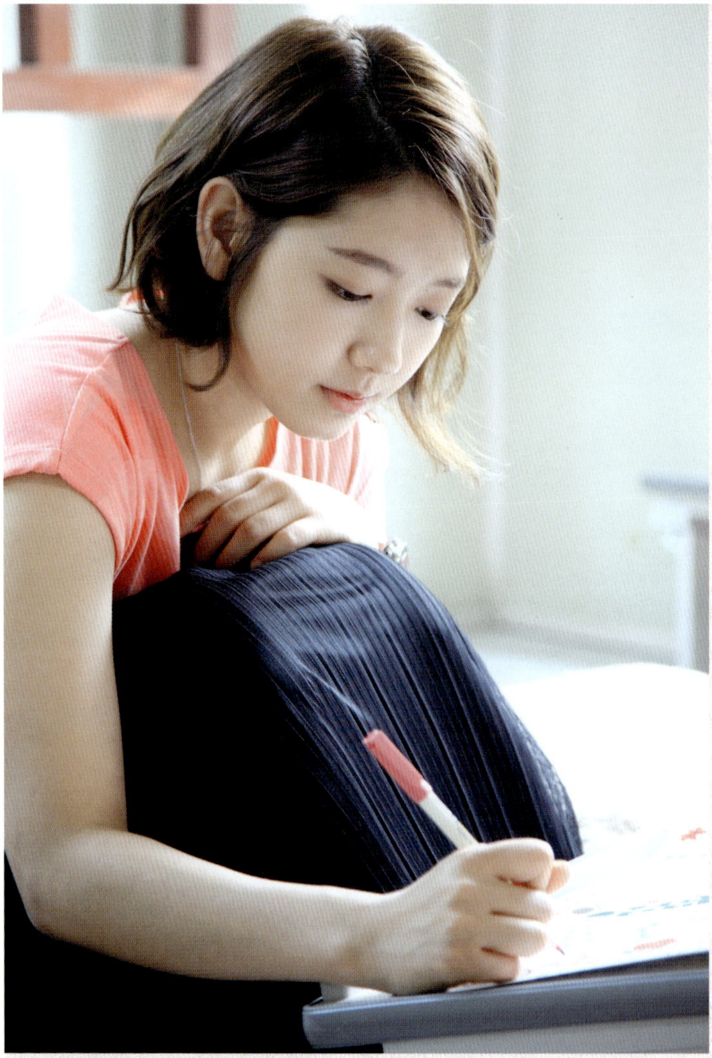

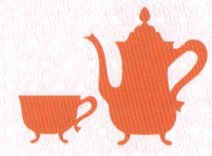

우리의 마음도 받지 못하고 끝내 교수님이 돌아가셨다.

아픈 마음을 달래려 가야금을 연주하고 있는데

신이가 찾아와서는 계약금 돌려준다며 돈 봉투를 건넸다.

한평생 제자들을 가르치다 암에 걸린 교수님을 돕고 싶어 시작한 일일찻집이었다.

그런 약속을 펑크 낸 주제에 계약금만 돌려주면 그만이라는 건가?

너무 화가 나서 넌 못돼 처먹고 재수 없는 놈이고,

네 음악은 가슴을 울리지 못한다고 마구 퍼부었다

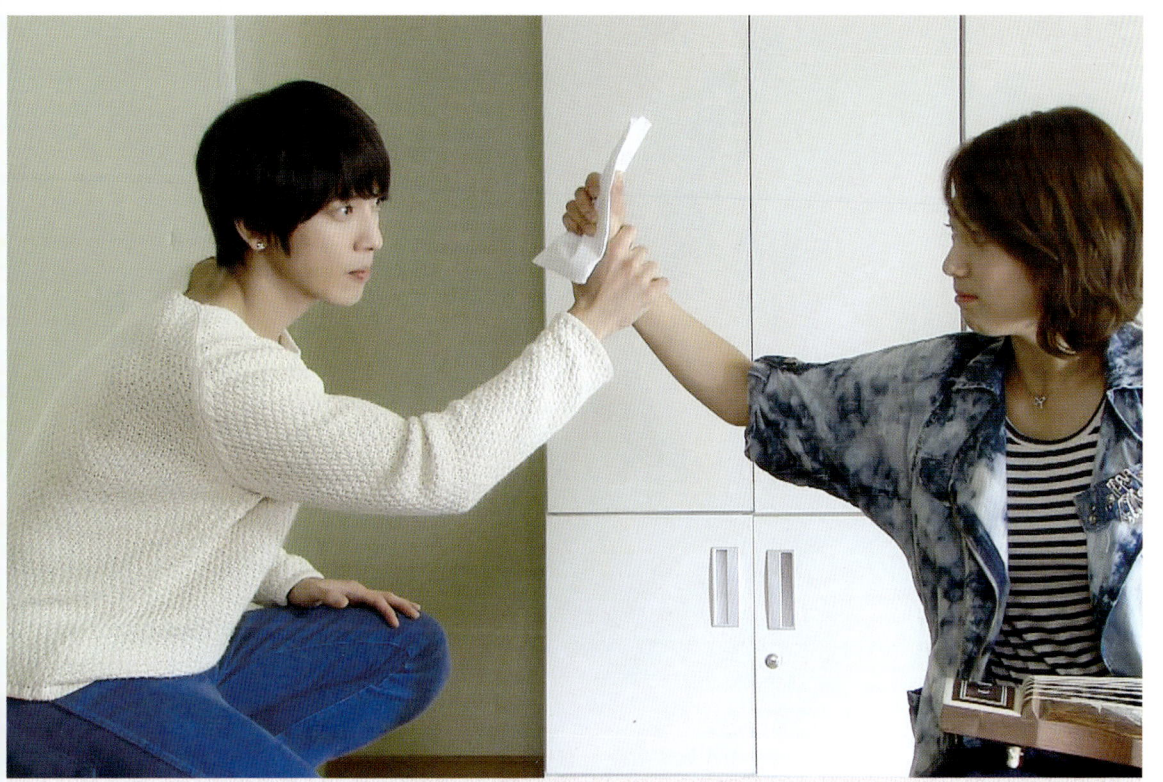

내 말에 신이도 무척이나 화가 났는지
누구 연주가 더 좋은지 내기를 하잔다.
조건은 한 달간 노예하기.

좋아, 누가 겁날 줄 알고?
진심이 담긴 음악이 무엇인지 알지도 못하는 사람이
어떻게 다른 사람의 마음을 울릴 수가 있어?
다른 사람의 마음을 울리려면 연주하는 사람의 마음이 진실해야지
기교만으로는 안 되는 거거든 이 사람아!!
이번 기회에 우리 국악에 담긴 혼이 얼마나 귀하고 아름다운지
똑똑히 보여줄게. 그래, 붙어! 붙어보자고!!

04

내 노예의 이름은 이규원

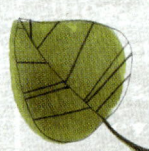

내 안에서 소리가 울려 나온다.
손에 든 기타를 통해 튀어나오는 리듬들이
날쌔고 강한 소리를 만들어 가슴을 울린다.
심장이 가파르게 뛰고 부딪치고 깨어진다.
우수수… 땀이 되고, 시간이 되어
나의 오늘을 연주한다.

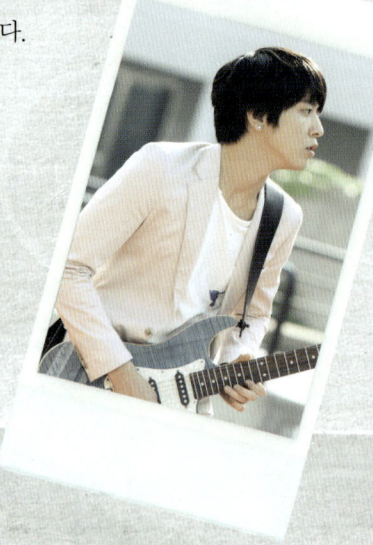

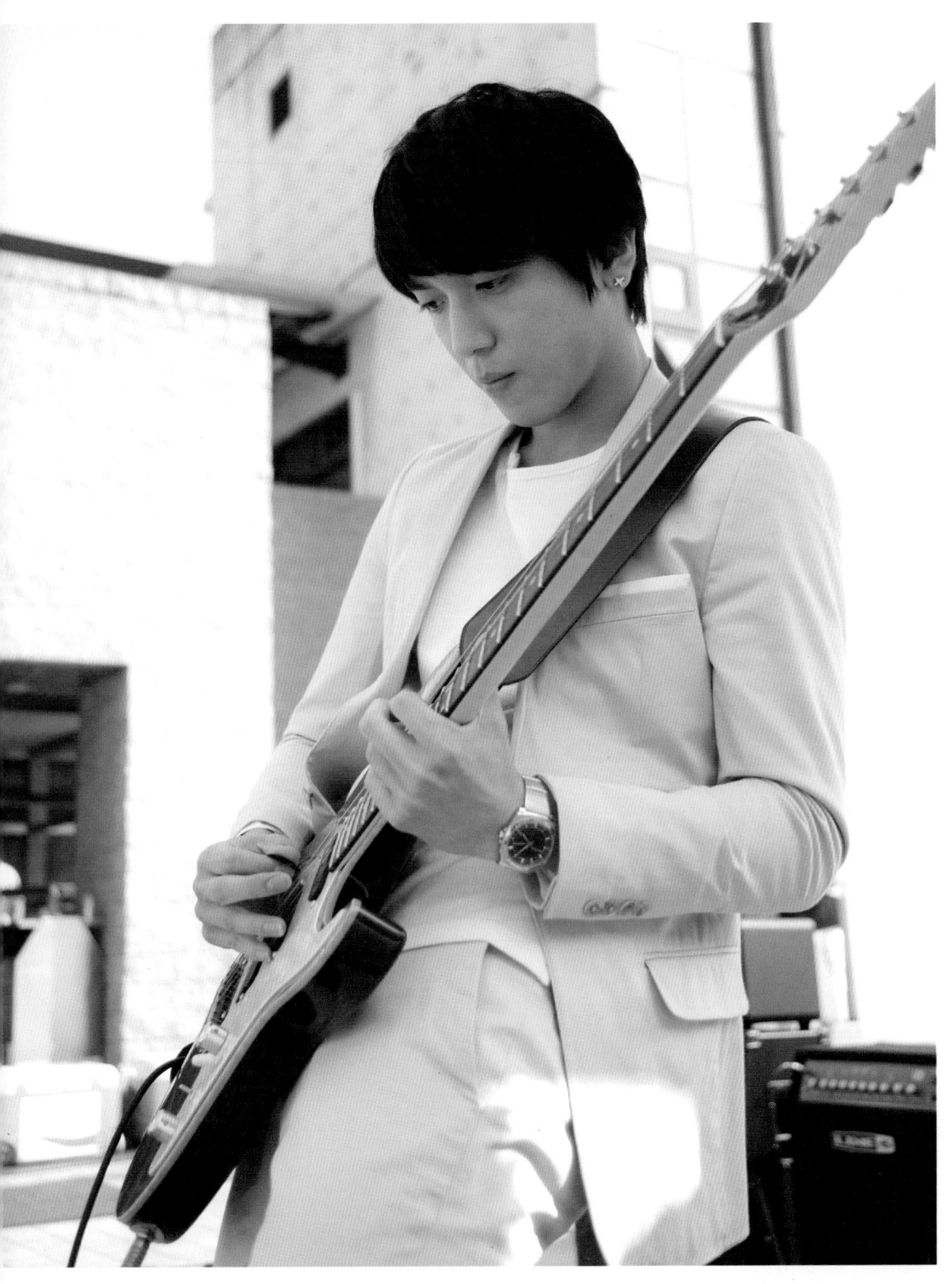

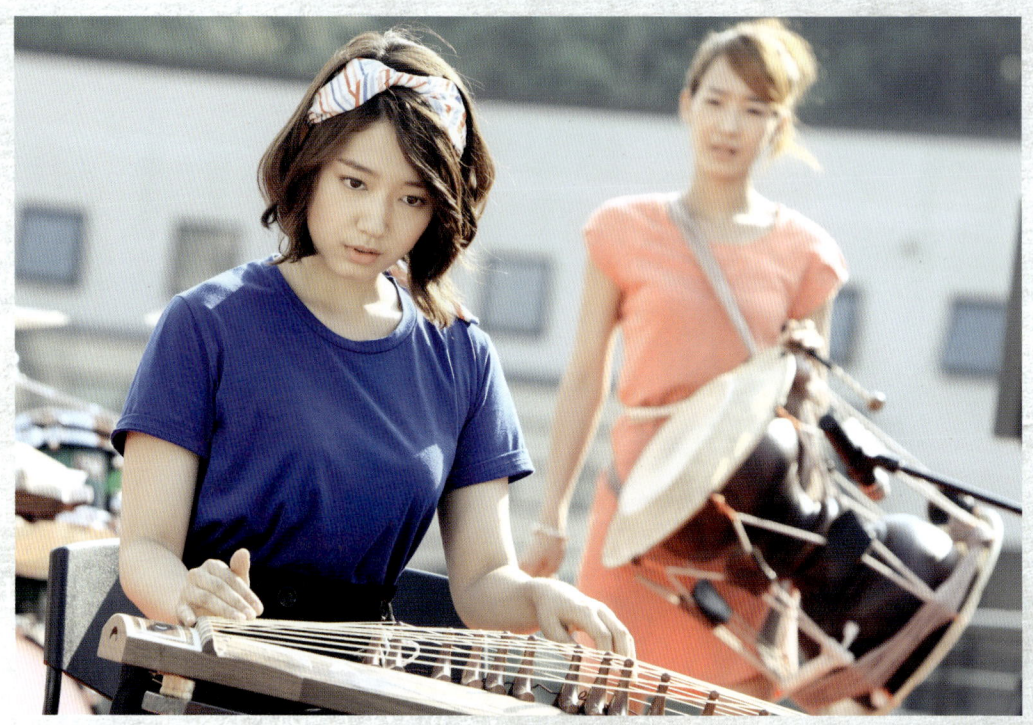

가야금, 대금, 장구, 해금.

그들이 어우러져 만들어내는 넓고 깊은 소리들이

꿈이 되어 새가 되어 우리를 감싼다.

산처럼 높이 치솟다 꺾여 굽이굽이 강물처럼 흐르다.

한 마리 새처럼 자연을 누비고, 날고, 물들이고,

푸른 나무도 되었다가 넓은 바다도 되었다가,

푸른 청춘이 되어 학교 곳곳에 내려앉는다.

툭! 가야금 줄이 끊어진다.

격정으로 치닫던 소리가 힘을 이기지 못하고 끊어져버린 모양이다.

뚝! 규원의 눈빛이 굳는다. 갑자기 멈춰 선 소리가 가슴속에서 맴돈다.

당황한 규원의 얼굴이 소리 대신 흔들린다.

제 몫을 다하지 못하고 끊어진 소리들이 서러운 울음이 되어 사라졌다.

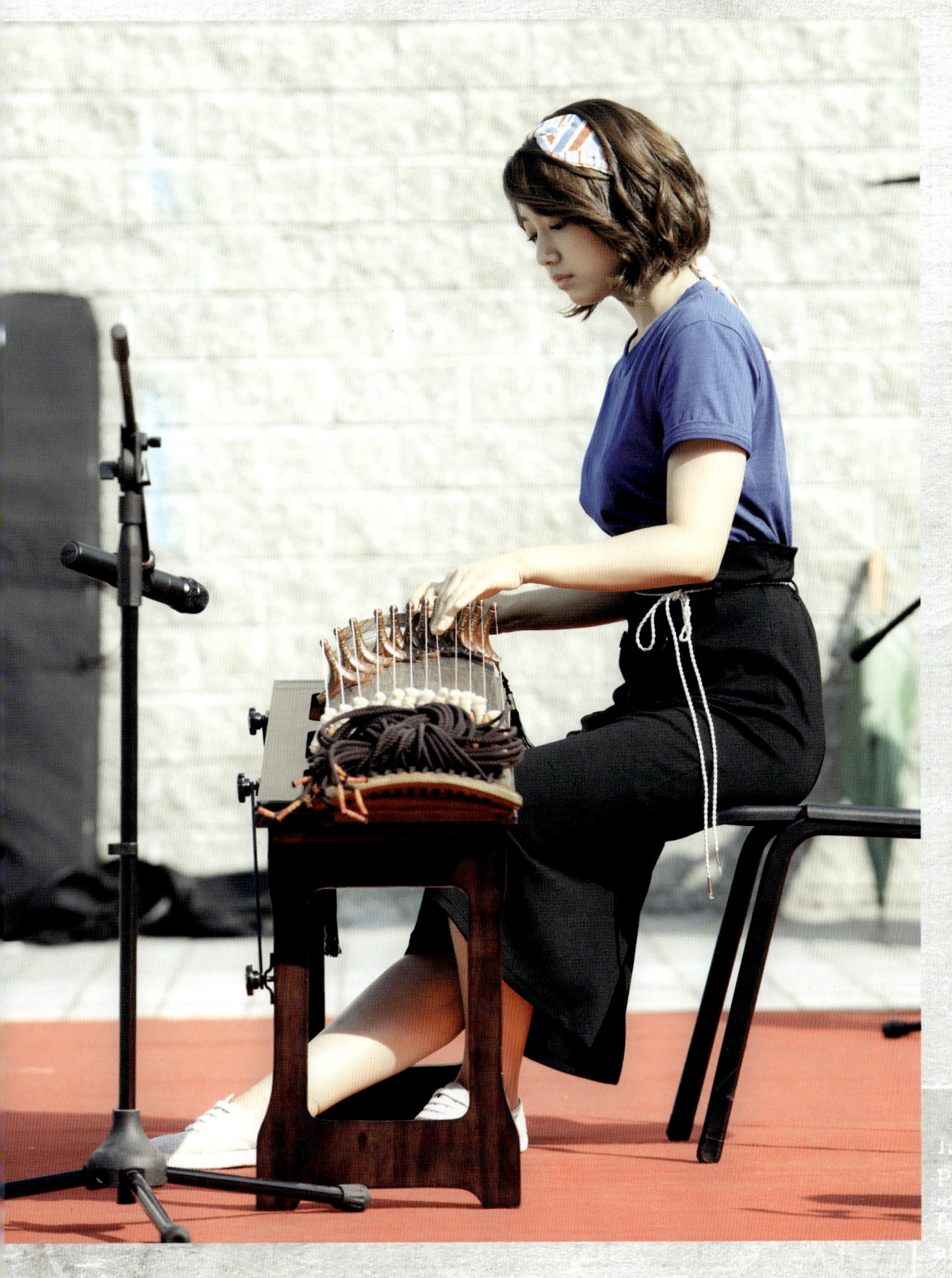

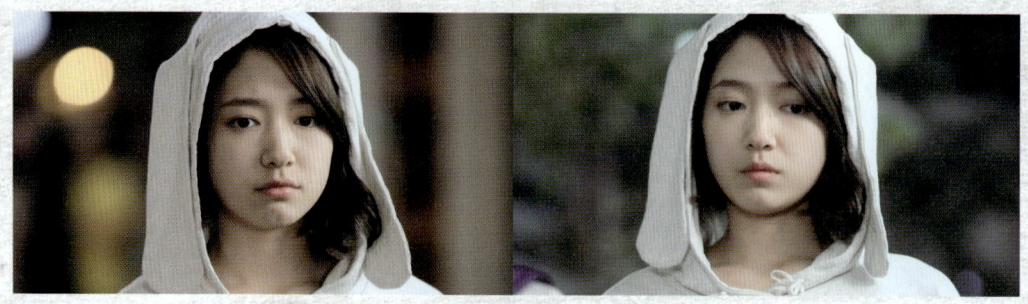

"오늘은 네가 이겼어. 약속대로 맘대로 부려먹어. 한 달간 난 네 노예니까."

"괜찮았어, 네 연주도. 줄만 끊어지지 않았으면 어떻게 됐을지 몰라."

그래, 정말 괜찮았다.

고리타분한 옛날 음악이라고 무시했던 것을 후회할 만큼 신선한 충격이었다.

옛 가락 속으로 빠져드는 진지한 너의 모습도 좋았어.

내친김에 너에게 제대로 하지 못한 말을 한다.

"미안해. 연주 약속 못 지킨 거. 교수님 이야기 들었어."

돌아가신 교수님과 너의 관계가 어떠했는지 나는 잘 모르지만

그 죽음에 네가 많이 아파한다는 건 조금 알 것 같다.

누군가에게 미안함을 전하는 거, 익숙한 일 아니지만 이 아이에게만큼은 전해야 할 것 같았다.

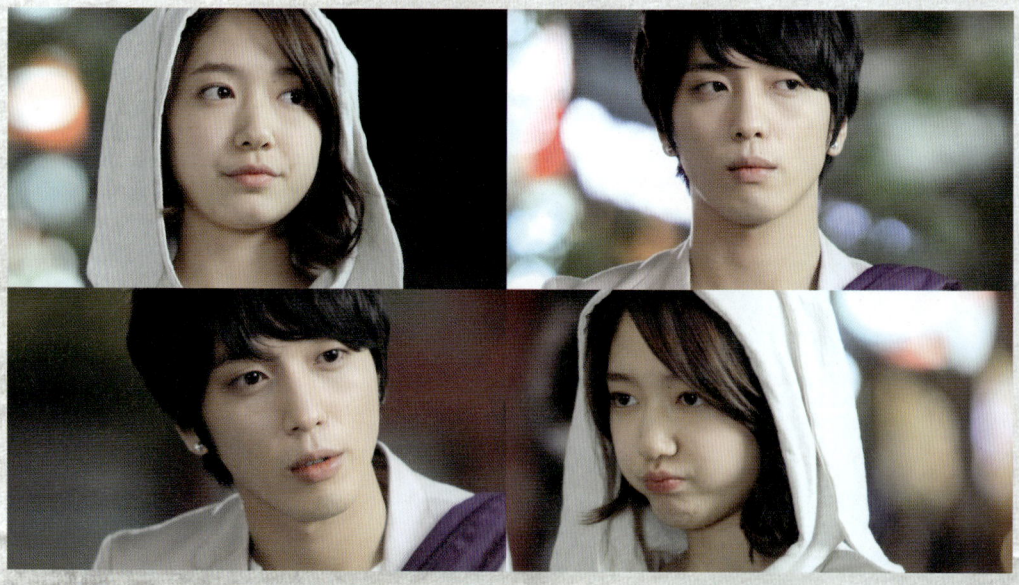

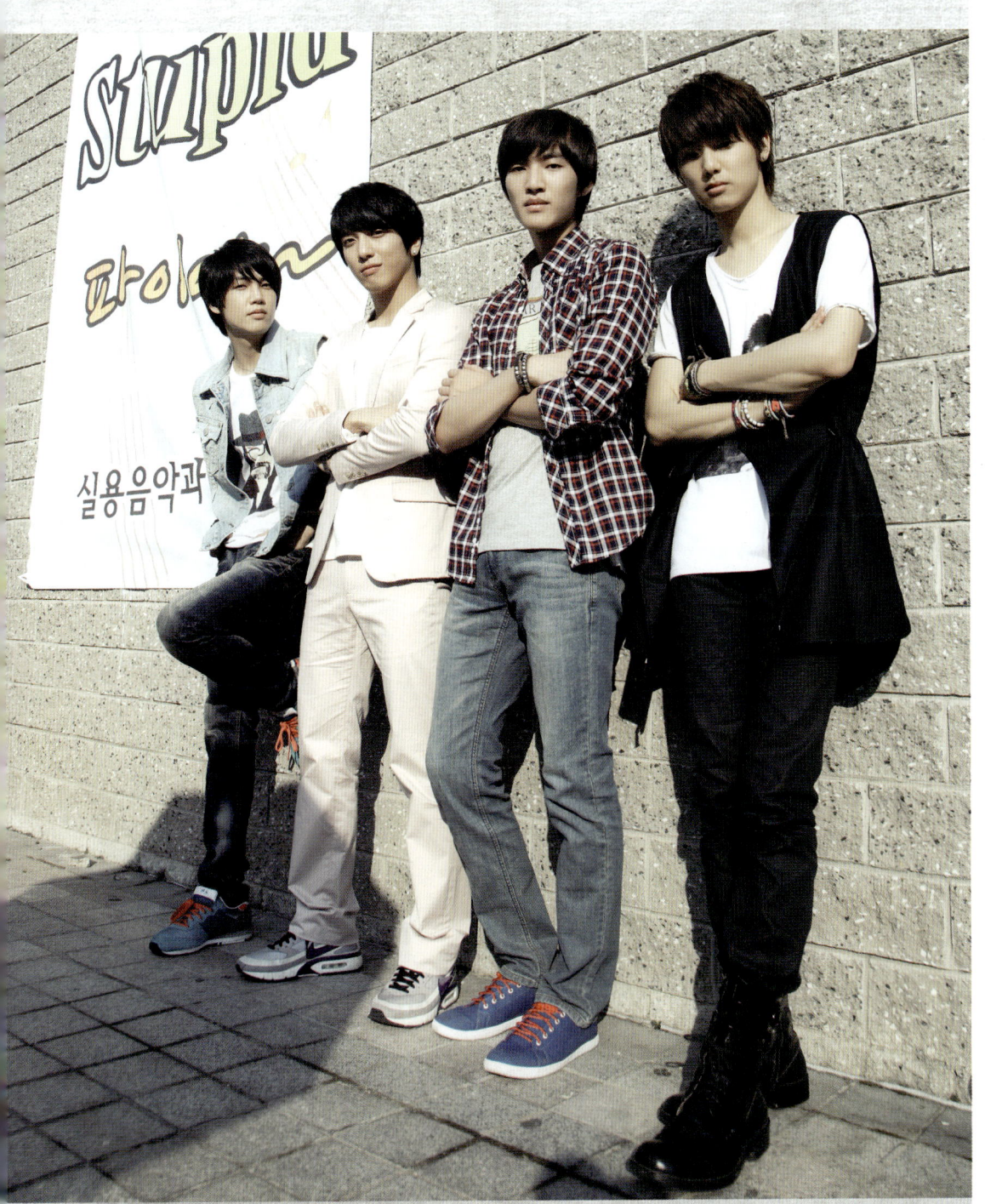

한 번도 부르지 못한
그리운 이름, 아빠!

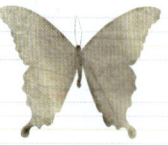

엄마가 앨범 속에 오랫동안 숨겨온 사람.

가끔 엄마 몰래 들여다보고 있으면 가슴 한쪽을 뻐근하게 만들던 사람.

기타 연주를 해보라더니 떨리는 손으로 나를 마중 나온다.

아무 말이 없어도 좋다, 이 순간.

아빠와 나, 우리 두 사람.

주고받는 음률이 이야기가 된다.

왜 그동안 안 오셨어요. 얼마나 보고 싶었게요.

당신 없는 빈자리 얼마나 쓸쓸했게요.

미안하다. 흔들리며 살아온

지난 시간이 부끄러워 갈 수가 없었단다.

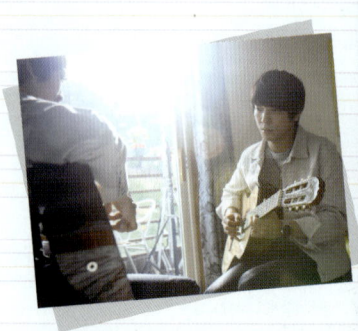

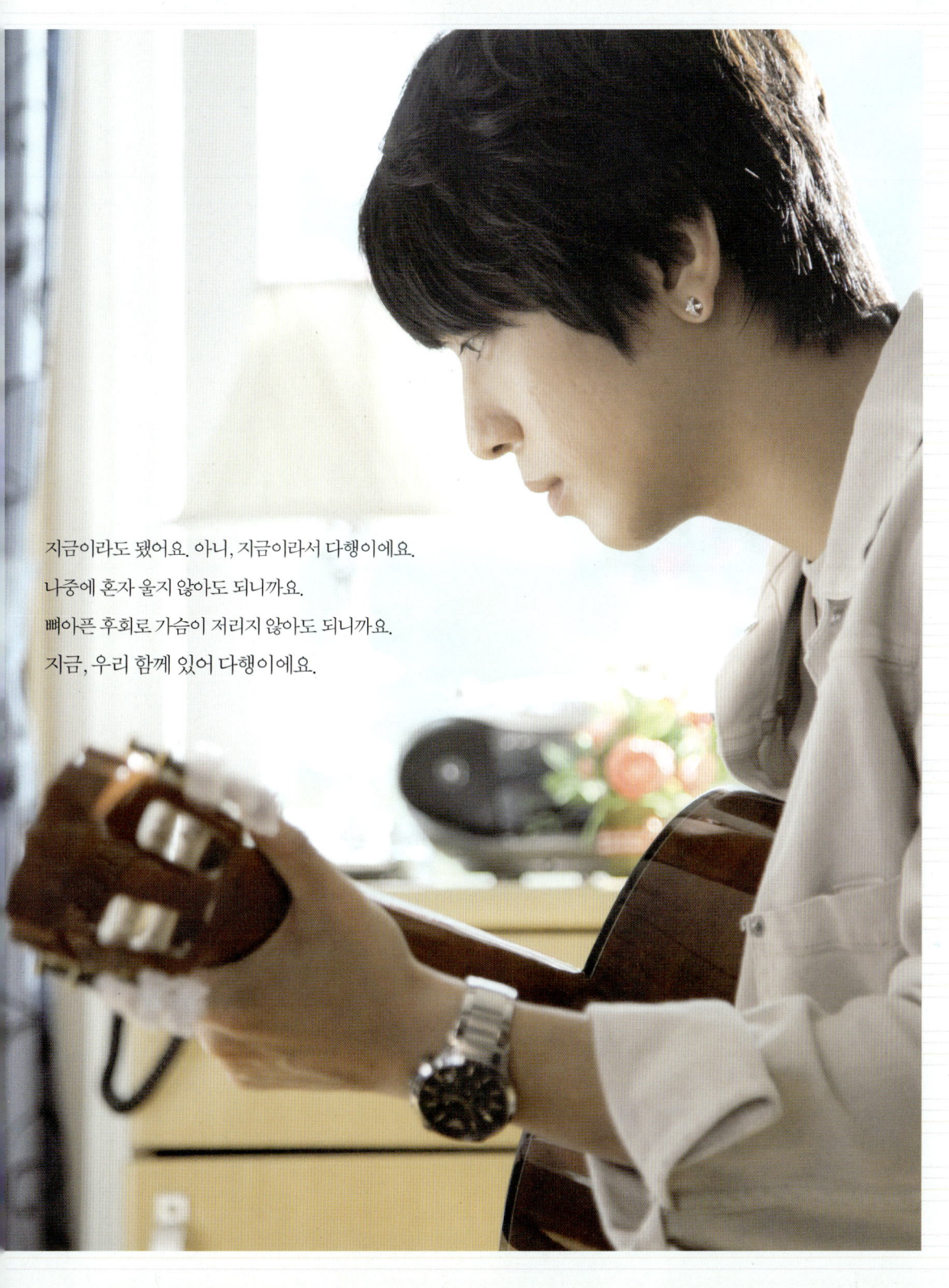

지금이라도 됐어요. 아니, 지금이라서 다행이에요.

나중에 혼자 울지 않아도 되니까요.

뼈아픈 후회로 가슴이 저리지 않아도 되니까요.

지금, 우리 함께 있어 다행이에요.

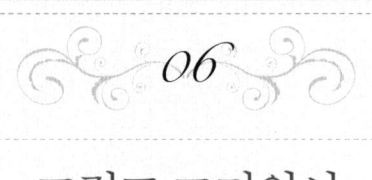

06

그립고 그리워서

그리움을 노래한다.

늘 나를 그립게 하는 사람들.

때로는 현재진행형이고, 때로는 과거형이기도 한

그래서 나를 더욱 외롭게 하는 사람들.

아버지, 그리고… 정 · 윤 · 수.

아니, 아빠, 그리고 윤수야!

그렇게 부르고 싶은 이름들.

그렇게 부를 수 없는 이름에게

내 그리움을 전한다.

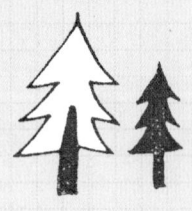

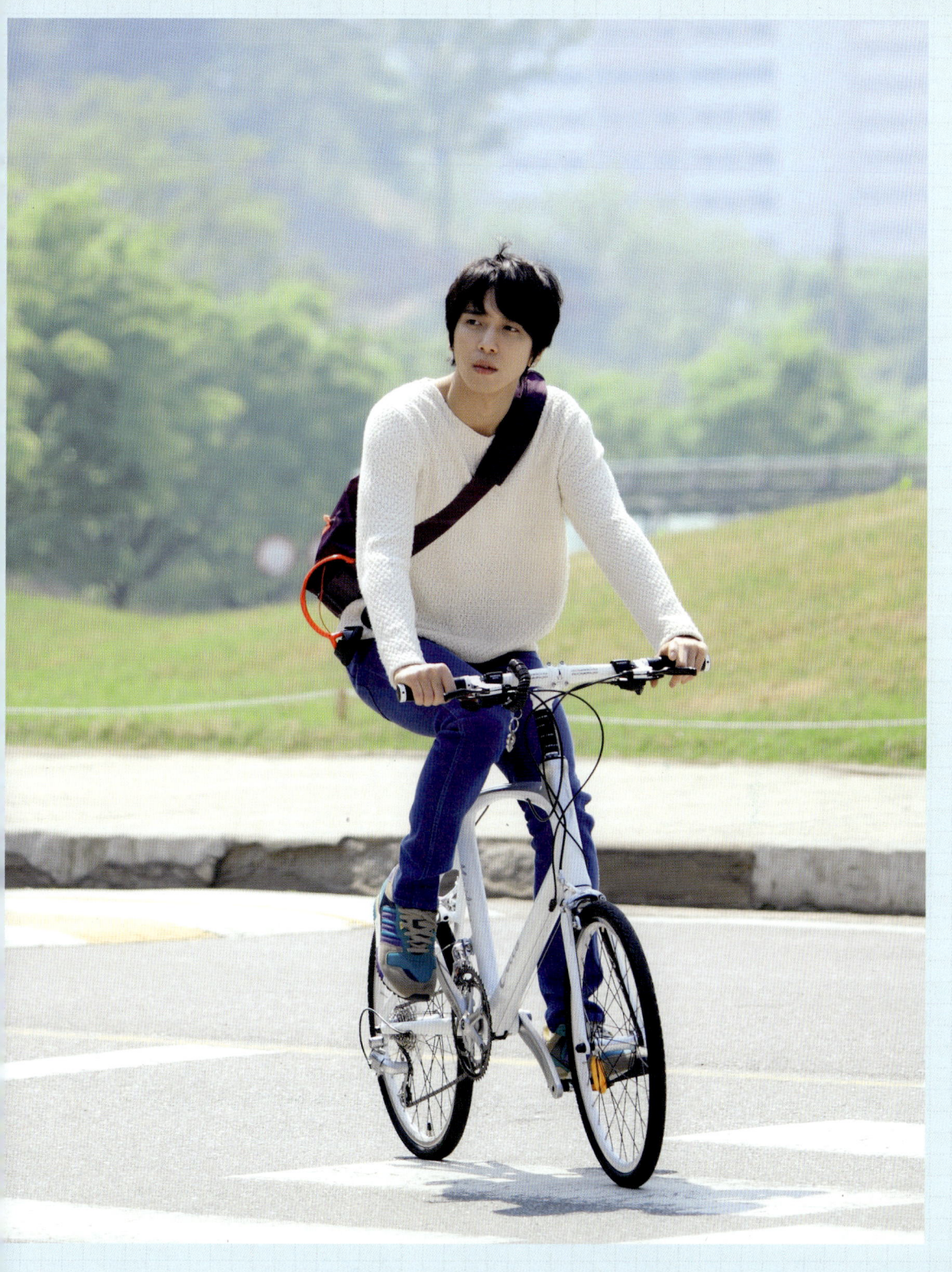

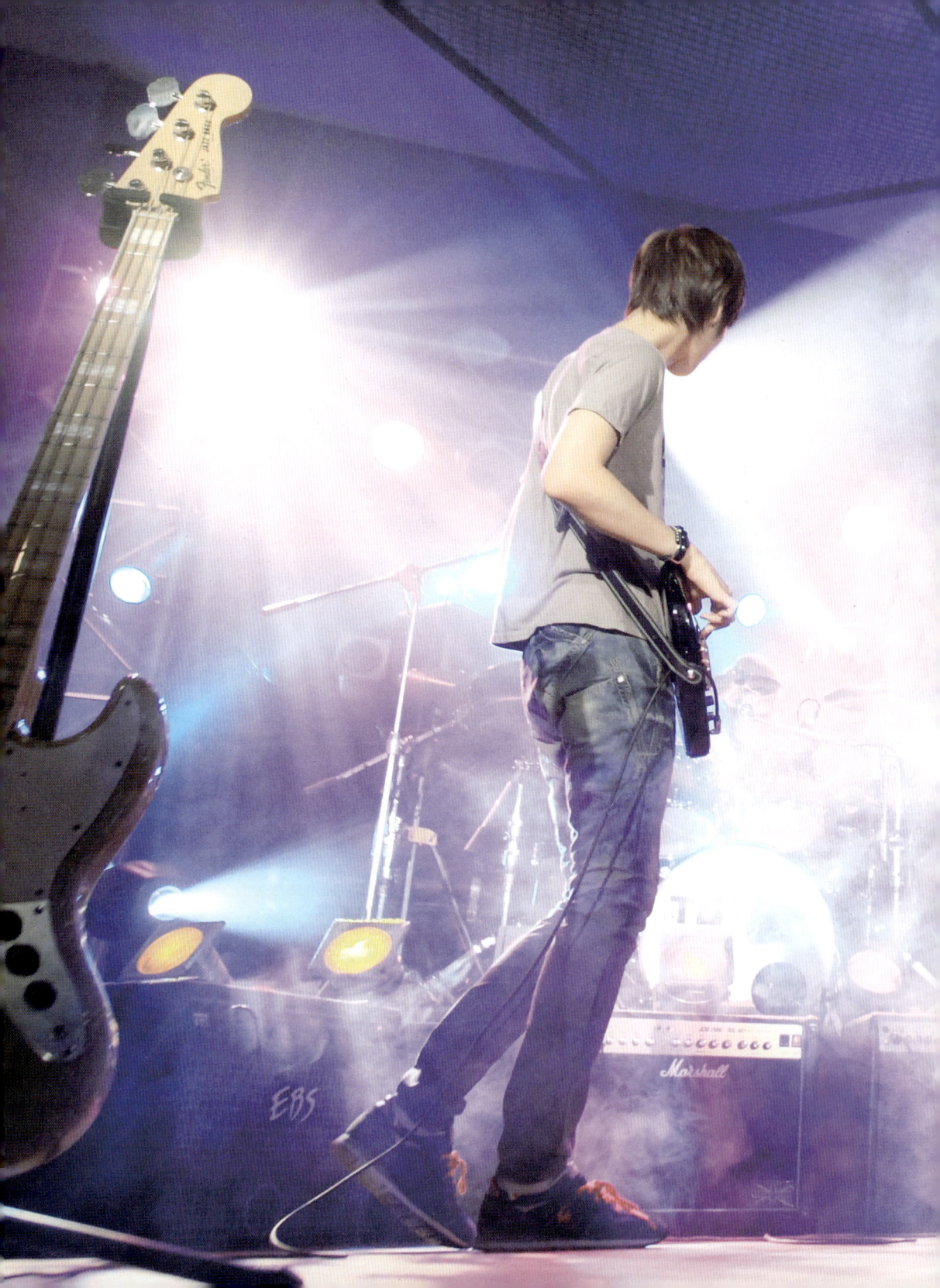

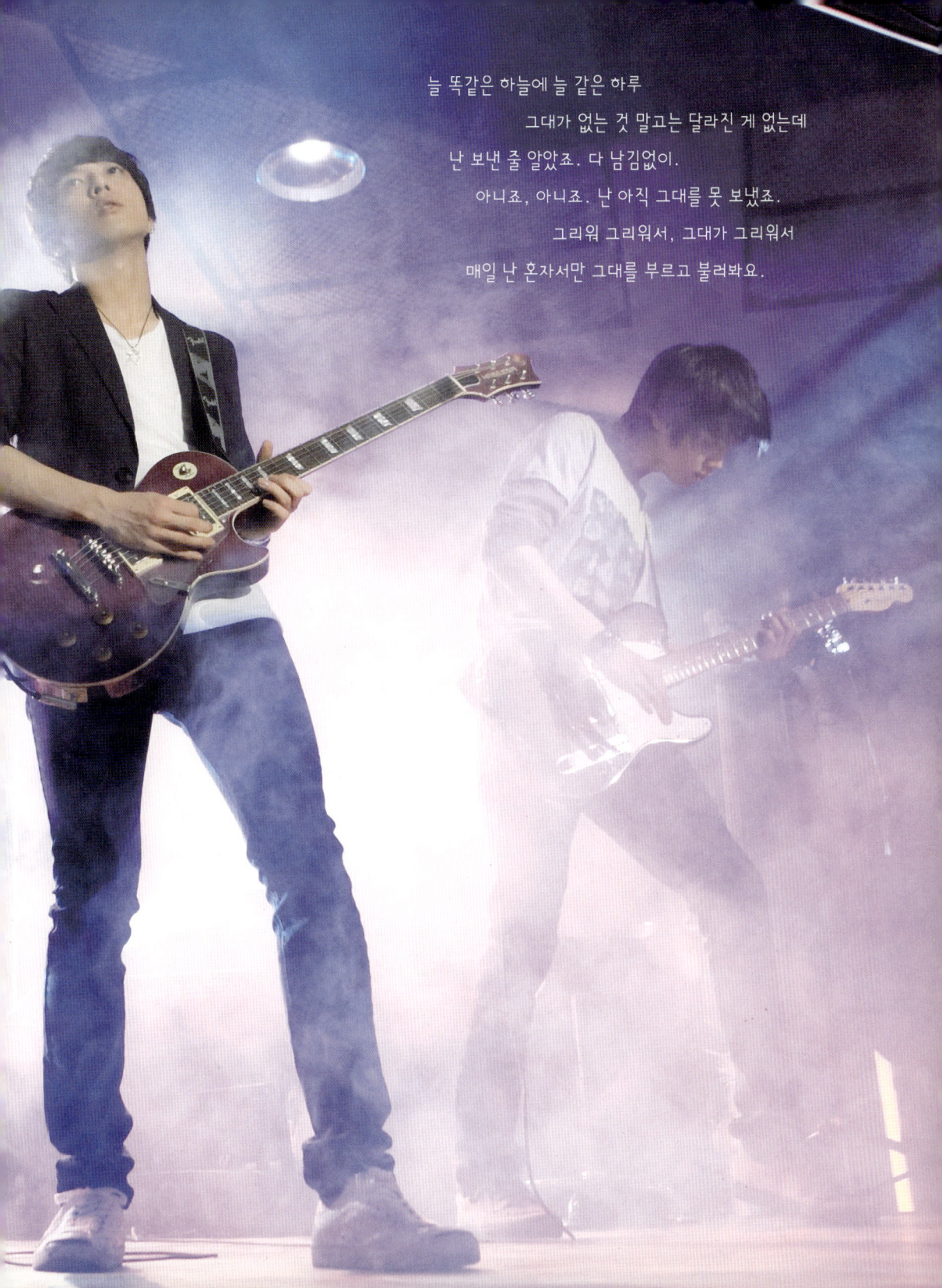

늘 똑같은 하늘에 늘 같은 하루

그대가 없는 것 말고는 달라진 게 없는데

난 보낸 줄 알았죠. 다 남김없이.

아니죠, 아니죠. 난 아직 그대를 못 보냈죠.

그리워 그리워서, 그대가 그리워서

매일 난 혼자서만 그대를 부르고 불러봐요.

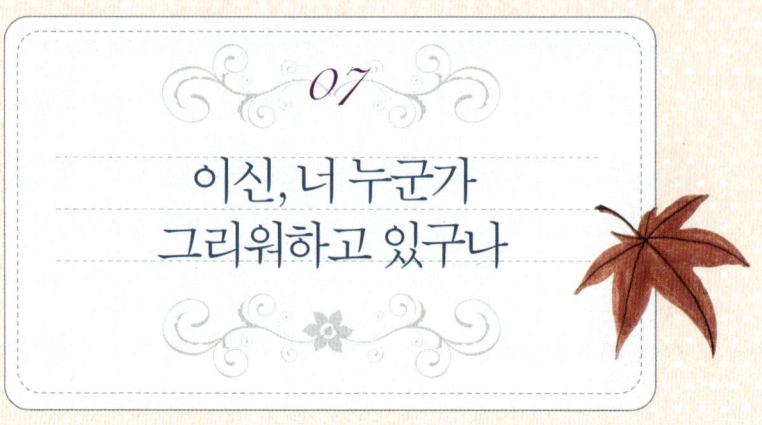

07

이신, 너 누군가
그리워하고 있구나

story of 규원

물에 잠긴 듯 촉촉하고 나지막한 신이의 목소리가
공연장 가득 차 오른다.
슬픈 눈으로 아득한 곳을 바라보며 부르는
신이의 노래가 절절한 그리움으로 다가왔다.

그리워 그리워서, 그대가 그리워서
매일 난 혼자서만 그대를 부르고 불러봐요.

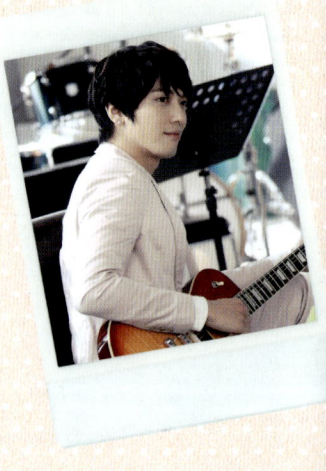

너, 누군가 그리워하고 있구나.
진심으로.

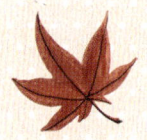

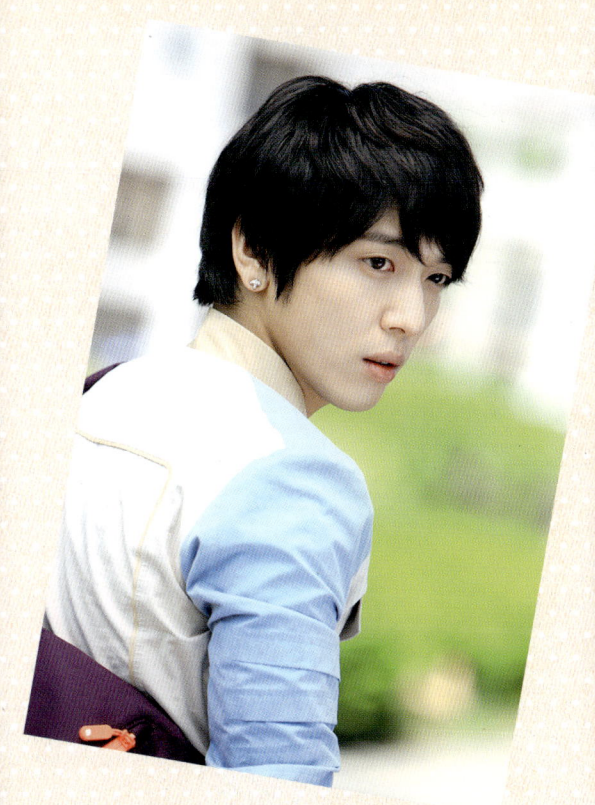
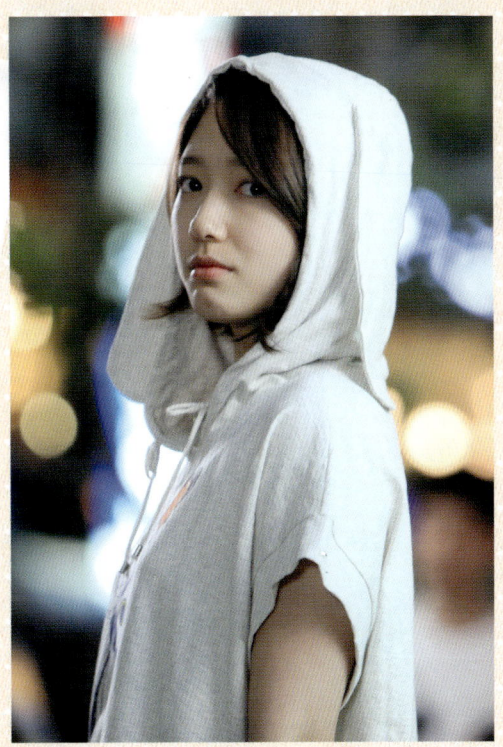

신이의 노래가 눈물처럼 마음을 적셨다.
갑자기 가슴이 쿵쾅쿵쾅 뛰기 시작한다.
요즘 이신 때문에 스트레스를 많이 받아서
고장이 났나보다. 푸른 조명 아래
서늘한 너의 얼굴이 그리움으로 흔들리고
아득한 너의 목소리에 내 마음이 흔들린다.

위험하다.

웃어준 당신이 고맙습니다

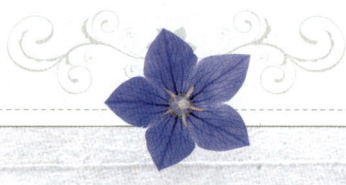

"오늘 아버지를 만났어요."
단 한 사람, 당신에게만은 이야기하고 싶었습니다.
내 마음속 그리움이 조금이나마 사라졌던 오늘,
이 기쁨을 나누고 싶은 사람이 당신이라서,
당신이 싫어하실 줄 알지만 그냥 왔습니다.
누군가가 내 이야기를 들어주었으면 할 때
언제나 떠오르는 사람은 당신이라서….

당신과 나의 거리가 아득하게 멀지만
그저 당신에게 말하고 싶었습니다.
오래오래 가슴속에 숨겨왔던 아픈 이야기를
당신과 나누고 싶었습니다.
그래서 그냥 왔습니다.

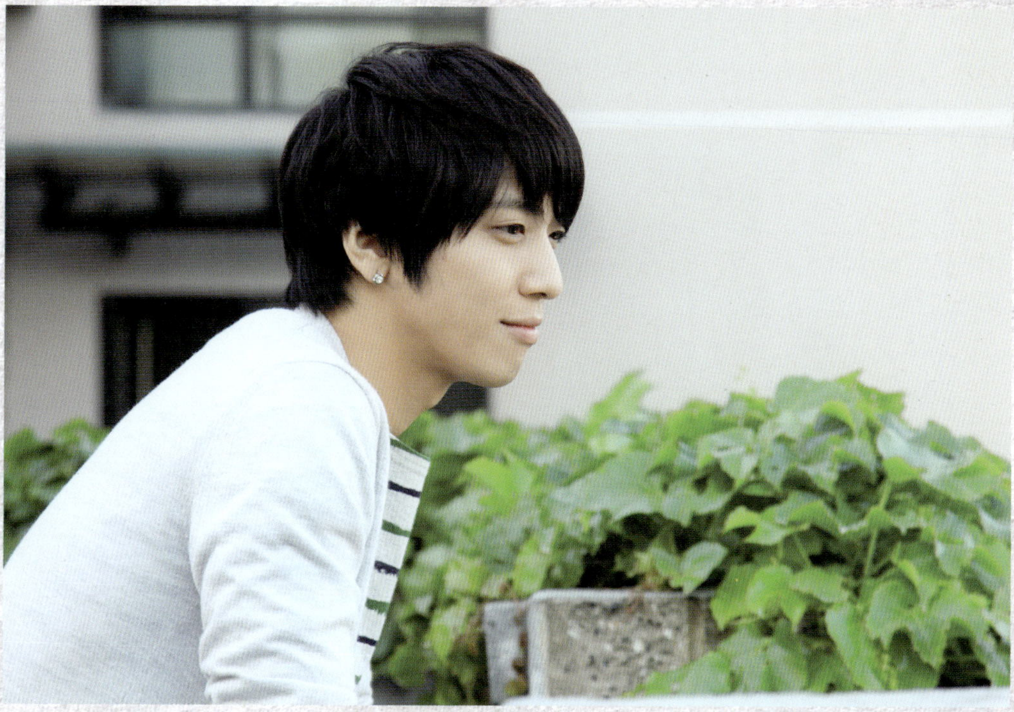

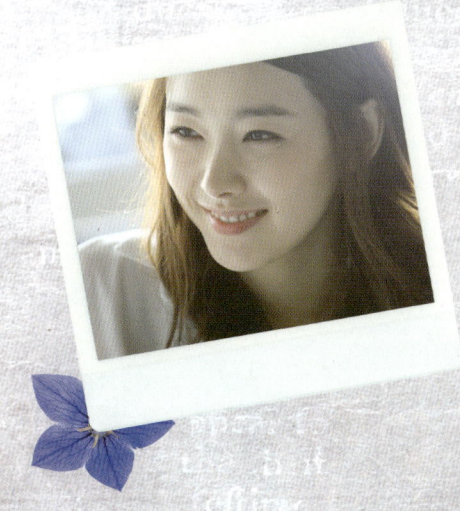

"신아, 잘됐다."
웃어주시는 당신이 고맙습니다.
당신이 내 편인 것 같아서 마음이 놓입니다.
그저 그뿐이라도 괜찮습니다.
그냥 당신이니까요.

09

나도 모르게 심장이 뛴다

"대리출석 걸렸어. 반성문 써 오래."

입을 내밀고 무뚝뚝하게 내뱉는 말에 불만이 가득하다.

정말 그걸 하러 갔었단 말이야? 바보 같은 자식.

여학생이 남학생 대출을 해주다니, 가능하다고 생각한 거야?

처음으로 생긴 노예, 놀려먹으려고 대리출석 좀 시켰더니

정말로 시도하다 걸렸단다.

덕분에 나까지 반성문을 써야 한다.

귀찮은 일이 생기긴 했지만 괜히 이 상황이 즐겁다.

시키면 시키는 대로 다 하는 융통성 제로의 이규원,

너를 놀려먹는 게 어쩐지 재밌다.

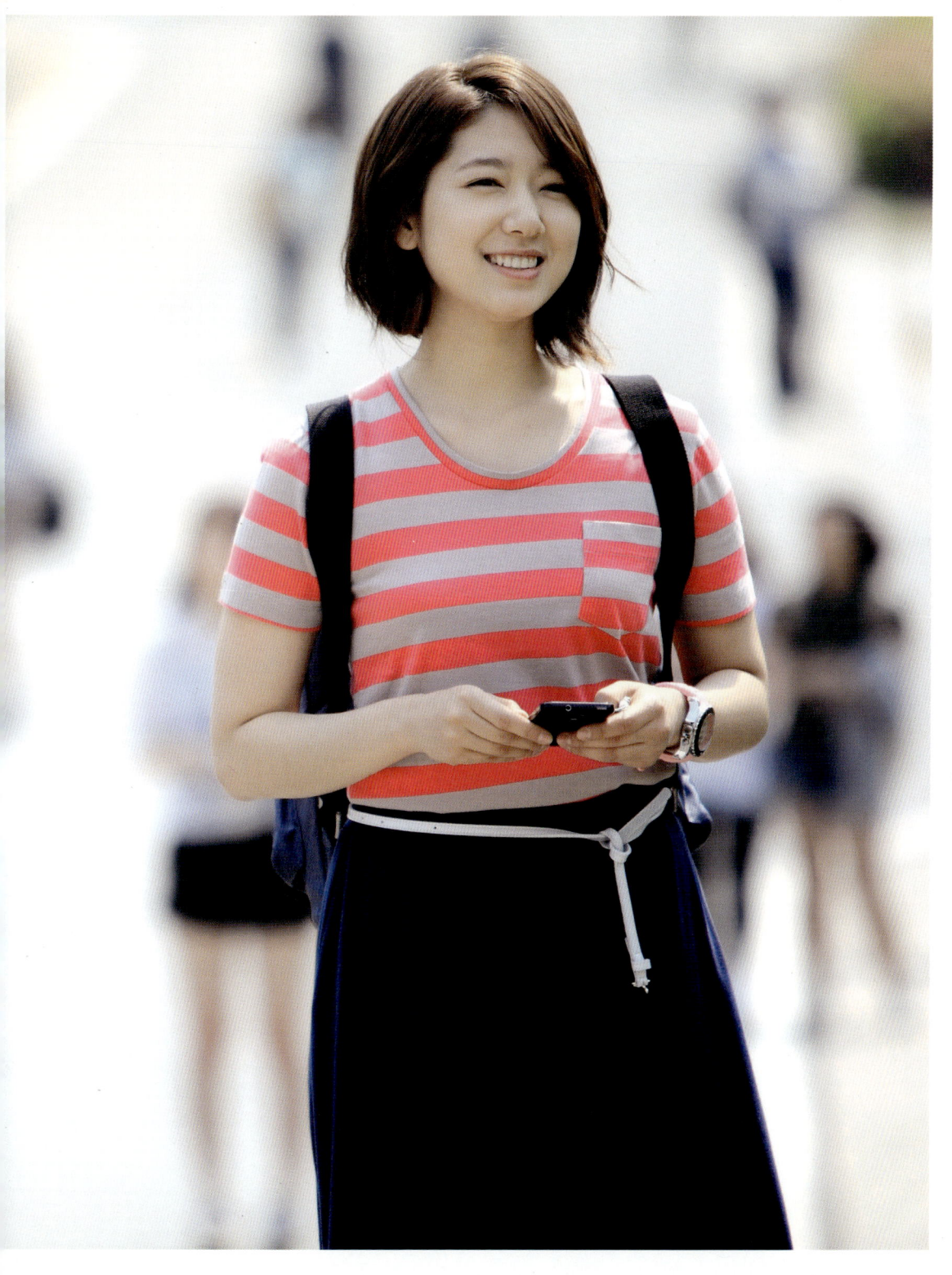

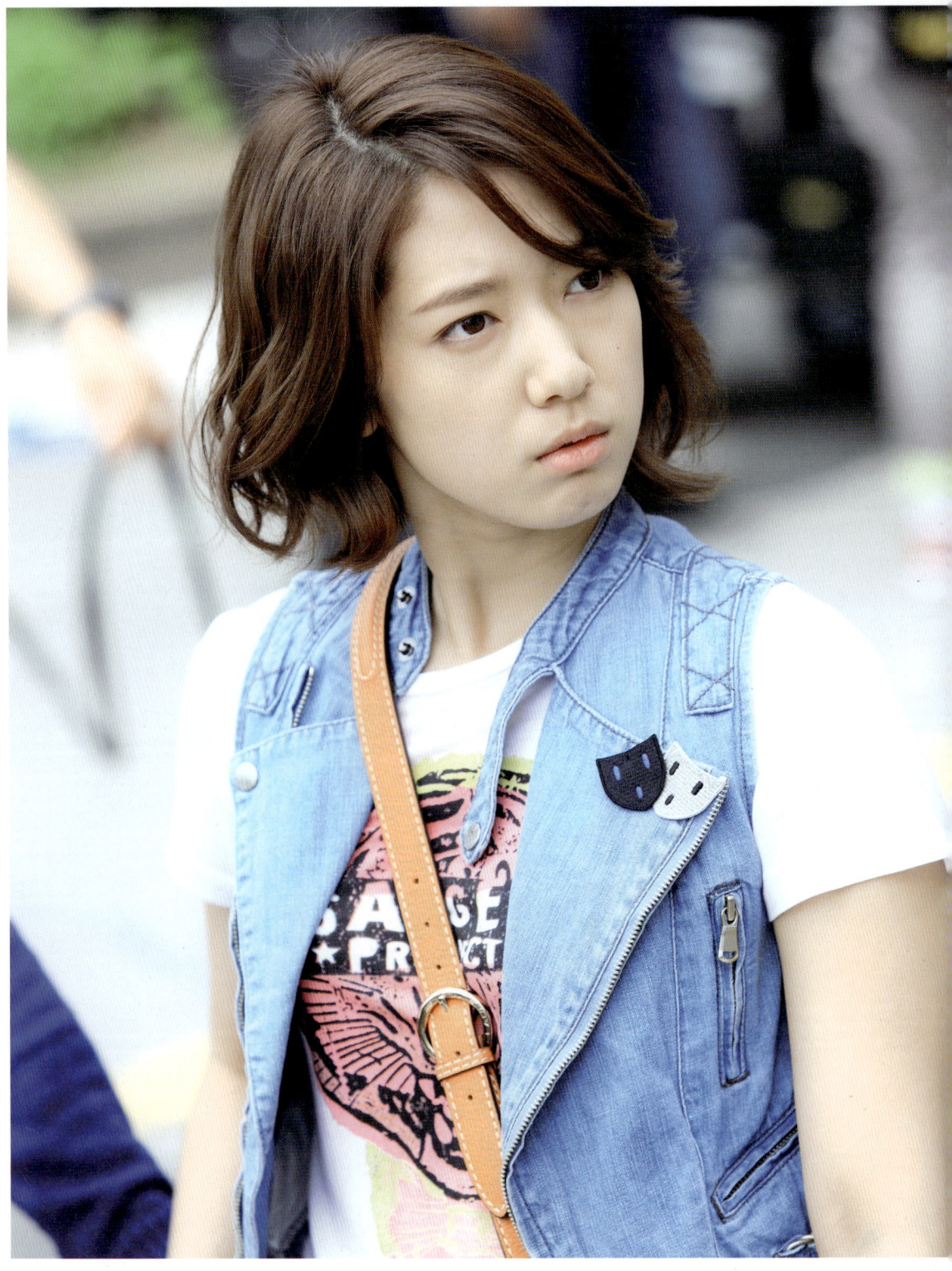

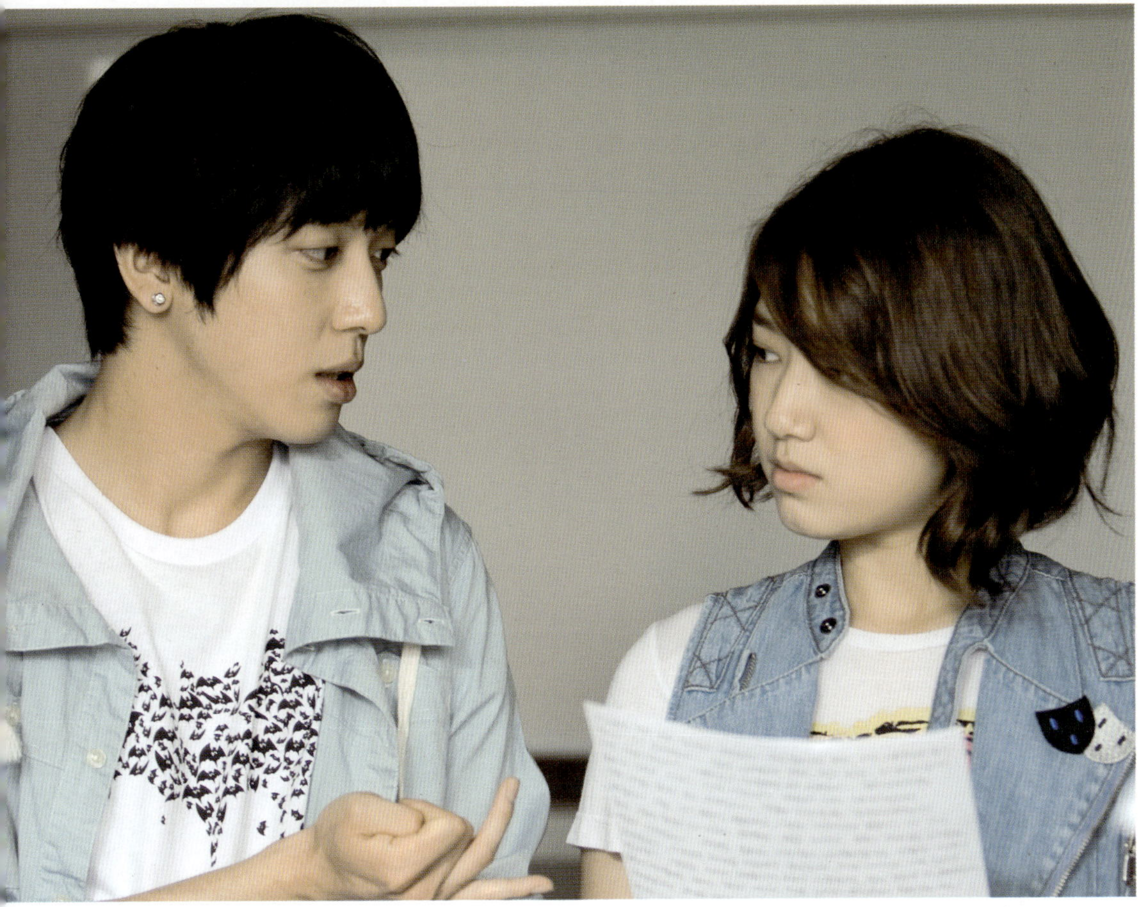

반성문이 엉망이라고 연극 소품실을 청소하게 되었다.

이 노예란 녀석, 청소는 안 하고 소품 뒤집어쓰고 혼자 논다.

가만 보고 있자니 나름 귀여운 구석이 있다.

마귀할멈 모자를 쓰고 갸우뚱거리는 모습이 어린 동생을 보는 것 같다.

내친김에 이것저것 시켰더니 하라는 대로 다 한다.

삐에로 옷도, 공주 드레스도 귀엽다.

이상하게도 규원이란 아이는 난생처음 보는 장난감처럼 신기하다.

불쑥 떠오르는 느낌이 생경해서 애써 마음을 감춘다.

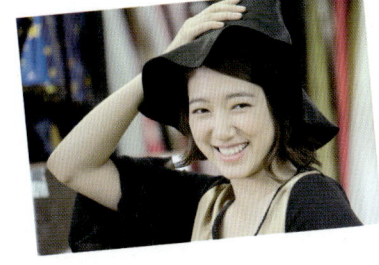

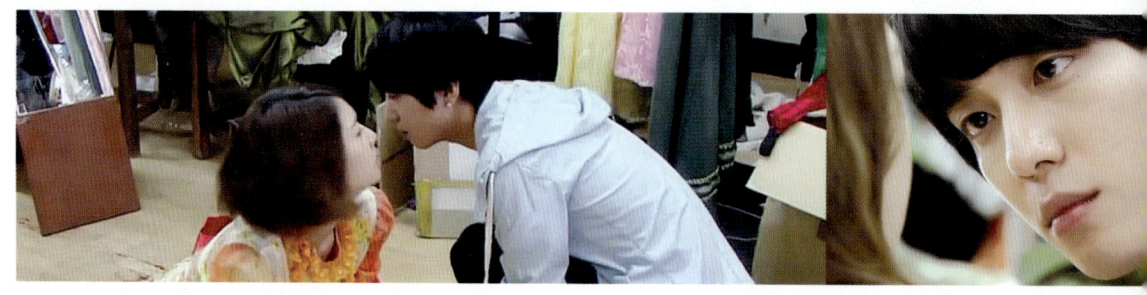

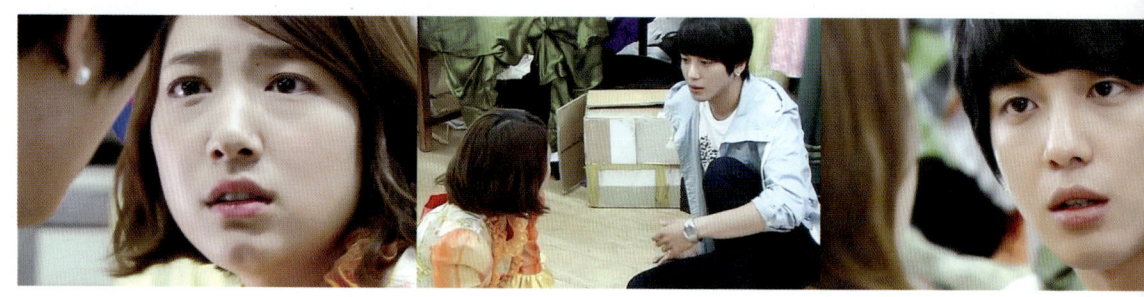

그 순간 갑자기 캄캄해진 소품실.

"어떻게 된 거야? 이신, 너 거기 있는 거지?"

겁먹은 규원의 목소리가 나를 찾는다.

어린애 같은 모습을 보니 안심시켜주고 싶어진다.

"나, 여기 있어. 걱정 마."

다시 불이 켜진 순간 옆에 있어서 다행이라는 듯,

날 부르는 목소리에 반가움이 넘치는 것 같다.

앗, 규원이 얼굴이 바로 코앞에 있다!

그 아이의 따스한 숨결에 훅~~ 가슴이 죄어온다.

심장이 뛴다. 나도 모르게. ♥

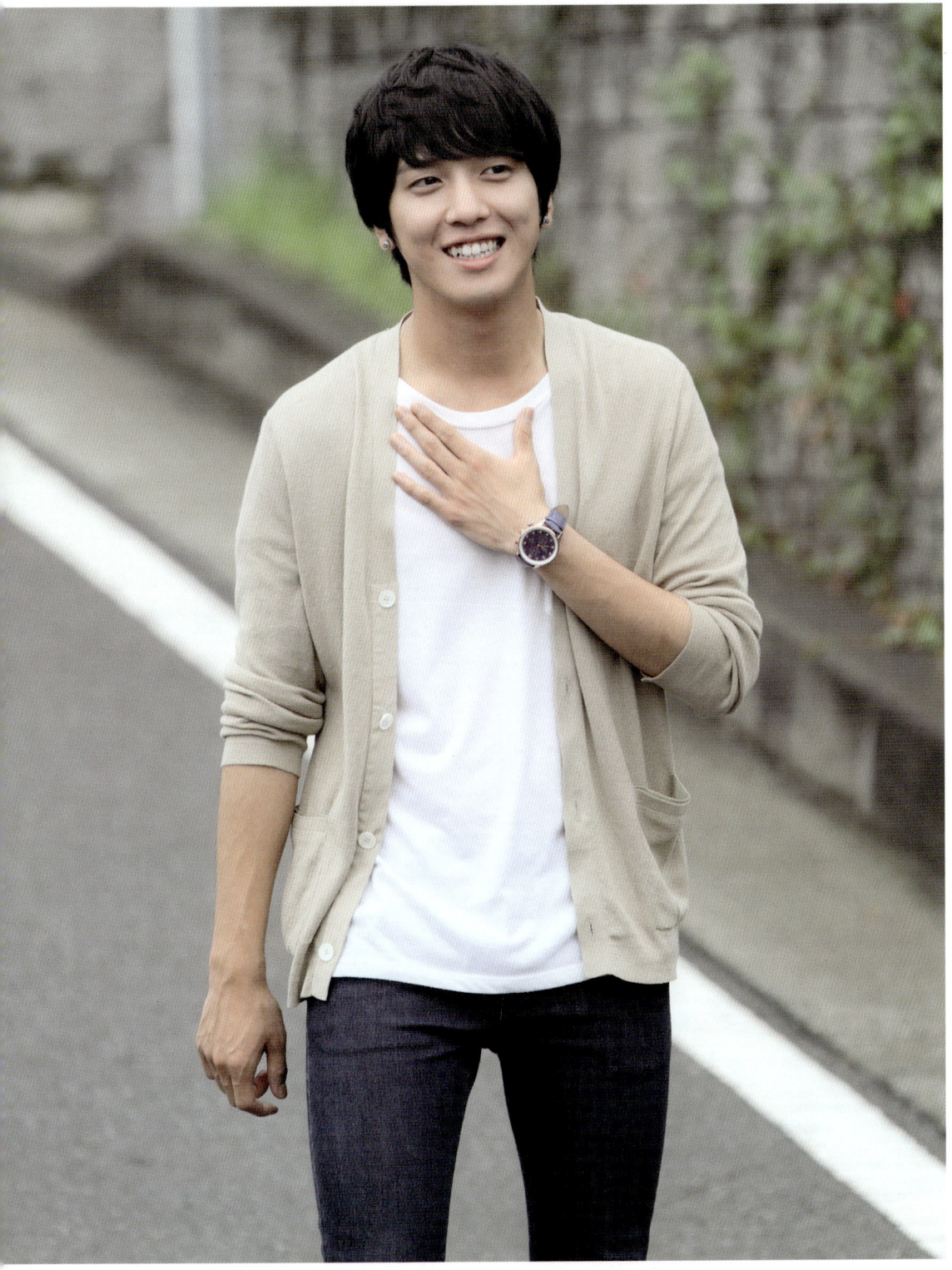

뮤지컬 공연, 귀찮은데…

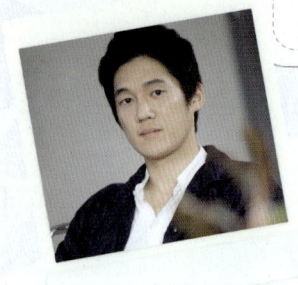

예술대학 100주년 기념 뮤지컬 공연에

연주팀으로 합류하라는 김석현 감독의 요청을 받았다.

내 관심 밖이다. 이규원은 귀가 솔깃한지 진지하게 듣는다.

어쩌면 여주인공도 될 수 있다는 말에 눈을 반짝인다.

언감생심! 못 오를 나무는 쳐다보는 게 아니란다, 이 꼬마야!

하지만 규원의 가야금 연주라면 한 번 더 듣고 싶다.

내 몸과 마음을 꽉 채우던 그 아름다운 가락을,

새로운 세계에 대한 그 환희를,

다시 한 번 들을 수 있다면

네가 오디션 보는 것 찬성이다.

너는 몰라도 네 음악만은 인정하니까.

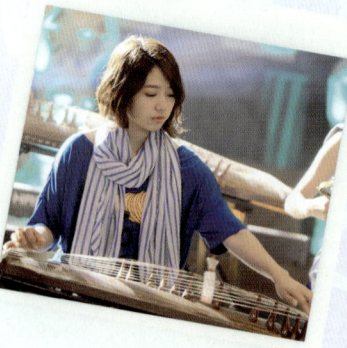

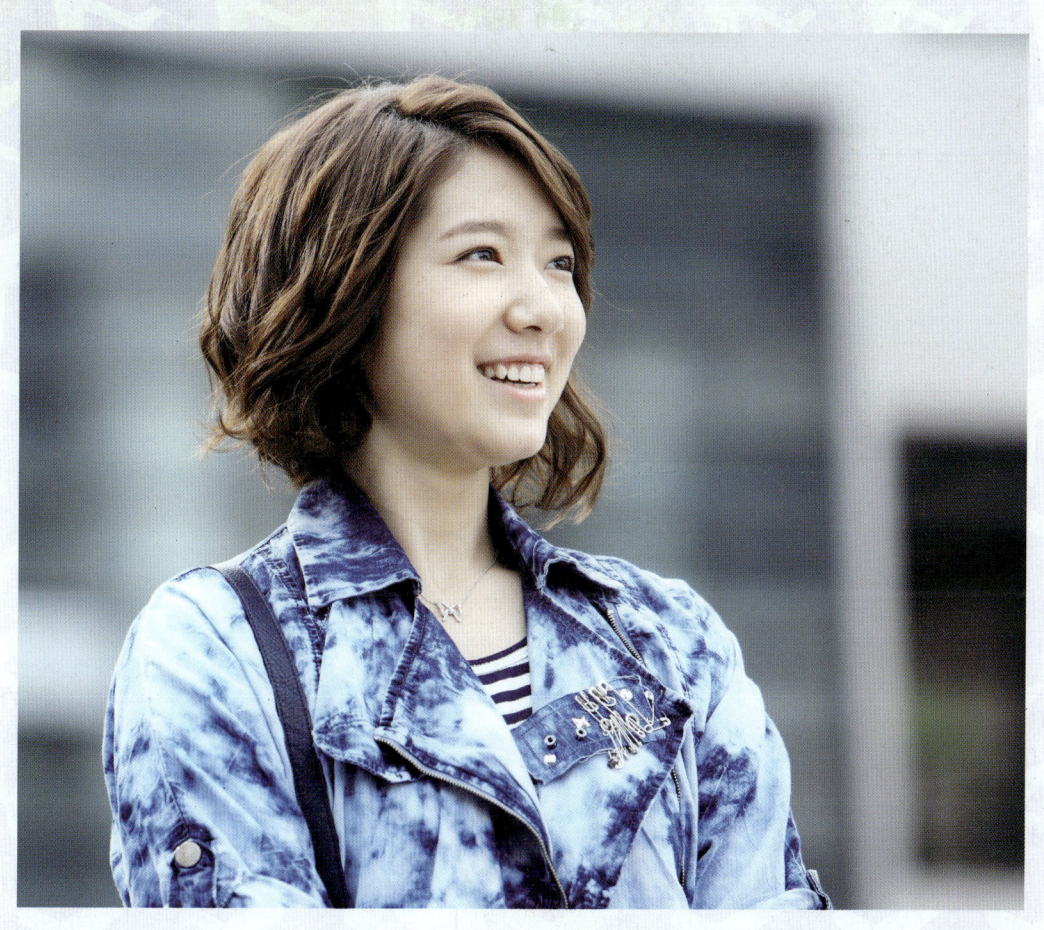

규원이가 친구들과 게시판 앞에서 꺅! 꺅! 소리를 지른다.

어린애처럼 방방 뛰면서 좋아한다.

투명하게 속이 다 보이는 녀석.

오디션에 합격한 모양이다.

그렇게 좋냐?

자꾸 저 녀석이 눈에 밟힌다.

저 녀석의 목소리, 저 녀석의 눈빛.

그냥 지나쳐지지 않는다.

귀찮게스리…

11

규원이의 커피 심부름

커피 심부름을 시켰다.

하기 싫어 툴툴거리면서도 끝내는 사다 주는 이규원.

거스름돈 200원 달랬더니 심술이 잔뜩 난 얼굴로

"치사하다. 치사해."를 연발한다.

잔돈이 없는지 곧 미안해하는 녀석.

바보! 놀리는 줄도 모르고….

"오늘 안 주면 내일은 이자 붙는다."

괜히 한 번 더 놀려본다.

놀랐는지 돈 줄 테니 노예계약 없던 걸로 하잔다.

싫어. 내가 왜 그런 바보 같은 짓을 해?

전속 노예 하나 덕분에 인생이 얼마나 럭셔리해졌는데

내가 널 쉽사리 놔주겠어?

절대 나한테서 도망갈 생각 마!

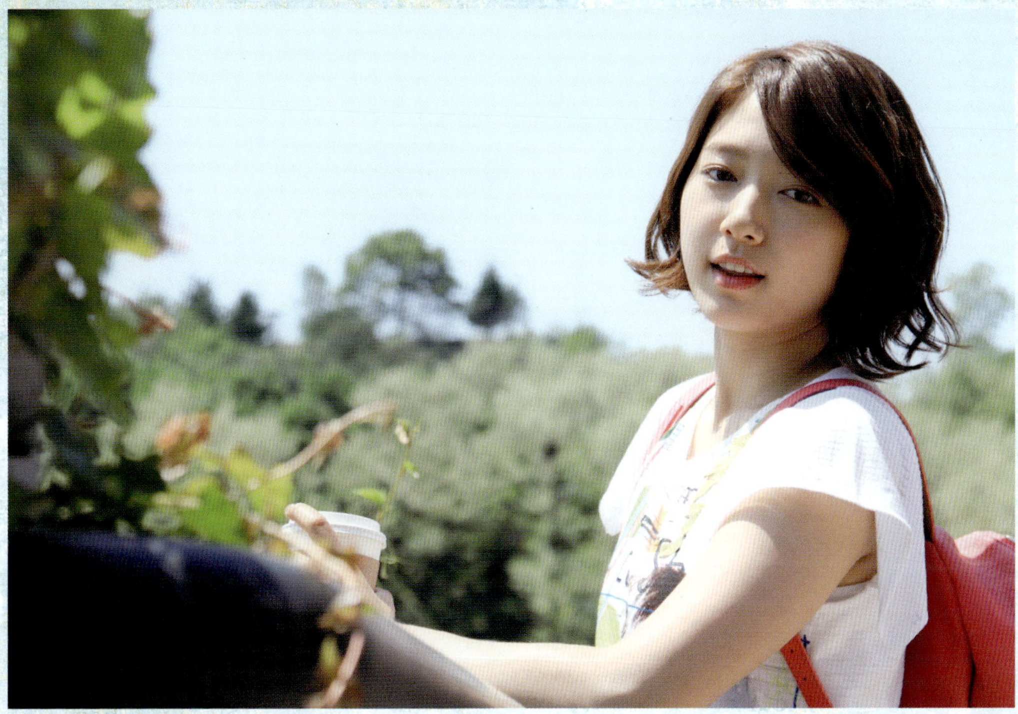

〈실음과 이신 커피임. 침 뱉어놨음. 퉤퉤!〉

엉뚱한 녀석.

다른 사람이 가져갈까봐 확실히 해놨군.

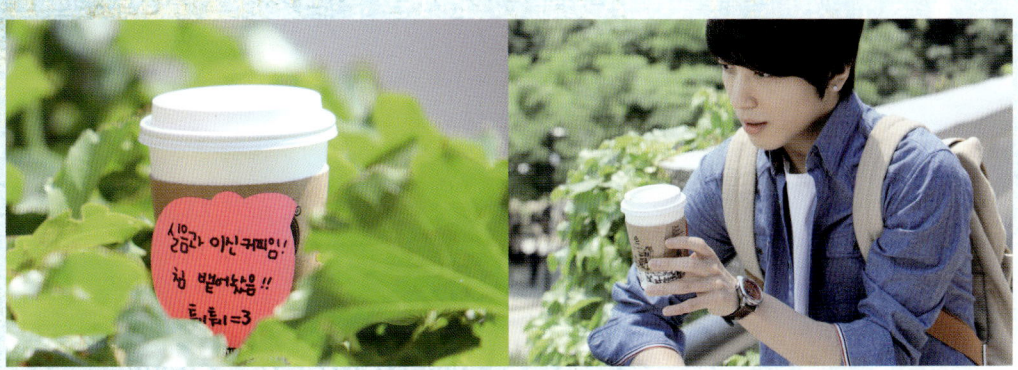

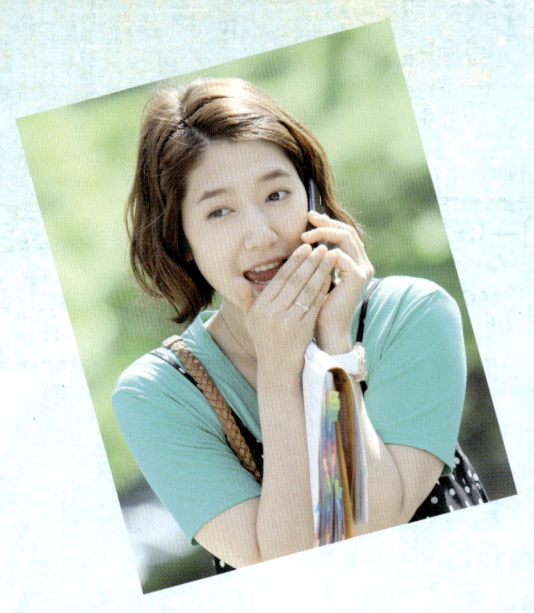

많이 기다린 모양이다.

통통한 입술을 삐죽이면서,

몇 번이나 아래를 내려다봤겠지.

그 모습을 상상하니 조금 미안해진다.

커피를 들고 밴드실로 갔더니 친구들이 달려든다.

왠지 주기 싫다.

커피를 들고 땀을 뻘뻘 흘리며 학교 언덕을 올라왔을,

나를 기다리며 애태웠을 규원의 마음을

친구와 나눠 가지는 것이 왠지 아깝다.

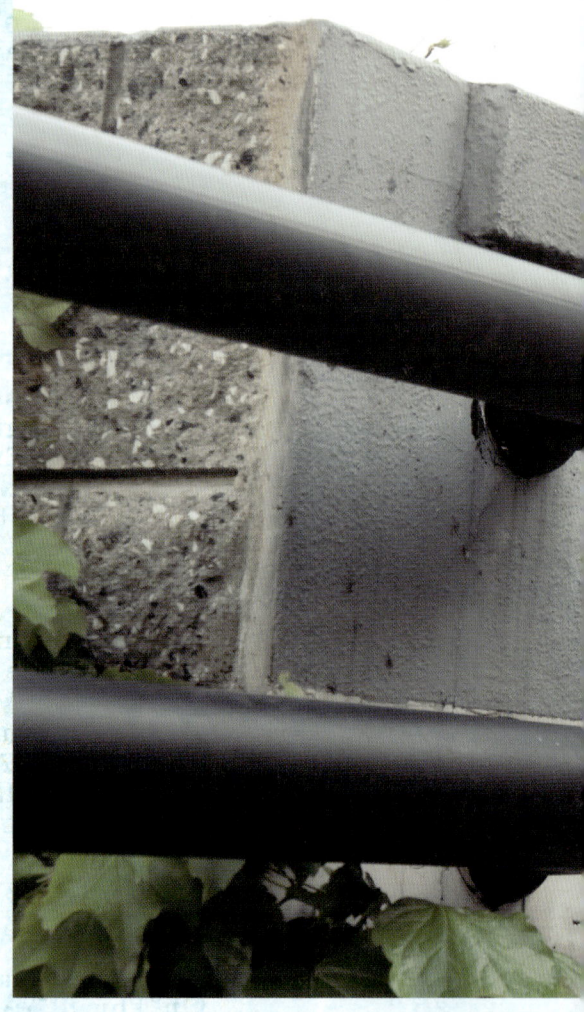

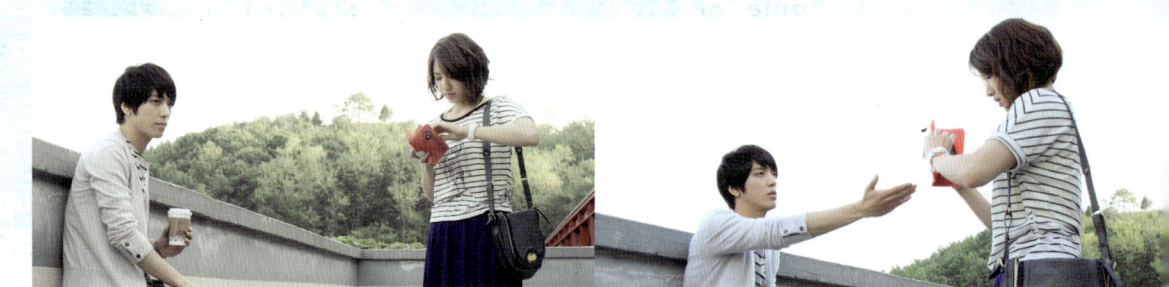

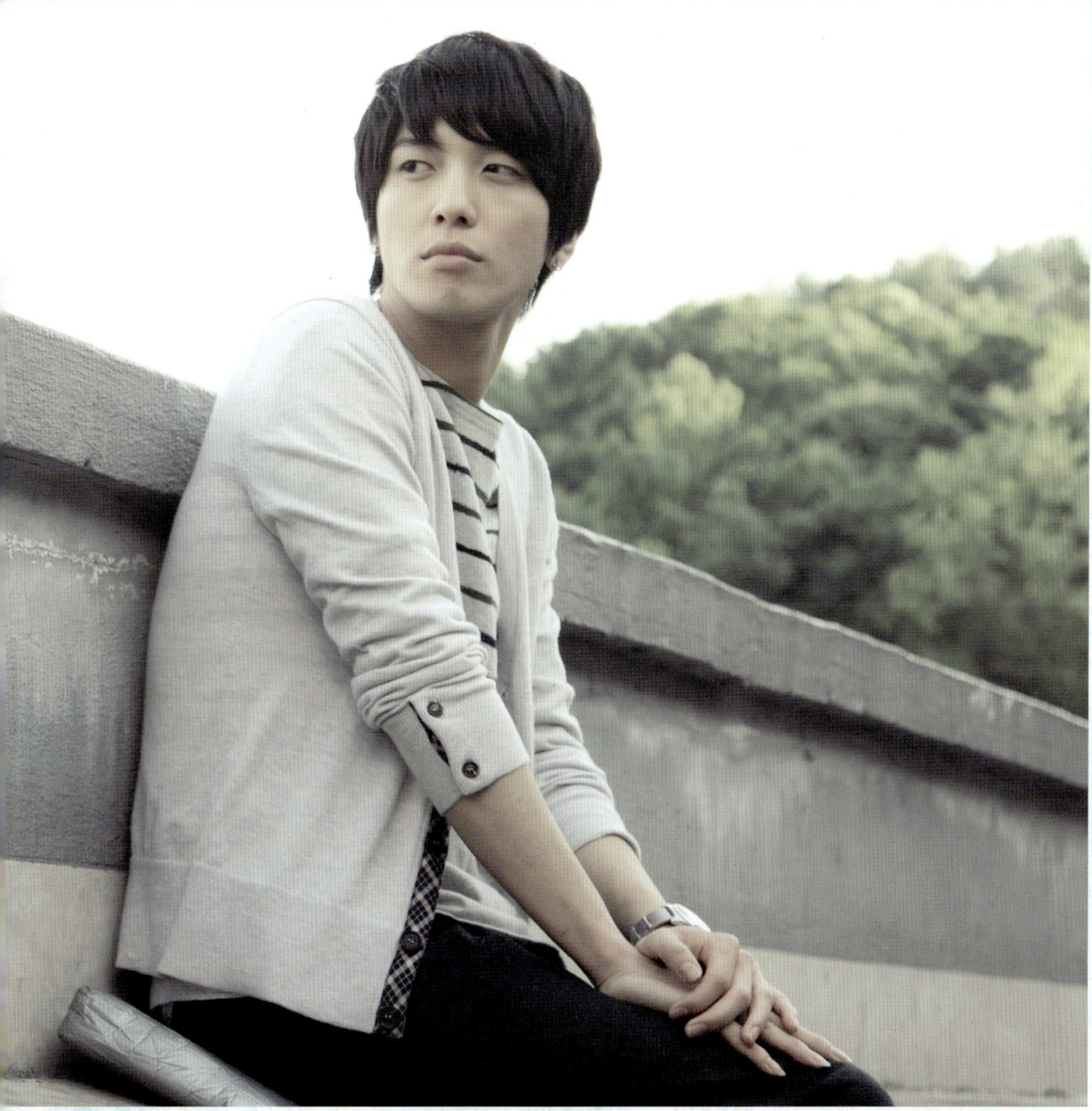

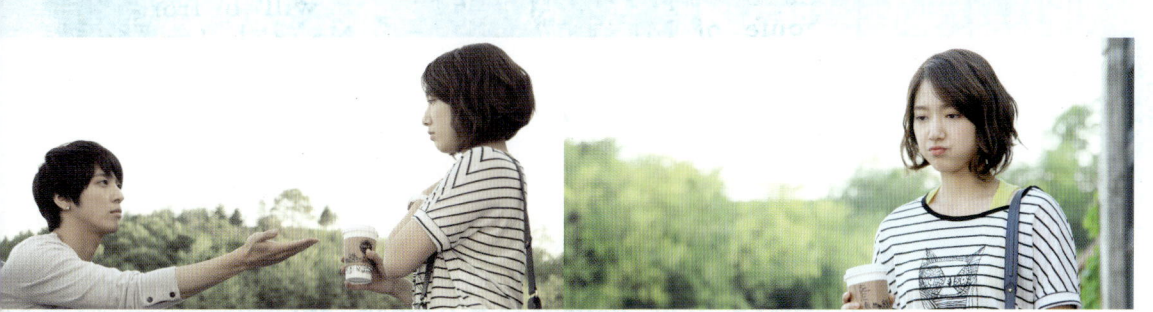

미안하단 말 마세요

휴대폰을 통해 당신의 목소리가 들려옵니다.
문이 바깥에서 잠겼다고 당황해합니다.
어둠 속에 혼자 남겨진 당신이 애처로워
자꾸 마음만 앞섭니다.
자전거 페달을 밟는 두 다리도 자꾸 허둥댑니다.

수위 아저씨에게 부탁해 연습실 문을 연 순간
혼자 우두커니 앉아 있는 당신이 가여워서
안아주고 싶었습니다.
미안하다는 말, 마세요. 오히려 고마운걸요.
내가 마음을 털어놓고 싶은 순간
처음 떠올린 사람이 당신이었듯이,
당신에게 누군가 필요한 순간
나를 떠올려줘서 정말 행복합니다.

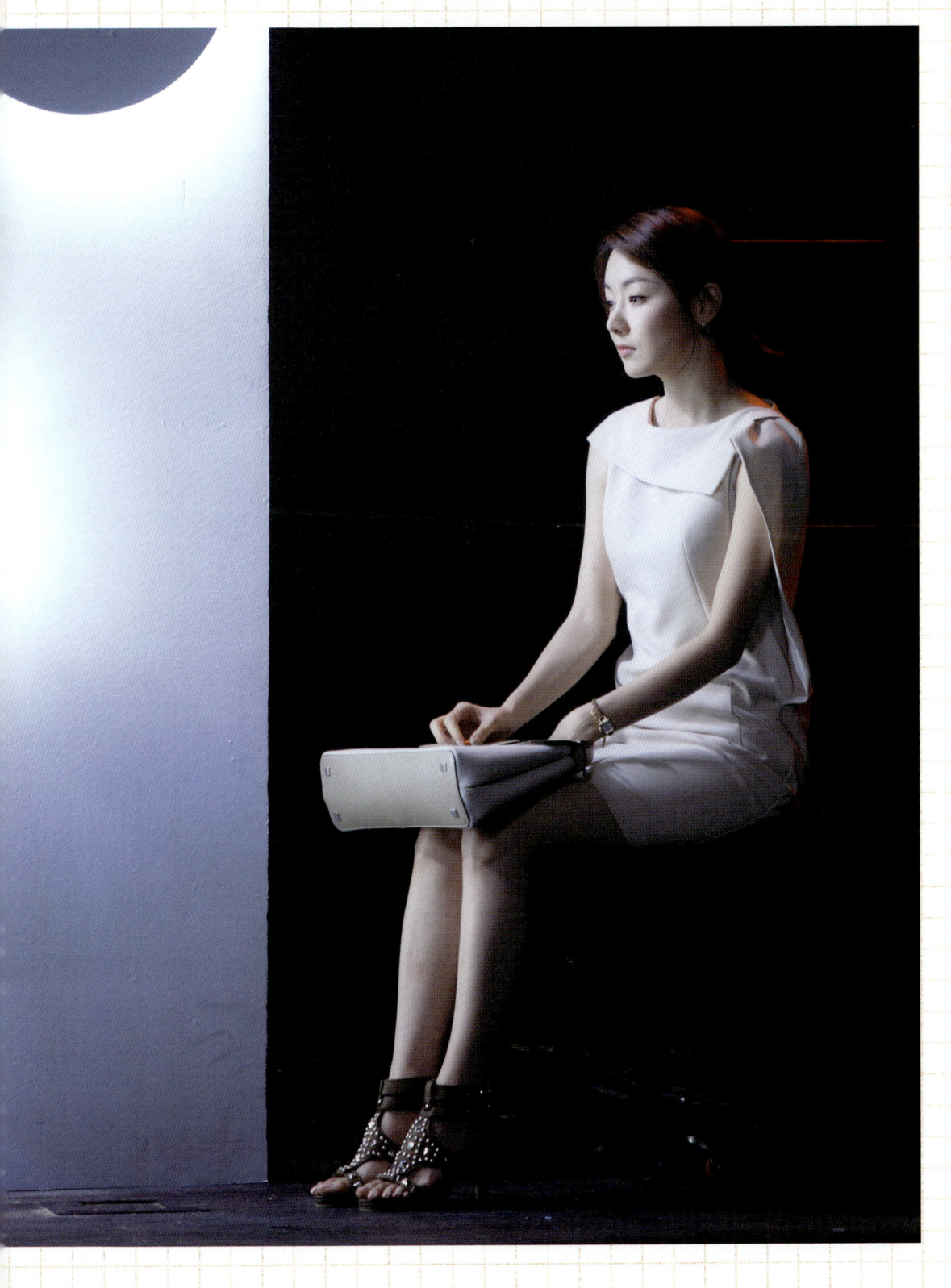

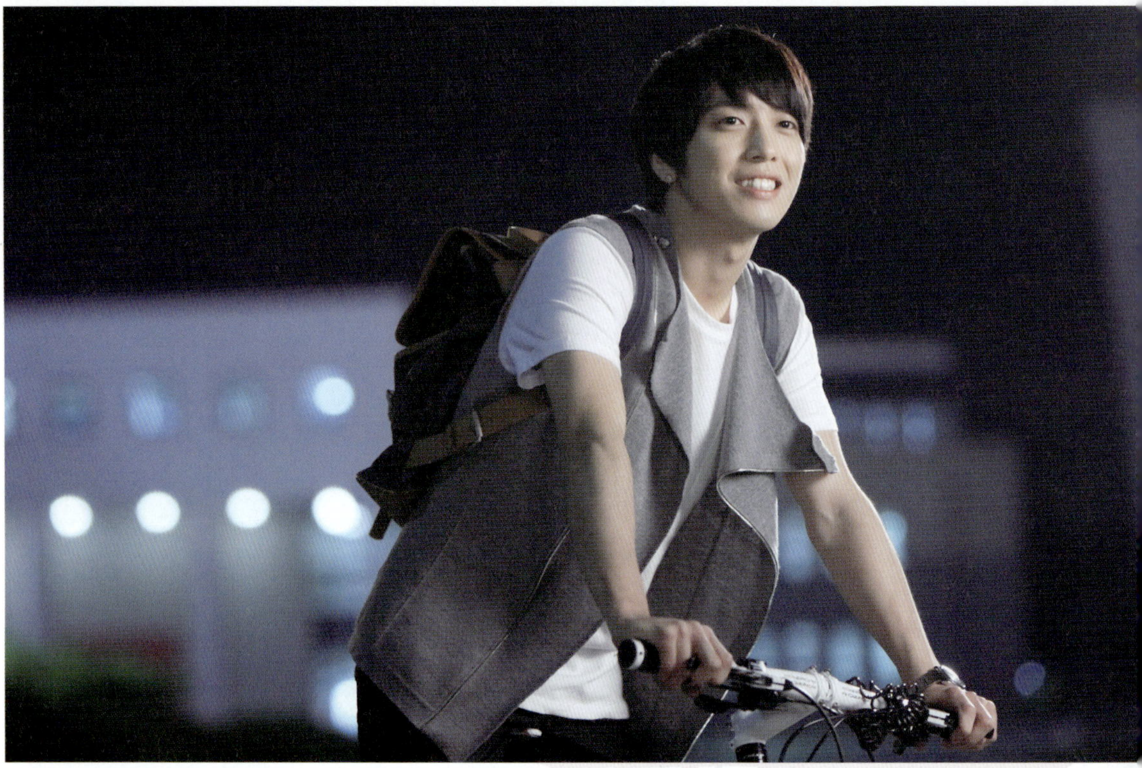

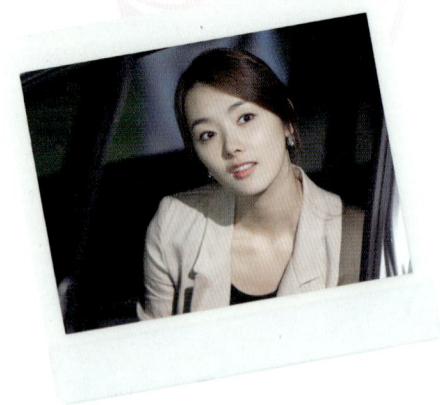

때론, 당신이 많이 아팠으면 좋겠습니다.
때론, 당신이 많이 힘들었으면 좋겠습니다.
조그만 일도 힘들고 서툴러서
계속 나를 찾아주면 좋겠습니다.
당신이 부를 때마다 달려갈 수만 있다면
정말 좋겠습니다.

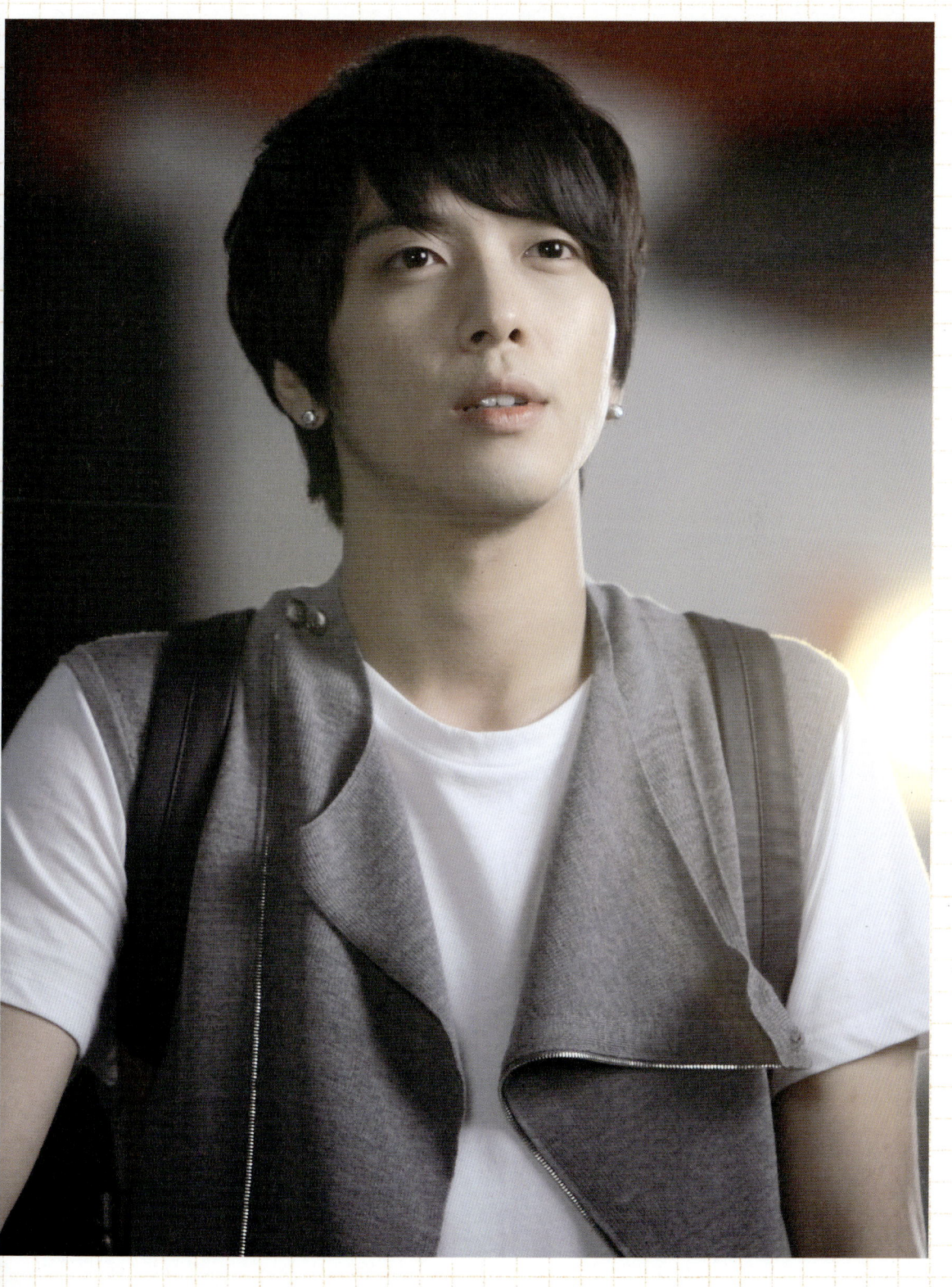

13

내 사랑의 방식

100주년 기념 공연의 내용이 정 교수님과 김석현 감독의

지나간 사랑 이야기라 한다. 아무리 과거의 추억이라 해도

두 사람만의 소중한 이야기를

만천하에 까발리고 싶었을까?

불의의 사고로 꿈을 접어야 했던 그녀,

그 좌절에서 아직 헤어 나오지 못하는 그녀의 상처를

다시 후벼 파려 하다니 용서할 수 없다.

김석현! 당신 정말 나쁜 사람입니다.

내가 지킬 겁니다. 그 사람이 더 이상 다치지 않게

내가 곁에 있어줄 겁니다.

터뜨릴 수 없는 분노로 온몸이 끓어올라,

자꾸만 주먹에 힘이 들어간다.

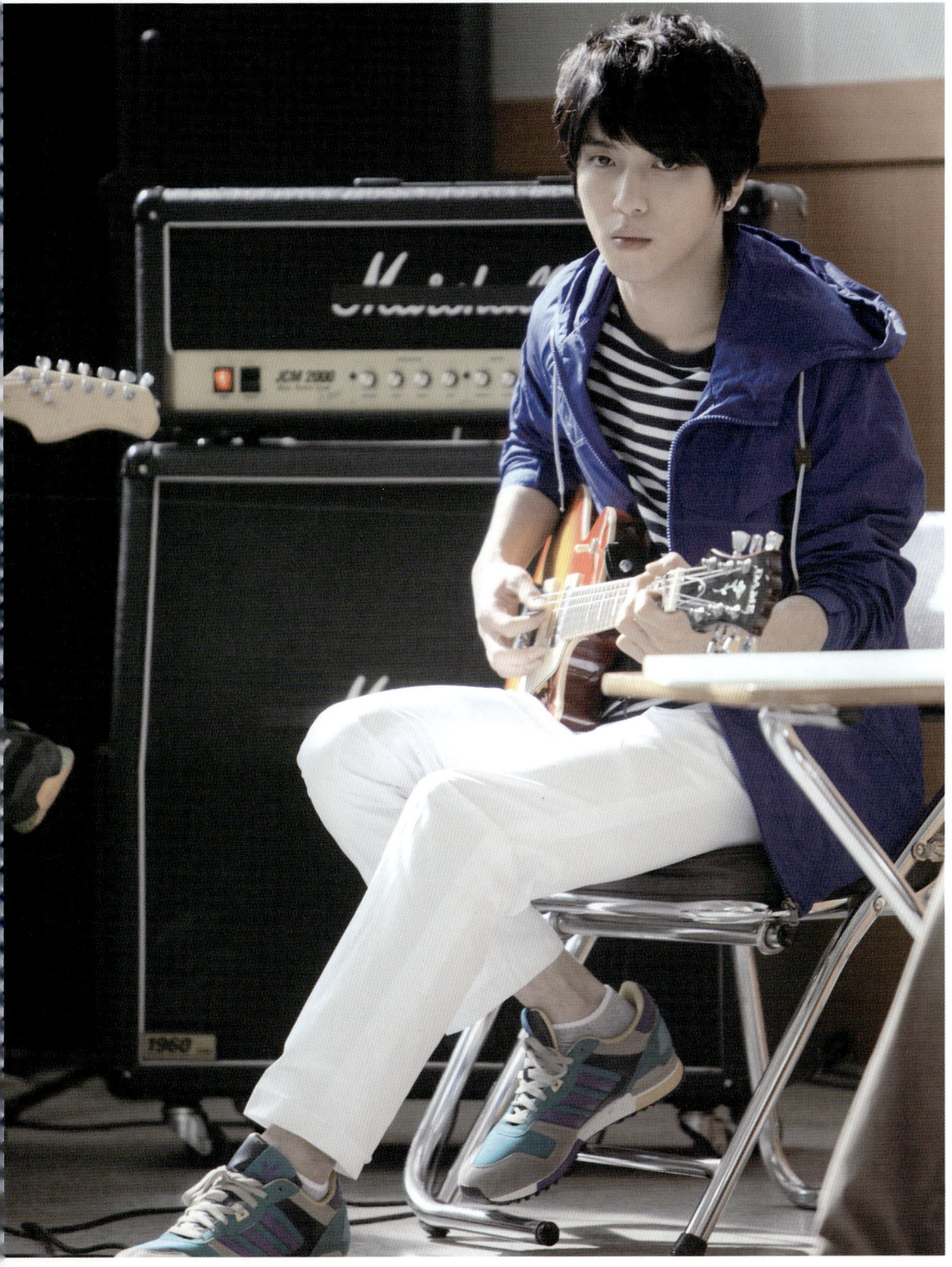

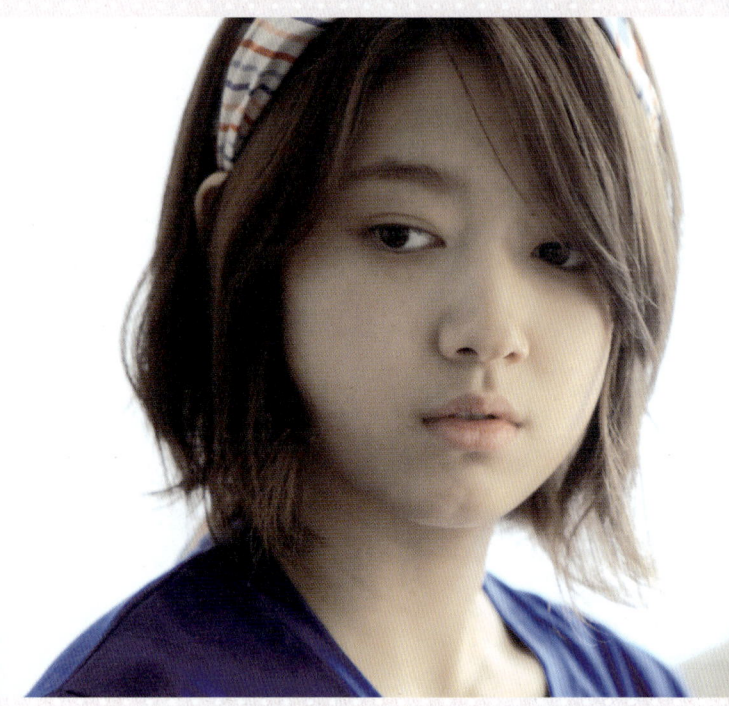

정 교수님을 가까이서 볼 수 있는 방법, 공연 연주를 하면 된다.
김 감독의 요청을 받아들이기로 했다.
그런데 공연을 포기한 규원을 설득해 같이 오라는 단서가 붙었다.
"넌 네가 알아서 해. 하고 싶으면 하던지."
"왜 갑자기 하려고 하는데?"
동그란 눈을 더 크게 뜨고는 묻는다. 정말 궁금한가보다.

"보고 싶은 사람이 있어서."
그 사람을 매일 볼 수 있다면 난 어디든 갈 거니까.
이제 그 사람을 지킬 거니까.
그게 내 사랑의 방식이니까.

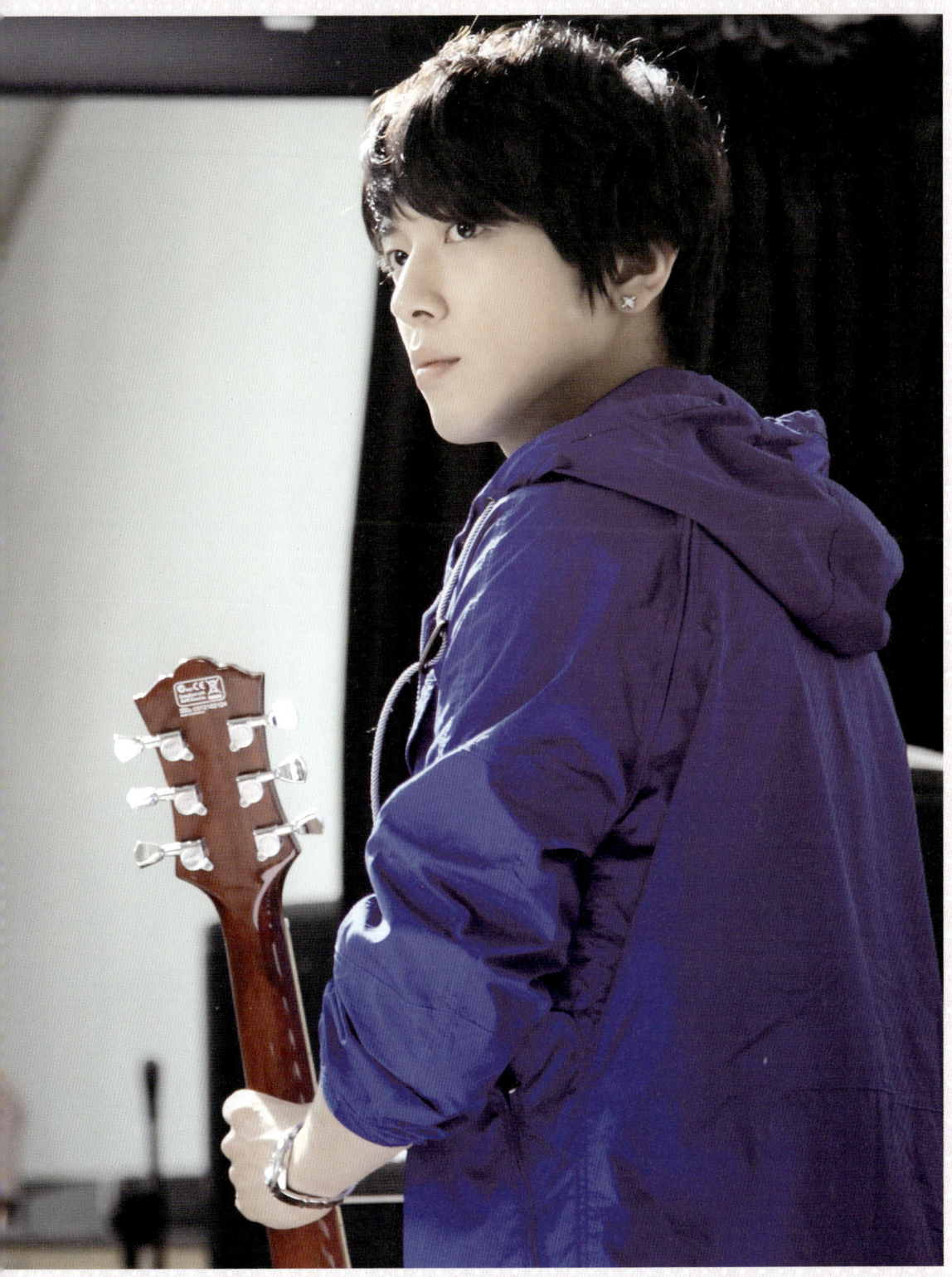

14

신이가 바라보는 사람

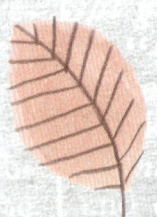

story of 규원

오디션에 합격한 것까진 좋은데
감독님이 나를 연기팀으로 지목했다.
특별대우니 낙하산이니 하는 터무니없는 오해와
견제가 싫어서 공연을 그만두고 말았다.

그런데 감독님이 이신을 데리고 강의실에 나타났다.
"네 노예니까 네가 설득해."
내가 공연에 참여해야 이신도 할 수 있다며 씩 웃고 가버린다.
하지만 신이는 설득할 생각 전혀 없단다.
내가 하건 말건 자긴 할 거라고 엄포를 놓는다.
왜 갑자기 마음이 바뀌었느냐 물으니
칼 같은 대답이 돌아왔다.
"보고 싶은 사람이 있어서."

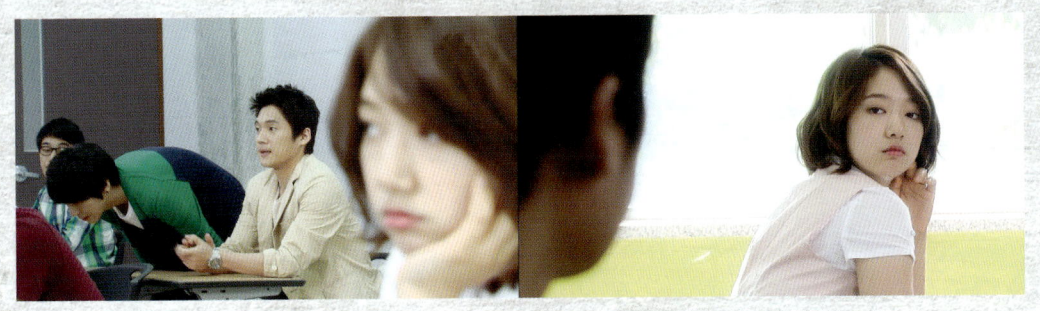

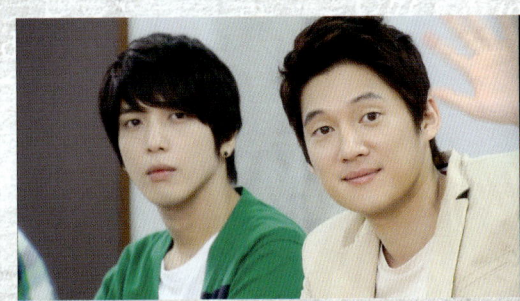

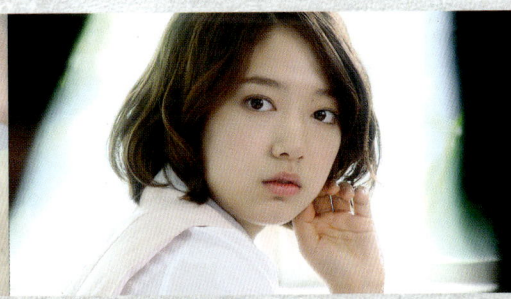

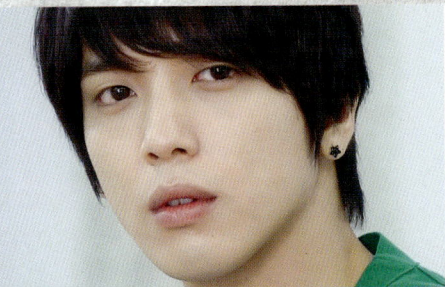

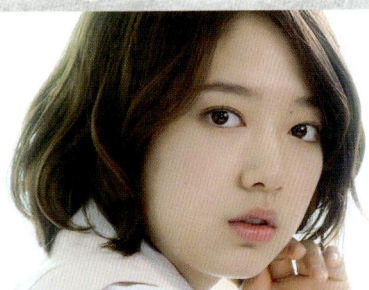

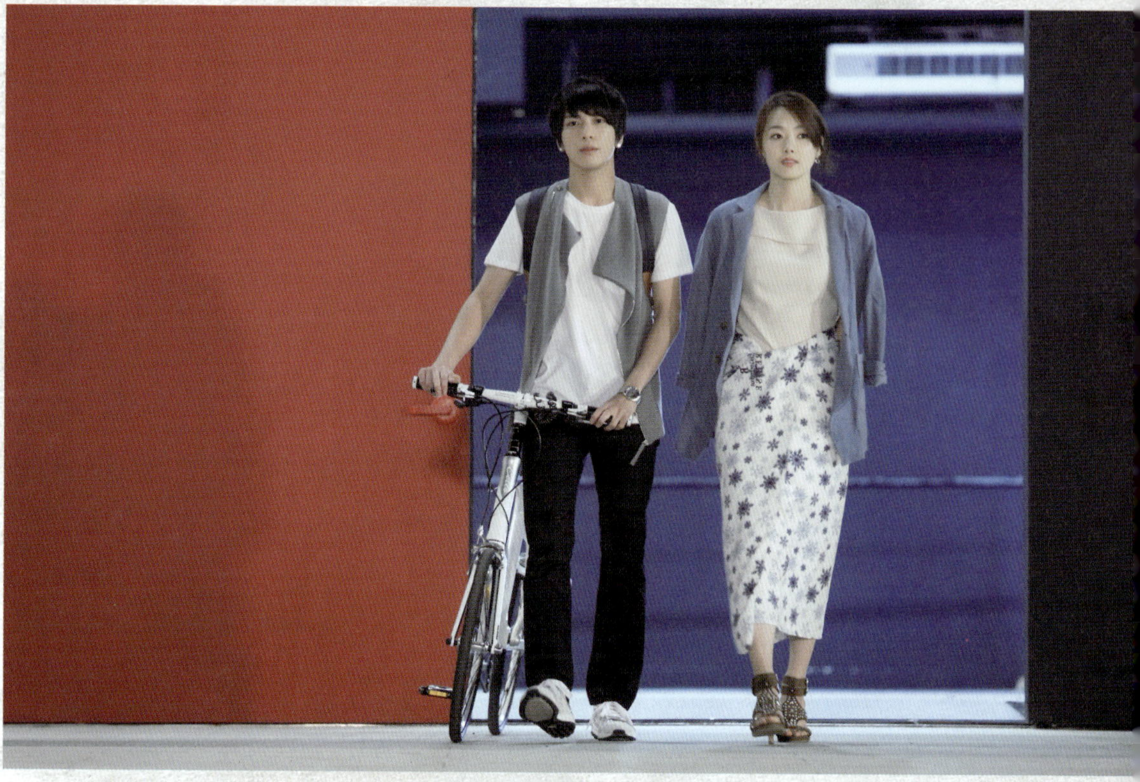

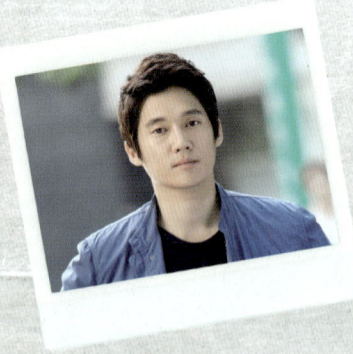

불현듯 정윤수 교수를 쳐다보던 신이의 아득한 눈빛이 떠올랐다.

그 눈빛이 사실이었던 거야? 아니지? 아닐 거야.

믿고 싶지 않은 현실에 온몸에 전율이 일었다.

그러면서도 내가 안 하면 신이도 못 한다는 감독님 말씀이 마음에 걸린다.

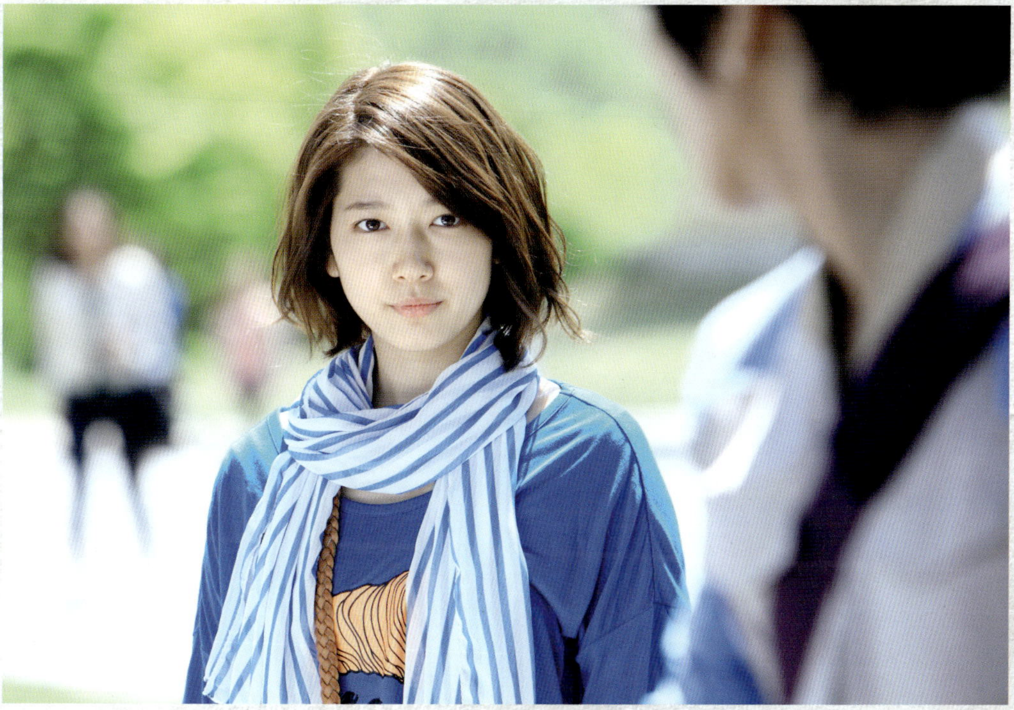

신이가 했던 말도 자꾸 생각난다.

"그래도 나는 할 거야."

그 한마디에 내 마음을 꽁꽁 채웠던 단추가 하나 열리고

"희주가 너보다 훨씬 잘해."

그 한마디에 또 하나 단추가 열린다.

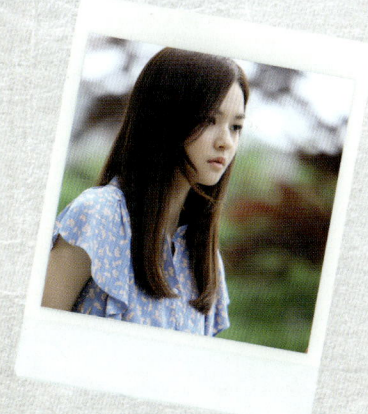

그렇게 자꾸 신이에게 마음이 열린다.

신이의 눈빛이 나도 모르게 다가와 내 곁에 머문다.

아니, 내가 그 아이를 의식하고 있는지도….

15

너의 열정이,
내 눈에 들어오기 시작한다

정윤수, 그녀를 보러 간 길

연습실에서 함께 무용 연습을 하는 규원을 보았다.

땀을 삘삘 흘리면서도 포기하지 않고

마침내 다리 찢기에 성공하고 만다.

온갖 인상 다 쓰는 폼이 우스워서 픽! 웃었지만

그래도 그 순간 규원의 모습이 꽤나 괜찮아 보였다.

무엇이 그런 열정을 내게 하는 걸까?

너의 열정이 꽤나 무겁고 진지해 보인다.

음악이 아닌 다른 것에는 건성건성 살아가는 나로선

너의 이런 모습이 재밌고 흥미롭다.

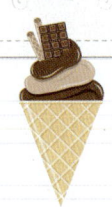

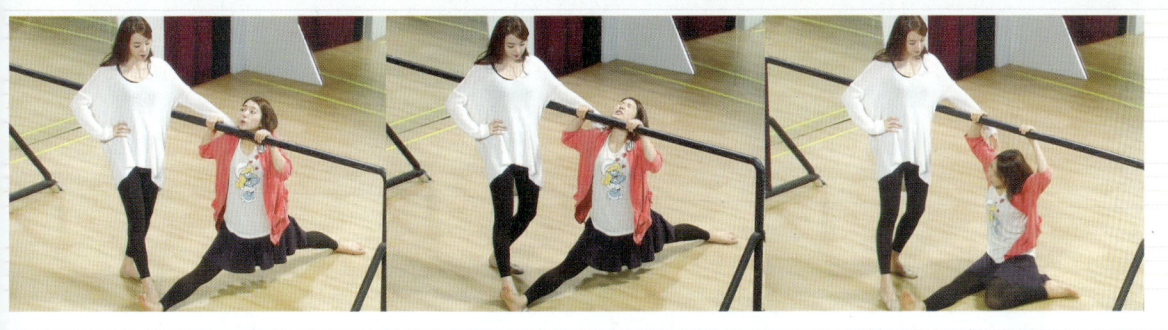

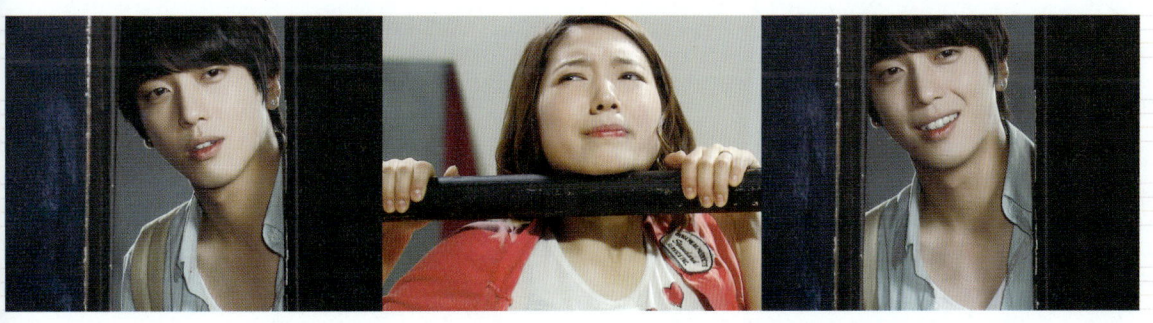

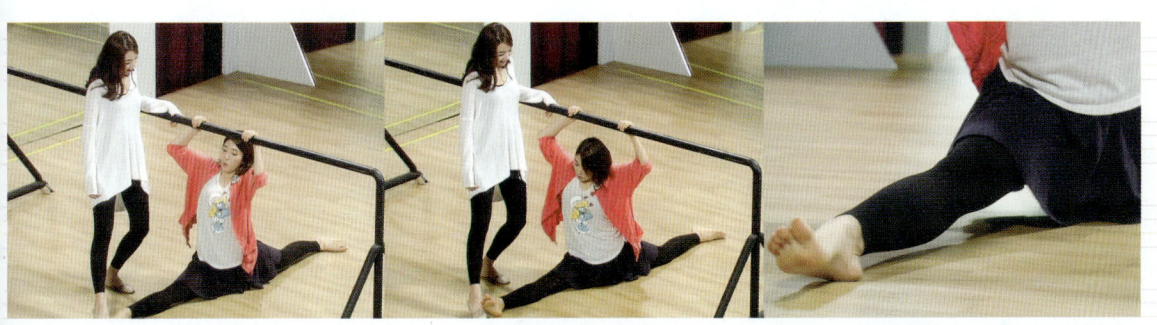

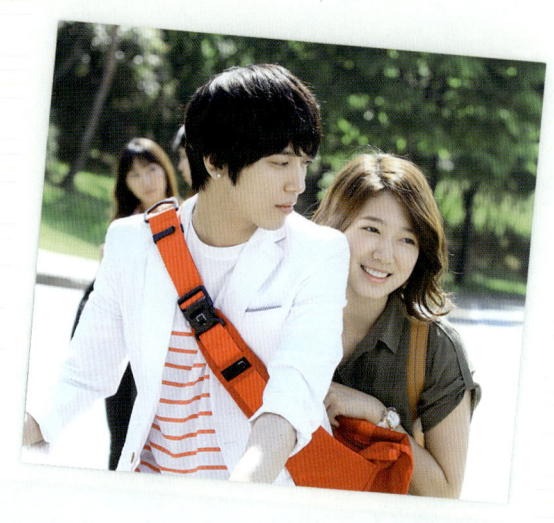

어젯밤의 무용 연습이 고되긴 했나보다.

엉덩이 쑥 빼고 거북이걸음으로 학교 언덕길 올라가려면 고생 좀 하겠다.

참 딱하다, 너도.

단지 그 아이가 힘들어하는 게 보여서,

그리고 노예가 힘들면 주인인 내 생활에 지장이 있을지 모르니까

단지 그 이유 때문에

선뜻 규원에게 자전거 뒷자리를 내어줬다.

자식, 황홀한 표정으로 등에 기대서는

학교에 다 왔는데도 내릴 줄 모른다.

그렇겠지. 당연히 좋았겠지!

이 학교에서 제일 멋진 이신 왕자님의 자전거에 탔으니!

다른 여학생들의 시기와 질투의 시선을 한 몸에 받으니 기분이 어때?

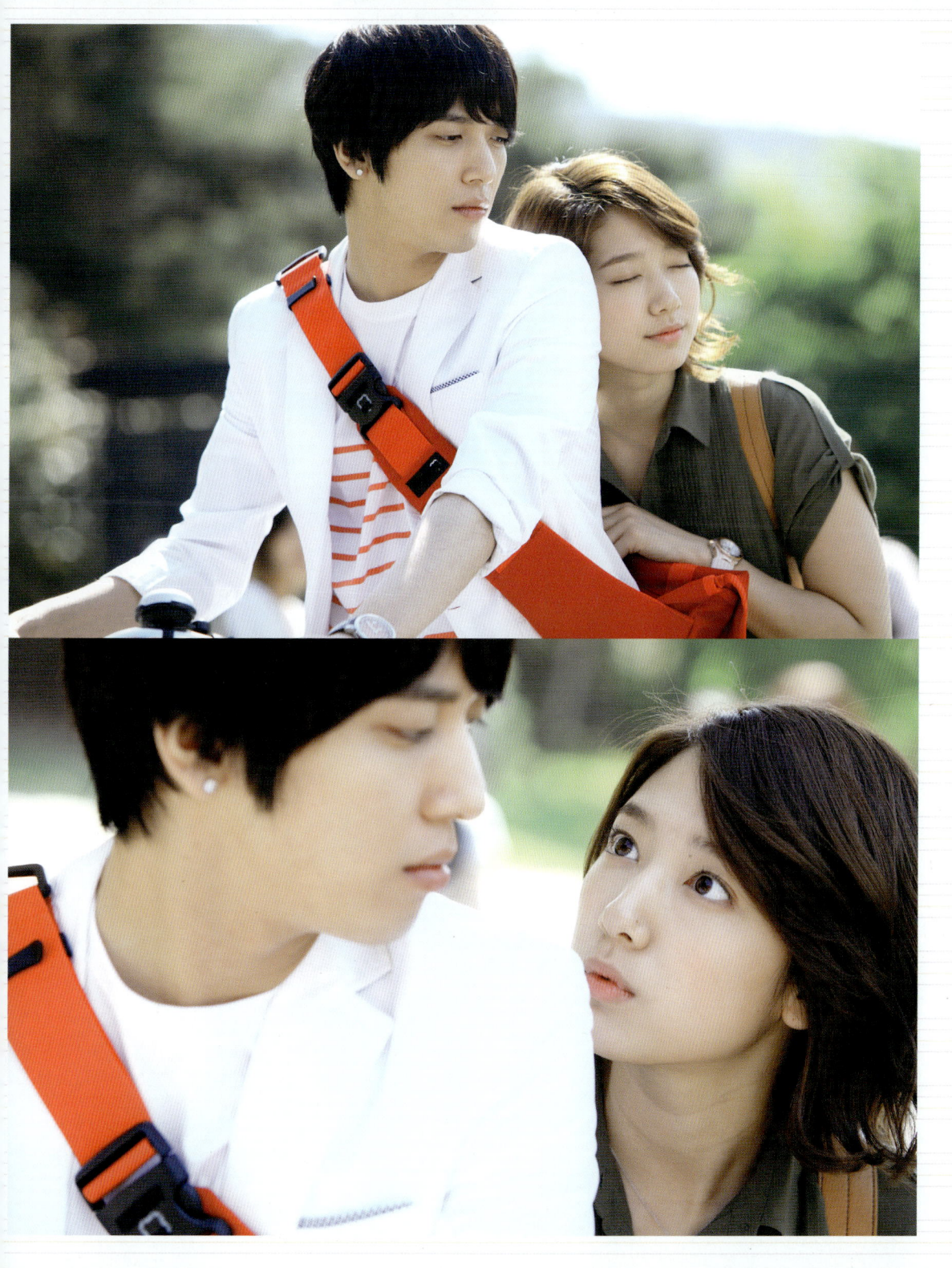

16

나, 어린 남자 아니라구요!

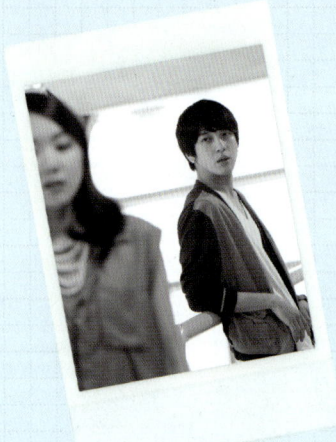

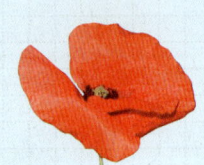

"생일 축하해요."

내가 당신을 발견할 수 있도록

이 지구별에 태어나줘서 고맙습니다.

당신에게 가는 길, 불빛도 표지판도 없지만

나는 갈 겁니다.

설령 이 사랑이 많이 아프더라도

난 주저하지 않을 겁니다.

당신을 그저 기다리기만 해도 좋다고

당신을 바라볼 수만 있어도 좋다고 생각했지만

이제부터는 당신을 지킬 겁니다.

당신을 아프게 하는 김석현, 그 사람으로부터.

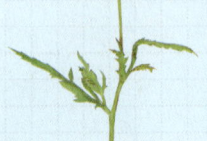

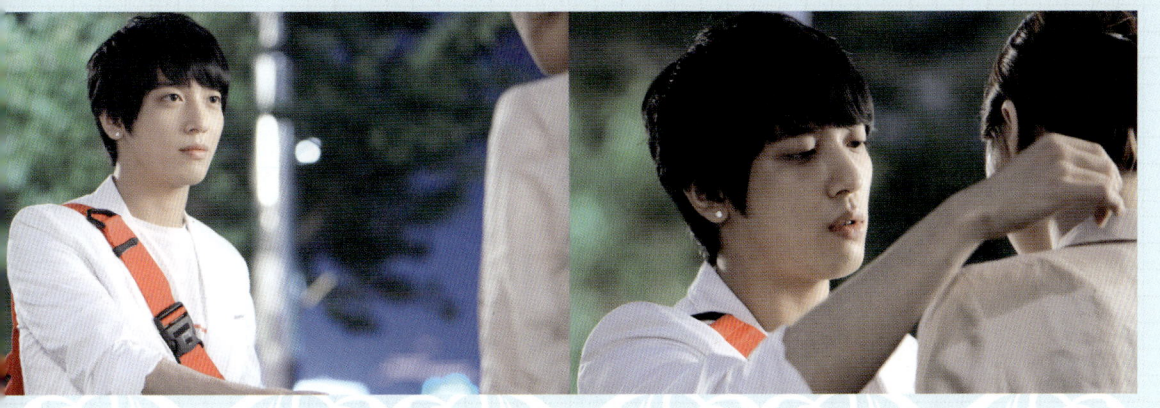

이 한 번의 입맞춤으로 폭포같이 쏟아지는 내 마음을
당신이 알았으면 좋겠습니다.

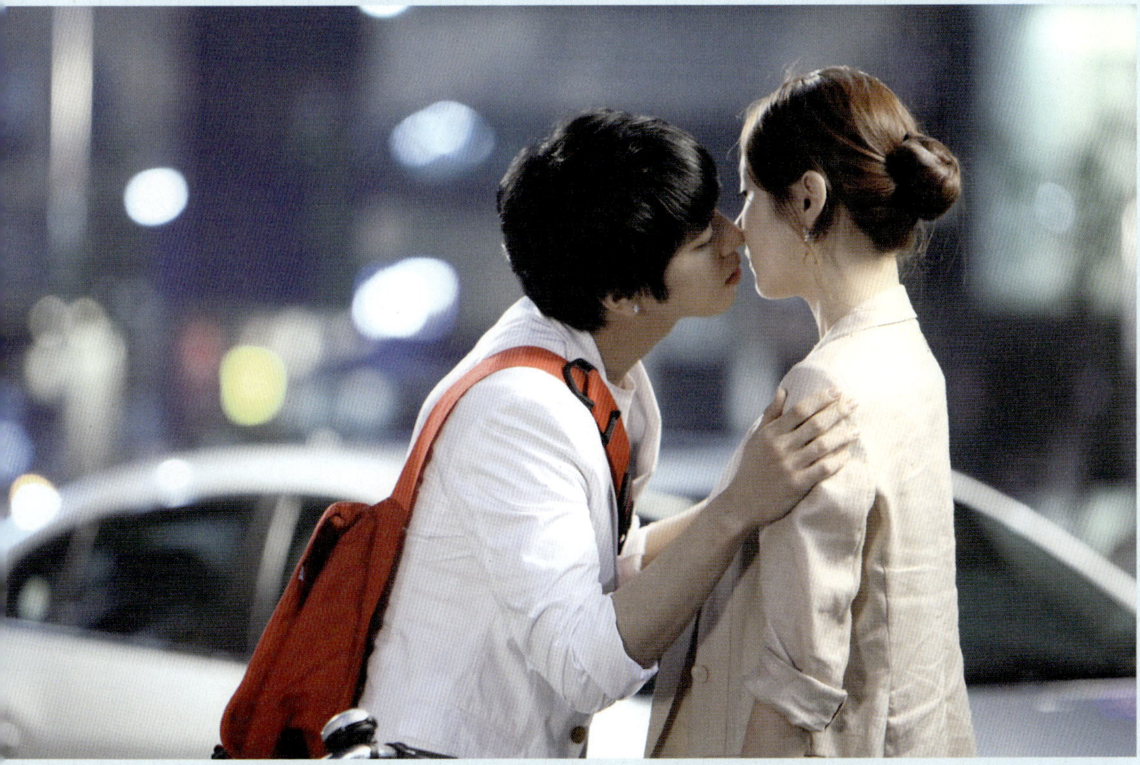

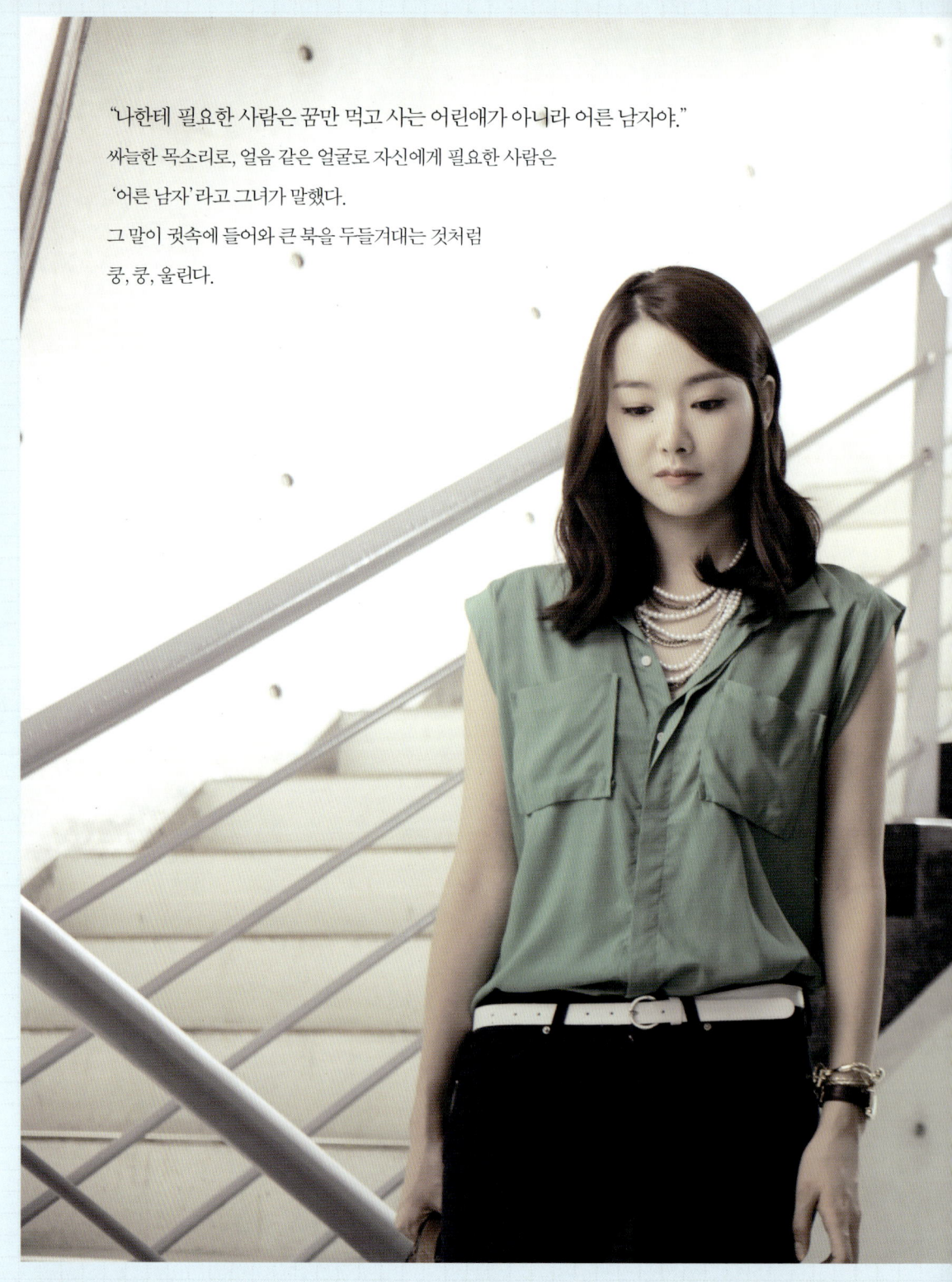

"나한테 필요한 사람은 꿈만 먹고 사는 어린애가 아니라 어른 남자야."
싸늘한 목소리로, 얼음 같은 얼굴로 자신에게 필요한 사람은
'어른 남자'라고 그녀가 말했다.
그 말이 귓속에 들어와 큰 북을 두들거대는 것처럼
쿵, 쿵, 울린다.

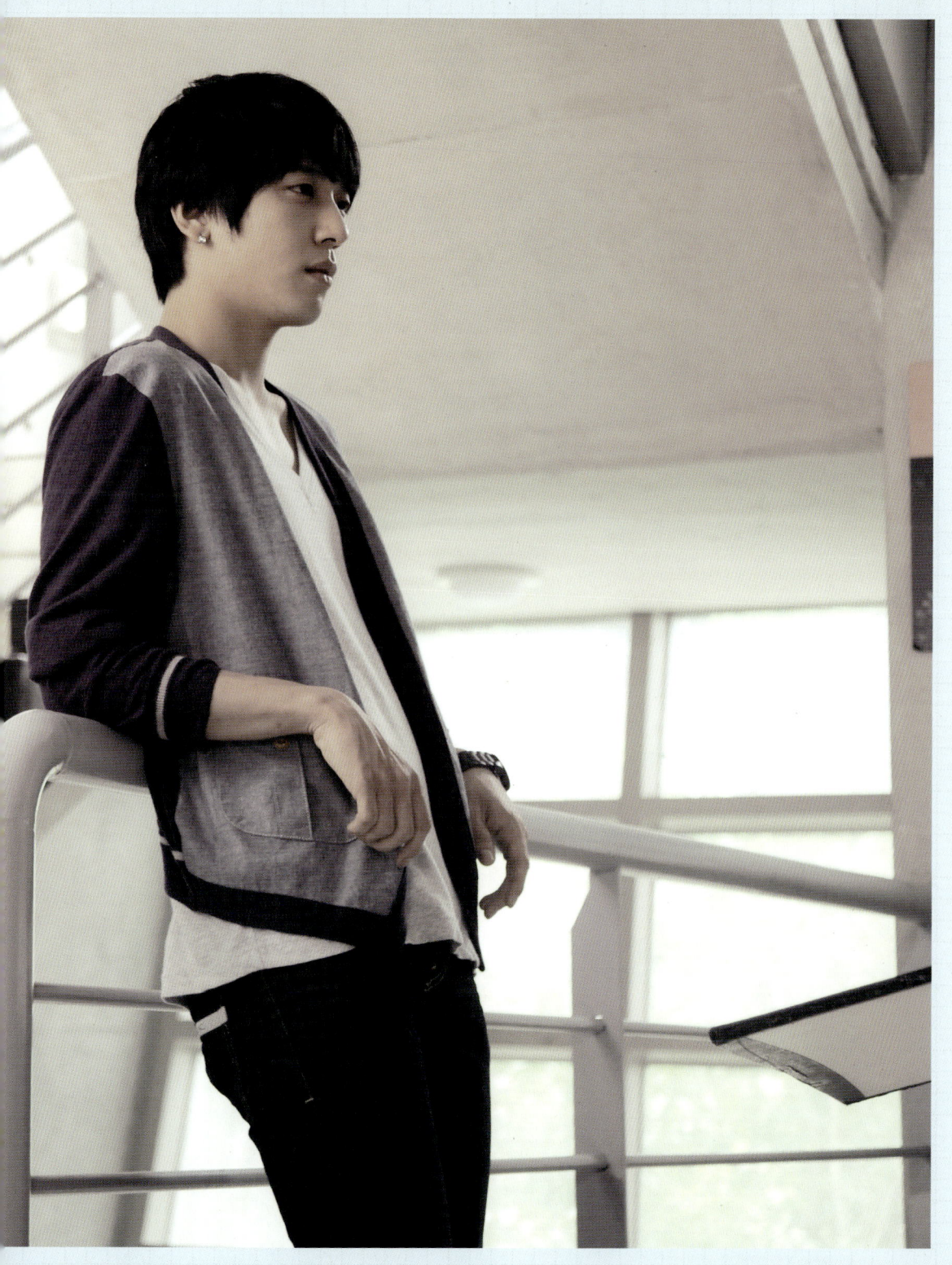

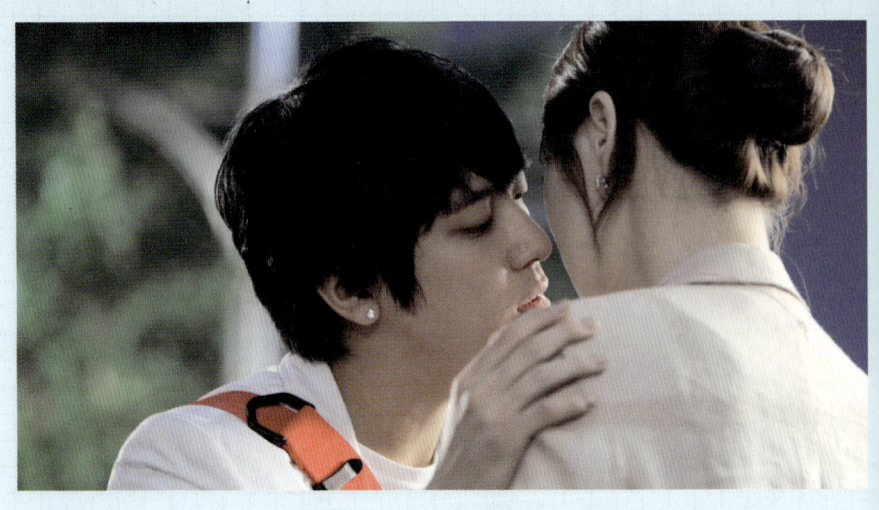

나는 분명히 보았습니다.

밖에서 문이 잠겼던 날, 나에게 보내주던 믿음의 눈빛을.

당신은 분명히 내게 기대고 있었습니다.

당신의 생일을 핑계 삼아,

용기 내어 고백하고 허락 없이 입을 맞췄지만

난 정말 행복했는데

나를, 나의 고백을, 나의 마음을

당신은 너무 쉽사리 내쳐버리네요.

그렇게 쉬운 겁니까, 남의 진심을 버리는 일이?

김석현! 당신이 말한 '어른 남자' 가 이 사람입니까?

제대로 된 기타 소리가 아니라고 공연히 시비 걸면서

딱히 어디가 나쁜 줄도 모르겠다는 유치한 말을 하는 남자가

당신이 기다리는 '어른 남자' 란 말입니까?

내 삶의 모든 것을 다 바친
내 음악을 무시하다니 절대 용서할 수 없습니다.
김 감독이 당신의 마음을 받을 자격이 있는지 의심스럽네요.
그는 여전히 당신을 아프게 하는데
당신은 여전히 그를 사랑하고 있나요?

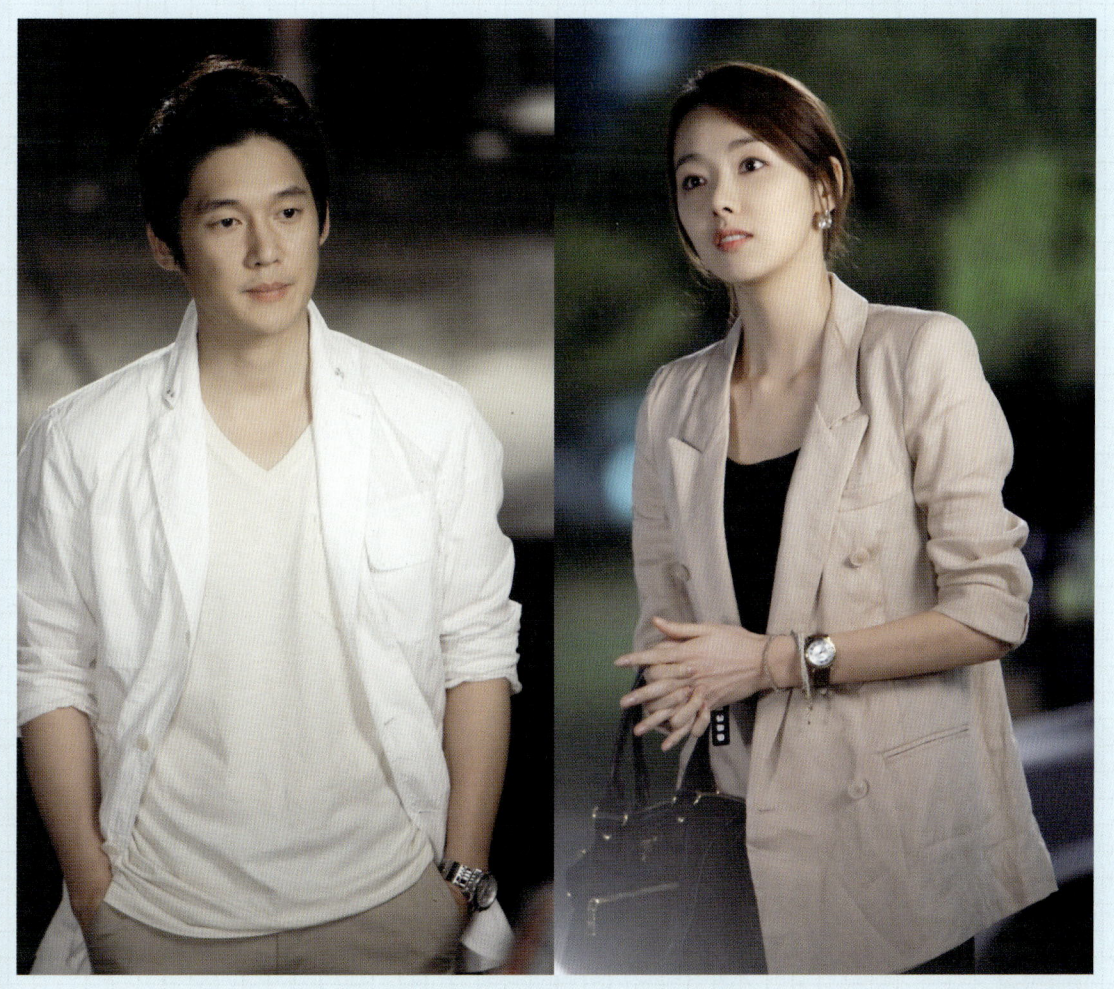

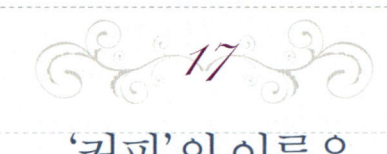

17

'커피'의 이름은
'닿지 않는 그리움'

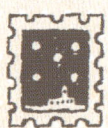

김 감독의 코를 눌러주고 싶어 저녁 내내 연습했다.

밴드실을 나와 주위가 캄캄해졌다는 걸 알고 나서야

규원이 가져다놓았을 커피 생각이 떠올랐다.

역시 그 자리에 놓여 있는 한 잔의 카푸치노.

정윤수, 그녀가 늘 마시는 커피. 그녀를 향한 나의 그리움.

그 이유만으로 좋아하게 되었지만,

이제 다른 의미가 더해진다.

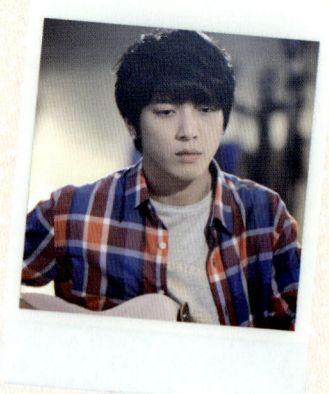

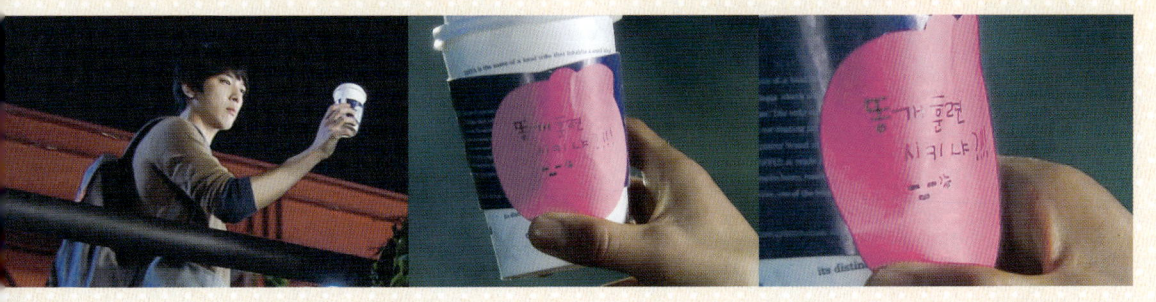

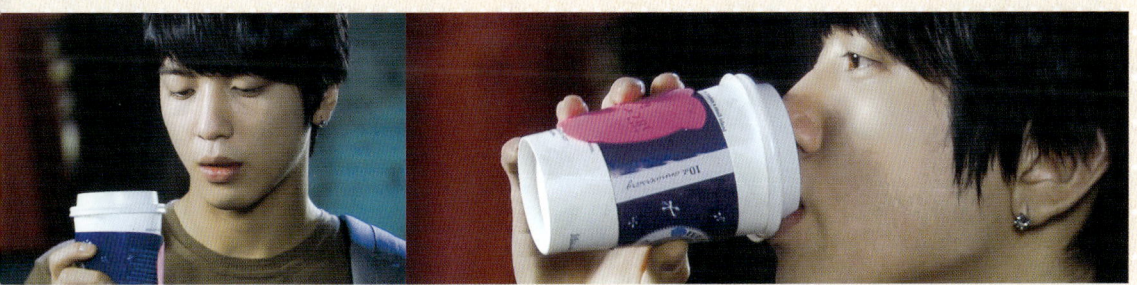

이규원의 마음이 전해져온다.

너는 나를 기다렸겠지. 내가 그녀를 기다렸던 것처럼.

그러나, 그러나, 서로서로 오지 않는 마음.

닿지 않는 그 마음들.

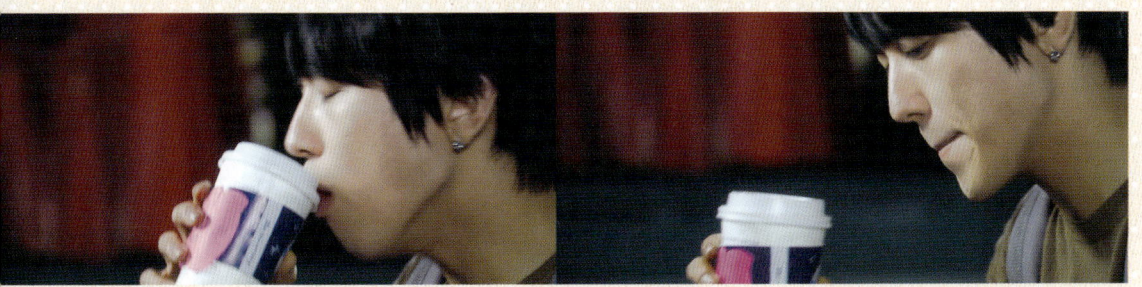

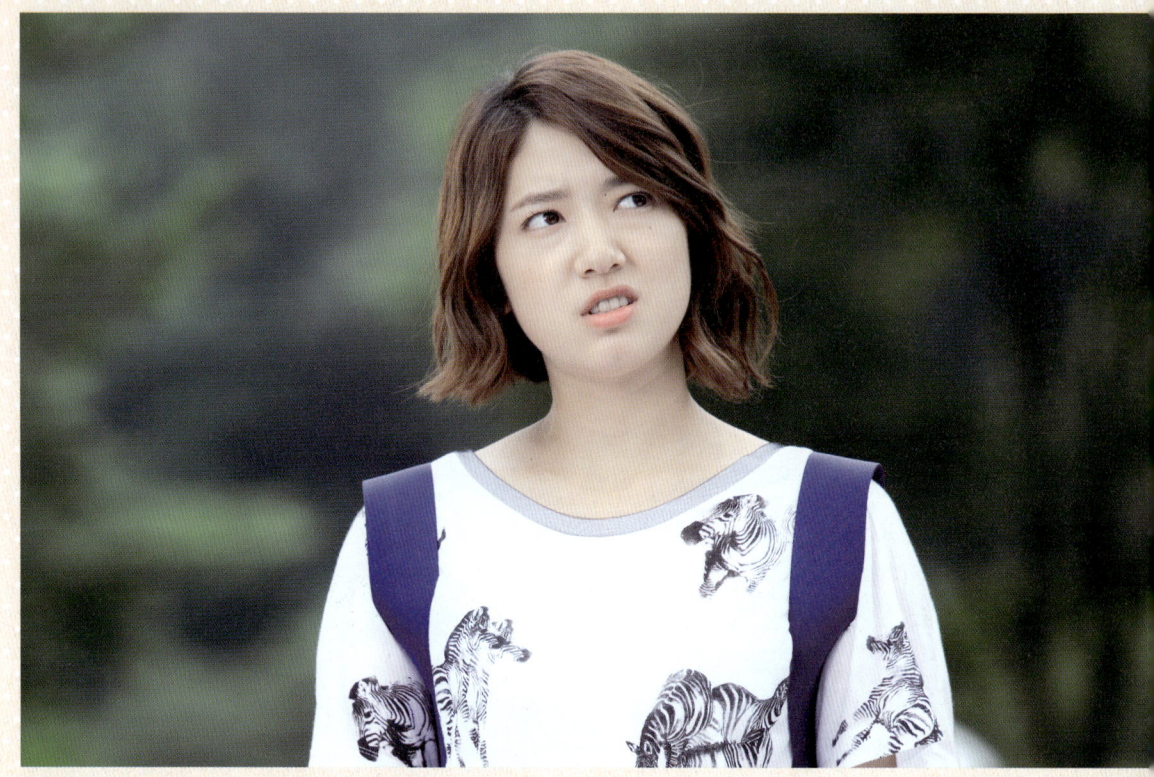

"노예라고 마음대로 갖고 놀아도 좋다고 누가 그랬어?"

아까는 나를 찾아와 씩씩하게 따져대더니

늦은 시간 버스정류장에서 졸고 있는 너를 본다.

이 시간까지 또 연습을 했나보다.

"마시든 안 마시든 내가 결정할 거니까, 넌 나한테 따지지 마."

"너 정 교수님 좋아하냐? 그게 말이 된다고 생각해?"

교수님이라서 안 된다는 말, 열두 살이나 차이 난다는 네 말에 화가 났다.

네가 가르쳐주지 않아도 너무 잘 알고 있는 사실이다.

언제나 내 가슴에 생채기가 되어 아프고 쓰린데

너까지 그런 말을 해서 또 한 번 상처를 주다니….

공연히 너에게 꺼져버리라고 말했지만

정말로 그 자리에서 사라지고 싶은 사람은 바로 나였다.

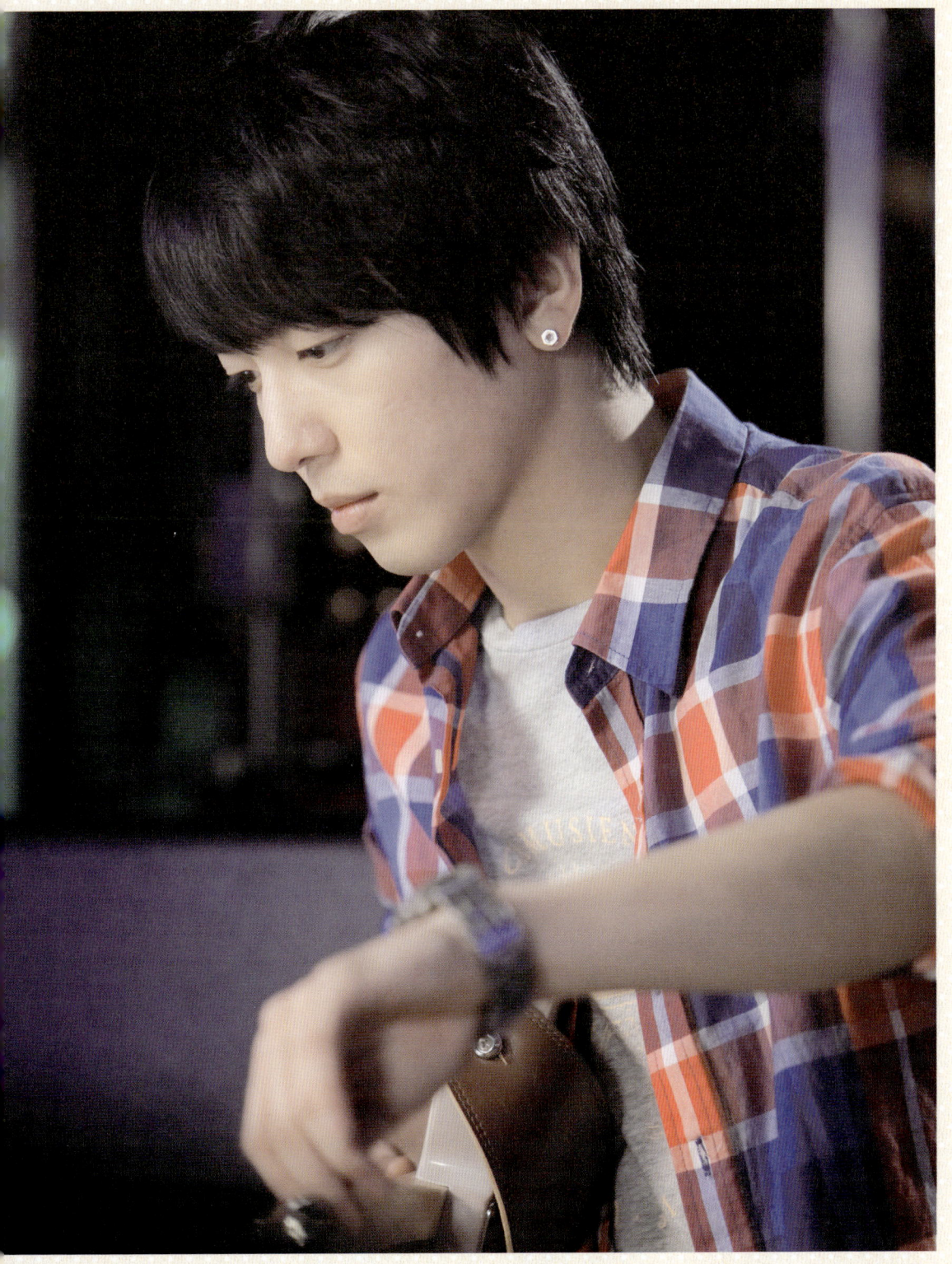

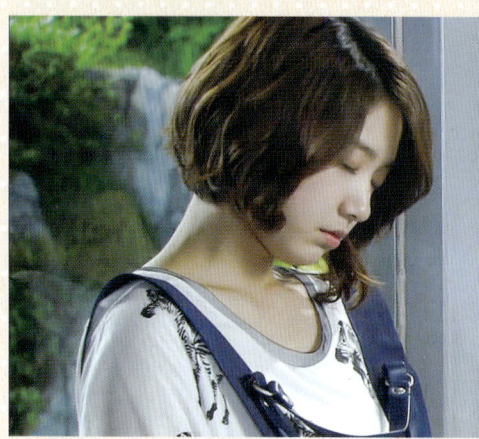
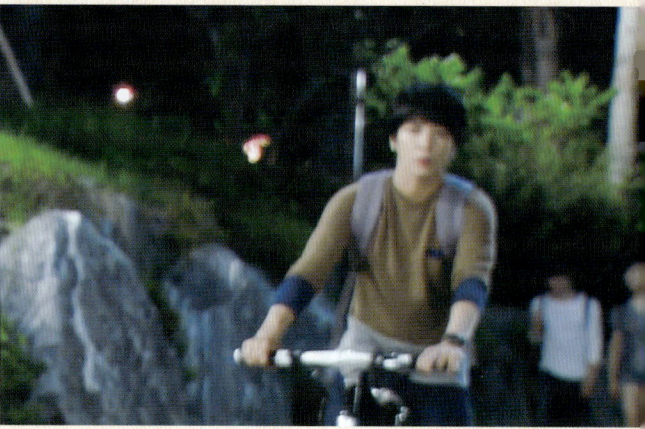

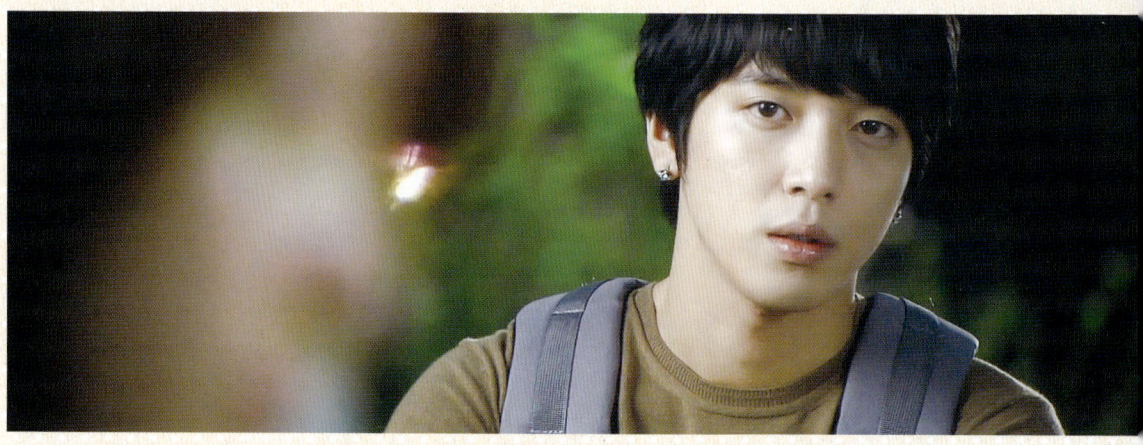

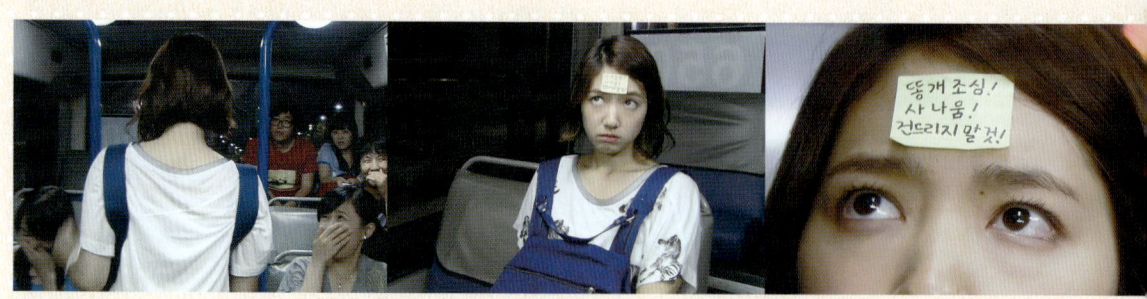

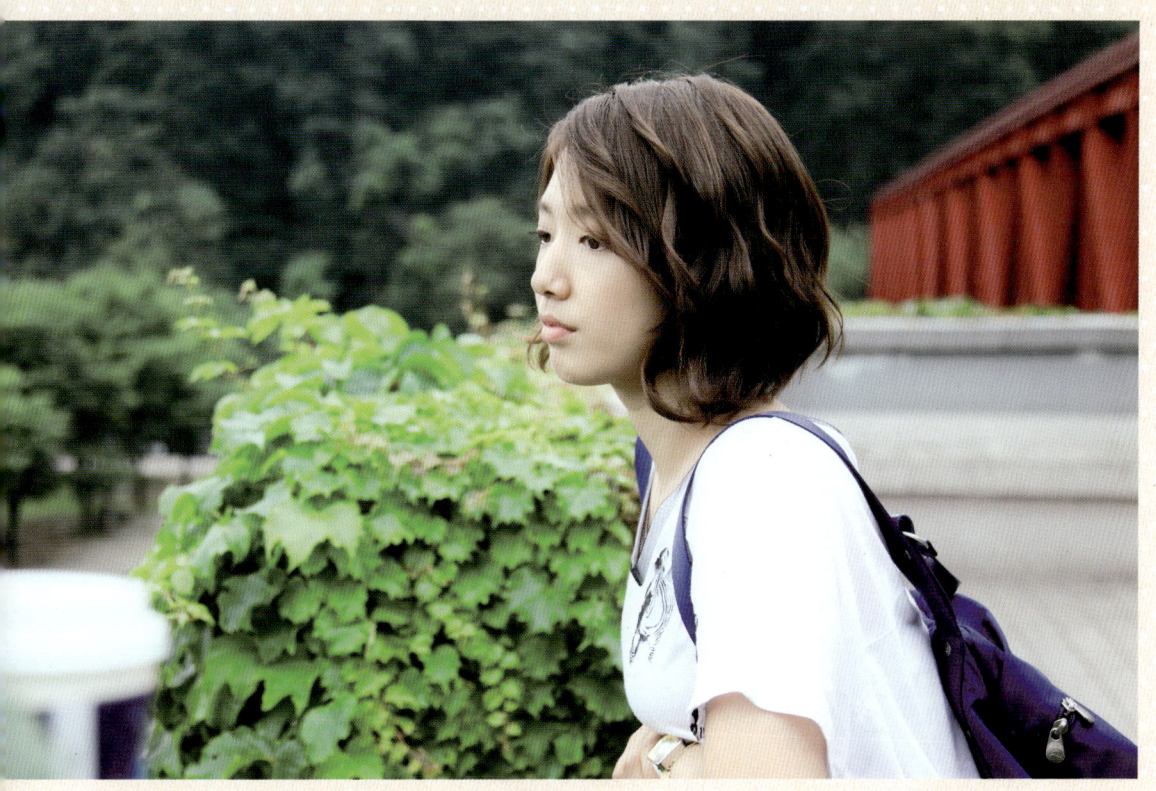

'이신. 괜찮아. 사랑에 조건이 어디 있냐? 포기하지 말고 열심히 해봐!'
내가 듣고 싶은 말은 바로 이거였다고, 이 바보야!

〈똥개 조심! 사나움! 건드리지 말 것!〉
미안하다는 말을 이 메모로 대신한다.
노예계약, 그딴 거 이젠 하지 말자고 했지만
그래도 네가 없으면 허전할 것 같다.

아무도 건드리지 마세요!
이 아이만이 내가 웃을 수 있는 하늘이니까요.
내 아픔을 잠시 잊을 수 있게 해주는 장난감이니까요.
비록 성질은 무척 사납지만…

18

너를 보면 왜 내가 아픈지

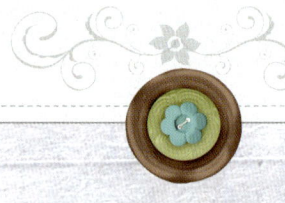

story of 규원

〈국악과 이규원 거. 침 왕창 뱉어놨음!〉

그랬던 거였어, 이신?

어제 그 메모지도 오늘 이 커피도…

병 주고 약 주고 아주 날 갖고 노는구나!

그래도 어제 그 차가운 말이 너와 나의 끝이 아니라서 다행이다.

노예계약, 그딴 거 하지 말자는 말이 후련하게 들려야 하는데

갑자기 오른팔이라도 떨어져 나가는 듯 허전했었어.

싸가지없는 네가 먹을 커피인데

나는 왜 그 커피가 식을까 노심초사하면서

단숨에 달려오는지….

커피 값만 받으면 그뿐인데.

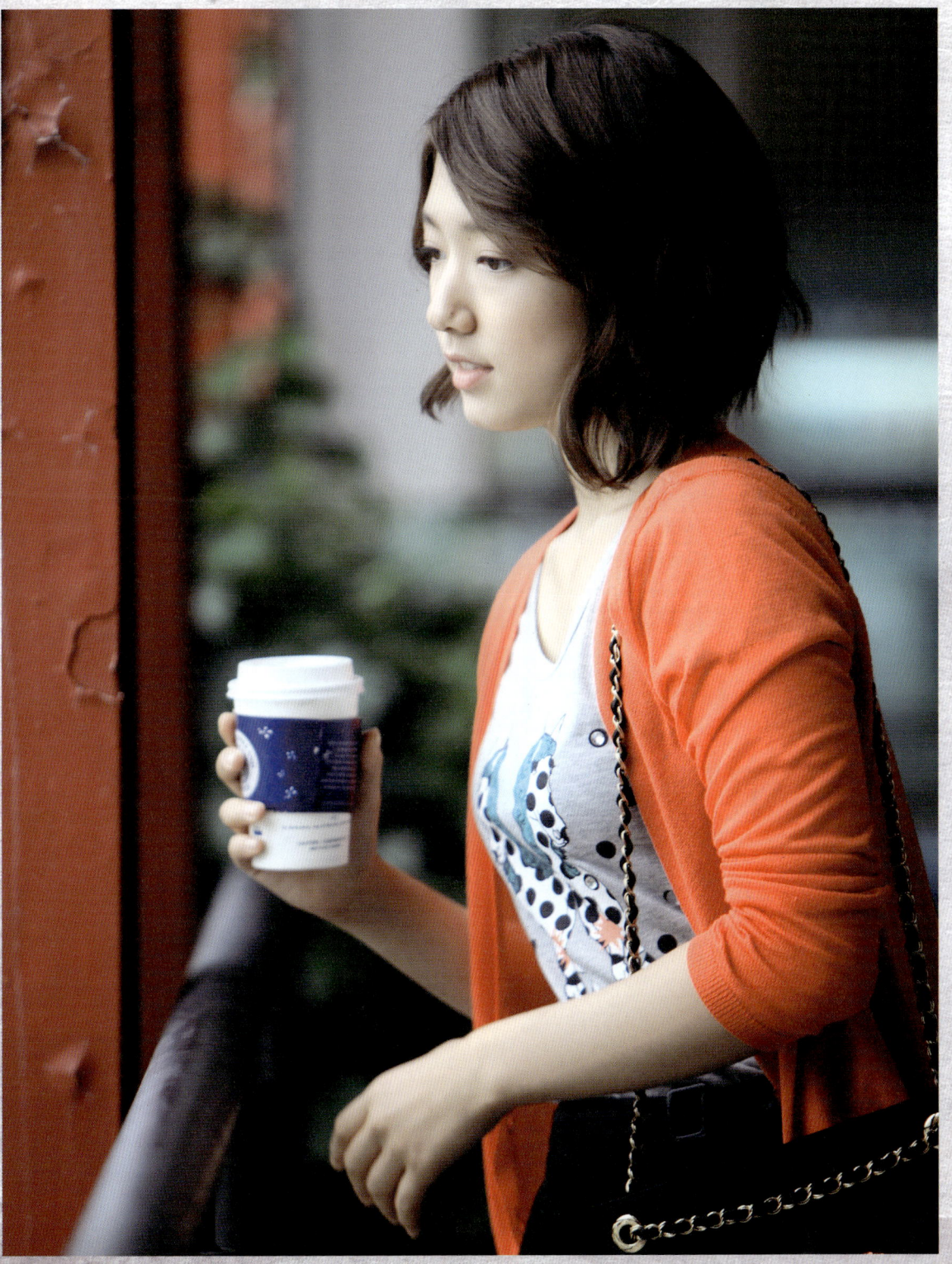

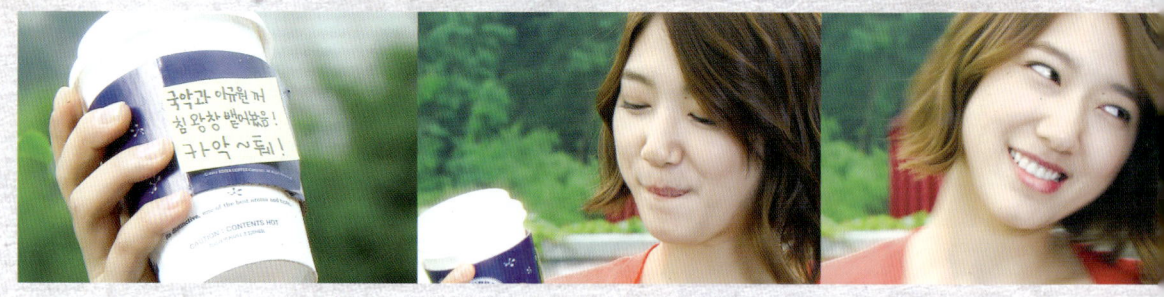

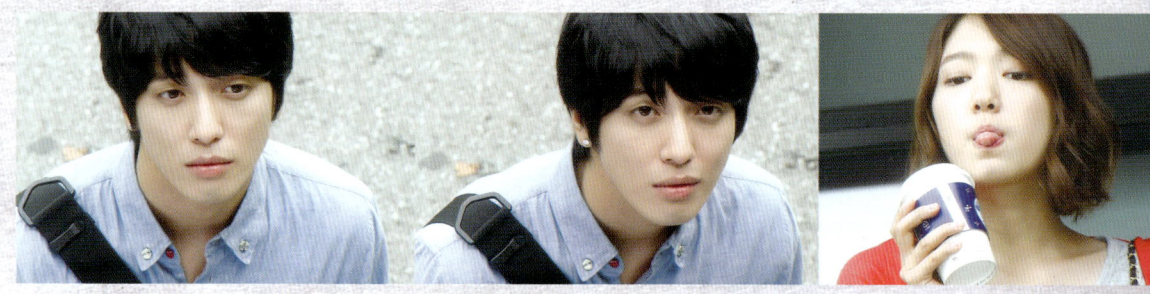

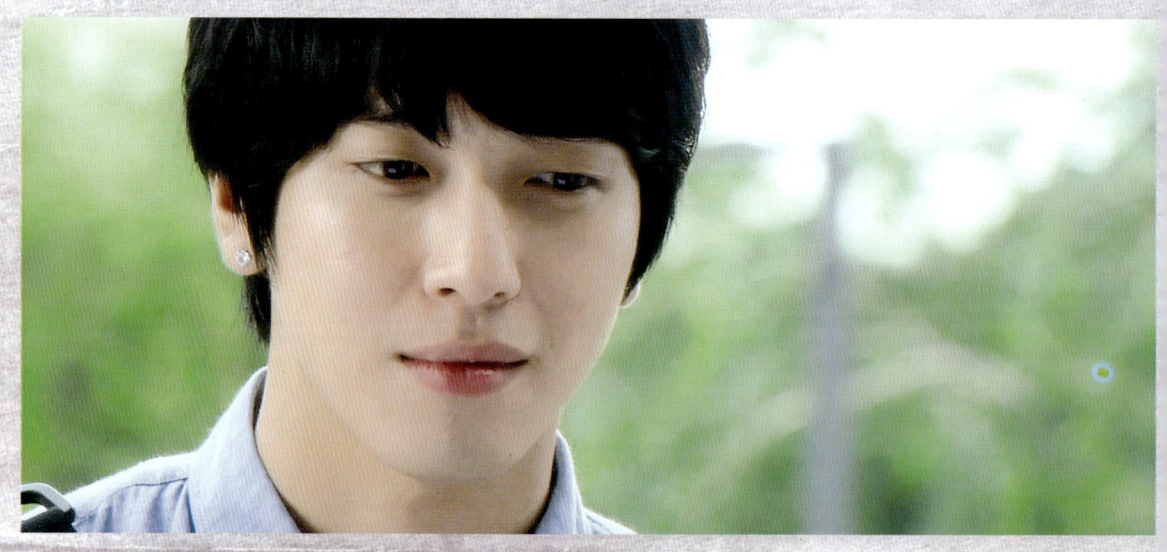

내가 가져다준 커피를 마시지 않으면 왜 화가 나는 건지….

이루지 못할 사랑에 힘들어하는 너를 보며 왜 내 가슴이 아픈 건지….

처음으로 네가 나에게 건넨 이 커피 한 잔이 뭐라고

내 가슴속에 따스한 기운이 몽글몽글 차오르는지….

이유를 모르겠다. 정말 그 이유를 모르겠다.

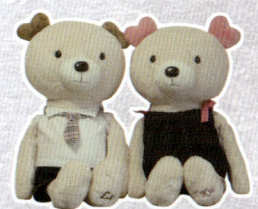

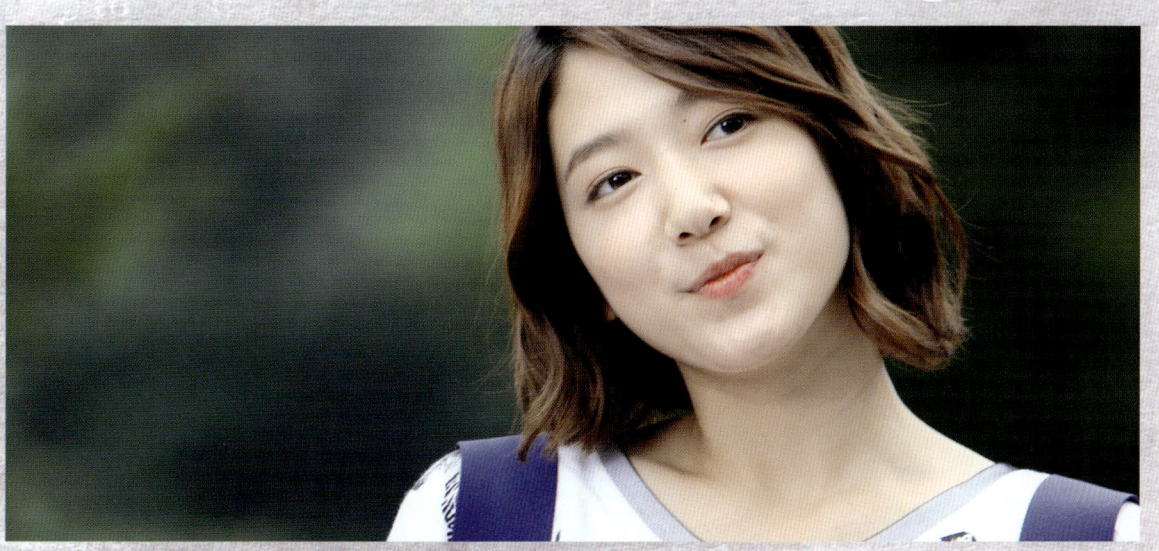

이제는 당신을 제가 버립니다

습관적으로 찾게 되는 당신의 연습실.

더는 귀엽게 봐줄 수 없다던 당신의 차가운 목소리가

여전히 내 귓가에 남아 있지만

내 마음이 떠나지지 않아서 나는 또 여기에 왔습니다.

그리고 보았습니다.

그 남자의 품에 안겨 있는 당신의 모습.

이제야 제자리를 찾은 듯 편안한 당신의 모습.

당신이 텅 빈 연습실에서 아픈 발목을 부여잡고 연습할 때

그걸 묵묵히 바라보며 지킨 것도 나고,

당신의 쓰러질 때마다 같이 아파한 사람도 나였는데,

정작 당신은 다른 사람 품에 있네요.

지나간 모든 것이 상처로 남고 절망이 소리 없이 쌓여

자꾸 눈물이 납니다.

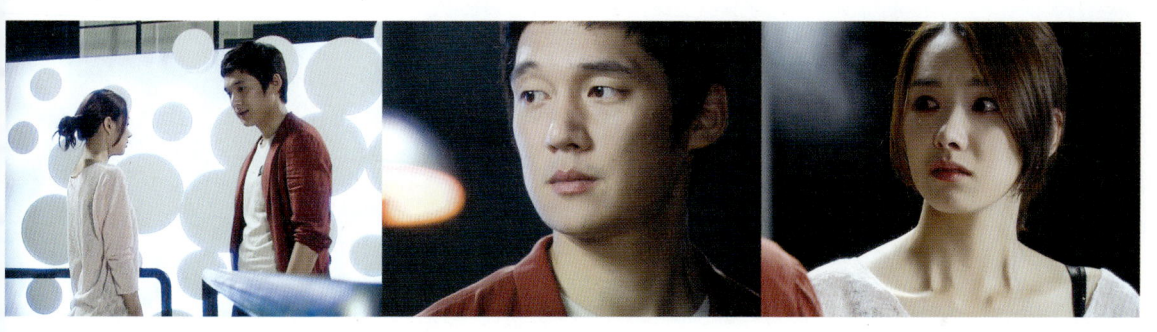

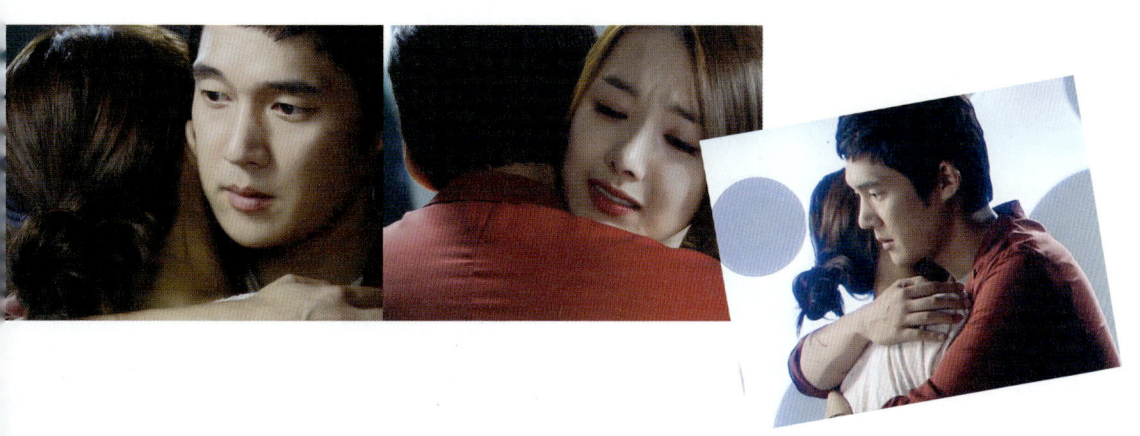

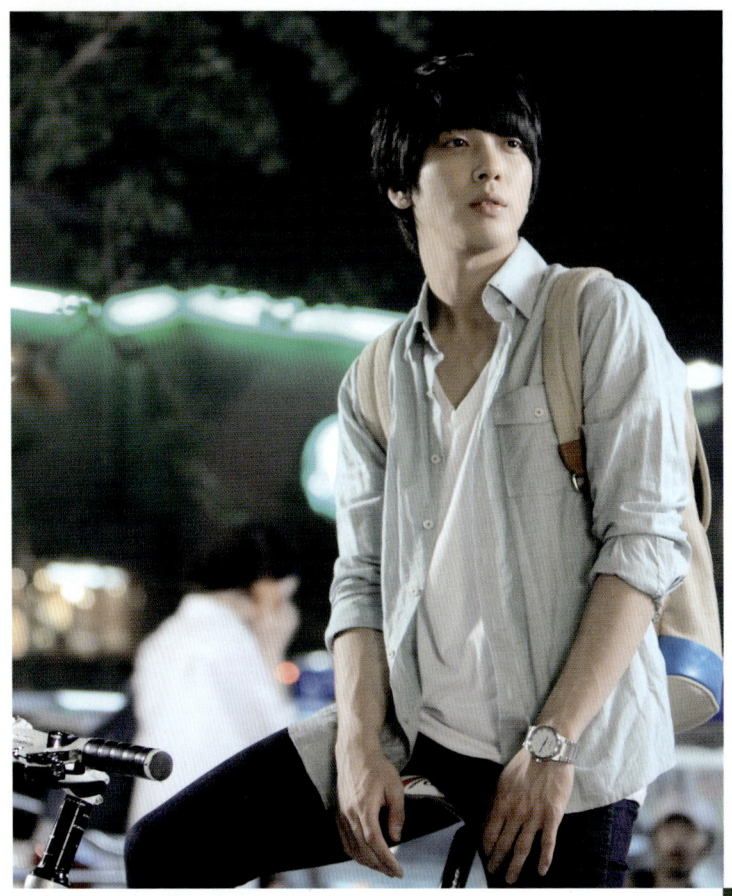

이제는 정말 버려야 하네요.
그 사람의 전부를 좋아한다는 당신.
내가 당신의 전부를 좋아했던 것처럼.

서글서글한 눈과 물기를 머금은 듯 촉촉한 입술,
사람들은 당신을 예쁘다고 했지만 나는 보았죠.
화려한 얼굴에 감추어진 상처 받은 마음을.
이 사람도 나처럼 아프구나.
나처럼 채울 수 없는 무엇 때문에 외롭구나….

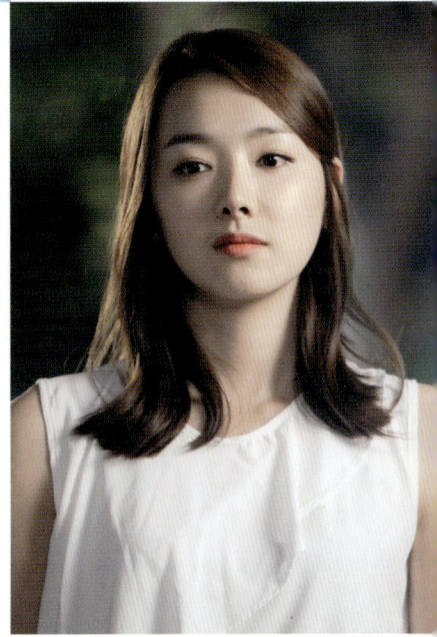

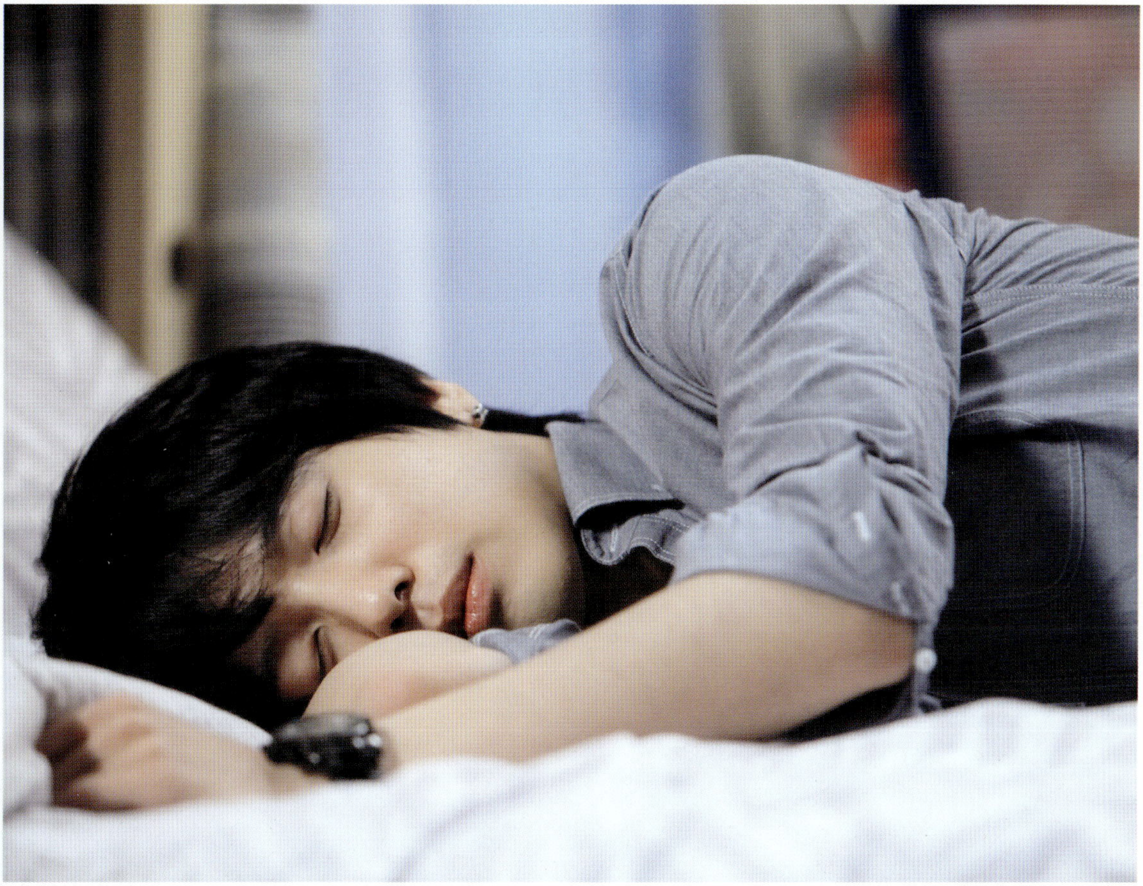

그냥 곁에만 있으려고 했는데,
그냥 바라보기만 하려고 했는데,
당신이 아주 외로운 어느 날
고개를 돌리면 그 자리에 내가 서 있다는 걸
당신이 알았으면 했는데….
사랑은 자꾸 당신에게 더 다가가려 하더군요.

너무 많이 가지려고 했나요?
차라리 처음 당신을 만나던 그날처럼 그냥 보기만 할 것을
하루 한 번 당신을 보기만 해도 웃음이 나던 그날로 돌아갈 것을….
이제는 늦었나요?

20

이신, 나랑 밥 먹자!

story of 규원

왜 하필, 이 순간인 거니?

그 자리에 돌이라도 된 것처럼 굳은 얼굴로

그들의 뒷모습을 바라보고 있는 너를 보고 있자니,

네 어깨 위로 빗물처럼 떨어지는 슬픔을 보고 있자니,

내 마음이 짓밟힌 것처럼

내 진심이 내팽개쳐진 것처럼

아프고 또 아프다.

잠시만이라도 네가 이 순간을 잊었으면 좋겠다.

이신, 밥 먹자. 나랑 같이.

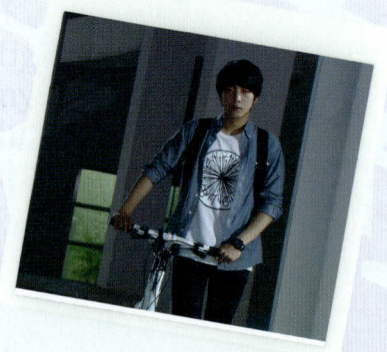

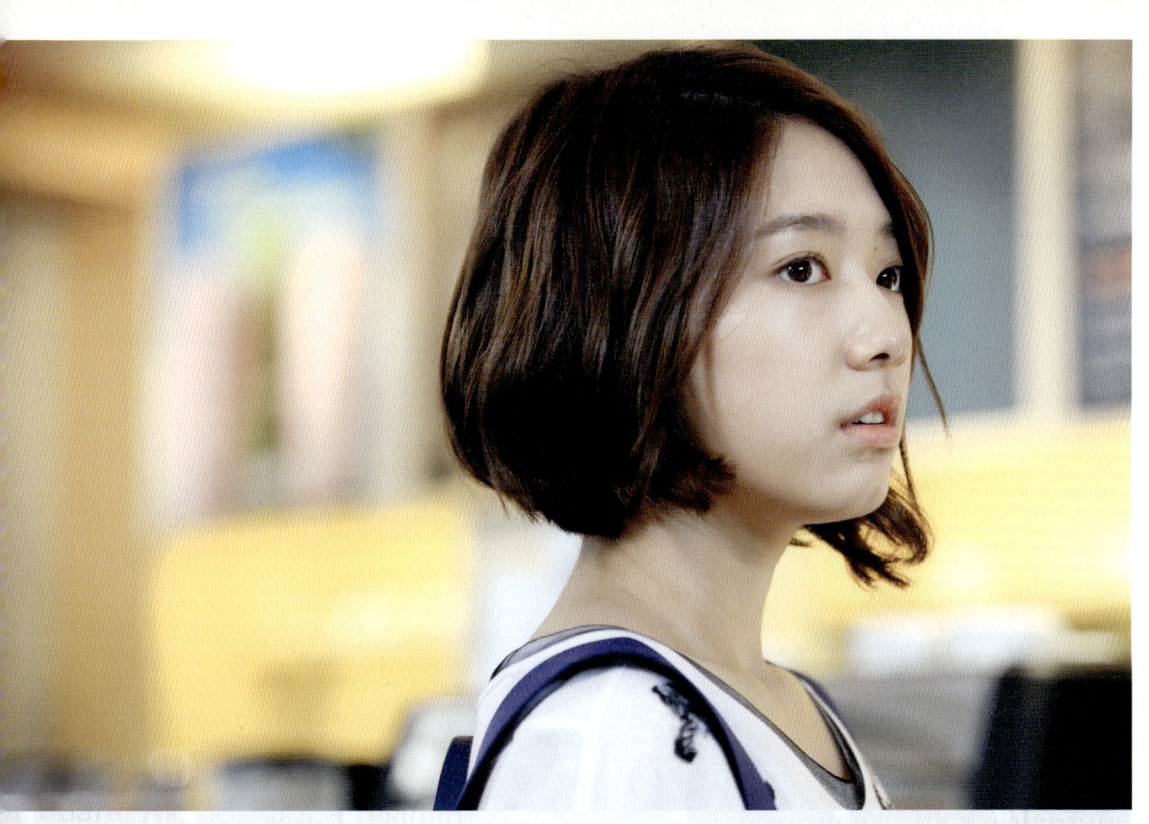

"네가 이렇게 한다고, 내가 교수님 대신 널 좋아할 줄 알아?"

까칠하고 차갑고 날카로운 너의 말이 자꾸 가슴을 후벼 판다.

누가 날 좋아해달랬어?

내가 너랑 밥 먹자고 한 건 날 좋아해달란 뜻 아니거든.

네가 더 이상 아프지 않았으면 해서 한 말인데….

까칠한 놈! 나쁜 놈! 남의 마음도 모르고.

이루어질 수 없는 네 사랑이 안타까운 것뿐이지, 친구로서.

근데, 우리가 친구였던가?

나는 그냥 너의 노예일 뿐이었는데 왜 자꾸 아프지?

너의 눈물이 왜 이리도 아픈 거지?

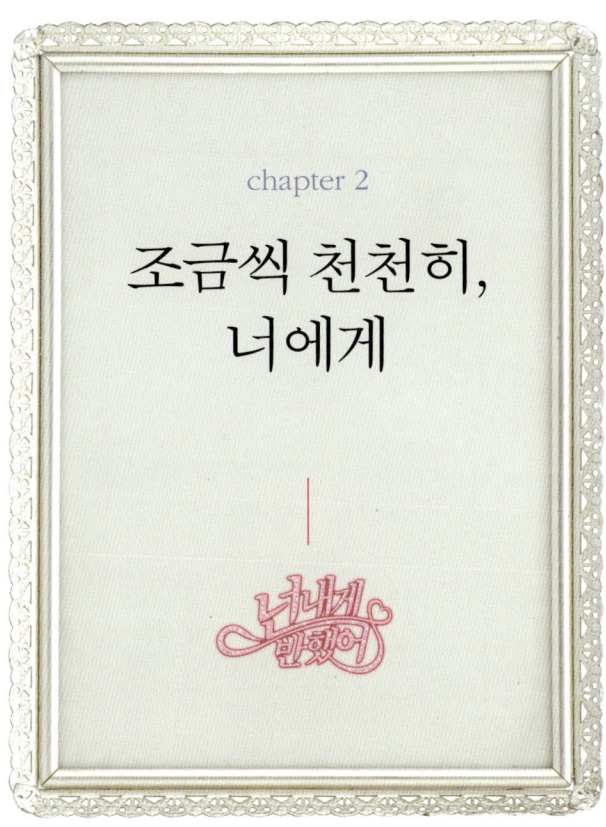

chapter 2

조금씩 천천히,
너에게

21

함께 비 맞아줘서 고마워

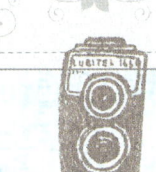

빗방울이 떨어진다.
마음을 가질 수 없는 것처럼
빗물도 가질 수 없다.

이규원, 알고 있니?
이 시간 혼자라 아니라서
참 많은 위로가 된다는 거.
이 빗속에서 어깨를 나란히 하고
누군가 나를 아파하고 있다는 게
참 많이 위로가 된다.

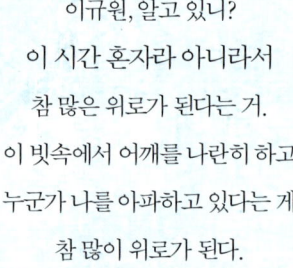

고맙다, 내 곁에 있어줘서.
고맙다, 나와 함께 비를 맞아줘서.
고맙다, 슬픈 빗속에 홀로 있지 않게 해줘서.

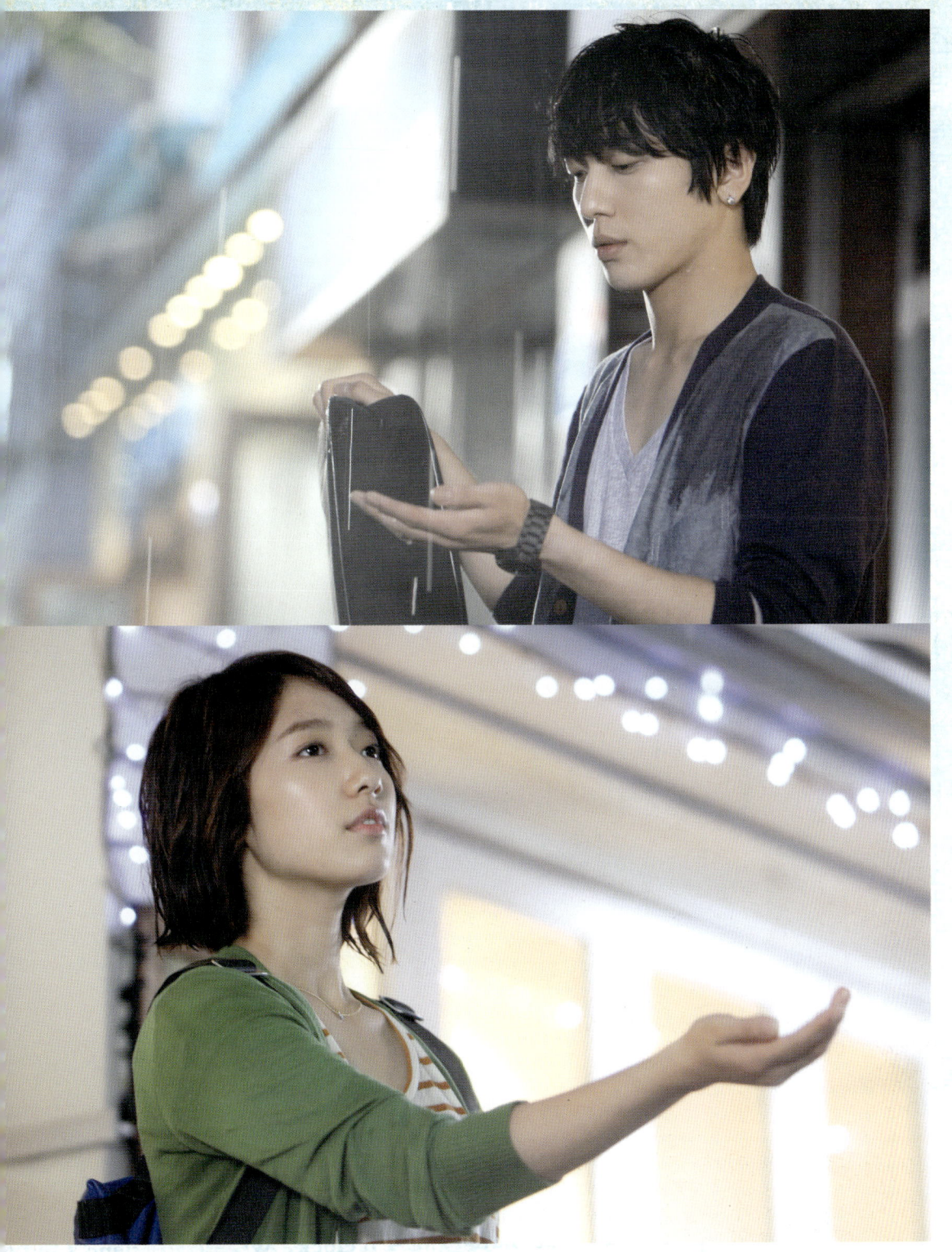

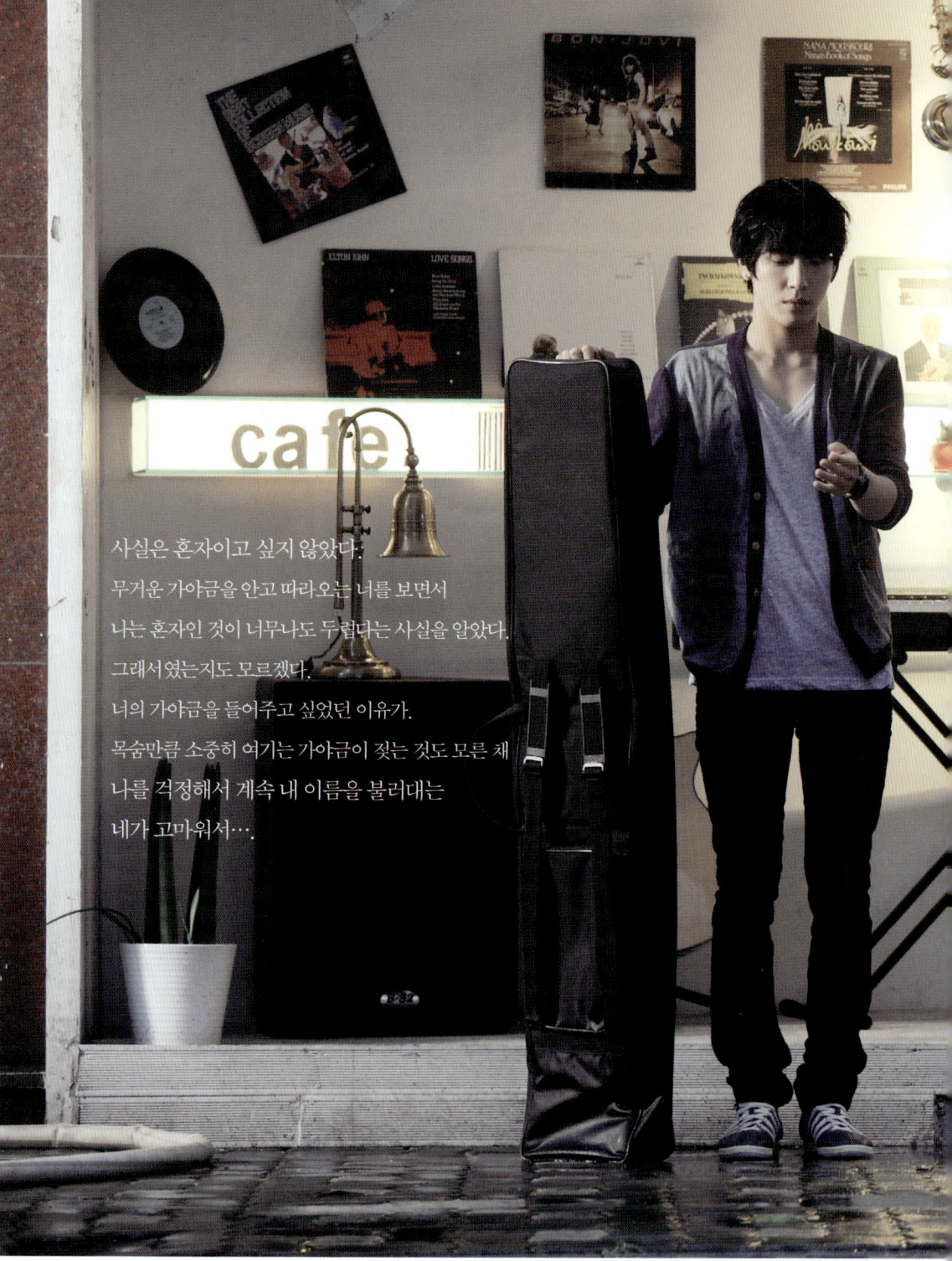

사실은 혼자이고 싶지 않았다.

무거운 가야금을 안고 따라오는 너를 보면서

나는 혼자인 것이 너무나도 두렵다는 사실을 알았다.

그래서였는지도 모르겠다.

너의 가야금을 들어주고 싶었던 이유가.

목숨만큼 소중히 여기는 가야금이 젖는 것도 모른 채

나를 걱정해서 계속 내 이름을 불러대는

네가 고마워서….

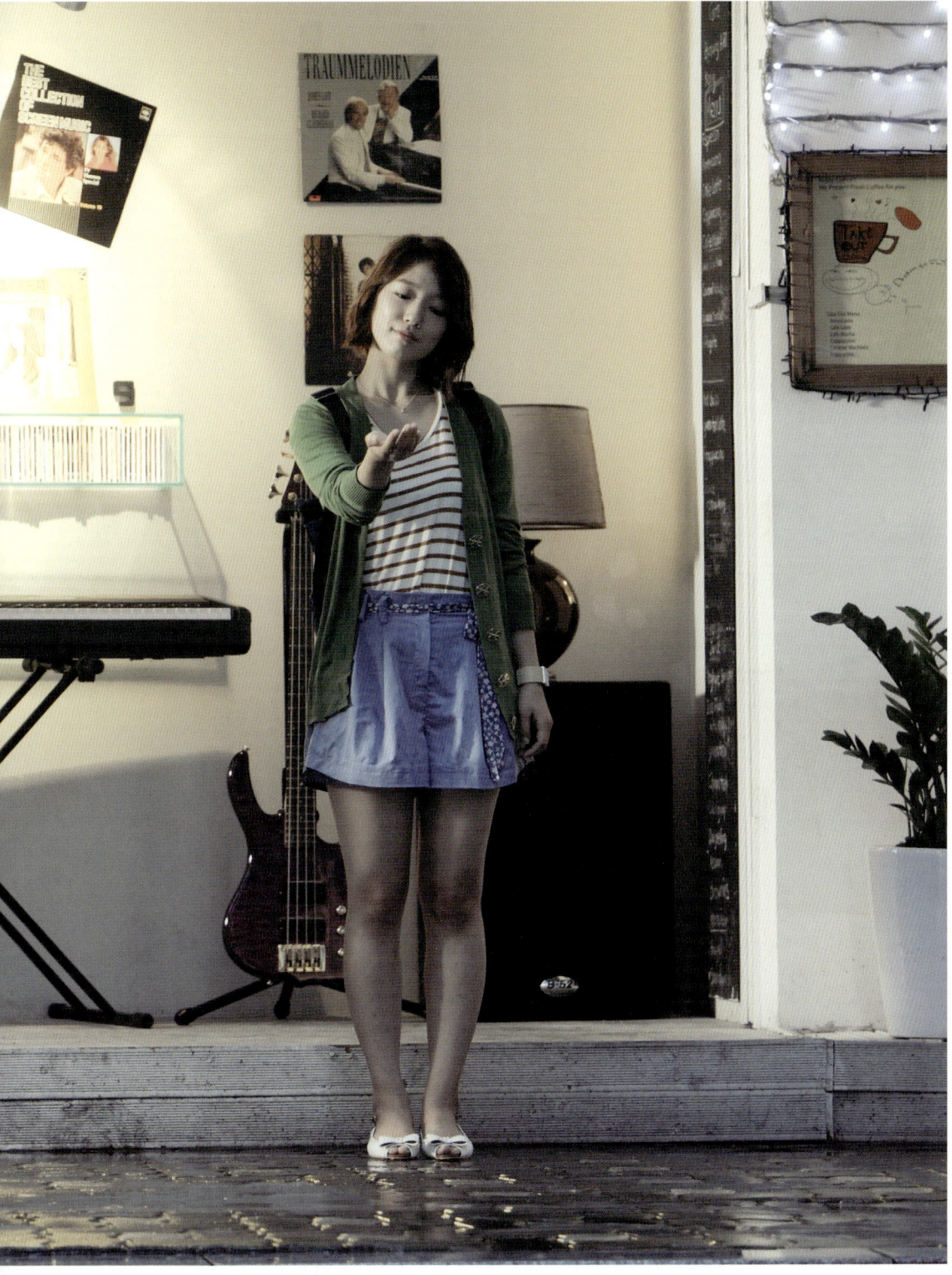

22

뒤늦은 고백, 아빠 사랑해요

닮았니? 정현아. 이 사람이 내 아빠야.

늘 마음 한 구석에 그리움으로 쌓여 가슴 저리게 하던 분.

근데 돌아가셨단다.

나에게 아무것도 해주지 않고 돌아가셨대.

보고 싶었다고, 그리웠다고, 왜 이제 왔냐고

투정도 못 해봤는데 혼자 가버리셨단다.

친구의 여자를 뺏을 만큼 사랑했던 엄마를 지켜주지도 않고

가버리셨단다. 뺏었다면 끝까지 지켜줘야지….

비겁한 사람.

기타 하나, 악보 하나,

그렇게 남겨두고 혼자 가버리셨단다.

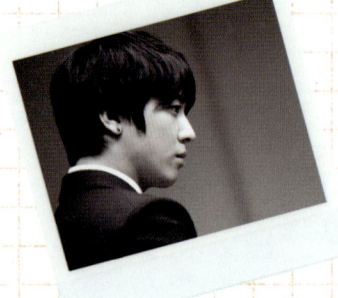

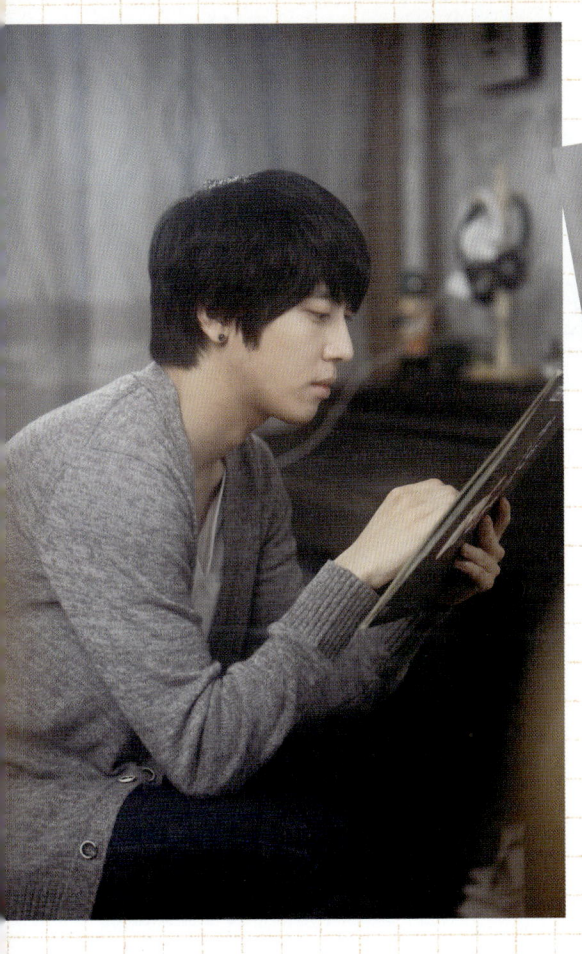

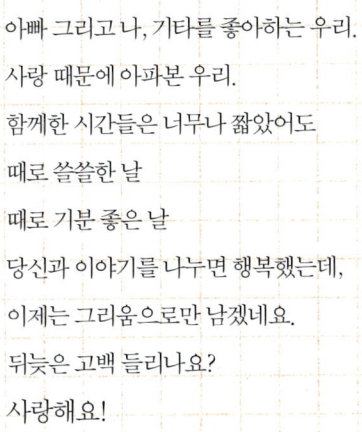

아빠 그리고 나, 기타를 좋아하는 우리.

사랑 때문에 아파본 우리.

함께한 시간들은 너무나 짧았어도

때로 쓸쓸한 날

때로 기분 좋은 날

당신과 이야기를 나누면 행복했는데,

이제는 그리움으로만 남겠네요.

뒤늦은 고백 들리나요?

사랑해요!

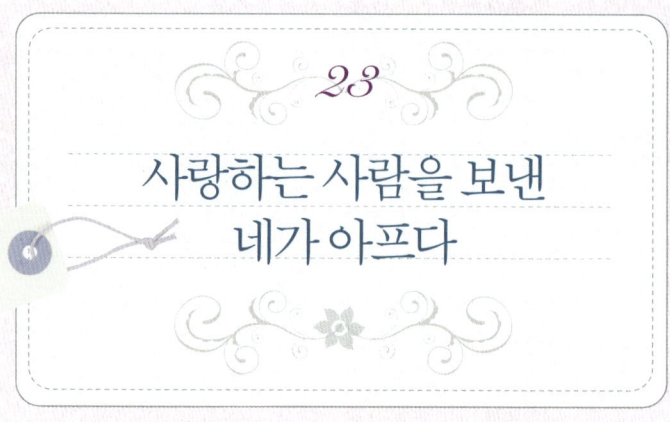

23

사랑하는 사람을 보낸
네가 아프다

story of 규원

일주일째 학교에도 카타르시스에도 신이 오지 않았다.

소식을 들을 수 있을까 기대하며 찾은 밴드실,

신이의 아빠가 돌아가셨다는 소식을 들었다.

얼마나 가슴 아플까?

정 교수님에게 받은 상처도 아물지 않았을 텐데 어쩌나.

혼자 어디서 울고 있을까.

갖가지 생각에 마음이 자꾸 흔들린다.

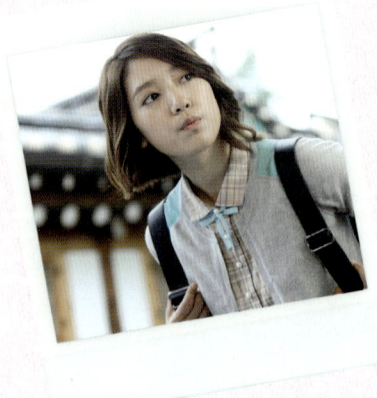

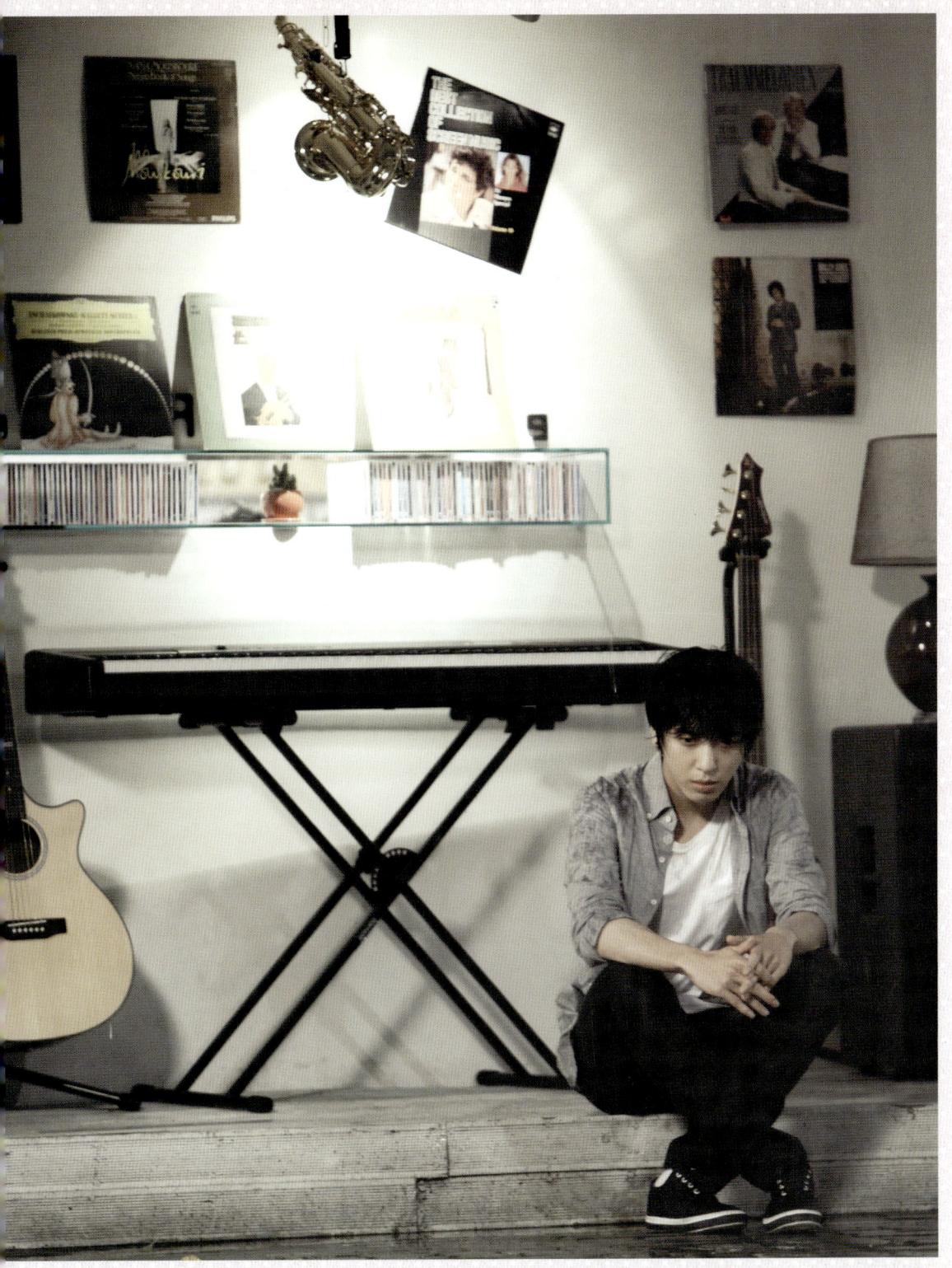

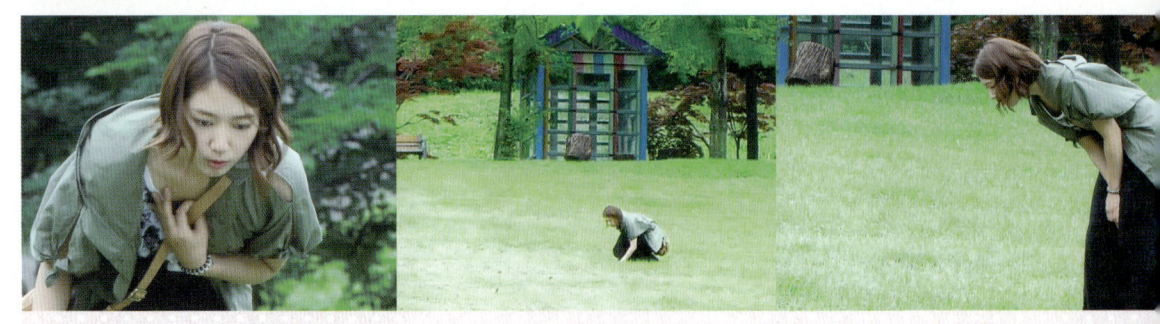

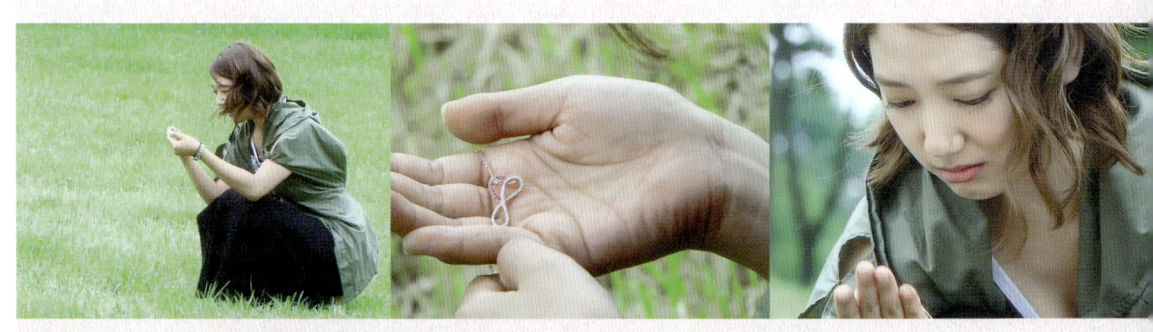

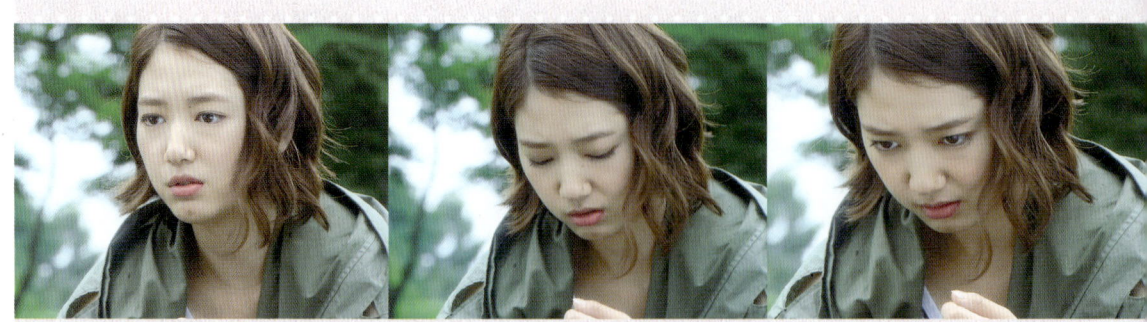

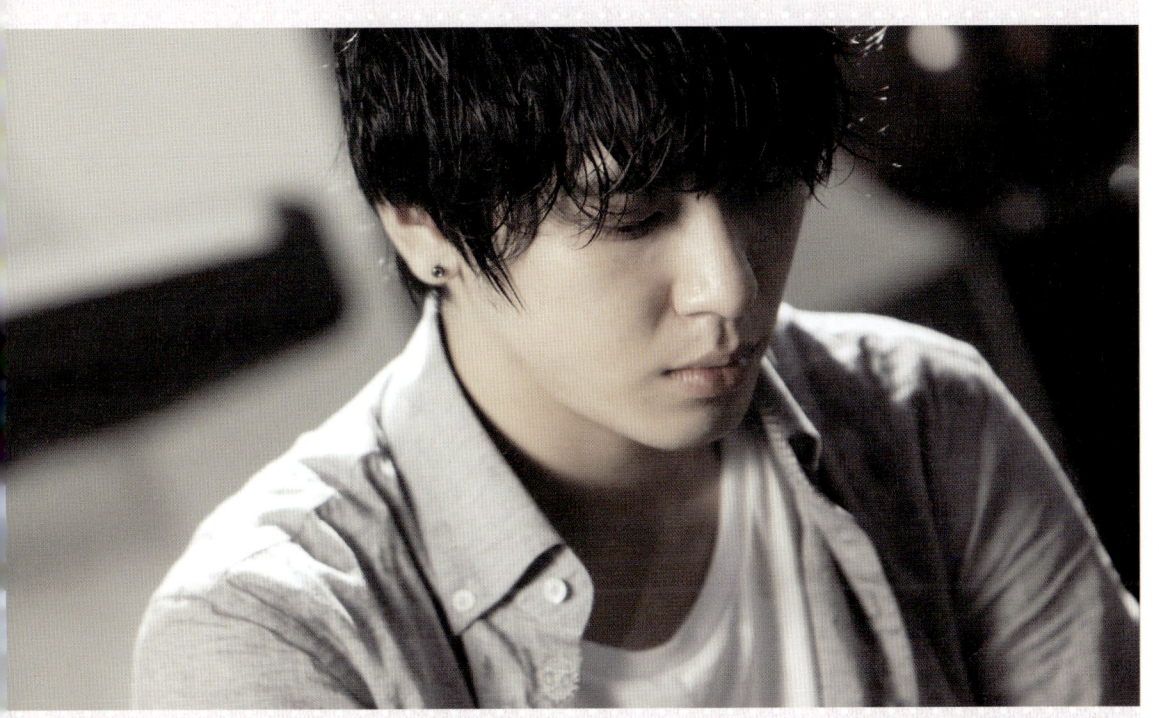

며칠 전 신이가 찾아달라던 목걸이를 다시 찾으러 왔다.

누군가 자길 생각하고 있다는 걸 알면 조금쯤은 힘이 될까 하고.

하지만 여자 목걸이를 손에 쥔 순간 힘이 빠진다.

틀림없이 정 교수님 드렸다가 돌려받았을 목걸이.

그분의 귓가에 닿지 못하고 허공을 맴돌다 되돌아왔을

한마디 말, 사랑.

이 넓은 잔디밭에 혼자 버려졌을 신이의 마음이 아프다.

미련을 버리지 못하고 다시 찾고 싶어한

그 마음이 더 아프다.

잠시만 당신 어깨에 기댈게요

잠시만… 잠시만… 이대로,
이렇게 기댈 수 있게 해주세요.
아버지를 만난 기쁨을 나누었던 그날처럼
아버지를 잃은 슬픔도 당신과 나누게 해주세요.
오늘만, 지금만,
내 슬픔 당신에게 털어놓게 해주세요.

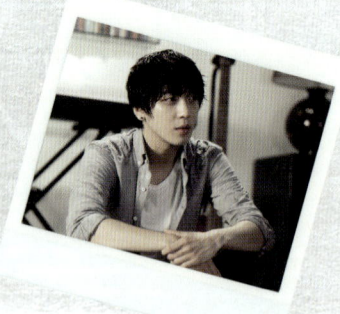

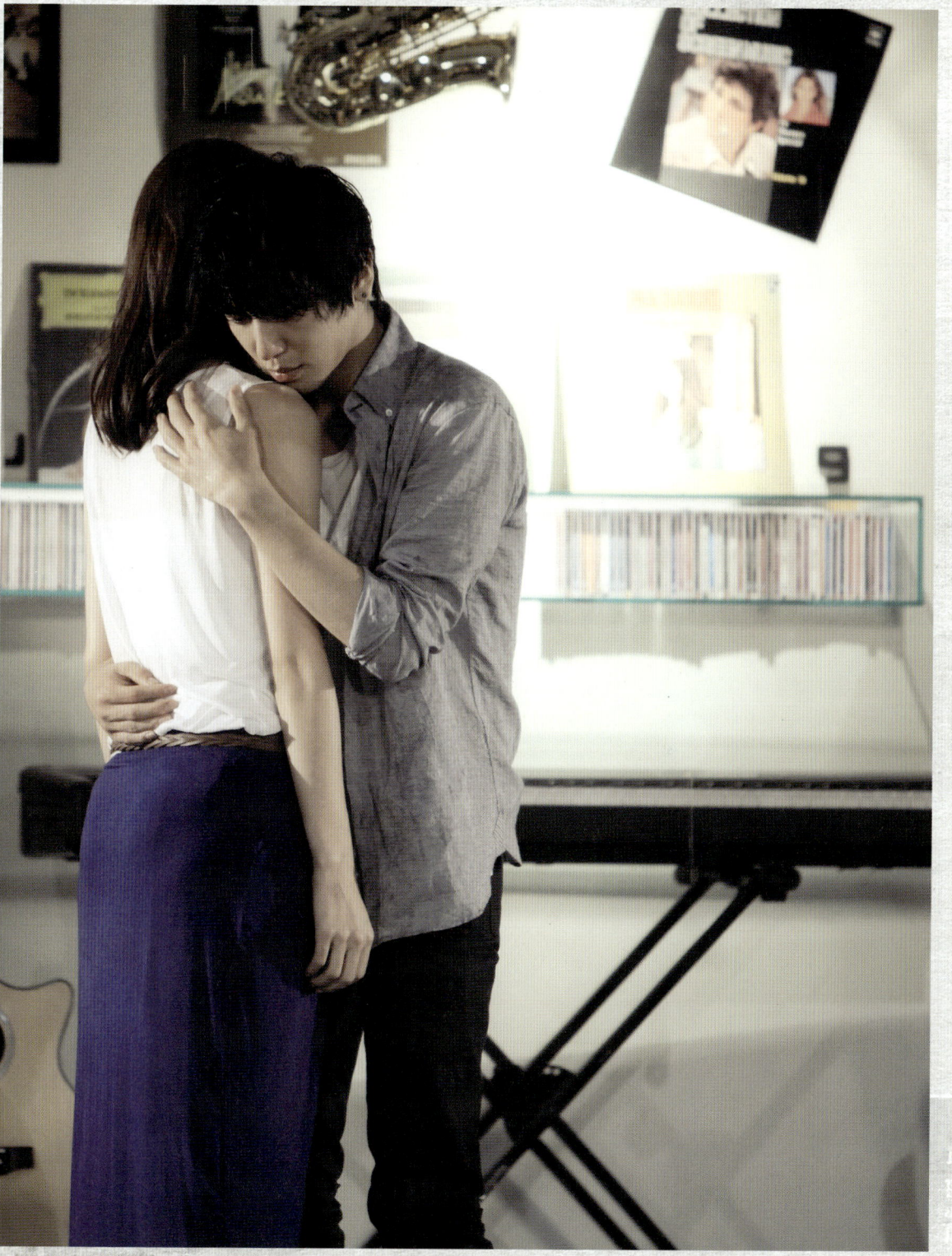

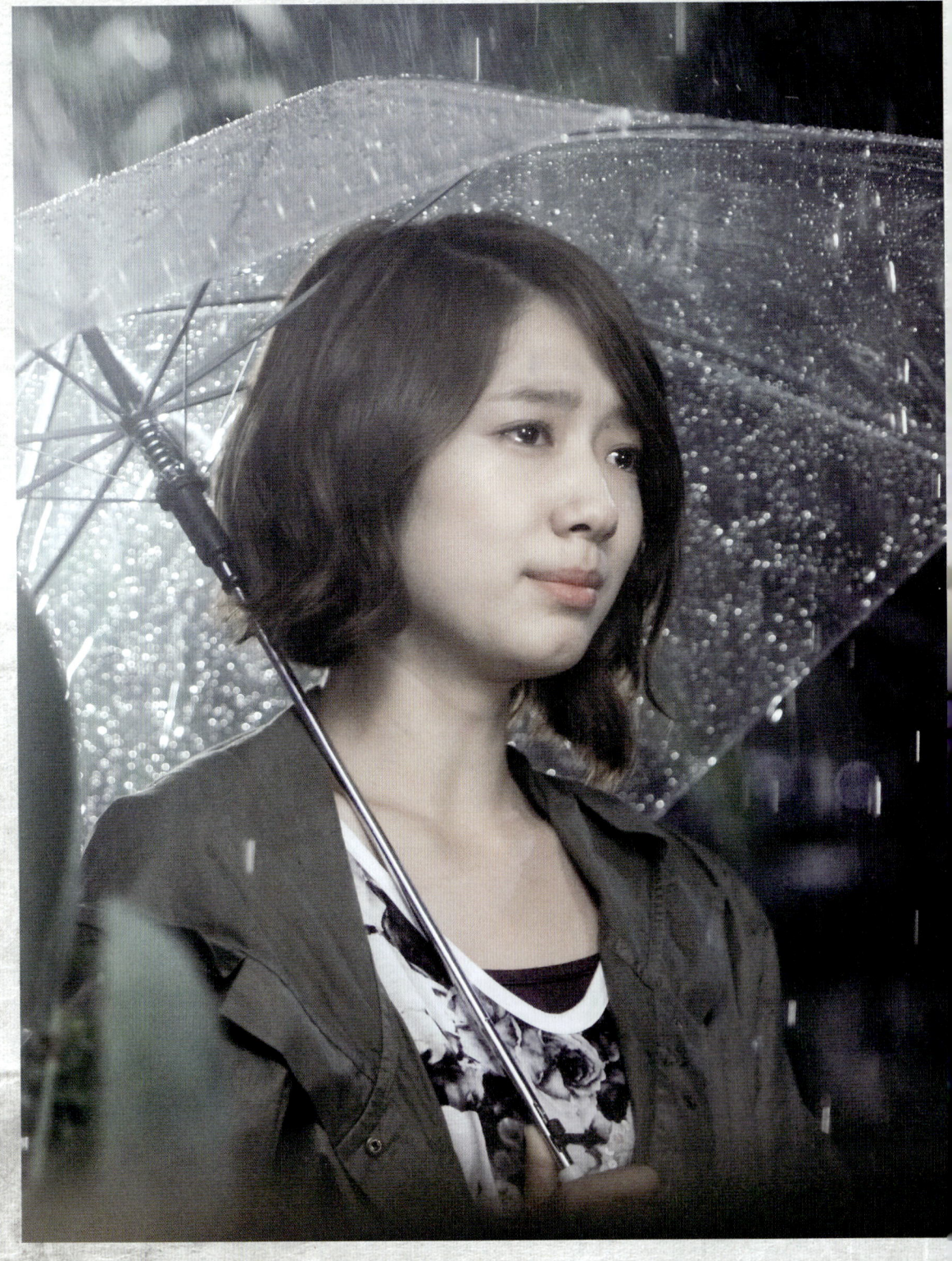

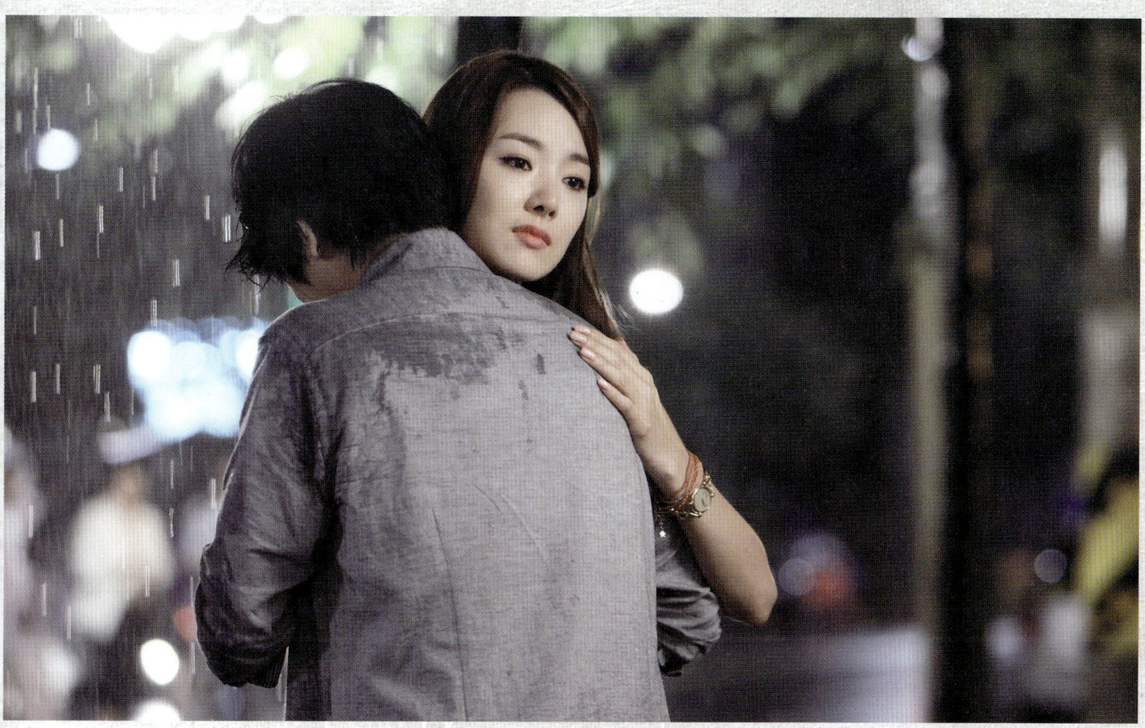

story of 규원

신이가 울고 있다.

내가 아닌 다른 사람의 품에 안겨서

신이가 울고 있다.

이제야 확인한다.

너의 어깨를 안아주고 싶은 사람이 나였다는걸.

네가 흘리는 눈물 때문에 너보다 내가 더 아프다는걸.

신아, 어쩌지?

벼락처럼, 소나기처럼

갑자기 깨닫게 된 이 진실을… 어쩌지?

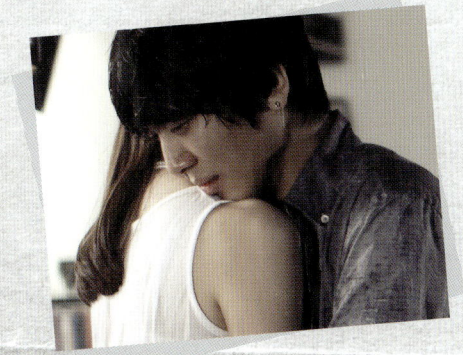

처음 불러보는 네 이름, 이규원!

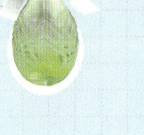

많이 아팠다던 규원이 핼쑥한 얼굴로 나타나 목걸이를 내민다.

설마, 그 비를 맞으면서 목걸이를 찾은 거야?

"나, 네 말대로 하려고.

네가 누구 때문에 아파하건 상관하지 않으려고.

나, 이제 너 좋아하지 않을 거야."

힘겹게 쏟아놓는 말들이 가슴을 때린다.

정 교수님을 보내고, 아버지를 잃은 지 며칠 되지 않았는데

너마저 내 곁에서 떠나겠다는 거구나.

아픈 건지 허전한 건지 모르겠지만

가슴 한쪽이 시린 건 분명하다.

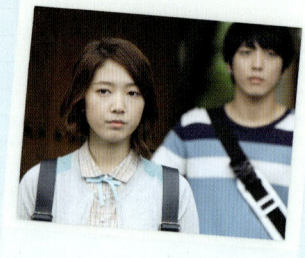

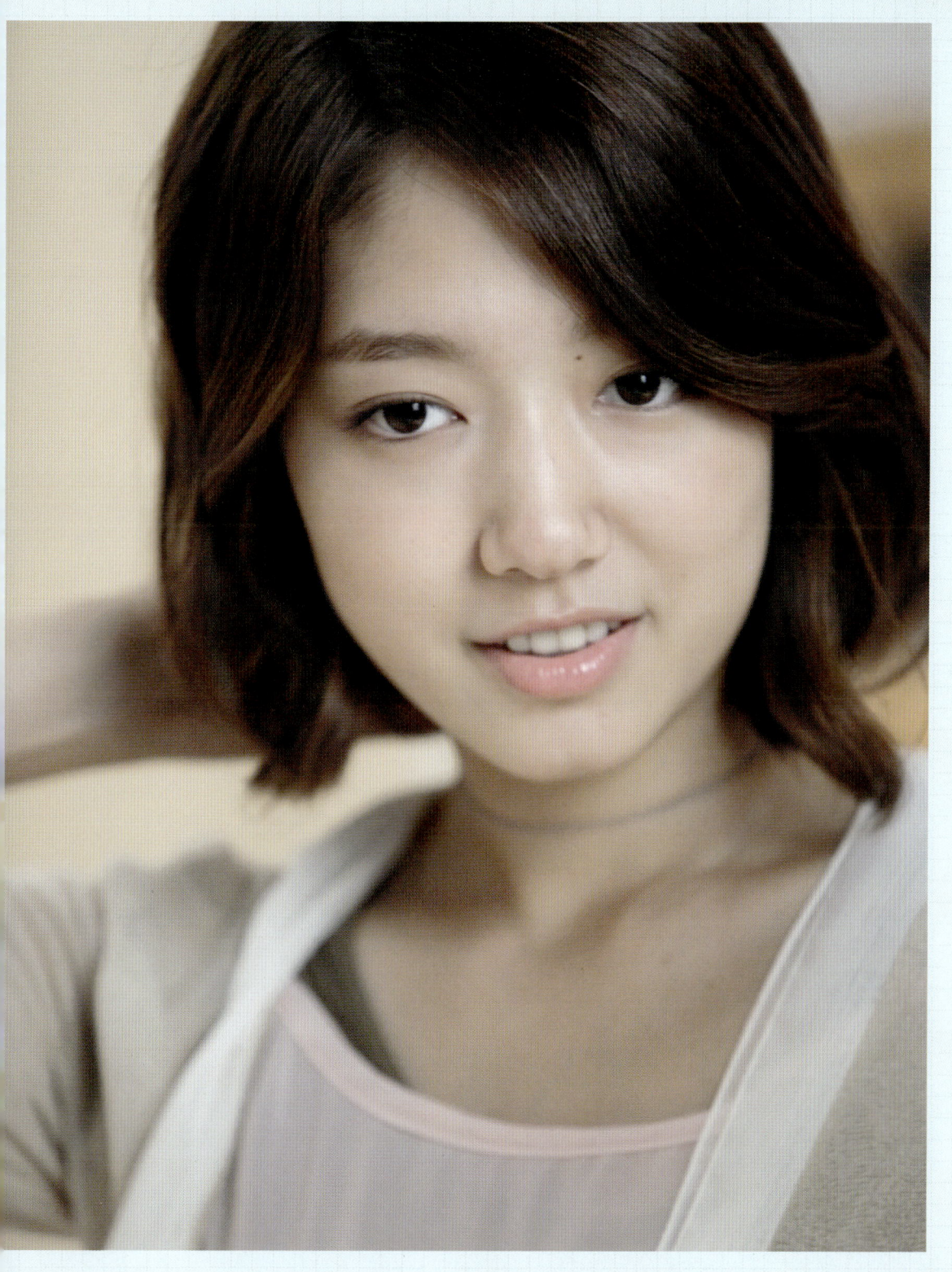

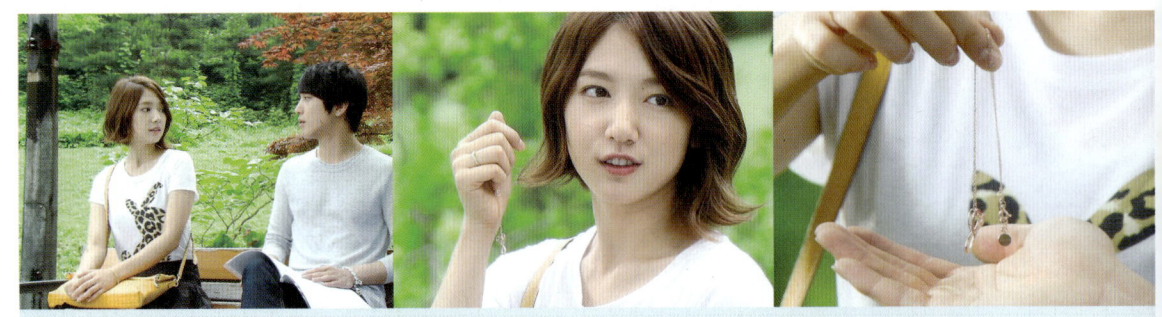

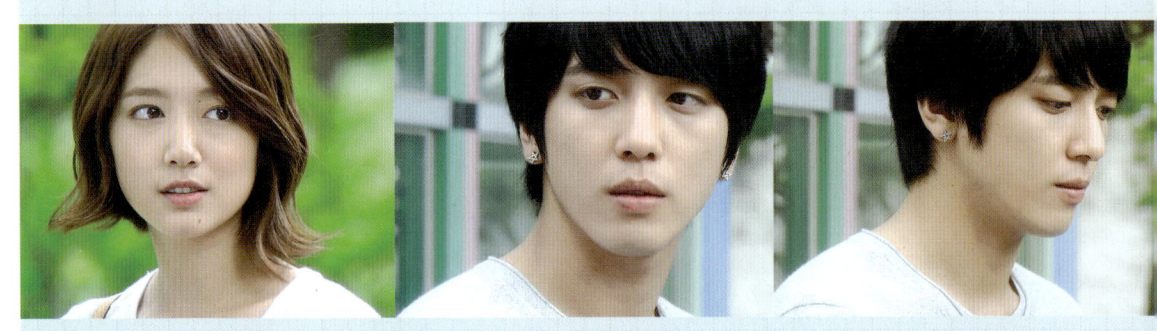

"아빠 일, 안됐어. 내가 말한다고 위로는 안 되겠지만!"

바보. 네가 얼마나 큰 위로가 되고 있는데, 그걸 모르다니.

돌아갈 집이 있어 안심하고 늦게까지 노는 아이처럼,

나를 바라봐주는 네가 있어 위로가 되었는데.

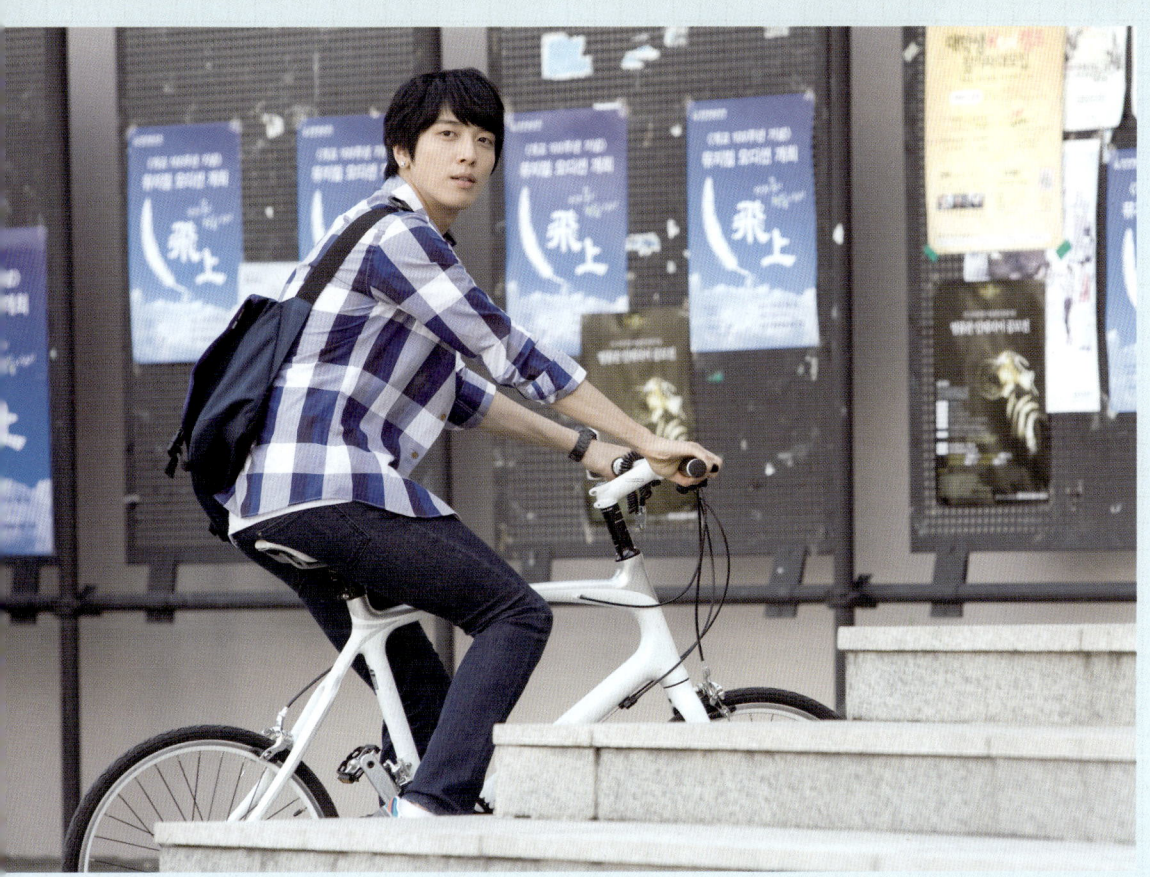

"이규원! 고마워."

목걸이를 찾아줘서 고맙다는 말을 건넨다.

"네가 내 이름 불러준 거 처음이야."

그랬던가?

누군가는 이름을 불러주었을 때 꽃이 되었다고 했는데

너는 나에게 어떤 의미일까?

확인되지 않은 의미를 뒤로한 채 규원이가 돌아서 간다.

겨울바람 앞에라도 선 듯 허전하고 시리다.

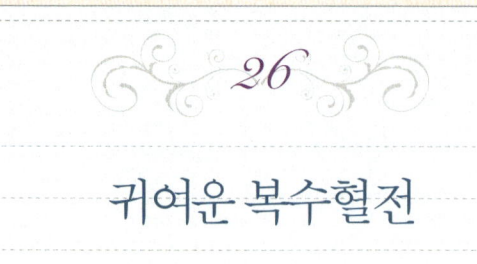

26

귀여운 복수혈전

뮤지컬 공연 음악 감독님이
엔딩곡에 국악을 접목하는 게 좋겠다며
규원이와 편곡 작업을 하라신다.
나야 함께 작업하고 싶지만 규원이가 받아들일까?
아직은 우리 사이가 서먹한데 어쩌지?

"억지로 안 해도 돼."
나와 함께하는 시간을 불편해할까봐,
마음에도 없는 말을 뱉었다.
"공연하면 어차피 앞으로 계속 보게 될 텐데, 괜찮아."
정말 괜찮은 걸까, 너는?
마음을 접고, 떠나보내는 일이
그리 쉬운 일이니, 너한테는?

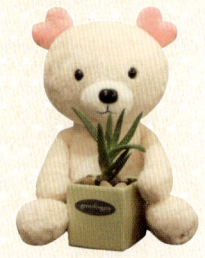

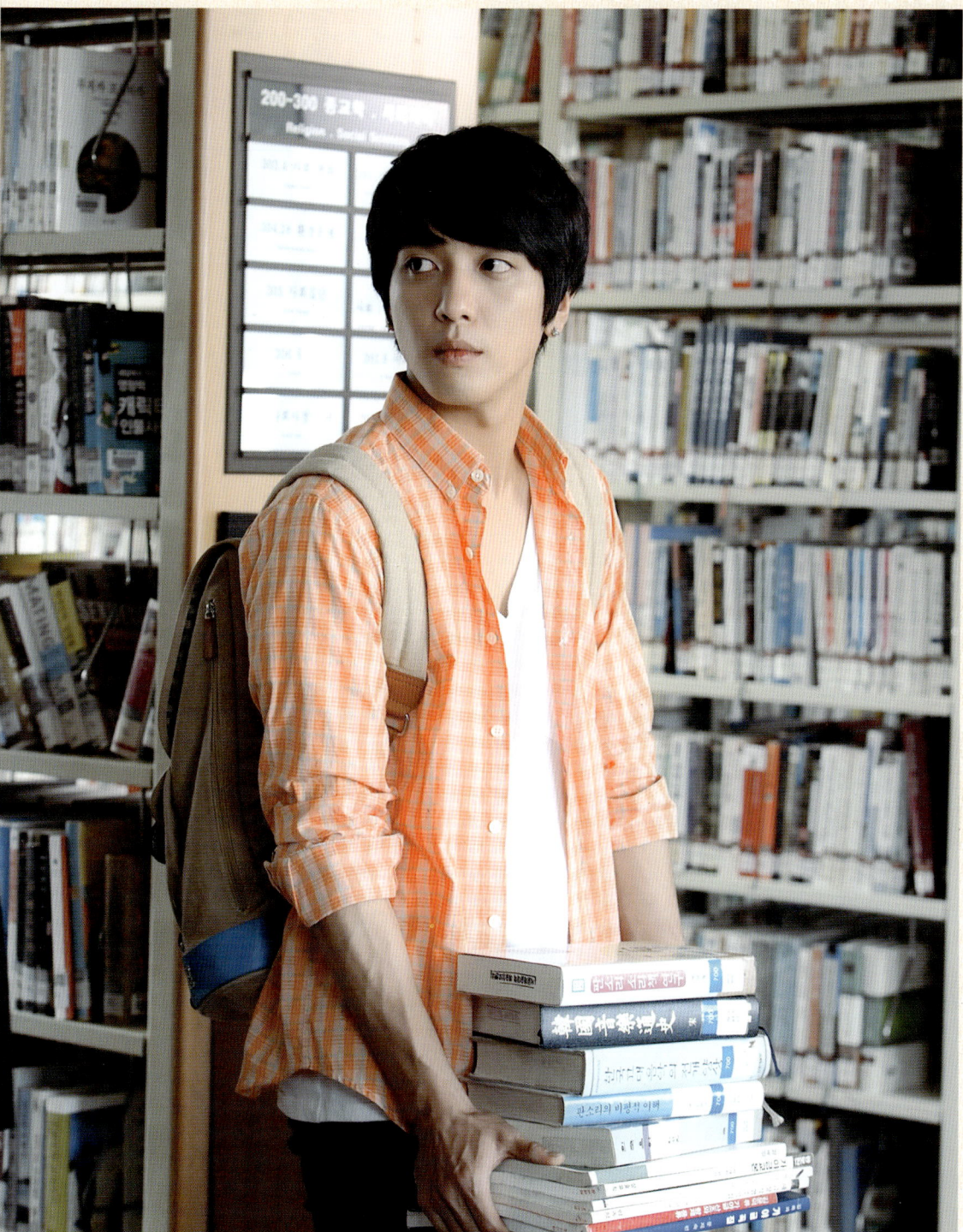

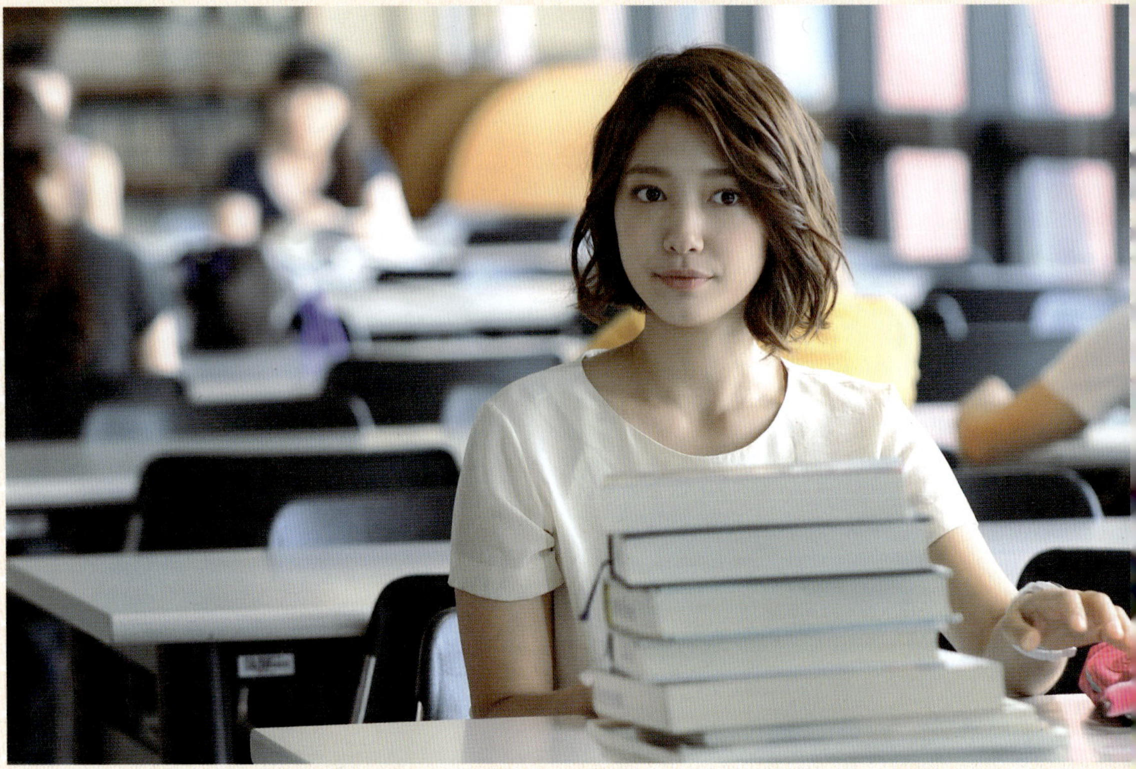

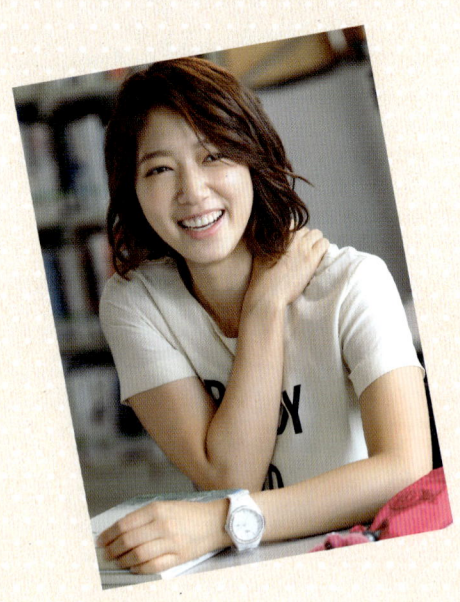

"할아버지 말씀이 국악은 한과 기가 서려 있어야 제맛이래.
네가 그 깊은 뜻을 알지 모르지만."
조잘조잘 혼자서 국악 이론을 펼치며 도서관에 가자더니
정작 도서관이 어딘지 방향도 잡지 못한다.
말은 괜찮다고 했지만, 정작 속마음은 그렇지 않은가보다.

산더미같이 많은 책을 내 팔 위에 올려놓는다.
아무리 그래도 그렇지!
이렇게 많은 책을 언제 다 읽으라고?
이규원의 복수혈전이 무섭다. 아니, 귀엽다!

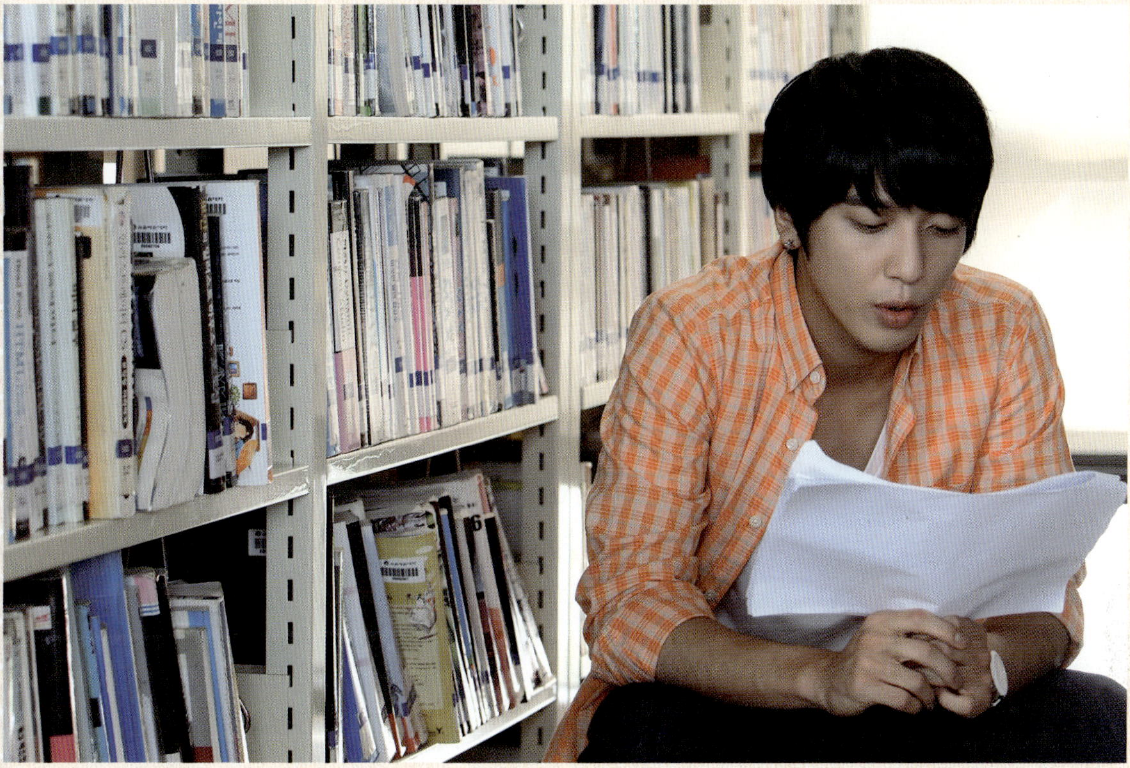

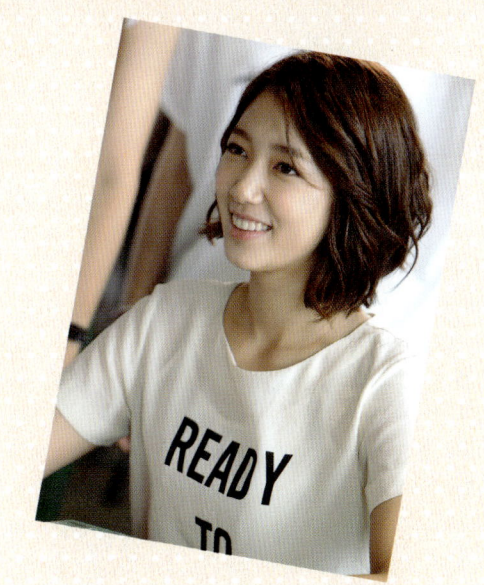

가야금과 기타를 통해 동서양의 경계가 허물어지고
천년을 질주해서 과거와 현재가 만난다.
공기를 차오르는 날렵한 소리들과
금빛 비늘처럼 반짝이는 소리들은
구름이 되었다 강물이 되어 흐른다.
너의 손끝을 따라 흐르는 가야금 소리는
너처럼 따뜻하기도, 너처럼 쾌활하기도 하다.

자꾸만 너에게 눈길이 간다.
너와 함께 음악으로 교감하는 이 시간이 참 좋다.

27

너에게 자꾸만 눈길이 간다

'스투피드'와 '바람꽃'의 합동 연습이 끝나고
다 같이 몰려간 식당에서
준희가 싸주는 쌈과 고기를 넙적 받아먹는 너.
괜히 심통이 나서 준희와 네 얼굴을 흘끔거렸다.
내 앞에서 일부러 더 꿋꿋한 척하고 싶었는지
씩씩하게 삼겹살을 먹더니 끝내 체했나보다.
노래방에서 자꾸 가슴을 두드리다 끝내 나가버린다.

그러지 않으려 해도 자꾸 네가 눈에 보인다.
표정 하나 하나, 웃음소리, 이야기 소리… 자꾸 걸린다.
혹시나 하고 뒤따라갔더니 역시 화장실에서 토하고 있다.
그래, 그렇게 다 토해라.
마음속에 눌러놓은 것들,
가지지 못한 것들에 대한 미련과 절망들을!

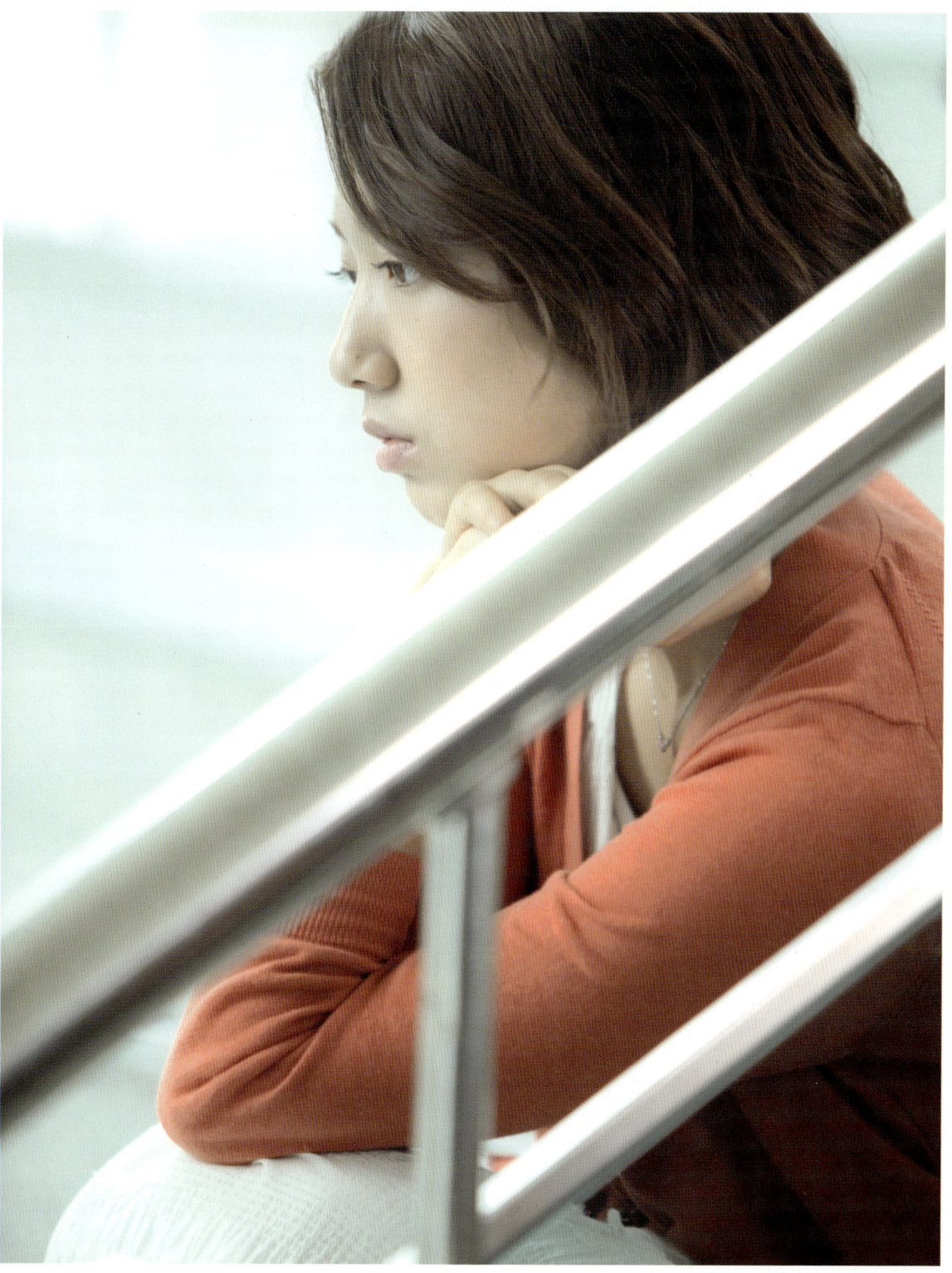

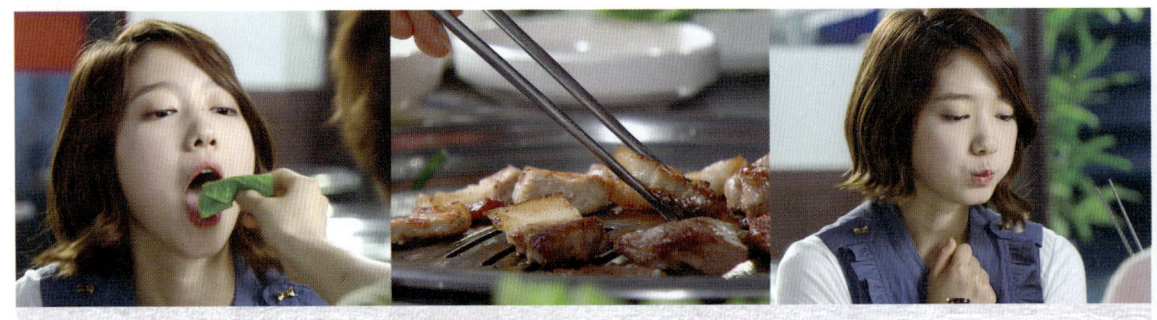

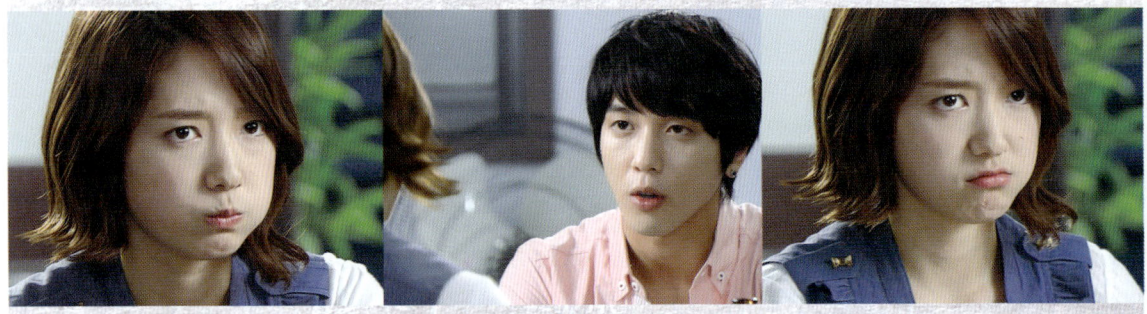

"내 앞에서 억지로 괜찮은 척할 필요 없어."

"들켰네…"

그래, 이규원. 너 들켰어.

아니, 이미 나도 알고 있었다는 말이 맞겠지.

이신, 너 따위 아무것도 아니라고, 괜찮다고, 당당하게 말하고 싶었겠지만

정작 접어야 하는 마음은 많이도 쓰라렸겠지.

내가 그 사람을 놓기 위해 그렇게나 힘들었던 것처럼.

그래, 그렇게 속엣것을 게워놓듯 우리 서로에게 솔직해지자.

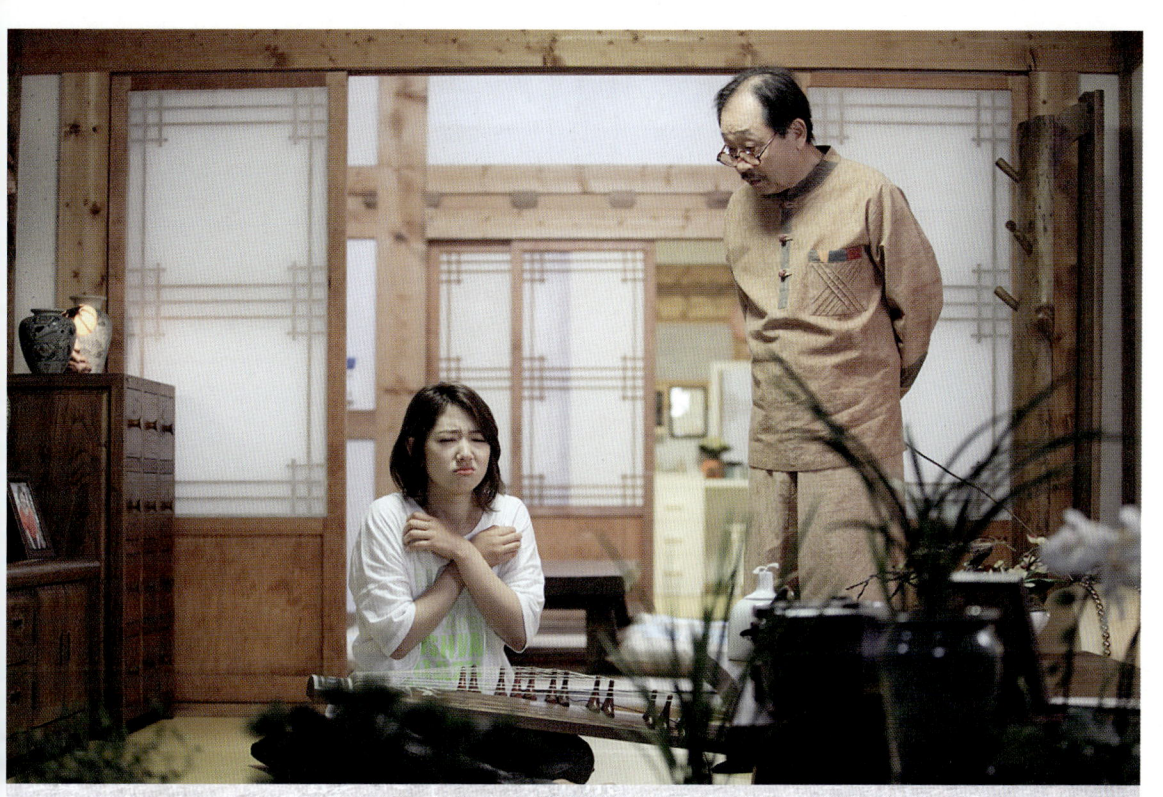

한글도 떼기 전에 배우기 시작한 가야금.

요즘 조금은 싫증이 났었다며

밴드랑 연주하는 것도, 오디션 보는 것도

다시 못할 소중한 경험이라는 너의 이야기들이

가만가만 가슴속으로 들어온다.

우리 또래 청춘들이 가지고 있는 이런 이야기를 나누는 것이 얼마 만인지.

뽀얗게 우러나는 잔잔한 감동이 마음 깊이 가라앉는다.

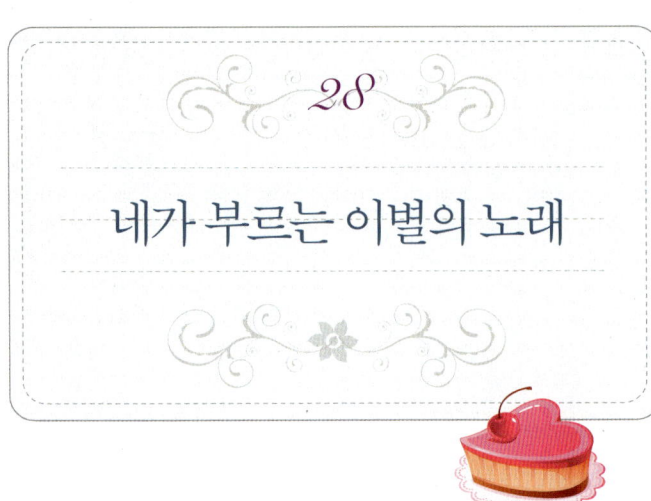

28

네가 부르는 이별의 노래

뮤지컬 여주인공을 뽑는 오디션 날.

할아버지 때문에 네가 오지 못한다는 말을 들었을 때

나도 모르게 내 몸은 자전거를 타고 있었다.

모르겠다. 왜 그랬는지.

그저 네가 얼마나 힘들지, 정말 열심히 연습했는데…

울고 있으면 어떡하나… 두서없는 생각들이

앞서거니 뒤서거니 엉켜들어 혼란스러웠다.

죽을힘을 다해 페달을 밟았다.

너에게로 가는 시간을 줄이기 위해,

너에게로 가는 거리를 좁히기 위해.

너를 데려오겠다는 마음 하나만으로 온몸에 피가 돈다.

왜 이렇게 너 때문에 허둥대는지

왜 이렇게 너를 도와주고 싶은지 나도 모르겠다.

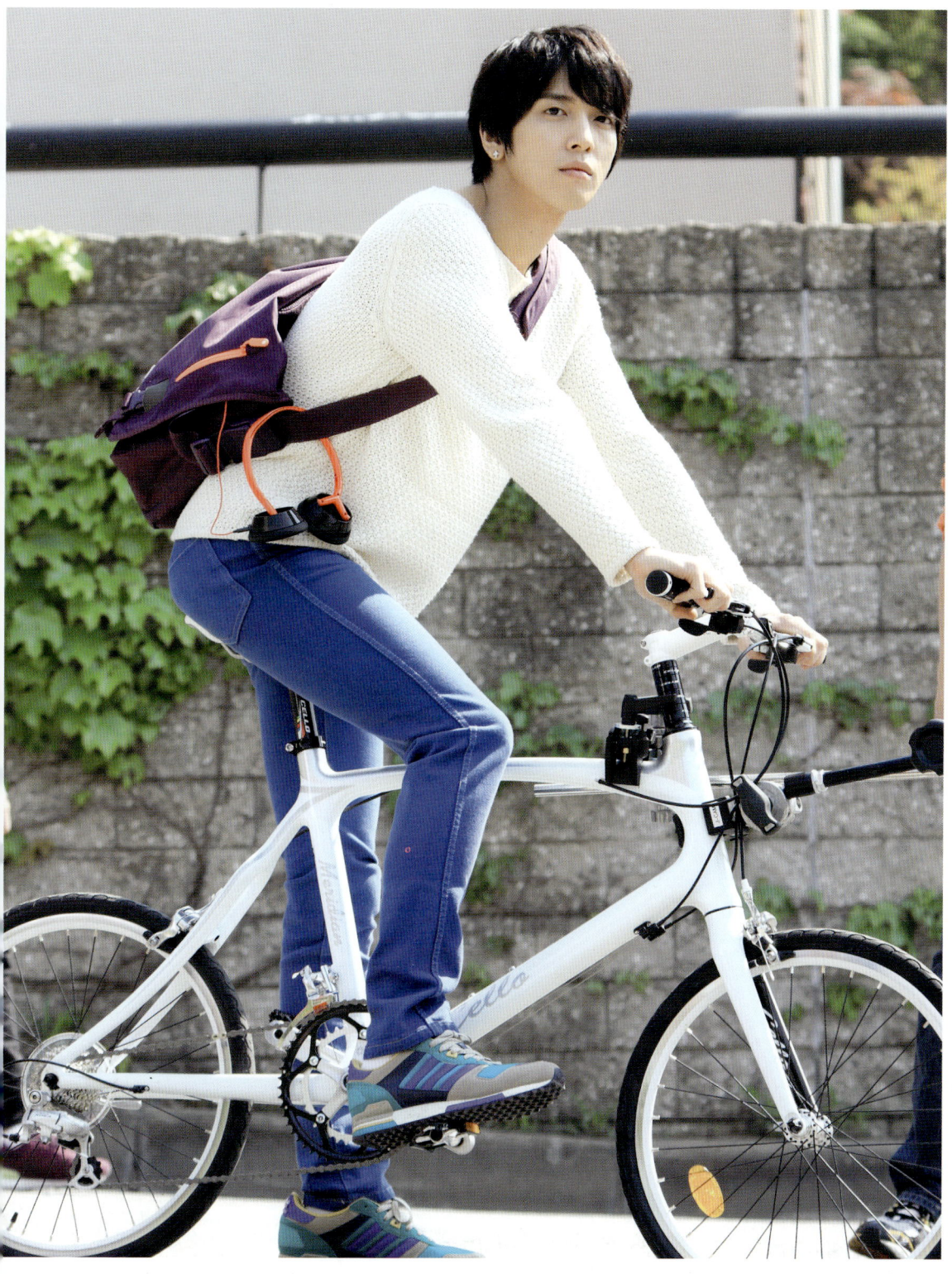

"한 번에 잊을 수 있을 거라 생각 안 해.

그래도 노력은 할 거야. 고마워."

너의 말을 듣는 순간,

박혀 있던 못들이 와르르 빠져버린 것처럼

헐거워진 마음이 얼마나 서운하던지.

왜 하필이면 최선을 다해 너를 위해 달려온 이 순간에 그런 말을 하는 건지.

너에게로 기울어진 나의 마음을 확인한 순간

너에게서 듣게 된 이별의 말에 괜히 배신감이 든다.

눈물 흘리며 이별 노래를 하는 네 모습에

그러지 말라고 붙잡고 싶은 마음이 들었다.

너의 마음을 뿌리친 건 난데,

정 교수님이 내 마음을 안 받아줘도 너는 좋아하지 않을 거라고,

네 마음에 대못을 박아버린 사람은 바로 나인데….

오디션에 떨어진 널 위로해주고 싶었다.

나도 친구들처럼 "괜찮아, 잘했어." 말해주고 싶었다.

자기 일처럼 가슴 아파해주는 친구들을 보니

너란 사람이 주위 사람들에게 얼마나 좋은 친구인지 알겠다

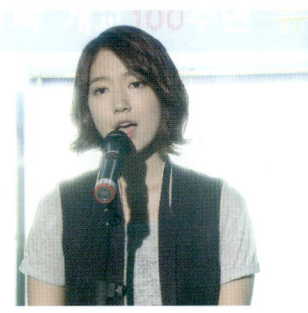
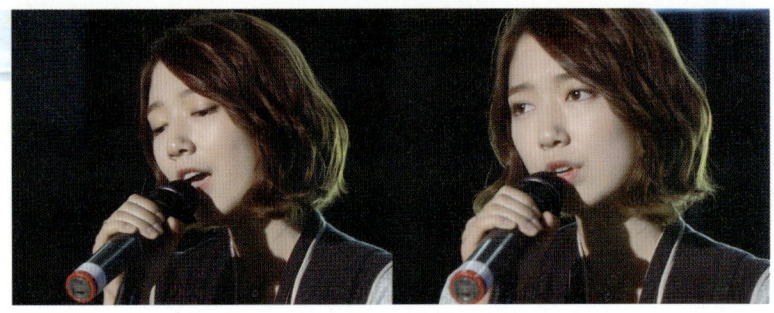

그럴 겁니다. 잊을 겁니다.
또 다른 사랑이 다시 올 겁니다.

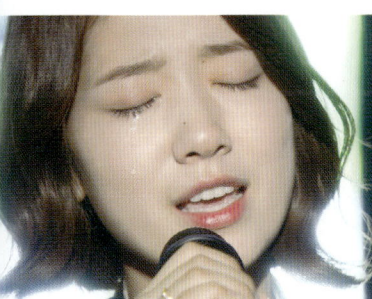
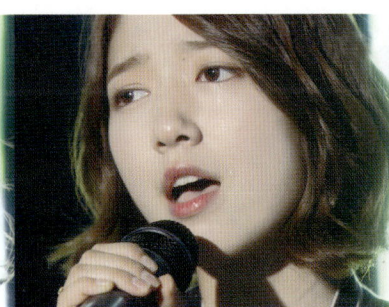
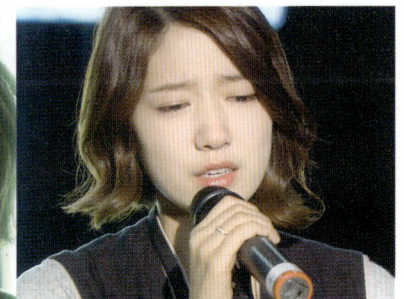

괜찮습니다. 잊었습니다.

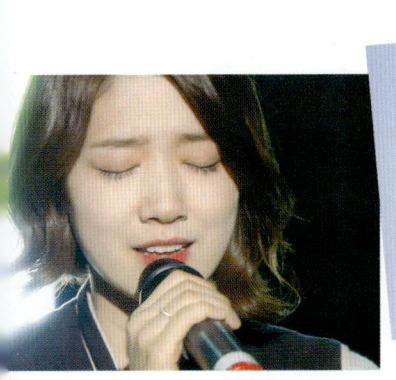
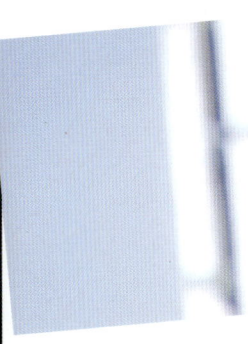
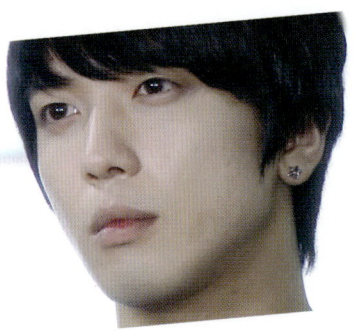

29

취중진담

국악 편곡에 도움이 될 거라는 교수님 말씀에
따라 나선 바람꽃의 봉사 공연.
할머니 할아버지들 앞에서 공연하고 어울려 춤도 추는 규원이,
어른들이 주시는 술을 넙적넙적 받아먹고는
취해서 졸고 있는 규원이 예뻐 보인다.
버스 정류장이건 계단이건 어디서든 잘 자는 천하태평 이규원이다.
이번에는 아예 술주정까지 한다.
"아, 내가 좋아하는 이신이다. 이신!"
내 이름을 부르며 털어놓은 너의 마음속 말들이
자잘한 낙서가 되어 내 가슴에 조금씩 새겨진다.
오래오래 남아 있으면 좋겠다.
너의 마음속에, 내가….

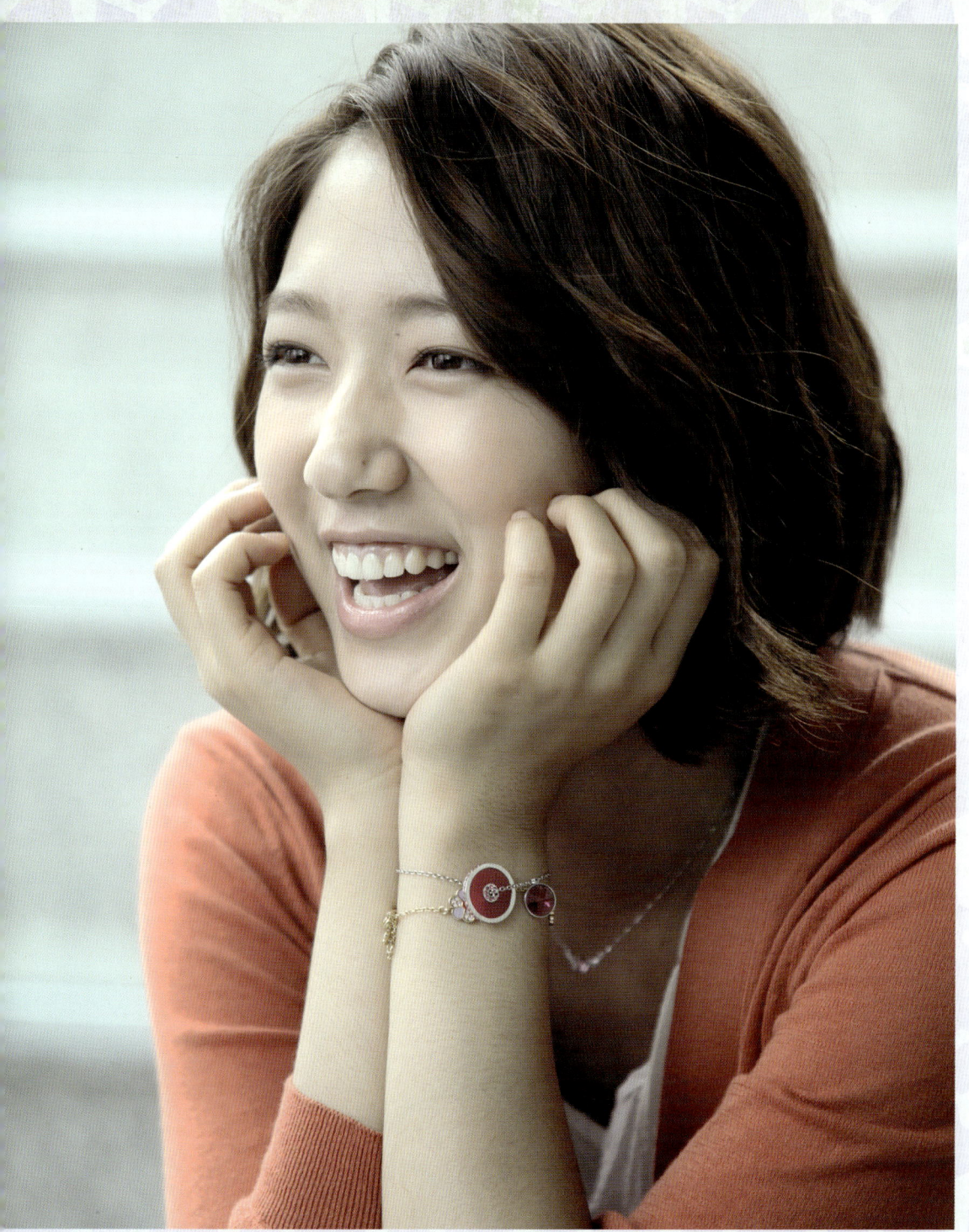

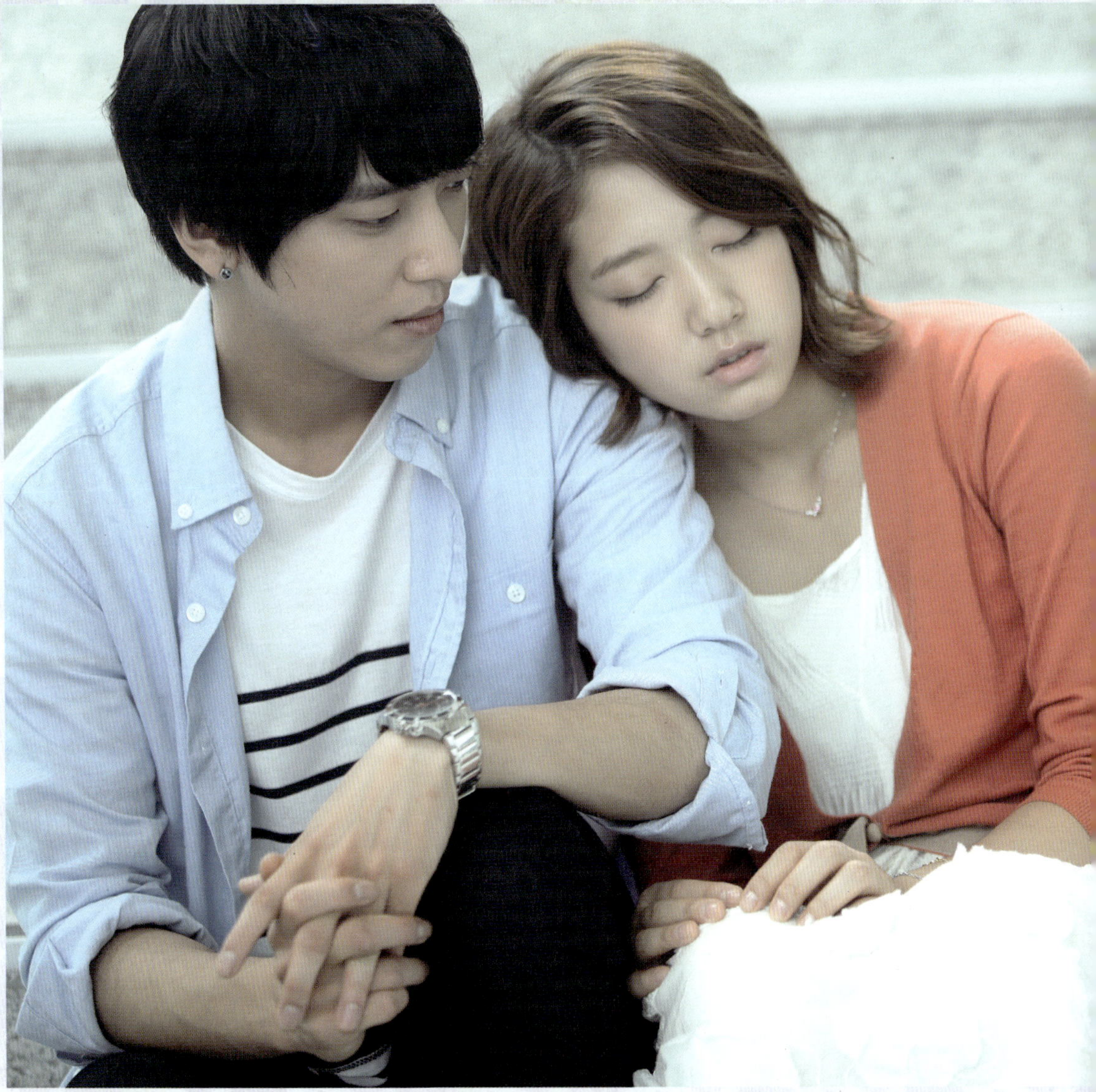

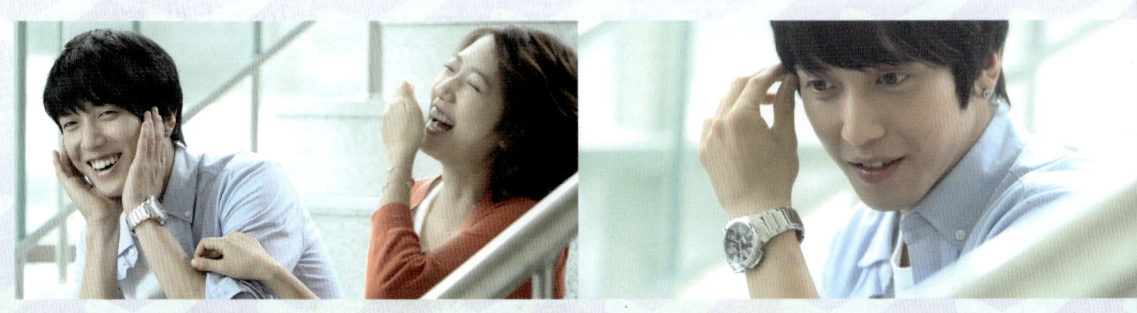

"내가 잊어주겠다는데 왜 자꾸 앞에서 알짱거리는 거야!"

역시 마음을 완전히 접은 건 아니었나보다.

다행이다 싶어 지금까지 서운했던 마음이 녹아내린다.

그랬구나. 그랬겠지.

너도 네 마음을 붙잡는 일이 힘들었구나. 그런 거였어.

너의 그런 점이 나에게 얼마나 위로가 되는지 아니?

넓은 세상에 나 혼자 사랑도 잃고 아버지도 잃고,

혼자 처절하게 버려진 것 같아서 힘들 때,

나를 바라봐주는 네가 있다는 사실만으로

어깨에 힘이 들어가고 등이 펴지는 느낌이었다.

"주정뱅이."

투덜거려보지만 그래도 술 먹고 뻗은 너를 업은 사람이

나라서 다행이다.

너에게 해줄 것이 있어서 참 고맙다.

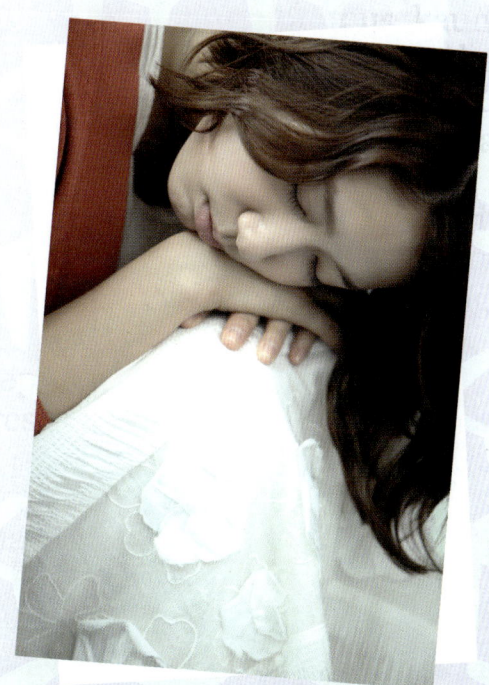

30

네게로 가고 싶은 마음

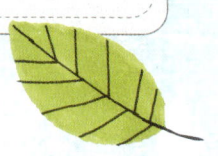

"생일 축하해!"
미리 알았으면 선물이라도 준비했을 텐데
갑작스런 규원이의 생일파티가 당황스러웠다.
미안한 마음에 어울리지도 못하고 뒤에 서 있는데
내게로 와서 장난을 걸어주고
함께 뛰며 웃게 해줘 고마웠다.

그런데 느닷없이 발을 헛디뎌 계단 아래로 굴러 떨어진 너.
그 놀라움, 안타까움을 어떻게 표현할까?
몇 개 되지 않은 그 계단이
천길 낭떠러지라도 되는 것처럼 무서웠다.
많이 다치지 않았다고, 괜찮다고,
병원에 오지 말라고 해도 나는 자꾸 가고 싶다.

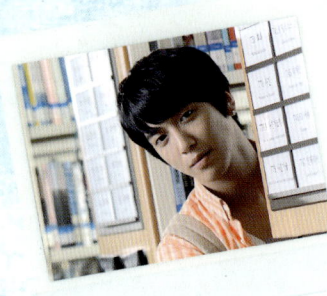

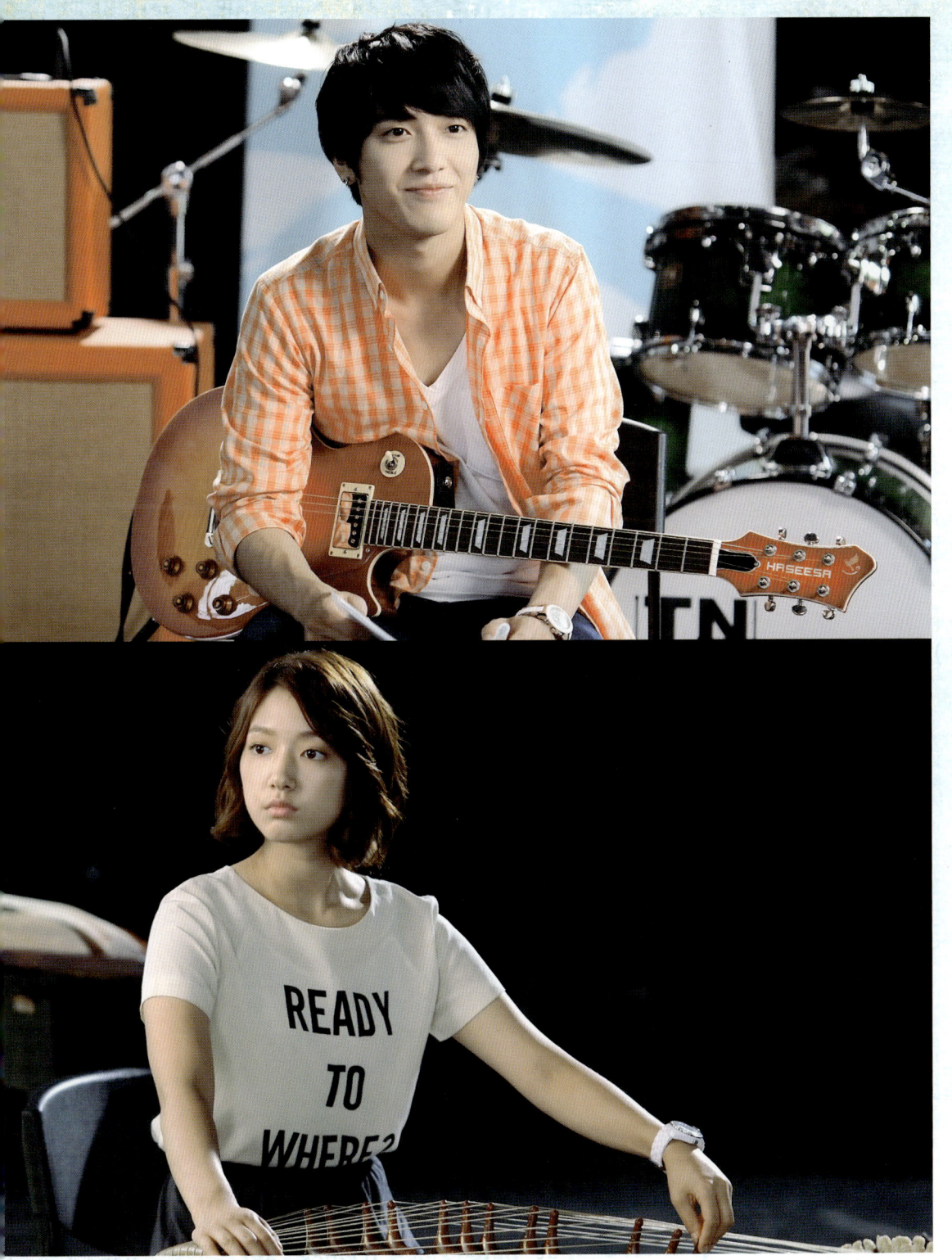

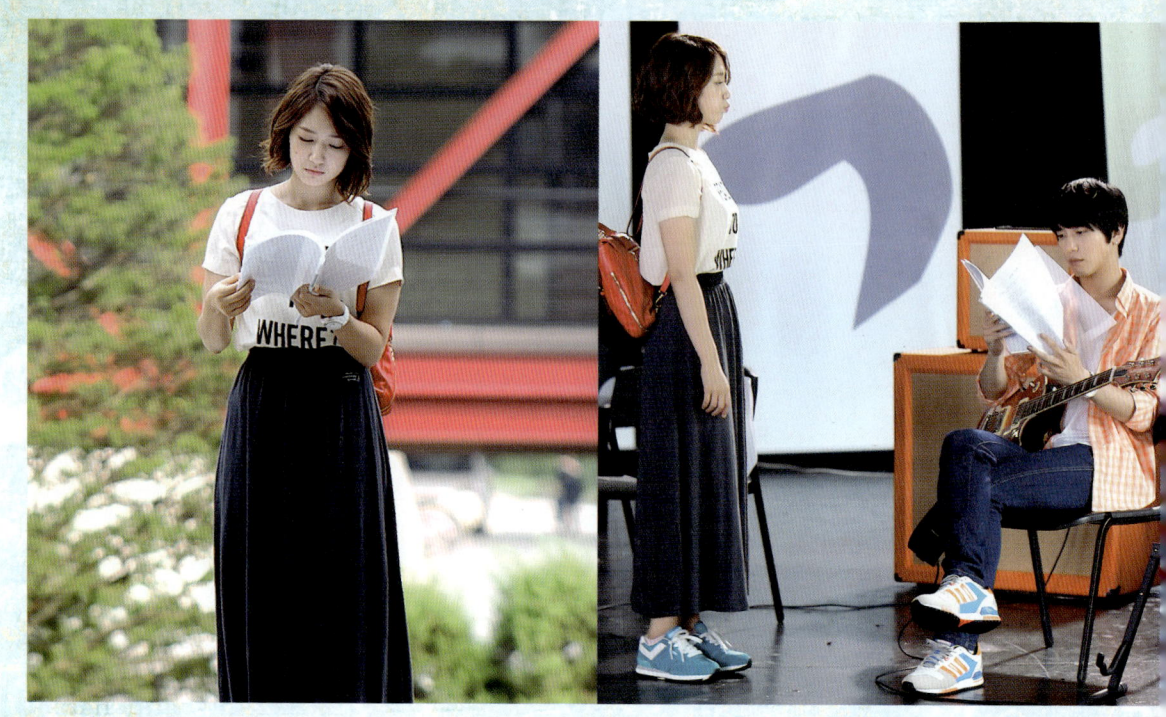

국악 공부를 핑계로 너와 마주 앉는 일이,

종알종알 설명하는 너의 모습을 보는 일이,

나에겐 편안하고 따뜻하다.

못 알아들은 척 너의 설명이 지루하다고 거짓말해도

눈치도 못 채는 둔탱이….

김 감독의 말처럼 네겐 사람을 무장 해제시키는 힘이 있는 것 같다.

그리고 나는 그런 네가 좋아지려 한다.

너는 자꾸 나에게서 도망가려 하지만

내 심장이 너보다 빨리 너에게로 가려 한다.

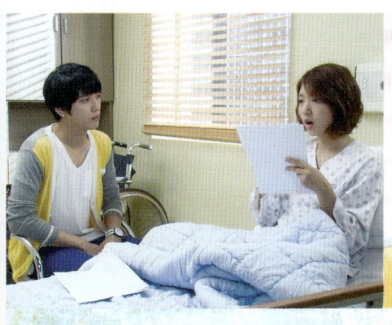
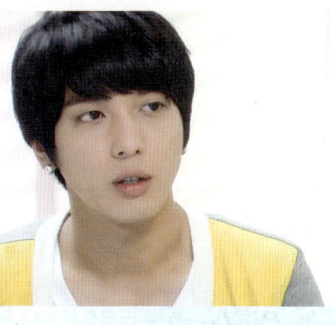
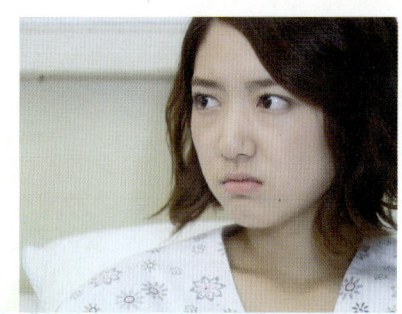

규원의 병실에 친구들이 들이닥쳤다.

준희 녀석, 치사하게 나 혼자 문병 왔다고 투정이다.

국악 과외 때문이라고 둘러대긴 했지만

괜히 마음을 들킨 것 같아서 쑥스러웠다.

친구들에게 함께 가자고 했어야 했는데,

규원이를 빨리 봐야겠다는 생각에 혼자 달려왔다.

다른 생각이 나지 않을 만큼 규원이가 다친 것이 충격이었을까?

요즘 내 세상엔 규원이와 나만 있는 것 같다.

김 감독이 규원이에게 신경 쓰는 것도 못마땅하고

둘이만 있고 싶은 마음이 든다.

뭐지? 내 마음이 어떻게 된 거지?

내 안에 자꾸 규원이가 흘러 들어오고 있다.

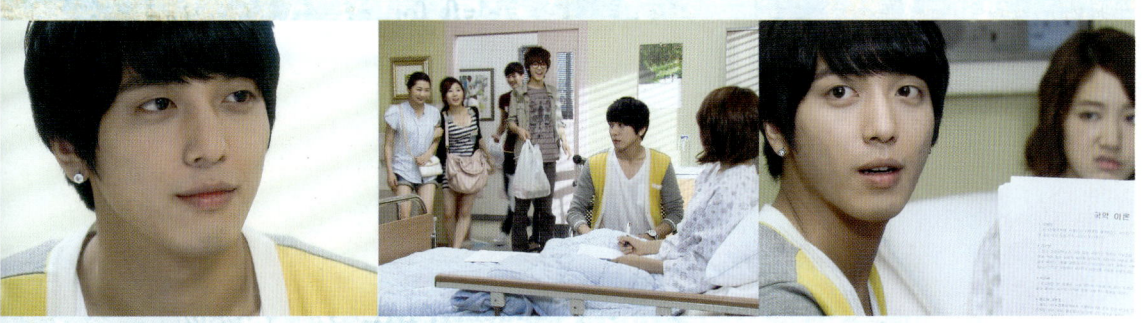

31

나 좋아하는 거, 그만두지 마

규원이를 위로해준다며 친구들이 불꽃놀이 이벤트를 열었다.

해맑게 웃는 너를 본다. 어린아이처럼 즐거워하는 너를 본다.

그런 네가 너무 예뻐서 자꾸 보게 된다.

아무런 가식 없는 순수한 웃음만큼 행복한 모습이 어디 있을까?

그 모습을 곁에 두고 나만 보고 싶다고 마음이 외친다.

한 번 잃어버렸던 사랑.

다시 시작하지 않으리라 생각했다.

사랑을 잃고 나서 방황하는 일이 너무 아파서

다시 시작하지 않으려고 마음을 붙들어 매두었는데,

너라면, 이규원, 너라면 다시 시작해도 될 듯하다.

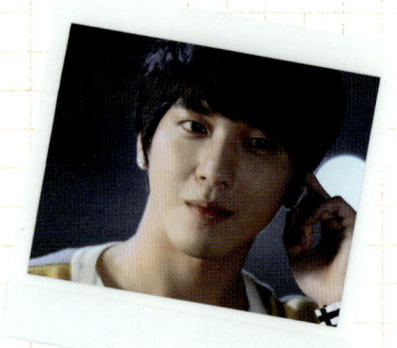

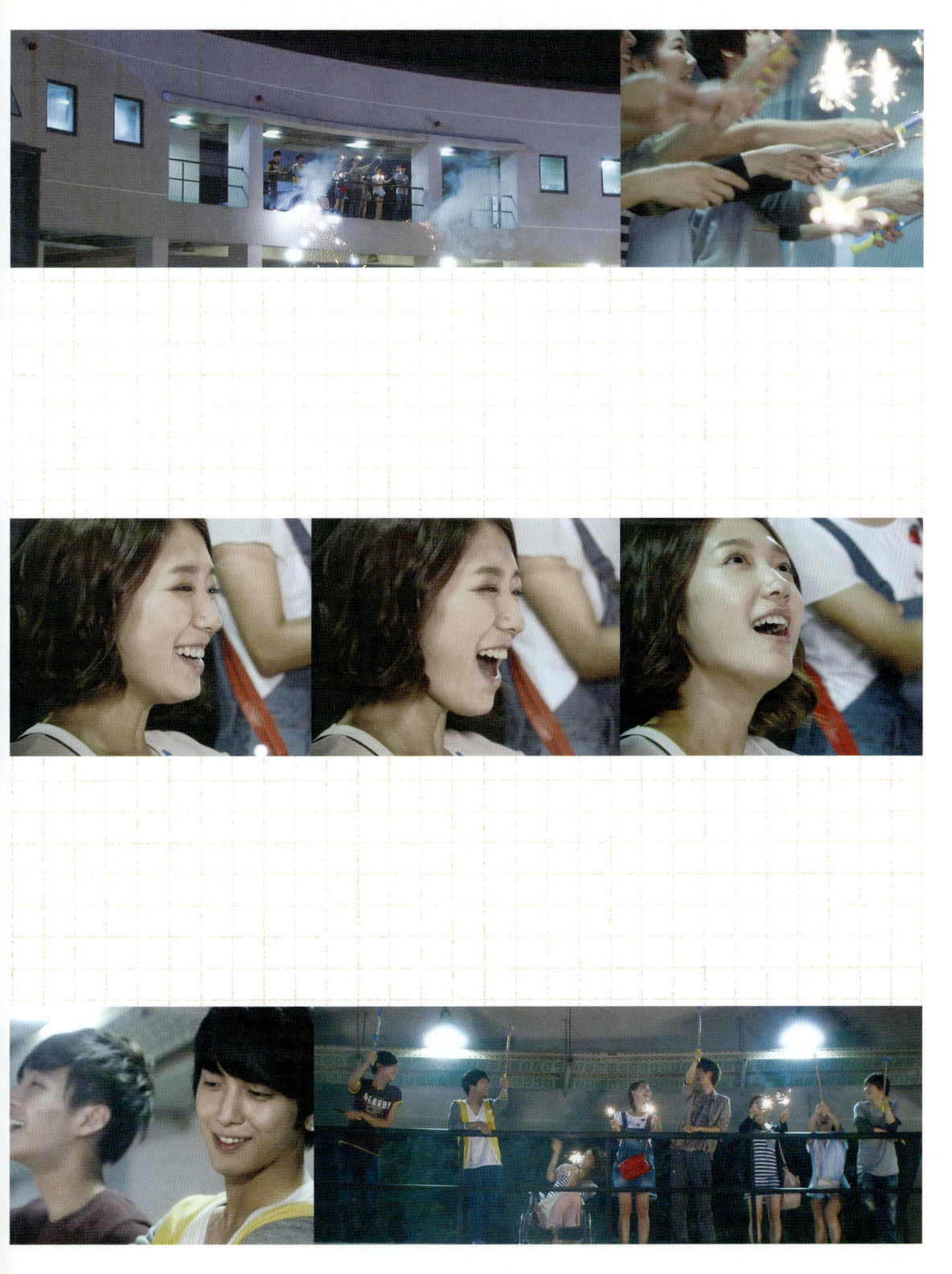

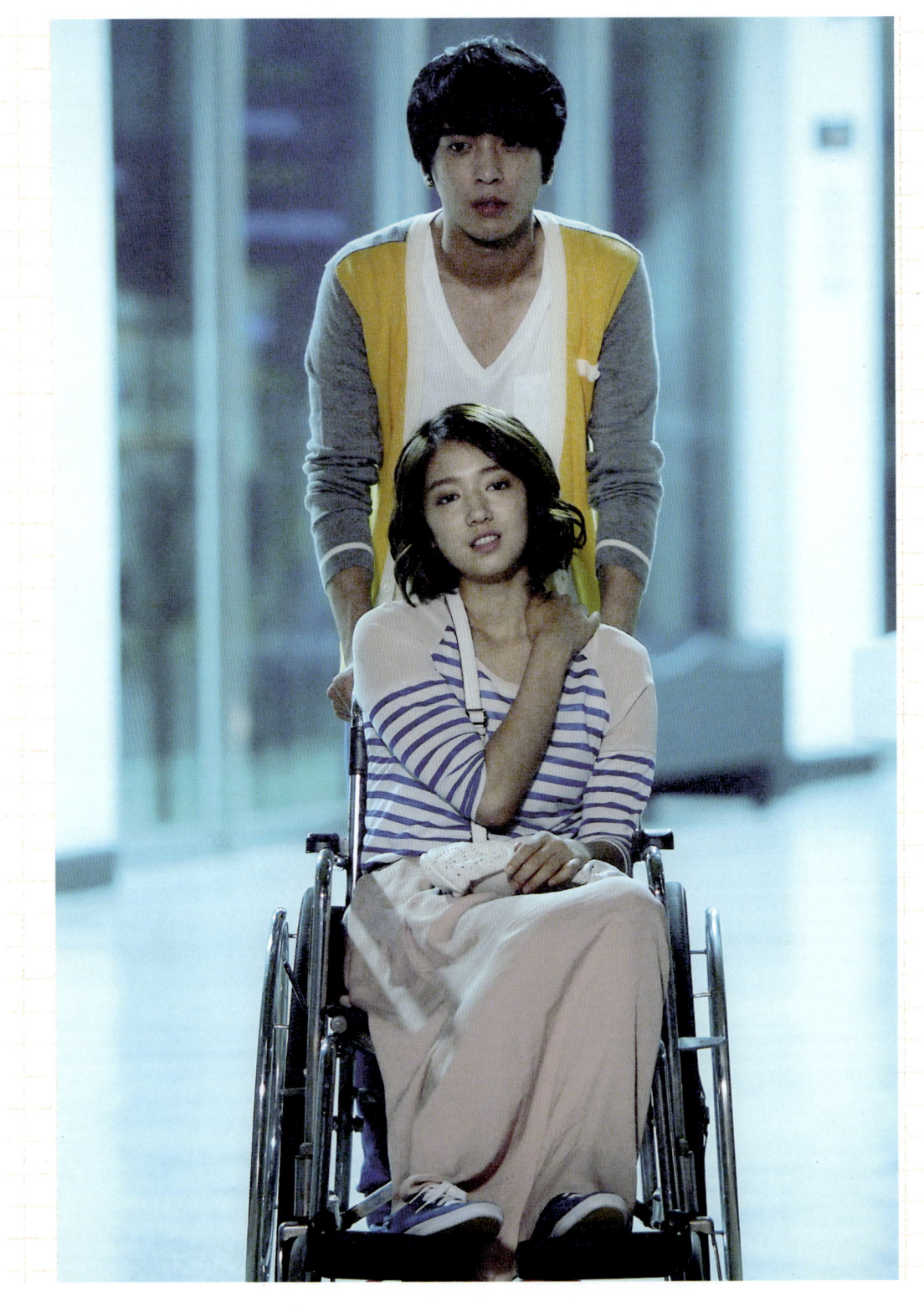

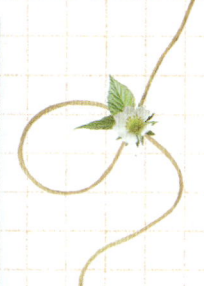

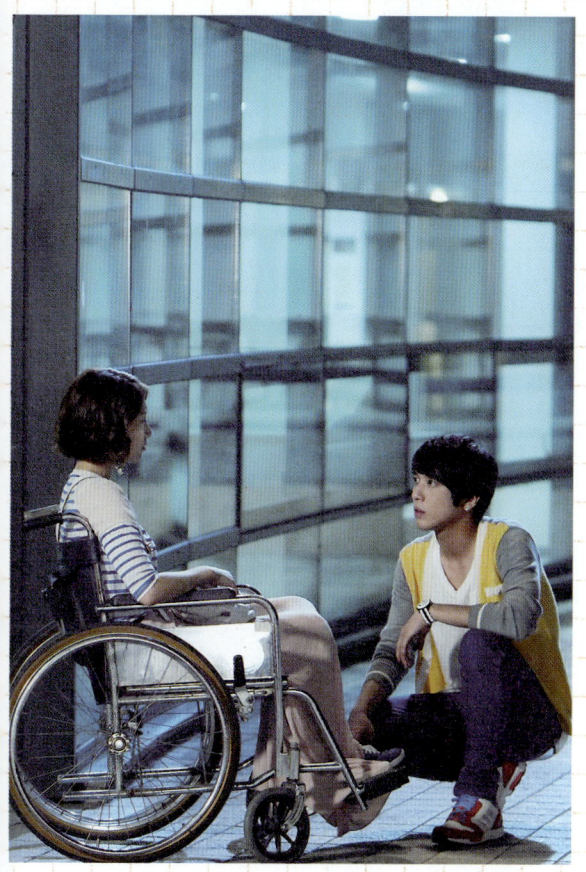

"나 좋아하는 거, 그만두지 마."

그렇게 너에게로 내 마음을 보낸다.

"무슨 소리야? 너, 나 좋아해?"

그런 질문을 하다니….

나는 당연히 네가 알 줄 알았다, 내 마음.

자꾸 네가 신경 쓰이고, 너의 곁을 맴돌고 싶고

네가 걱정되는 그런 내 마음을….

"너는 나 안 좋아하는데, 나만 계속 널

좋아하라는 얘기야? 웃기지 마. 네가 뭔데?"

그저 예기치 않은 질문에 잠시 당황해 대답을 못 한 것뿐인데

내 말을 그런 뜻으로 받아들이다니,

정말 여자들의 마음은 알다가도 모르겠다.

내가 그동안 좋아하는 마음을 전혀 드러내지 못한 건가?

'나, 좋아하는 거, 그만두지 마.' 란 말은

내가 너 좋아하니까 너도 나를

계속 좋아해달란 뜻이었는데.

오늘 밤, 길을 잃은 마음들이 캄캄하게 엉켜들어 힘들다.

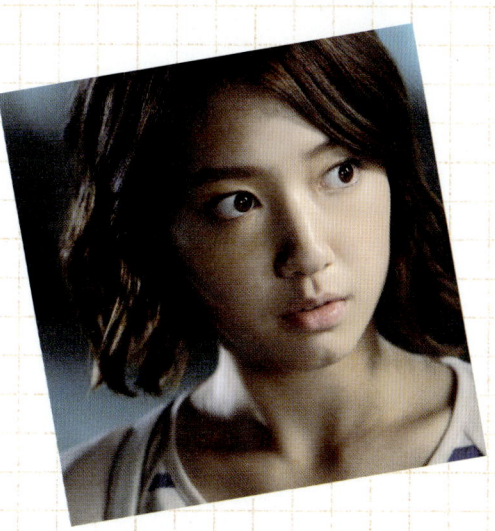

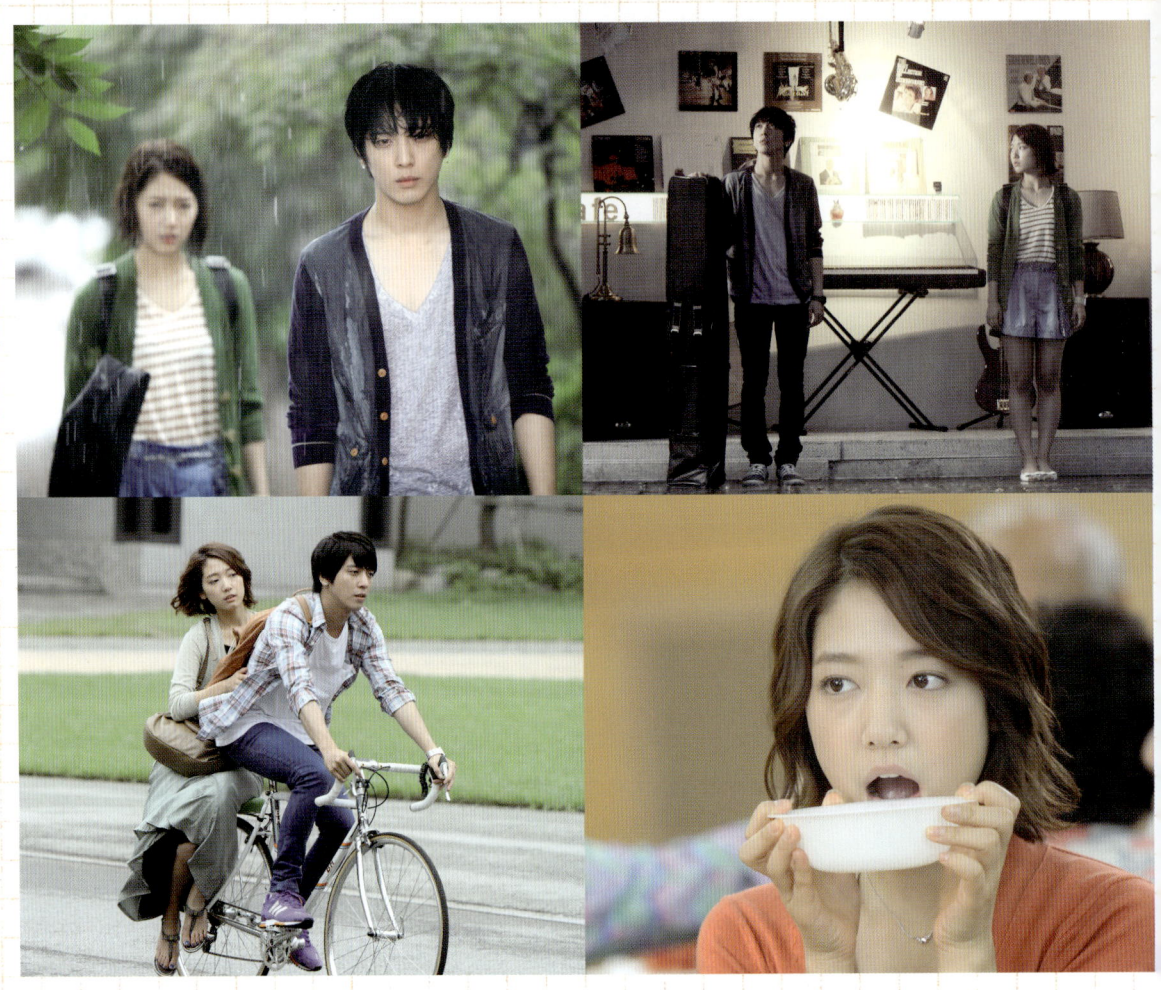

규원과의 지난 시간이 떠오른다.

무거운 가야금을 들고 따라와서 함께 비를 맞아주던 아이.

자전거를 타고 오디션장으로 숨차게 달려가던 그날.

내 이름을 부르며 술주정하던 그 계단.

술에 취한 발그레한 볼이 참 예뻤던 너!

휠체어를 타고도 반짝이는 불꽃보다 더 환하던 너의 웃음.

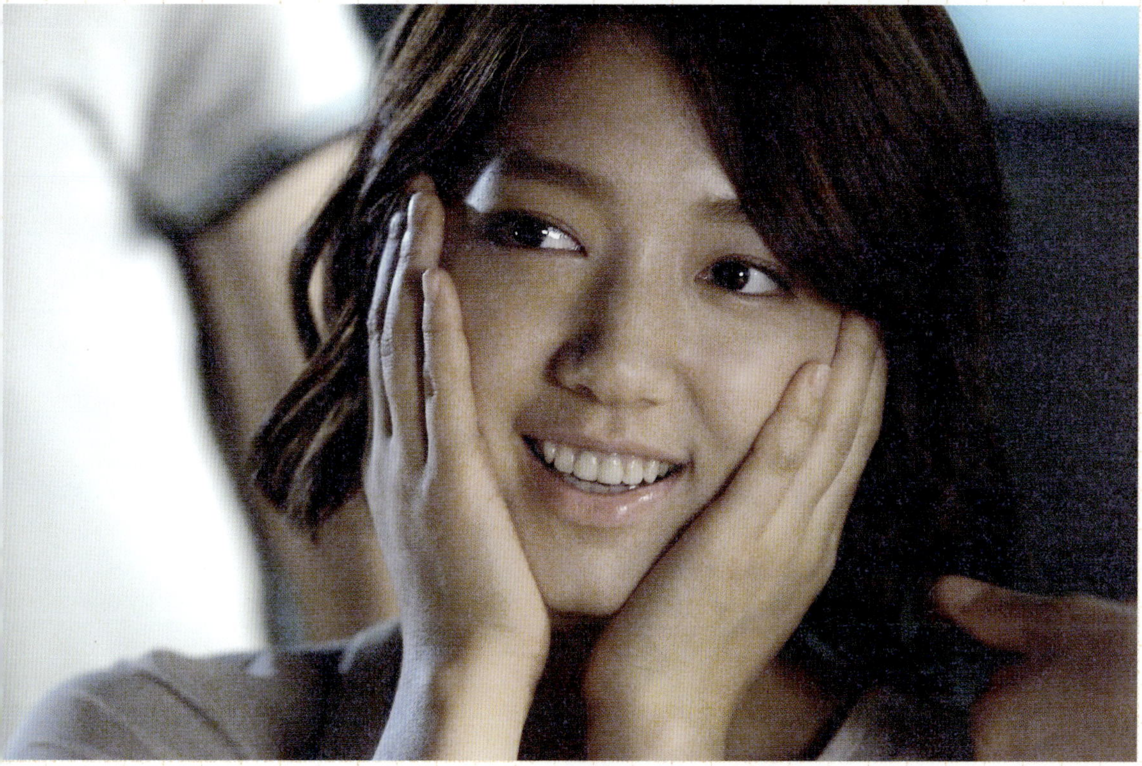

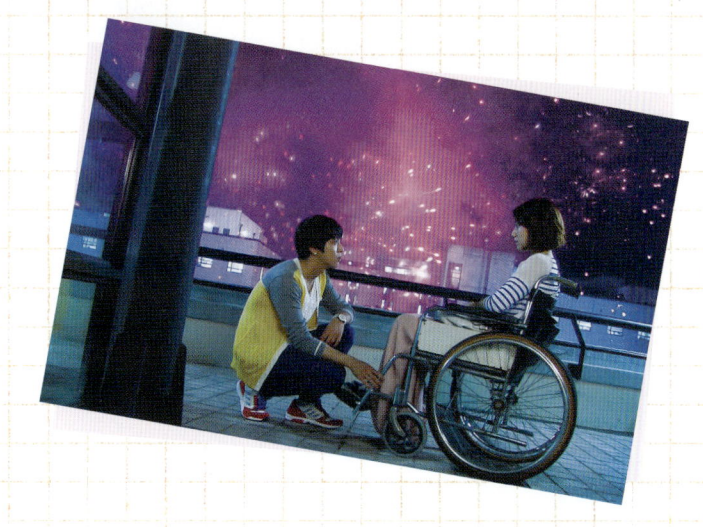

실연의 아픔이 비처럼 내리던 날,
너의 그 사랑스런 모습들이
일곱 빛깔 무지개처럼 내 마음속에 떠올라
희망을 노래할 수 있게 해주었던 거야.

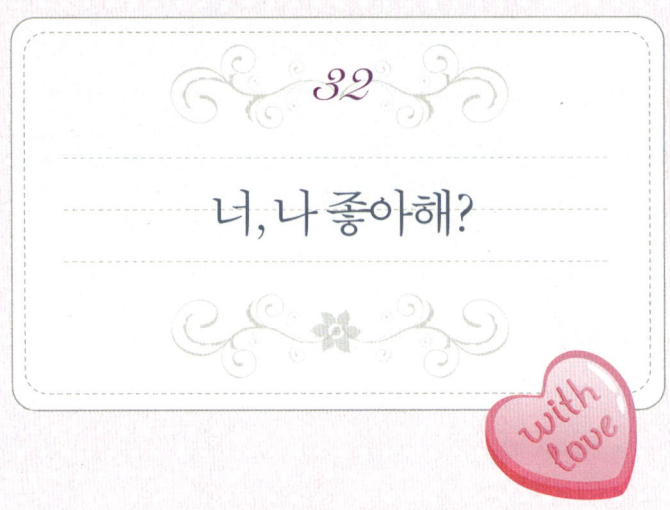

너, 나 좋아해?

story of 규원

"나 좋아하는 거, 그만두지 마!'

이게 무슨 말이지?

나는 휠체어에 앉아 있기만 했는데,

나를 태우고 달린 것은 신이인데

정작 내 가슴이 쿵쾅거리며 뛰기 시작한다.

그럼 너, 지금까지 날 좋아했던 거야?

하지만 아무런 대답도 돌아오지 않았다.

아주 잠깐이었지만 그 순간 신이의 대답을 기다리며 숨이 막혔다.

넌 나를 안 좋아해도 나만 널 좋아해주길 바라는 거구나.

갑자기 얼음물이라도 뒤집어쓴 듯 온몸이 싸늘해졌다.

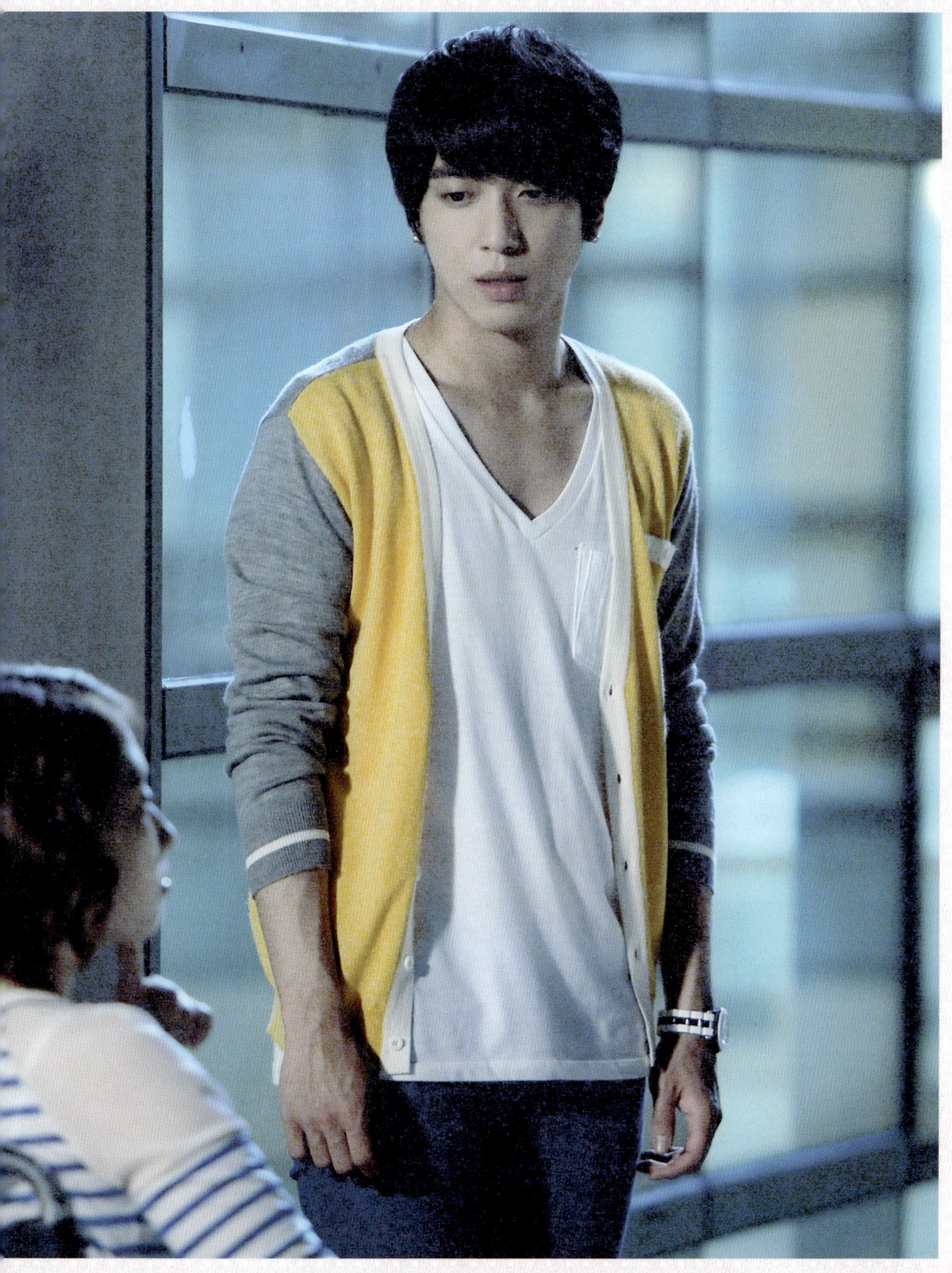

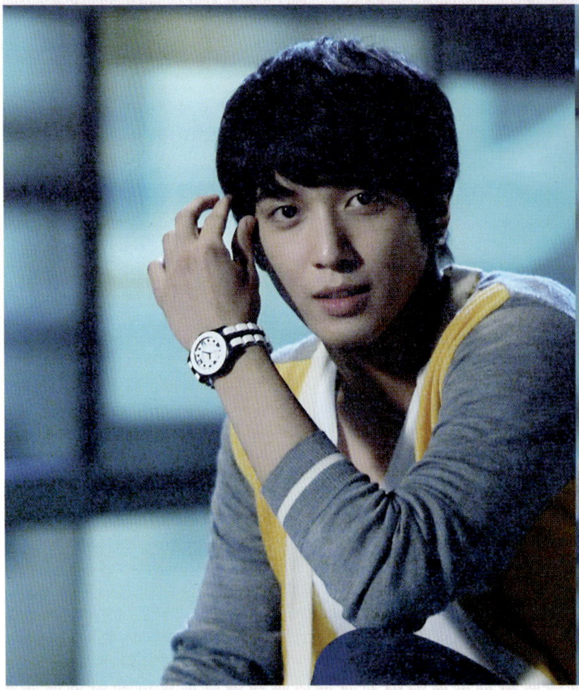

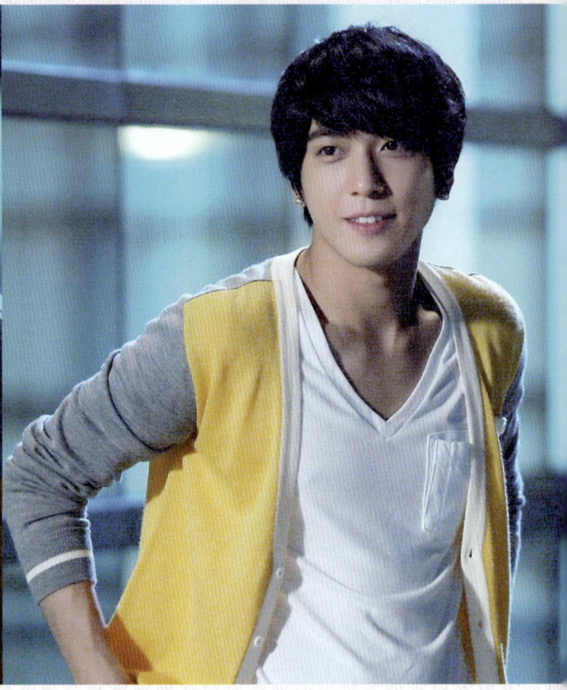

설령 좋아하지는 않는다 하더라도

여자에게 그런 말을 했으면 립서비스라도 했어야지.

내가 그런 배려도 받지 못할 만큼 형편없는 존재인 거니?

너 좋아하는 거 그만두지 말라고?

완전 자백의 극치를 달리는구나.

네가 좋아하라면 하고, 그만두라면 그만둬야 하니?

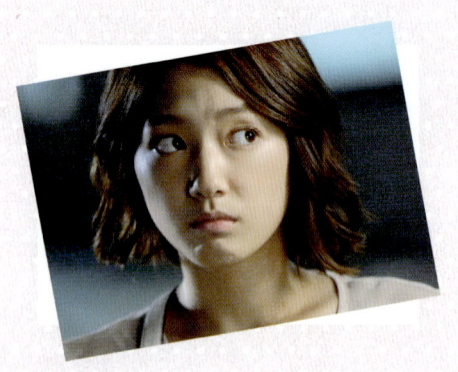

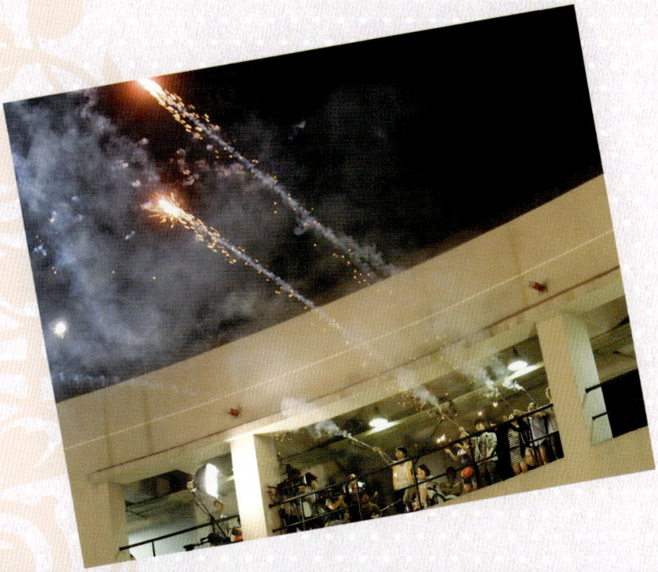

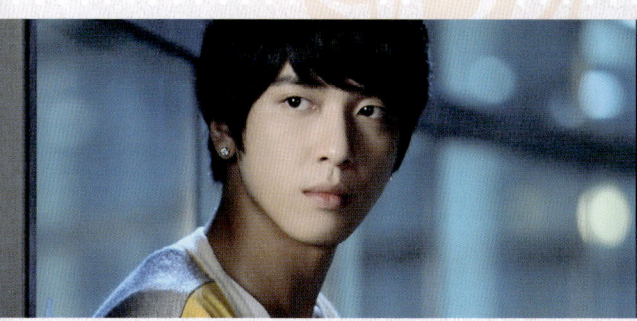

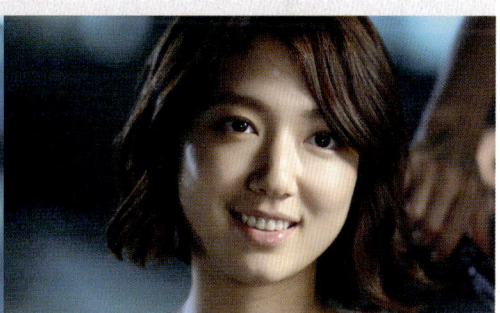

정 교수님 연습실 앞에서 날 좋아하는 일 따위 없을 거라고 소리치더니

이제 와서 그만두지 말라니!

너에게로 마구 쫓아가는 마음을 붙잡기 위해

내가 얼마나 필사적으로 노력하는데.

그래, 차라리 잘됐다. 이젠 네가 굉장히 오만한 인간이란 걸 알았으니

조금이나마 남아 있던 마음, 버리기 쉽겠다.

그런데 신아, 너란 사람에게

사람의 마음 같은 건 정말 아무것도 아닌 거니?

내게 남은 마음이 없는 거니?

규원이 자꾸 화를 낸다.

왜 화를 내는 거지?

정 교수님 앞에선 이렇게 멋있는 척 힘주지 않아도 되었는데

왜 규원이 앞에서는 멋있는 척, 쿨한 척,

자존심을 세우고 싶은 건지 모르겠다.

기껏 용기 내어 내 마음을 보여준 이 마당에

받아주기는커녕 저렇게 화만 내고 있으니 정말 황당하다.

너에게 아직 나를 향한 마음이 남아 있다고 생각했는데

너를 업고 온 그날 분명히 느꼈는데 왜 저러지?

여자들이란… 정말 모르겠다.

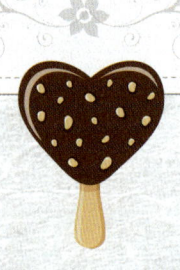

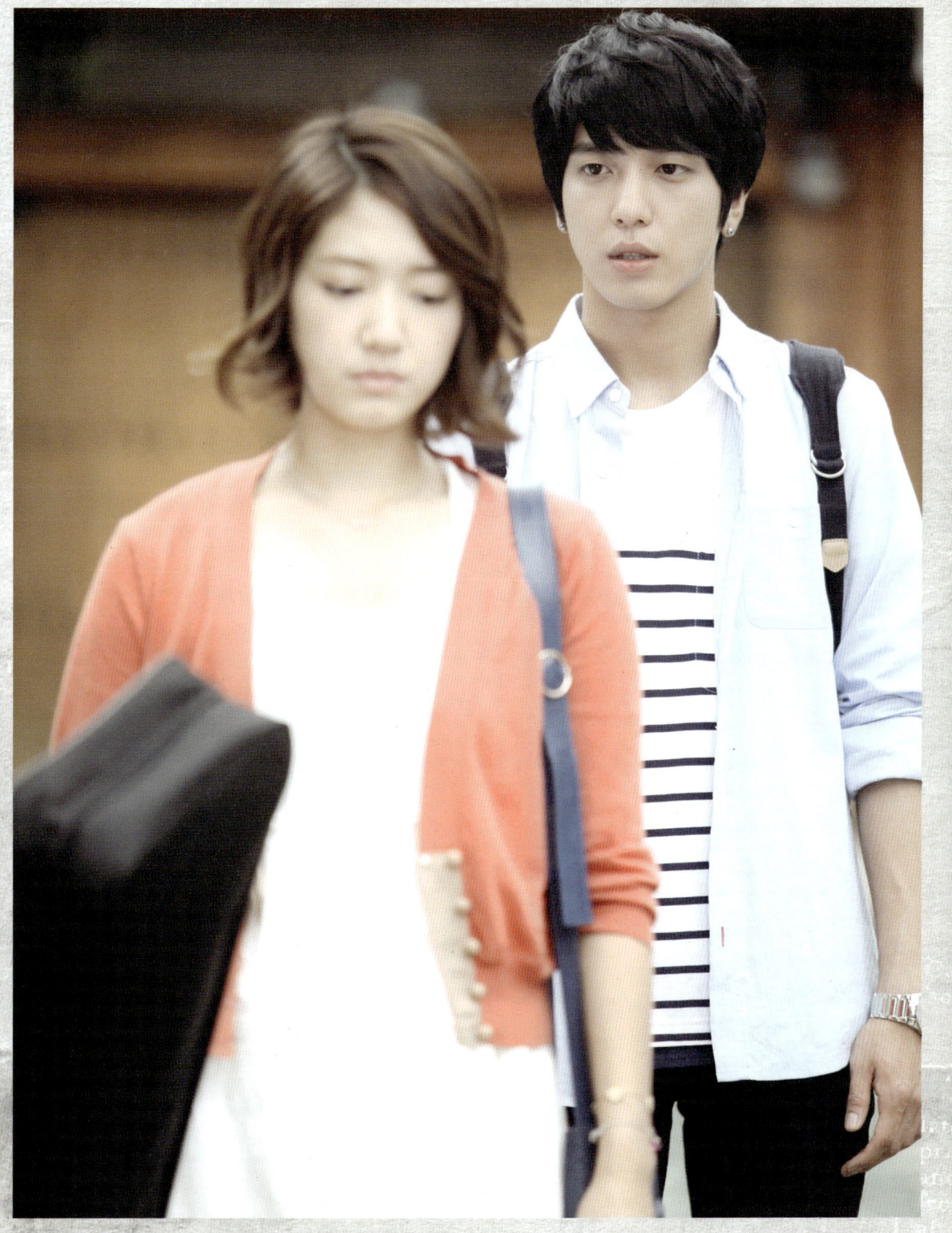

34

네가 아플까봐 걱정이라고!

공연팀 엠티를 왔다.

몸이 아픈 규원이 참석하지 않았더라면,

아마 나도 이 자리에 없었을지 모른다.

오지랖 넓은 규원이가 설거지를 한다고 나설까봐

휴식 겸 드라이브 겸, 함께 시장으로 갔다.

나와 있는 게 내키지 않는지 입을 삐죽이는 이규원.

더운데 힘들게 일하지 말라고 데리고 나왔더니

수박 값 깎는다고 온 시장을 훑고 다닌다.

정말 답도 없는 아이다.

무엇 때문에 저렇게 열심인지 그 모습이 예쁘면서도

자신을 소중하게 생각하지 않는 것 같아 속상하다.

나는 이렇게 네가 걱정되는데.

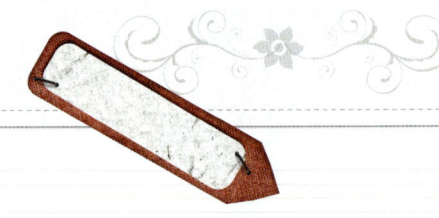

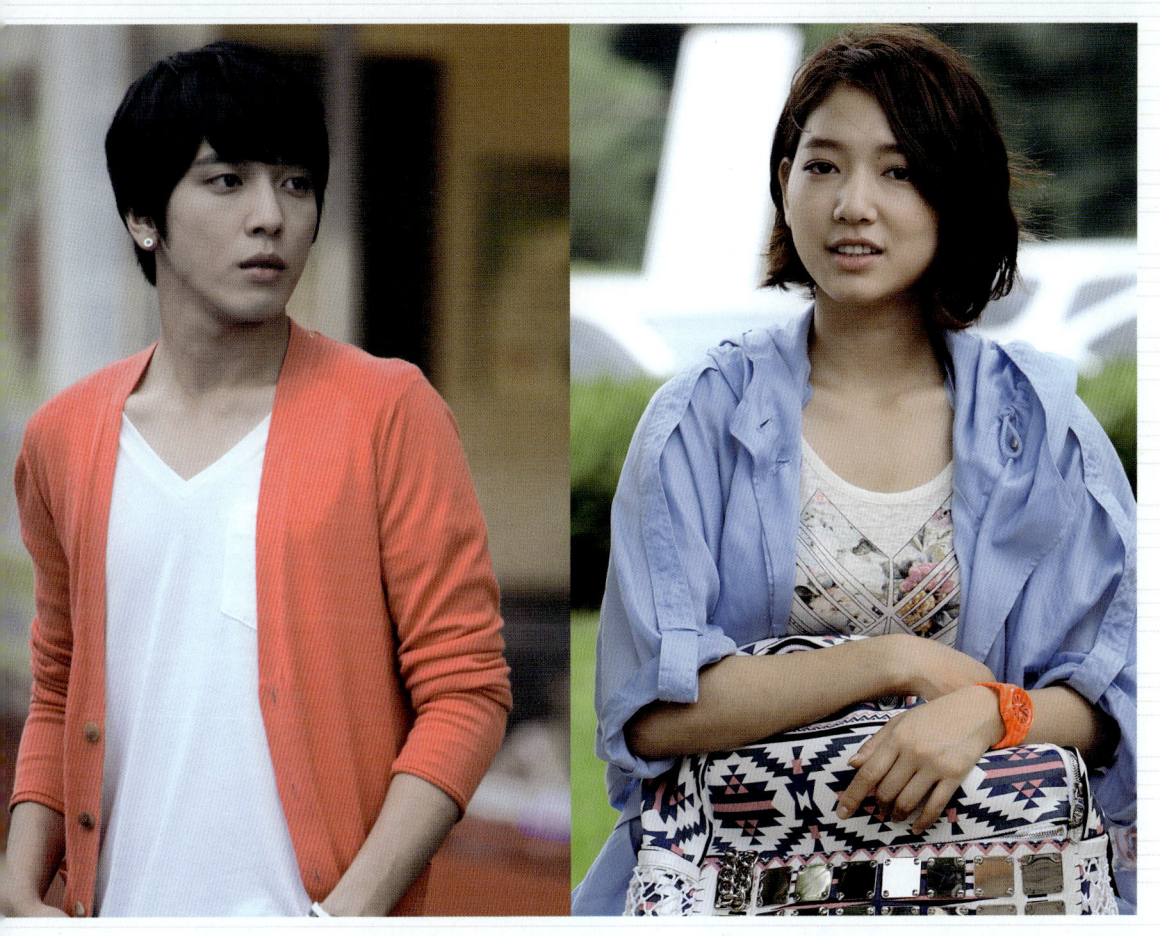

속상한 마음에 큰 걸음으로 앞서 가다 뒤돌아보니 어디론가 사라져버렸다.

잠시 화가 나서 앞서 가버린 사이 어디선가 혼자 쓰러진 건 아닐까?

그냥 함께 갈걸 그랬나보다.

그 녀석을 놓쳐버린 나 자신에 대한 질책으로 불같이 화가 치밀었다.

네가 어디선가 혼자 쓰러져 있을까 걱정되어

가슴이 타들어가는 것 같았다.

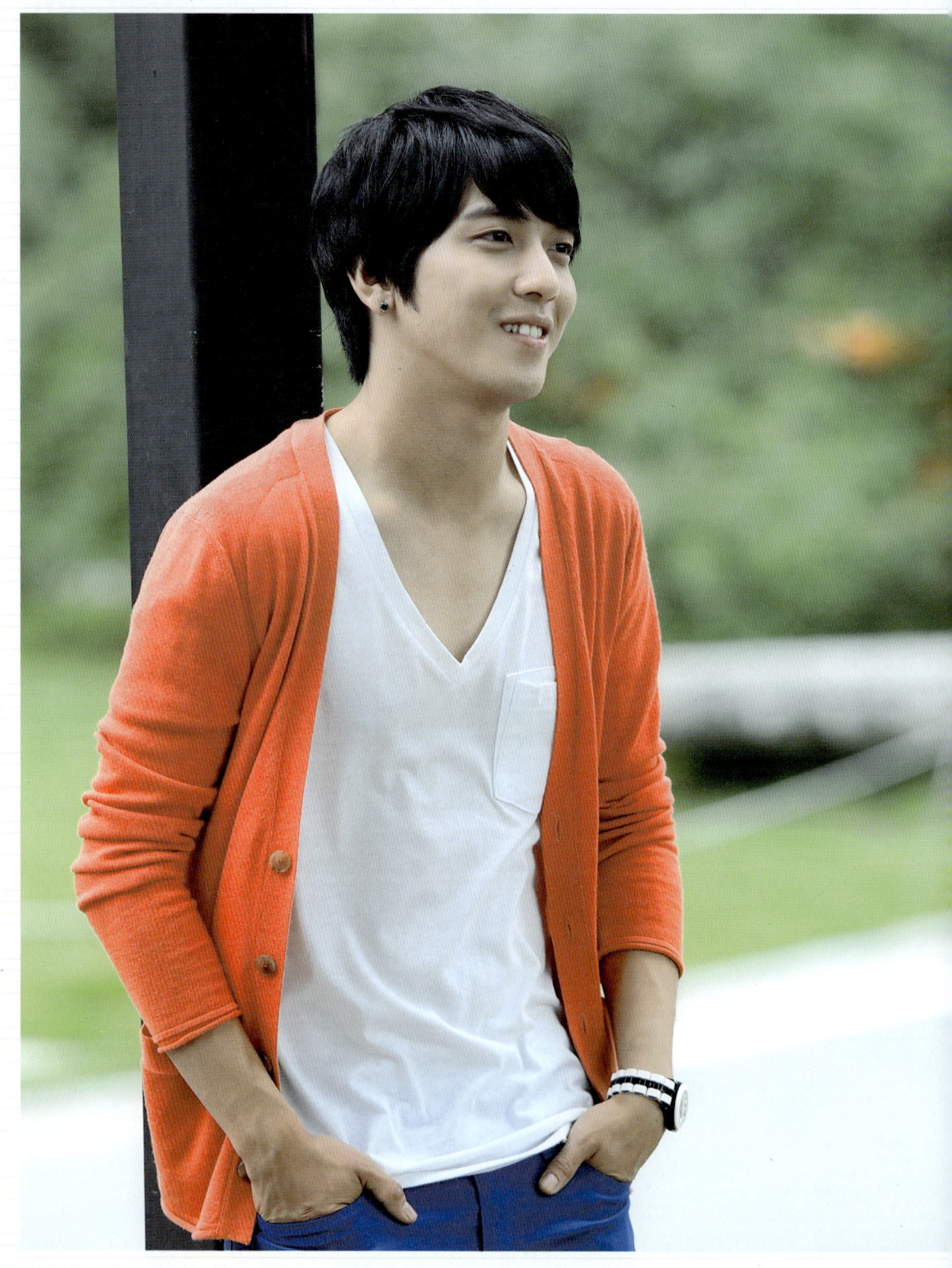

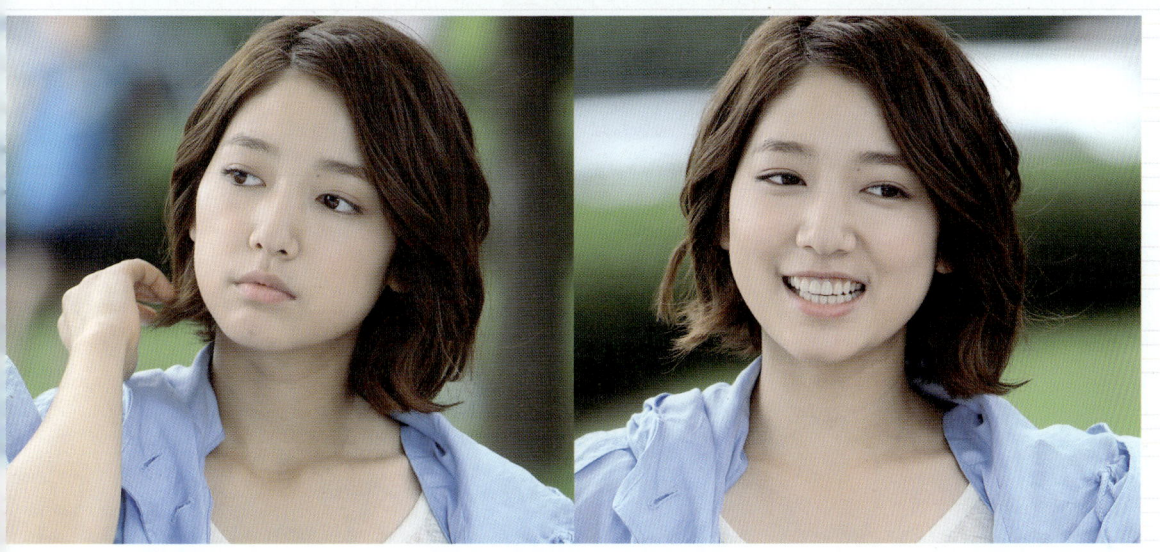

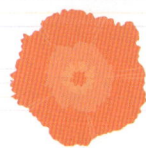

story of 규원

이신!

나, 사실은 아직도 네가 옆에 있으면 가슴이 두근거려.

네 앞에서 아무렇지 않은 척,

널 잊는 것쯤 쉬운 일이라는 듯 태연한 척하기 힘들어.

넌 무엇이든 자신만만해 보이는데

난 바보처럼, 흔들려.

이런 내 모습 너에게 보이고 싶지 않아.

제발 내 옆에 오지 말아줄래?

다시는 그 속으로 들어가고 싶지 않아.

너 때문에 다시 아프고 싶지 않아.

그러니까, 내 걱정 같은 거 하지 마.

나 또 착각한단 말이야.

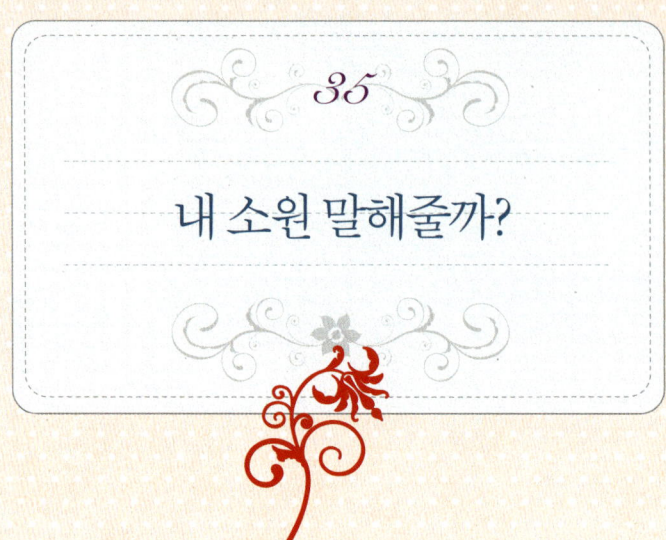

35

내 소원 말해줄까?

"별똥별 떨어지는 것 보면서 소원 빌려고 했는데…."

규원의 소원이 궁금했다. 안 가르쳐준다.

비밀이란다. 깍쟁이.

나도 소원이 생겼다.

오늘 시장에서 미치도록 널 찾으러 다니면서 생긴 소원.

다시는 너의 손을 놓고 싶지 않다는 것!

네가 내 곁을 떠나 안 보이는 곳으로 사라지는 일이

이 세상에서 제일 무서운 일이라는 걸 알게 되었다.

손을 내민다.

"내 소원, 말해줄까?"

"이신, 네 소원은 뭔데?"

"네가 다시 날 좋아하는 것!!!"

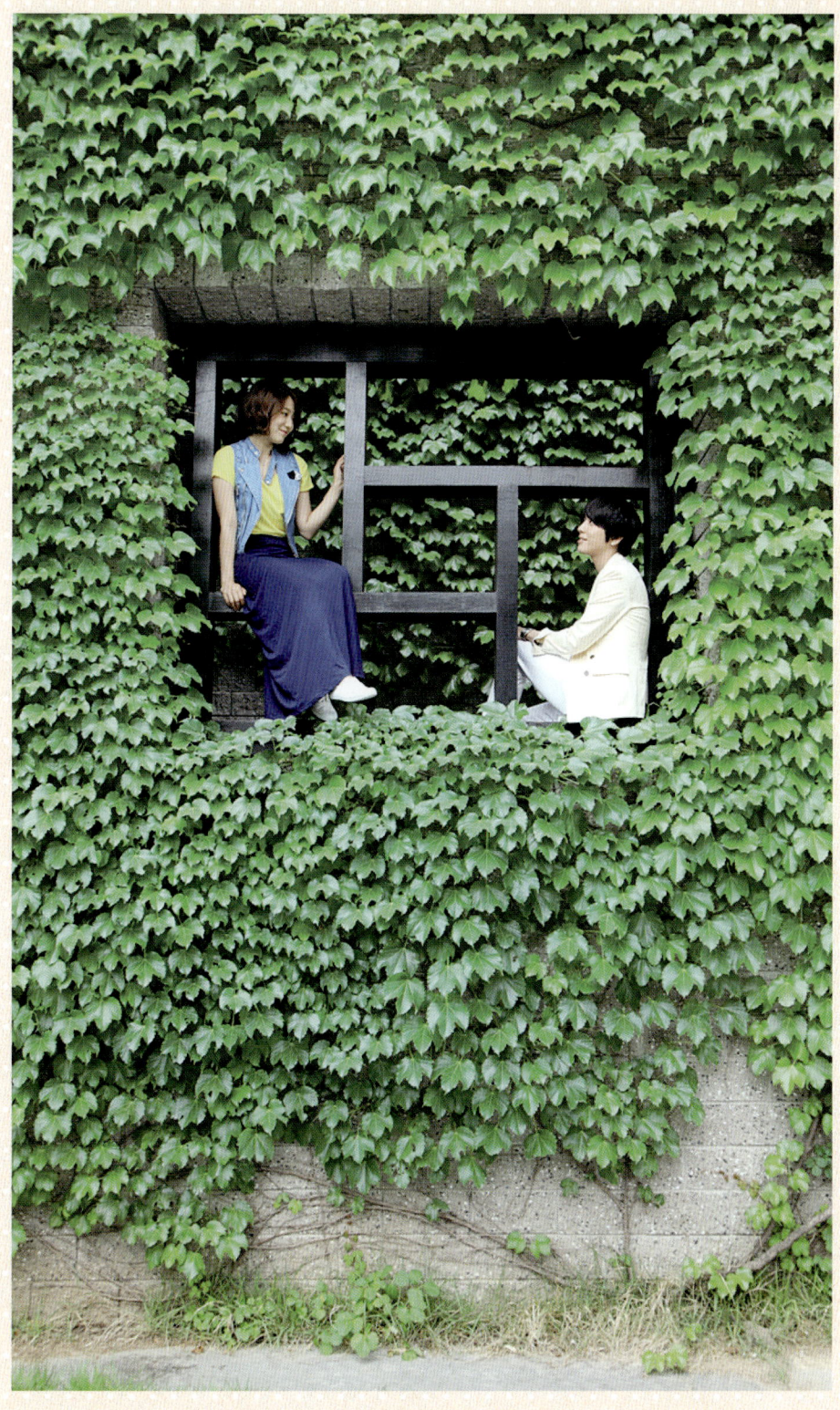

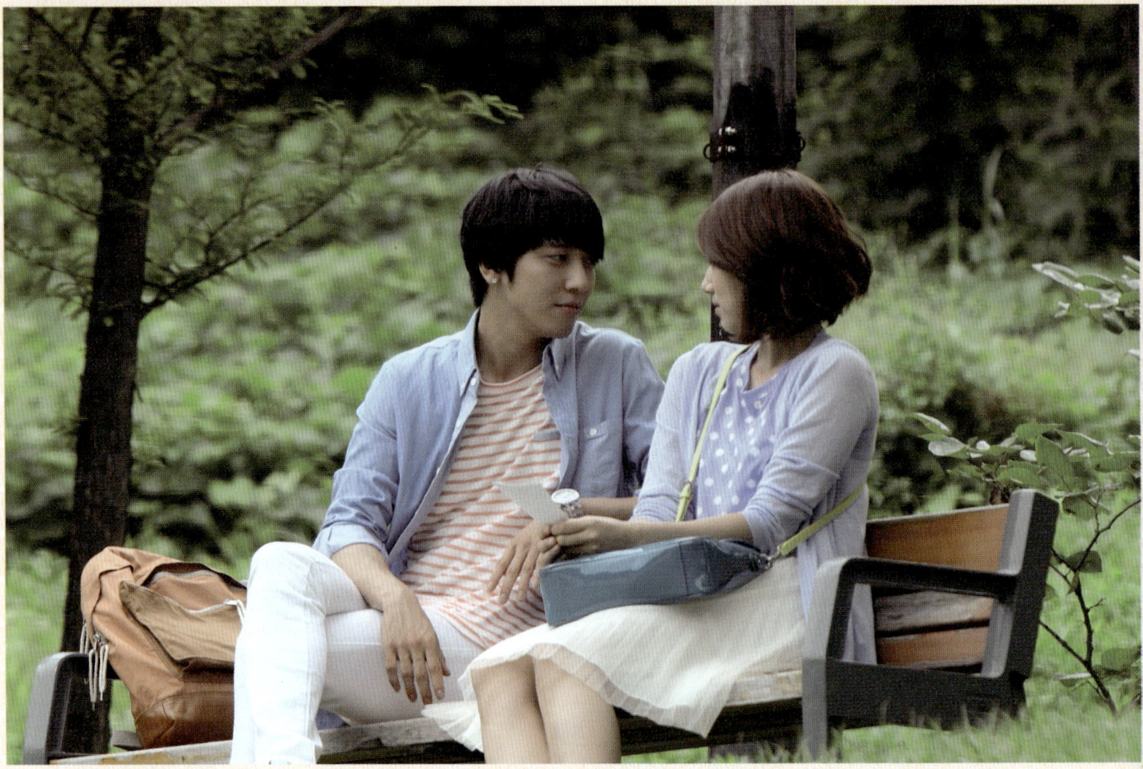

제발 내 마음을 받아주길,

네가 내 마음을 알아주지 않아서 얼마나 겁이 났었는지

네가 갑자기 사라졌을 때 내 눈앞의 모든 풍경이 사라지고

온 세상이 캄캄해진 것같이 두렵던 그때의 마음을

하나하나 다 설명하지 못하는 바보 같은 나지만

제발, 오해 같은 거 하지 말고 내 마음을 알아주길.

지금 맞잡은 두 손만이 나의 진심인 걸 알아주면 좋겠다.

놀란 규원의 동그란 눈이 예쁘다.

하루 종일 내 마음속에서 찰랑대는 네가 참, 예쁘다.

먹먹히 내 마음속에 고여 있는 너로 인해 넘치는 내 마음을 쏟아놓는다.

"다시 날 좋아해줘!"

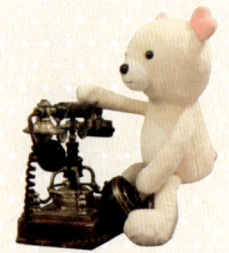

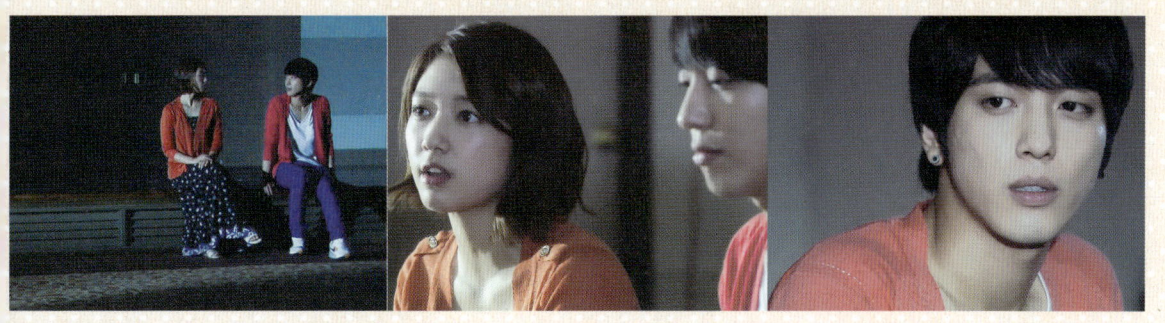

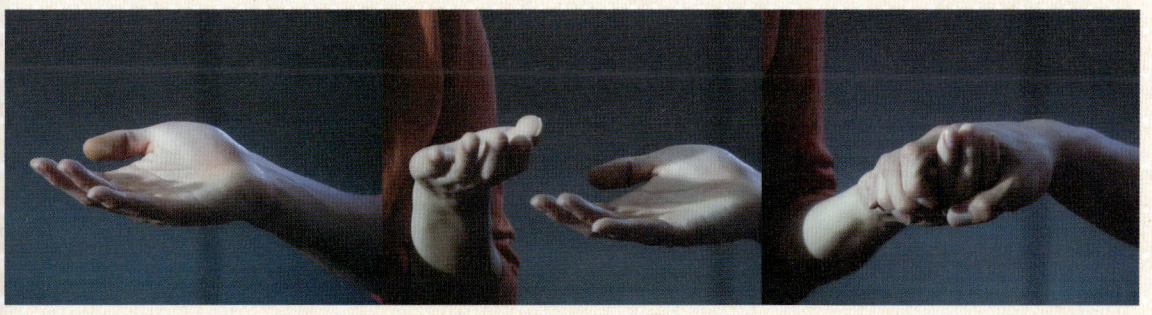

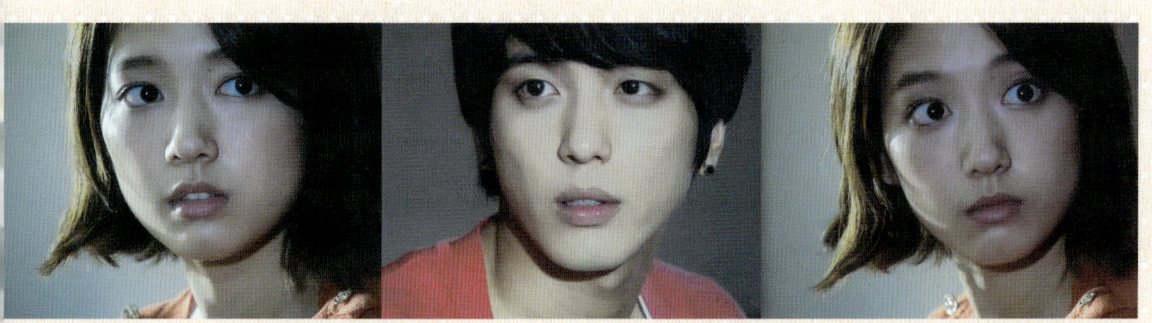

우리 사랑의 첫날

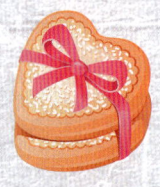

너와 사랑을 시작한 날,
세상은 온통 박하향처럼 상큼하고
가슴이 설레 저절로 휘파람이 난다.

어깨를 나란히 하고 함께 걷는 등굣길.
바짝 붙어 걷는 우리 둘의 손이 자꾸 부딪힌다.
너의 온기가 내 손을 스칠 때마다 온몸에 찌르르 전율이 인다.
그 강렬한 외침을 외면할 수 없어 너의 손을 잡고 만다.
"부딪히지 않으려면 어쩔 수 없네. 잡고 가야지."
아무렇지 않은 듯 능청스레 말했지만
사실은 네가 뿌리칠까봐 조마조마했다.
놀란 눈으로 바라보는 네 눈이 너무 귀여워서 깨물어주고 싶다.

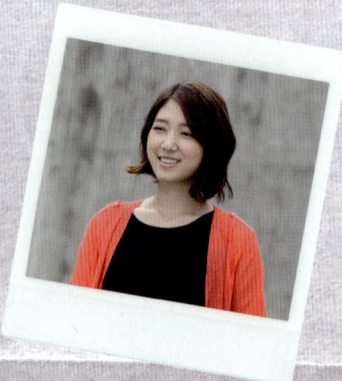

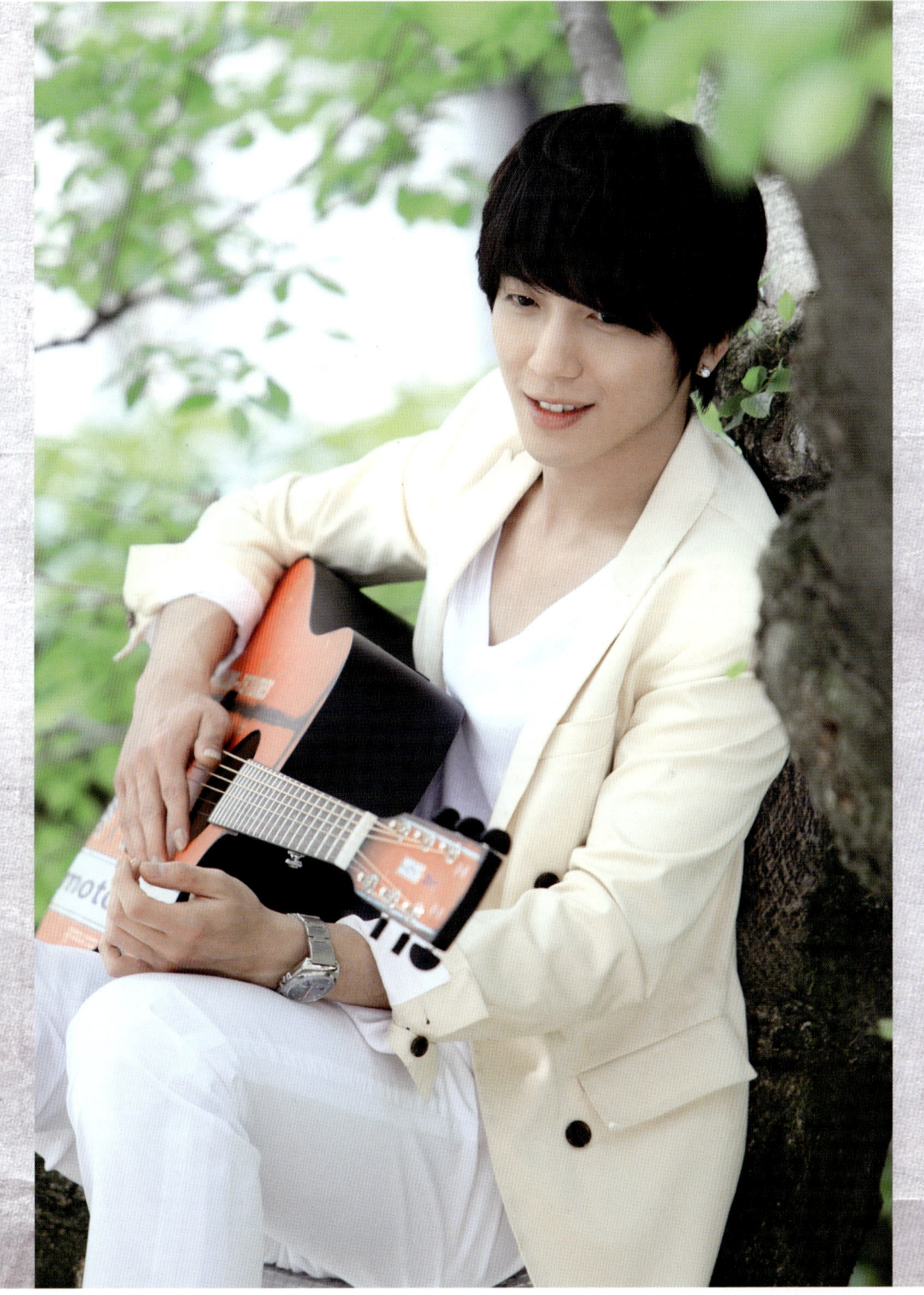

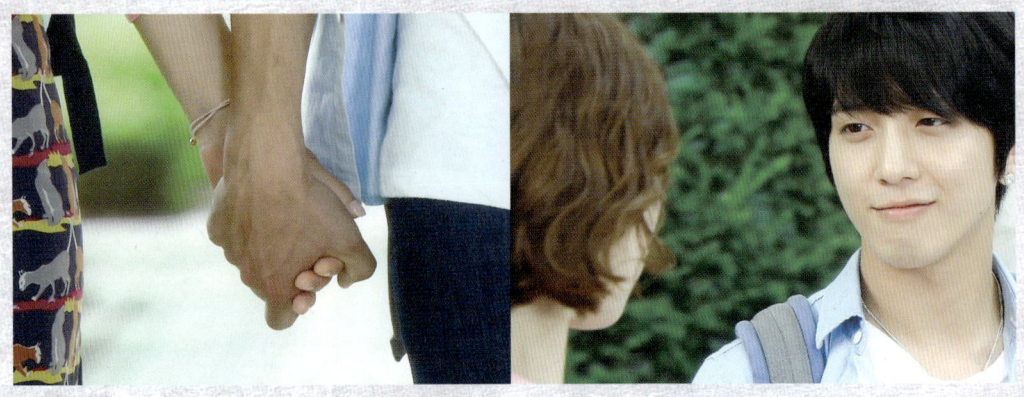

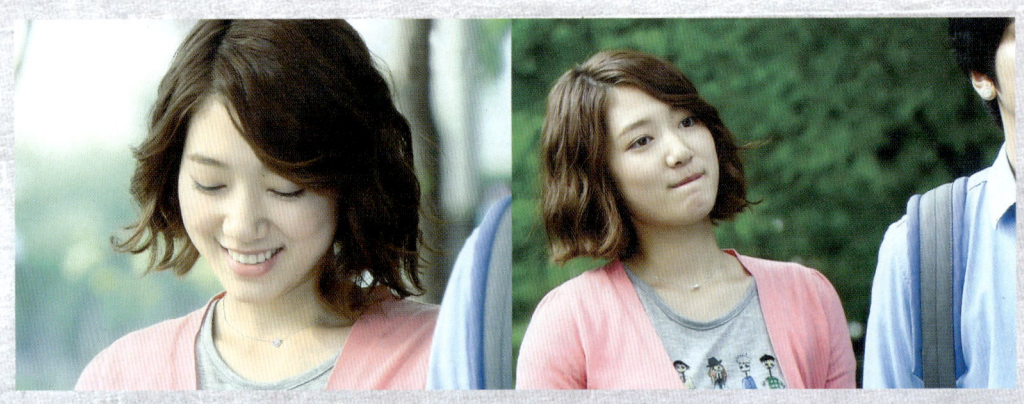

규원이가 내 여자친구라는 걸 당당하게 밝히려고

손을 꼭 잡고 학교에 들어섰다.

놀란 눈들이 커지고 수군수군 말들이 번져나갔다.

규원이는 질투심에 사로잡힌 여학생들이

머리채를 잡으러 올까 무섭다며 머리를 꽁꽁 묶었다.

"내가 있잖아. 내가 네 옆에 있을 거니까, 그런 머리 안 해도 돼."

내 말에 기분이 풀렸는지 규원이가 꽃망울 벌어지듯 배시시 웃는다.

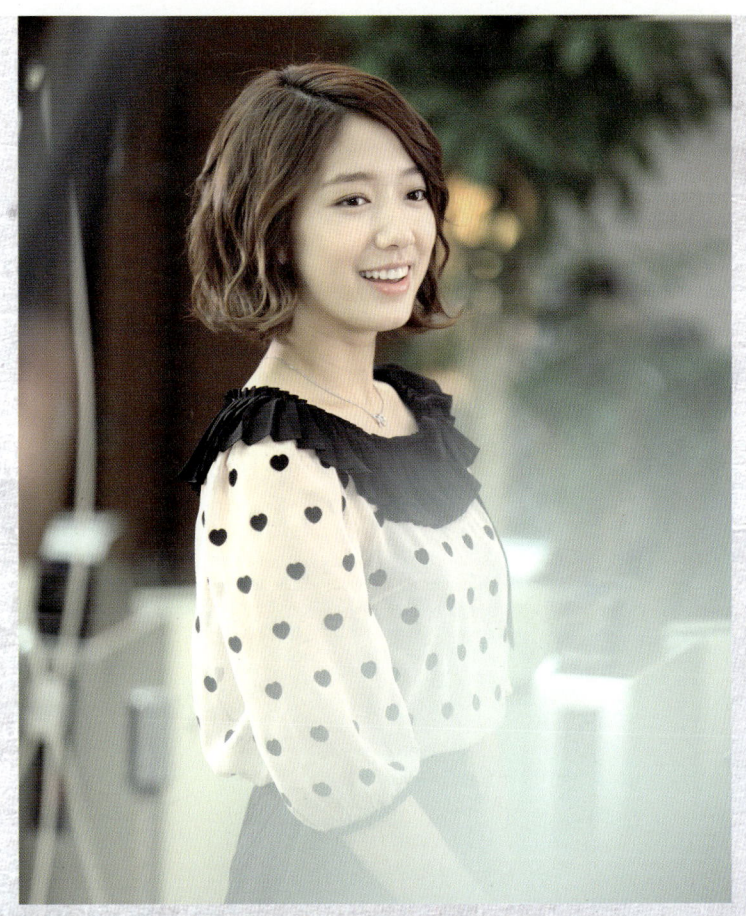

웃을 때 오른쪽 뺨에 옴폭 패는 보조개가 예쁘다.

그저 순해 보이는 아이일 뿐이었는데,

가까이서 뜯어보니 조목조목 예쁘다.

저절로 너에게로 마음이 쏟아진다.

점점 다가갈수록 긴 속눈썹 아래 드리운 그늘이 떨리는 것이 보인다.

그 그늘이 파르르 떨릴 때 내 마음도 함께 떨렸다.

한 뼘도 안 되는 이 거리가 왜 이렇게 멀게 느껴지는지….

37

우린 모두 너에게 반했어

이사장 사모님인 희주 엄마 때문에
갑자기 스폰서들 앞에서 펼치게 된 공연.
여주인공인 희주와 연락이 안 되어
언더스터디인 규원이 무대에 오르게 되었다.
분장실에서 바르르 떨고 있는 이규원,
비밀 하나 가르쳐줄까?

"넌 내게 반했어!"

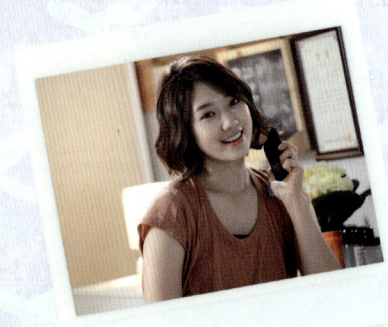

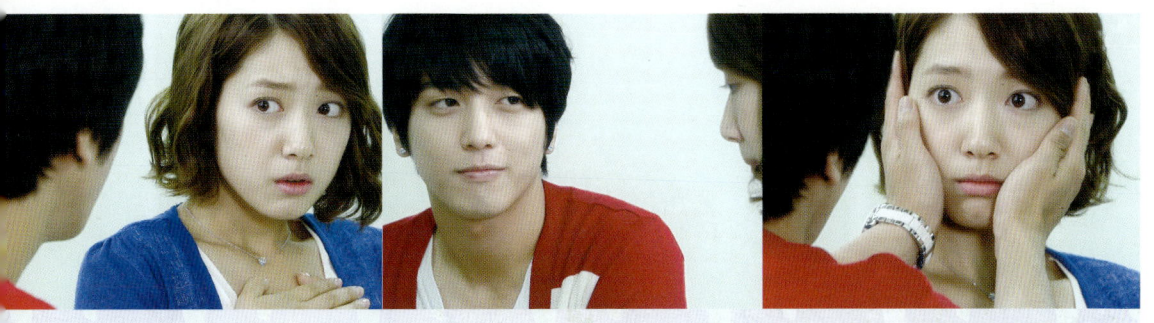

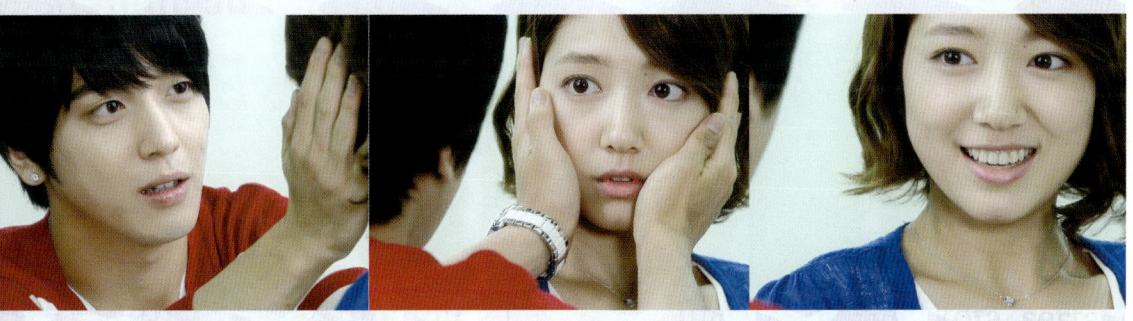

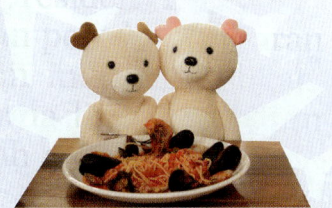

많은 사람이 오직 너만 바라보고 있어 무척 떨릴 때,
주눅 들지 않고 노래할 수 있을까 두려울 때,
이 주문을 걸어. 그러면 자신감이 생길 거야.
무대에 서 있을 때는 네가 주인공이야.
오직 너만이 그들을 즐겁게 해줄 수 있다는 걸 명심해.
아무도 너의 자리를 대신할 수 없어.
우린 모두 너에게 반했으니까!!
이규원, 화이팅!

김석현 감독, 저 사람 뭐지?

규원이가 공연을 너무 잘해내서 기쁜 마음으로 달려갔더니

어느새 김 감독이 규원이 앞에 서 있다.

"이놈을 어떻게 예뻐해주지?"

규원에게 진한 친밀감을 표현하는 김 감독이 너무 싫다.

옛사랑 정 교수님과 어렵게 다시 시작했으면

그 사랑에만 열중할 것이지,

왜 내 여자친구 규원이를 예뻐하는 거야?

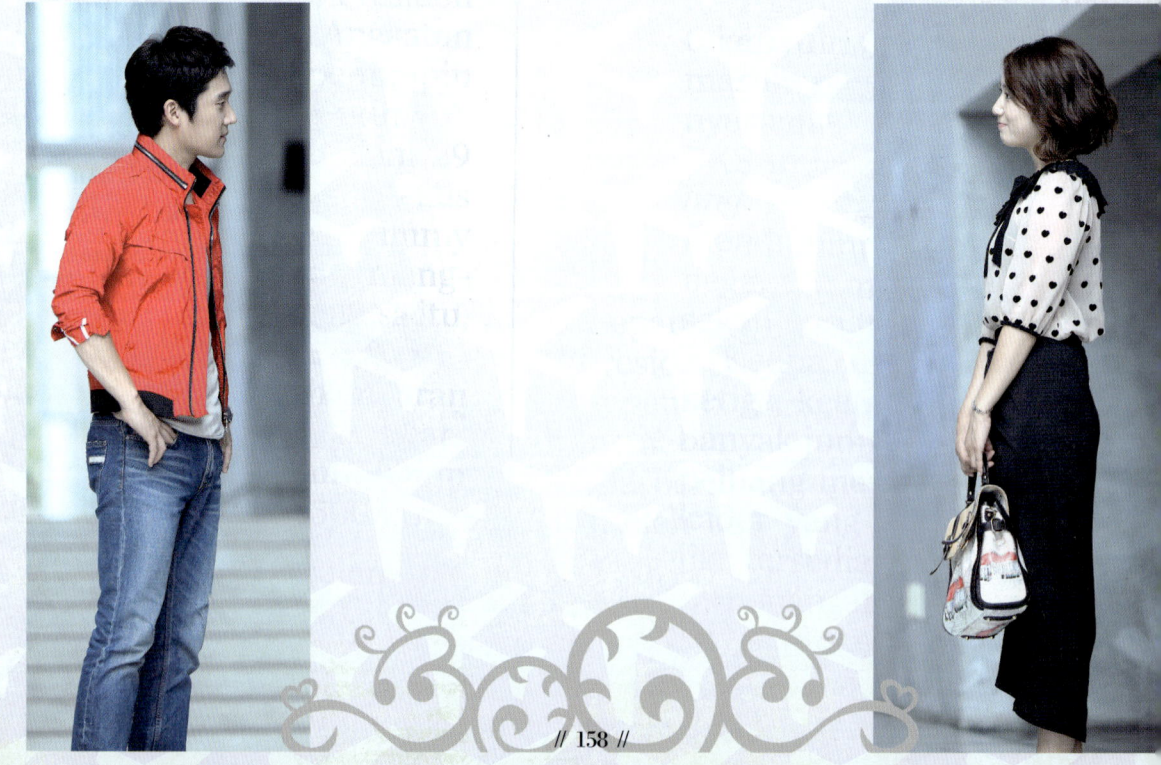

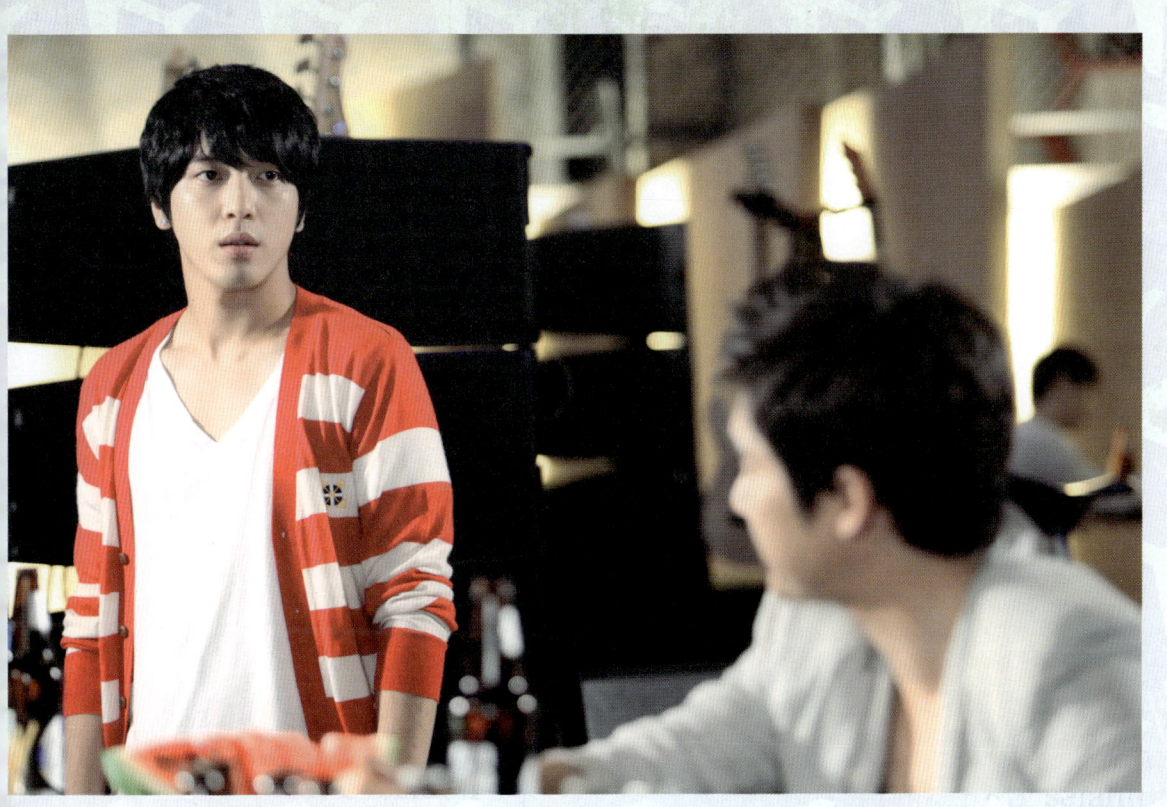

본능적으로 수컷의 경계심이 인다.

심장이 위험하다고 신호를 울린다.

나도 모르게 그 사람의 손을 붙잡고 말았다.

이 순간에는 스승과 제자, 그런 건 존재하지 않는다.

남자와 남자만이 존재할 뿐이다.

첫 키스

규원이가 힘들어한다.

우리가 사귀는 걸 질투하는 여학생들의 과한 반응 때문에

규원의 마음이 먹구름이다.

그 누가 뭐라 해도

내 마음은 흔들리지 않을 텐데

규원이는 괜한 자격지심으로 괴로워한다.

힘들어하는 그 아이에게 미안하단 말도

흔들리지 말라는 말도 못 하고 말았다.

그래, 말로 표현하기 어렵다면 행동으로 보여줄게.

너를 향한 내 마음이 얼마나 깊고 강한지.

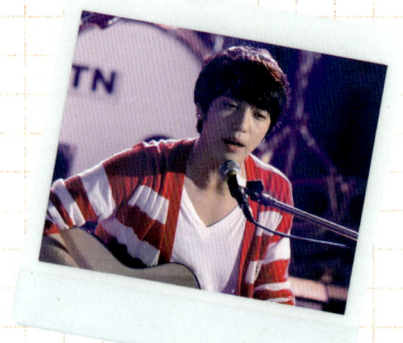

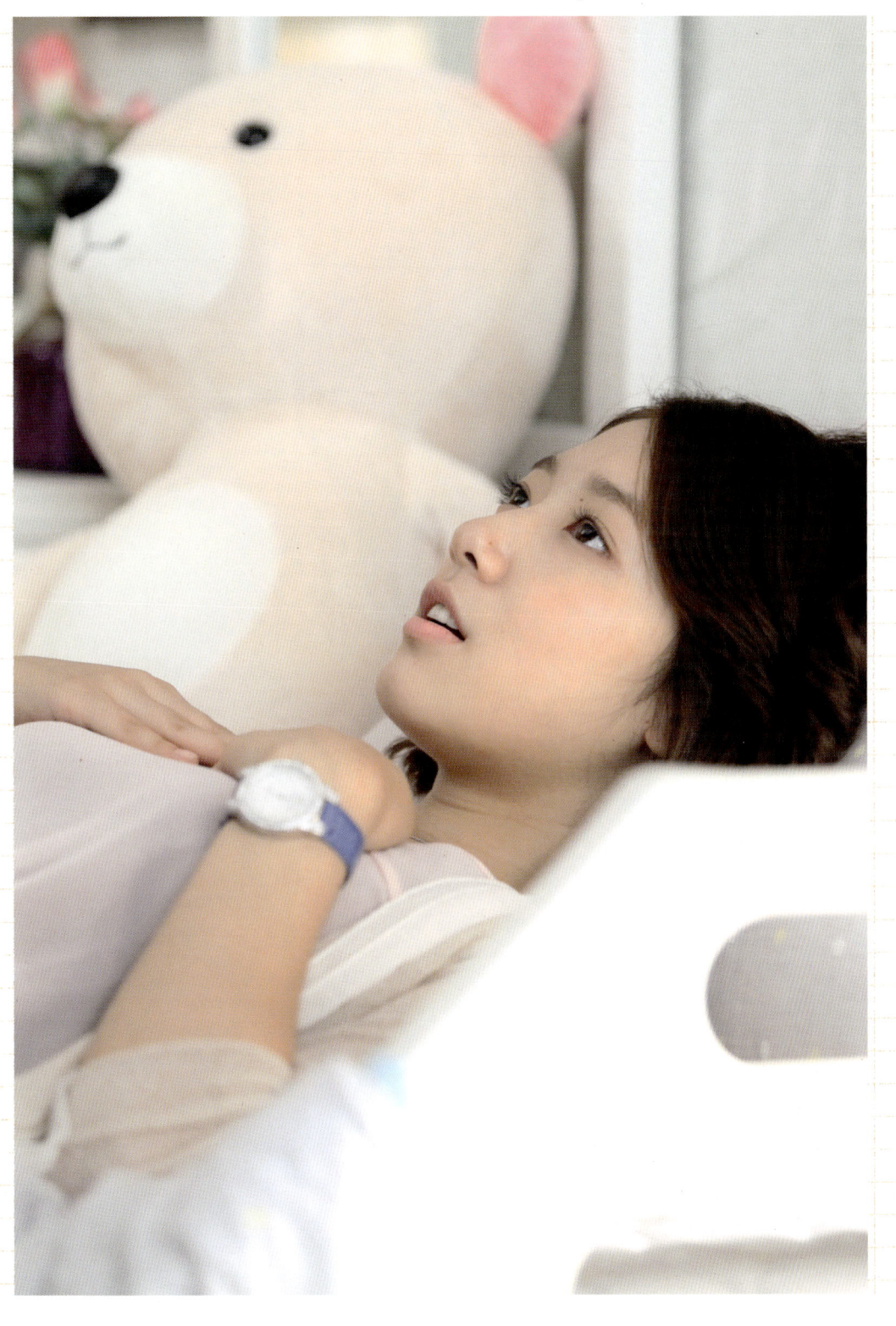

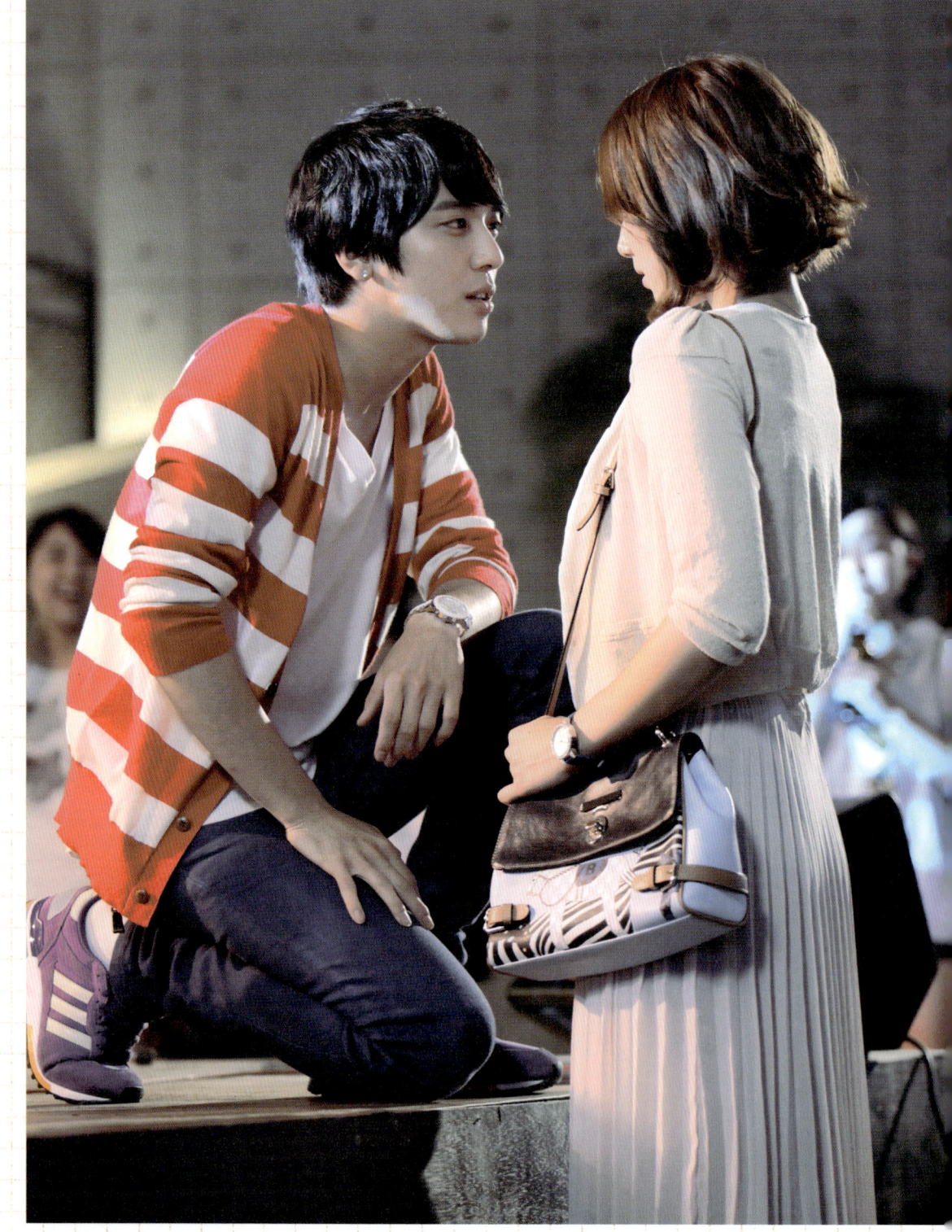

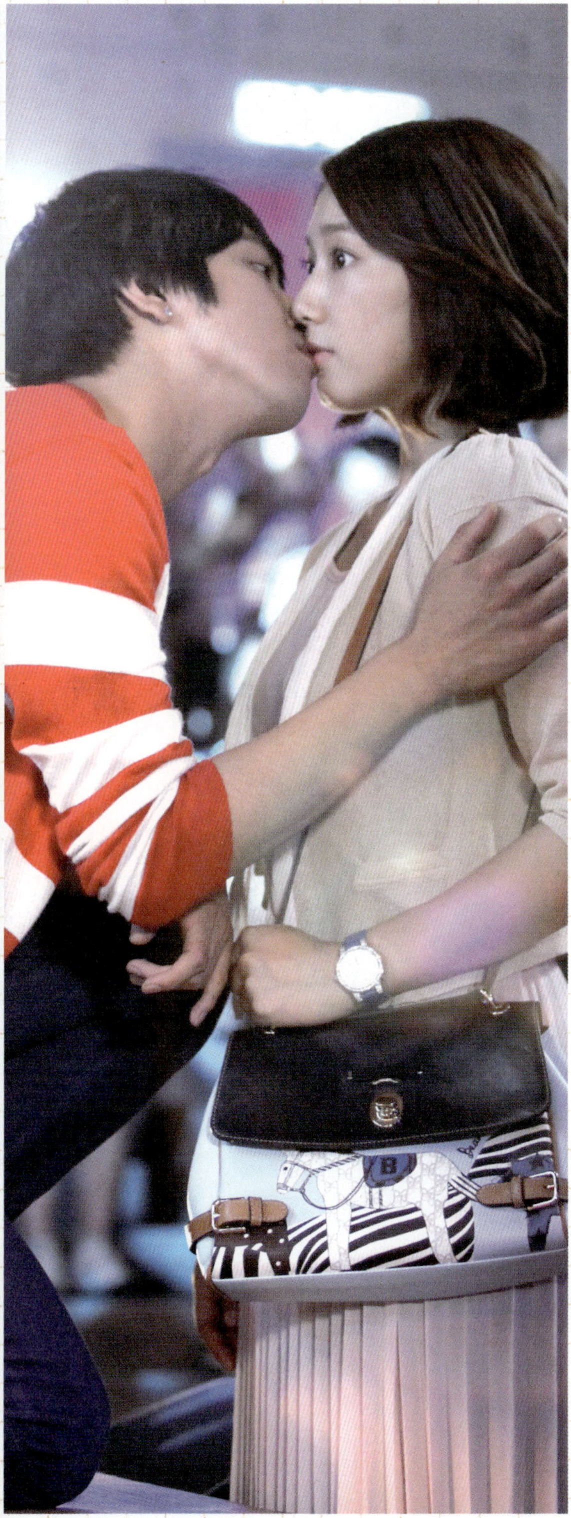

규원이를 카타르시스로 초대해 공연 중에 입을 맞췄다.
우리의 첫 키스!
이제는 누구든 이 여자 울리지 마세요, 내 사람이니까요.
누구도 이 아이 비웃지 마세요, 내가 지킬 거니까요.
잎 돋고 꽃 피는 소리 같은 이 아이의
웃음소리를 들을 수만 있다면
무슨 일이든 할 거니까요.

너와 키스하는 이 순간,
내 가슴에 천둥이 치고 비가 내린다.
지진이 일어나고 화산이 폭발하듯 온몸에 열이 난다.
그 열에 취해 아무것도 보이지 않는다.
오로지 살짝 떨리는 네 입술의 감촉만이
이 시간 나의 전부.

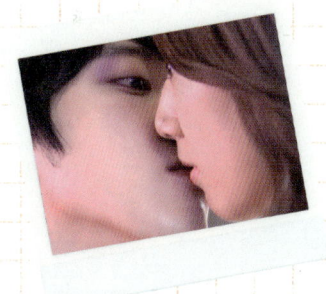

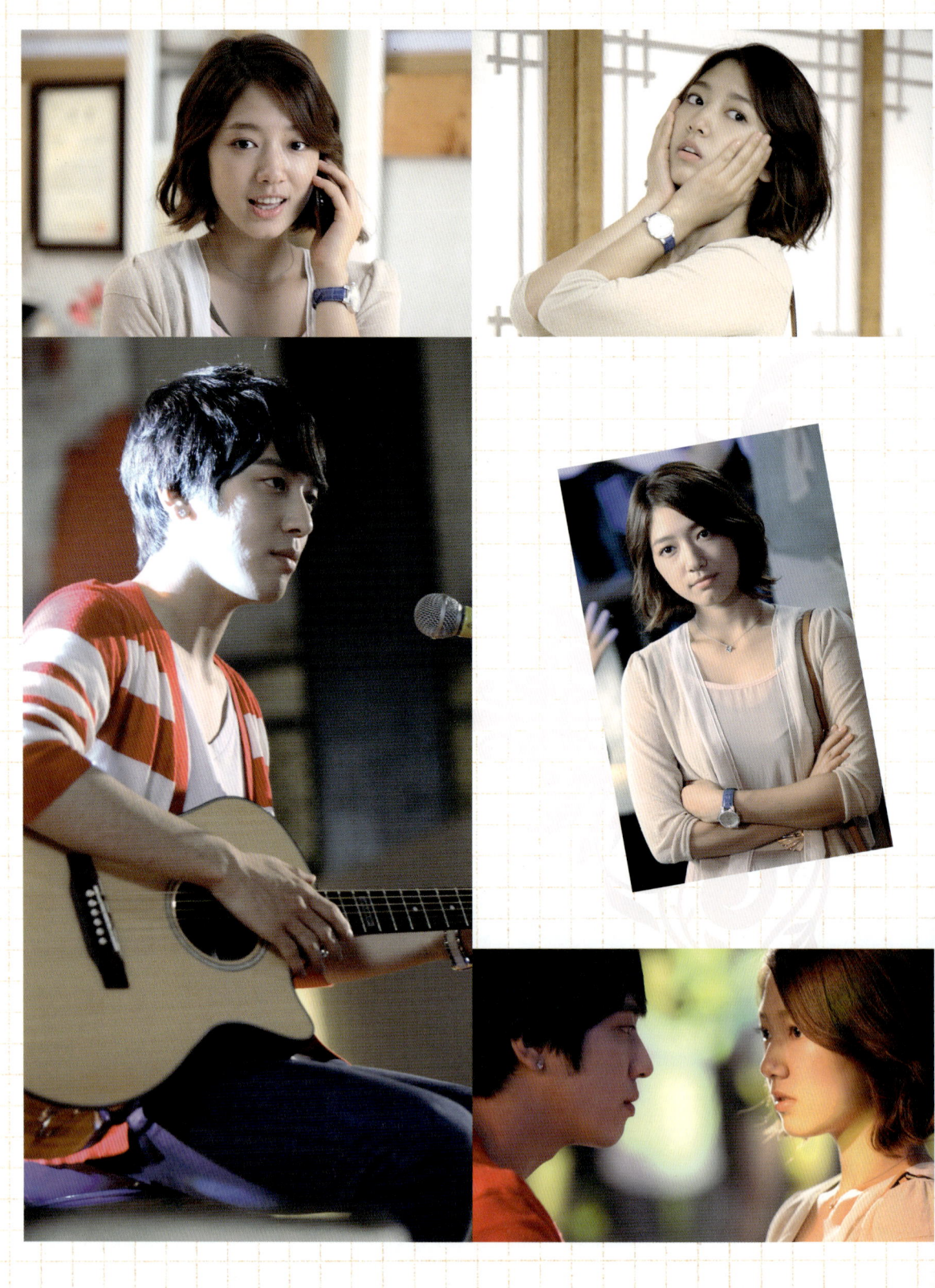

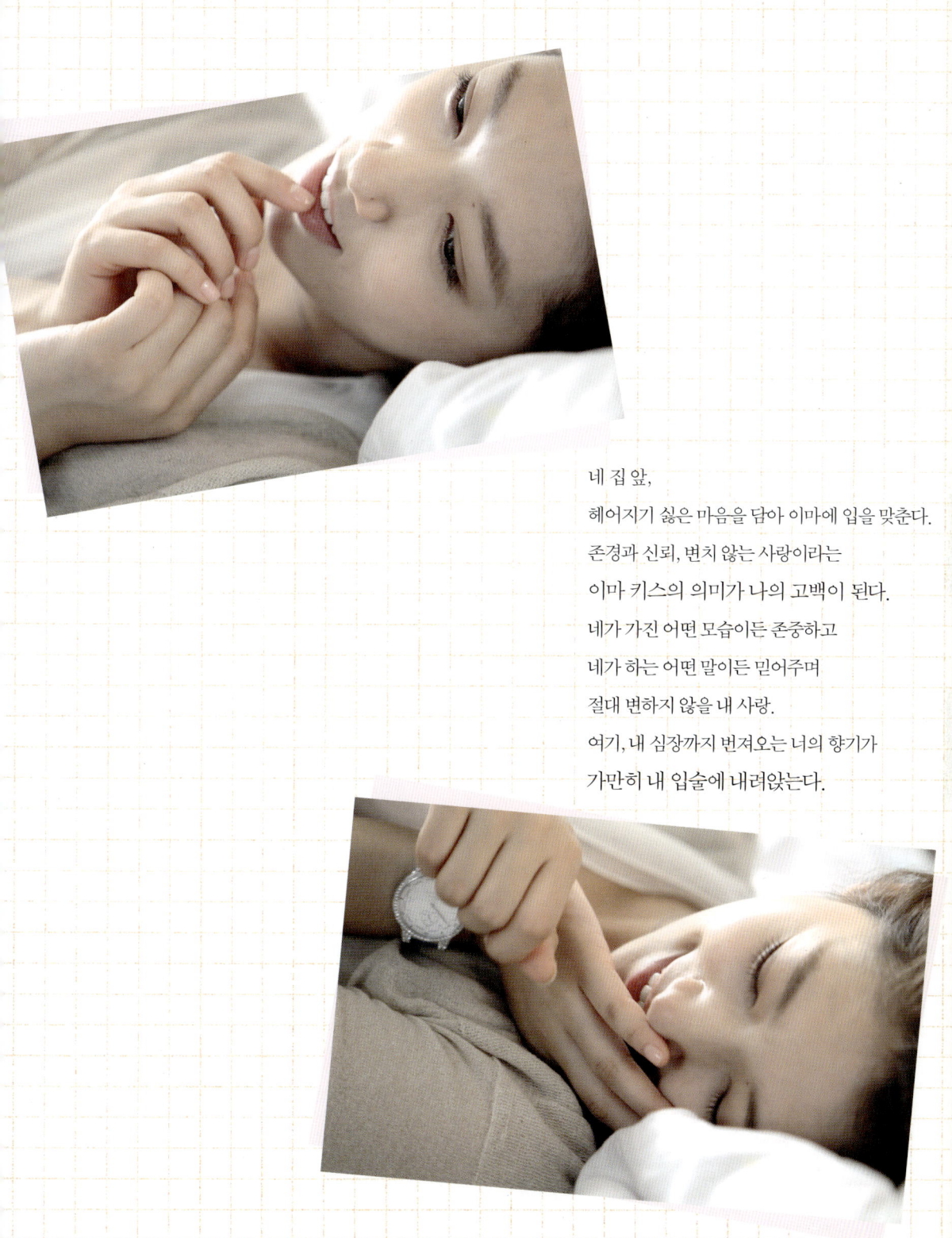

네 집 앞,

헤어지기 싫은 마음을 담아 이마에 입을 맞춘다.

존경과 신뢰, 변치 않는 사랑이라는

이마 키스의 의미가 나의 고백이 된다.

네가 가진 어떤 모습이든 존중하고

네가 하는 어떤 말이든 믿어주며

절대 변하지 않을 내 사랑.

여기, 내 심장까지 번져오는 너의 향기가

가만히 내 입술에 내려앉는다.

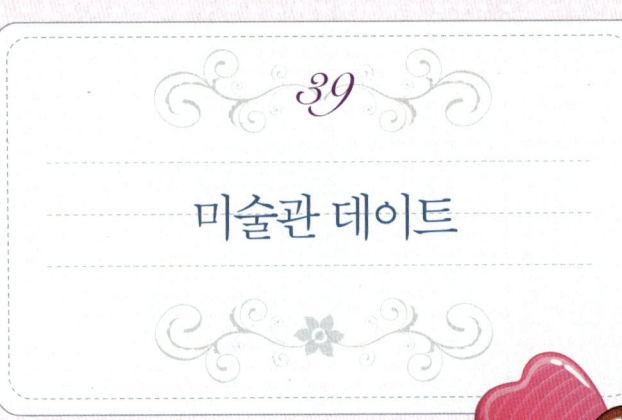

39

미술관 데이트

엄마가 준 미술관 티켓을 핑계 삼아 신청한 첫 데이트.
할아버지의 심부름을 다녀온다며 늦더니,
새 옷을 사러 백화점에 갔다 온 게 틀림없다.
새 옷 가격표가 규원의 등 뒤에서 달랑거린다.
귀여운 녀석.

오늘 아침, 너는 다른 날보다 일찍 일어나
종종거리며 세수를 하고 화장을 했겠지.
백화점에 가서는 고민하며 옷을 골랐겠지.
고민할 땐 너의 콧등에 고양이처럼 귀여운 잔주름이 생겼으리라.
"처음 보는 옷인데? 새로 샀나봐?"
"아냐! 입고 다니던 옷인데?"
얼굴 빨개지며 하는 거짓말도 이쁘다.

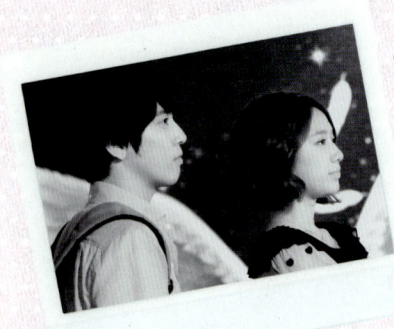

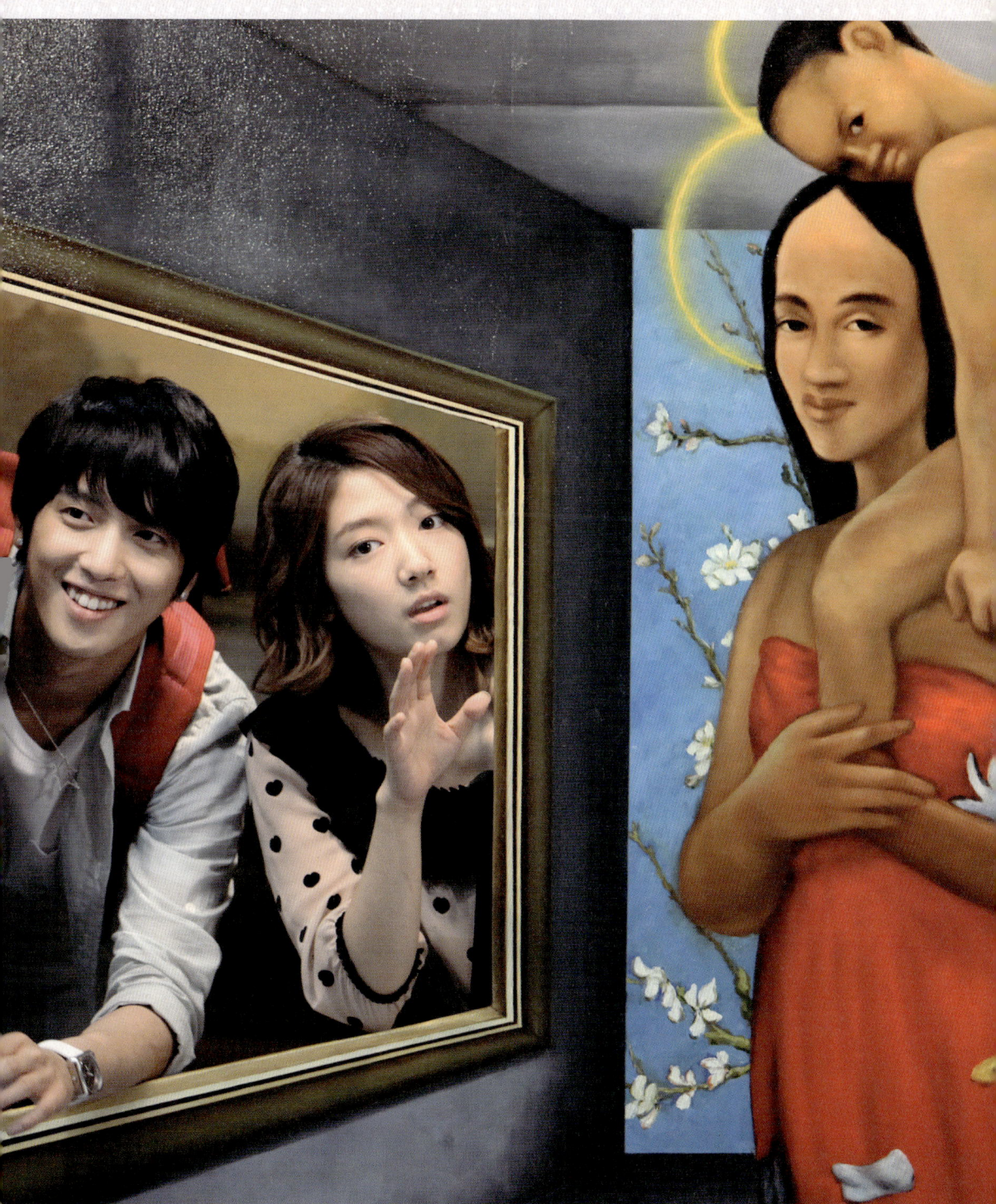

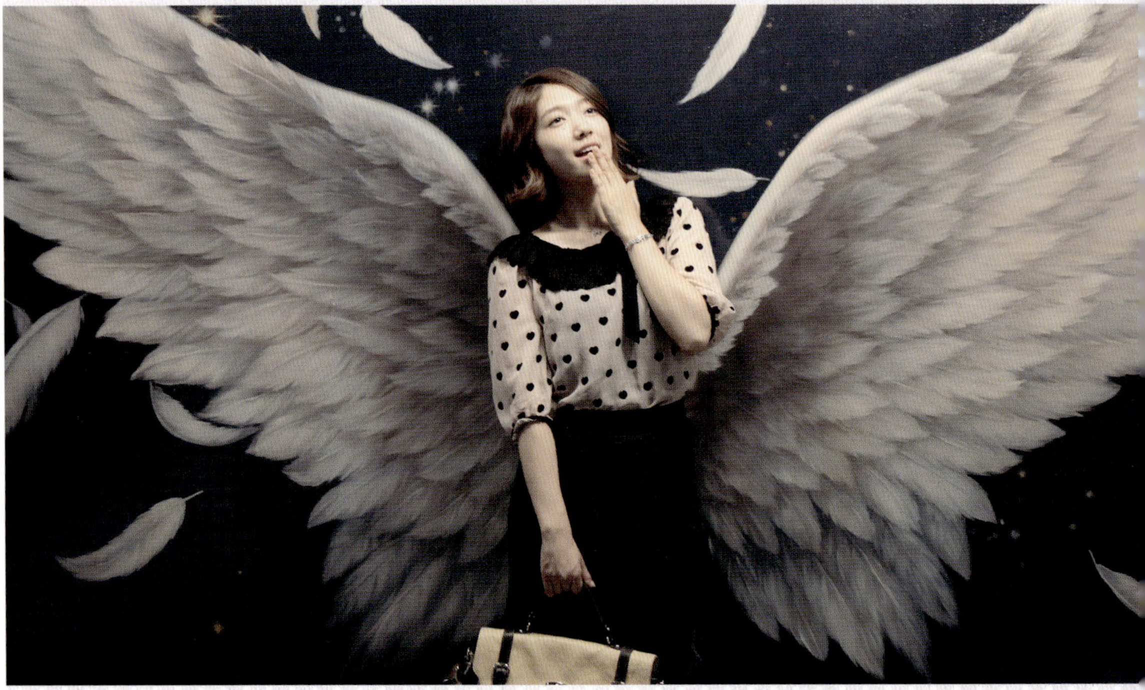

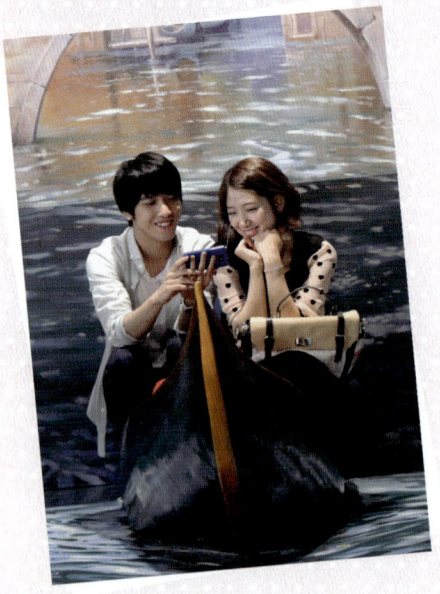

특이하고 신기한 미술관에서 함께 웃고 떠드는 이 시간,
한 장의 사진에 너와 나의 특별한 시간이 담겨 있다.
아빠를 닮은 나와 엄마를 닮은 너.
그리고 서로가 닮은 사람과 함께하지 못했던
아픈 상처를 담담히 털어놓는다.
그렇게 닮은 상처를 가진 너와 나.
섣부른 위로보다 함께 나누는 마음만으로
우리는 서로에게 치유자가 된다.

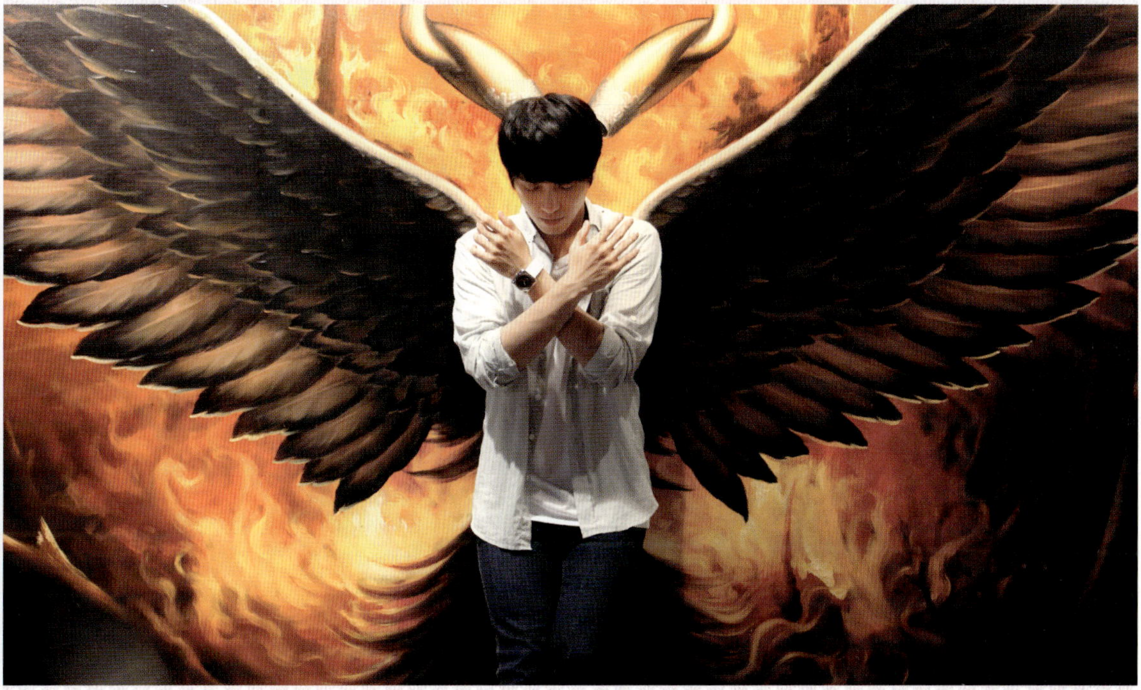

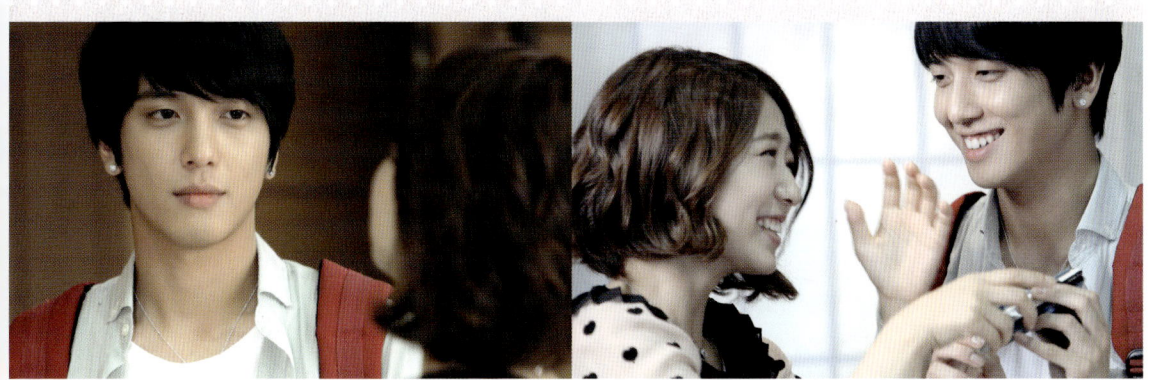

이제는 내가 너의 그늘이 되어줄게.

혼자여서 외로웠던 시간,

아무에게도 말할 수 없었던 시간들 다 내려놓고

지금처럼 환하게 웃자.

마주 보며 웃고 있는 이 사진처럼 영원히….

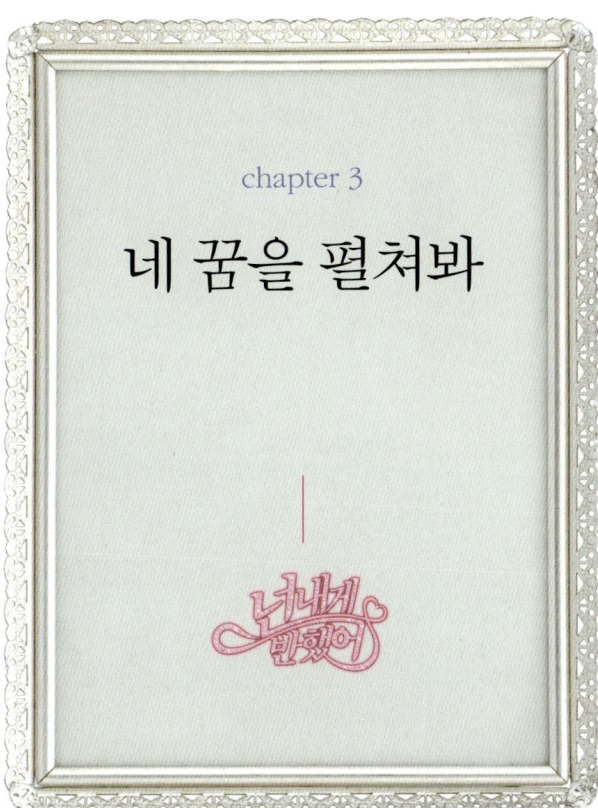

chapter 3

네 꿈을 펼쳐봐

40

왜 거짓말했어?

스폰서 앞에서 갑자기 공연하던 날,

희주와 연락이 되지 않아 규원이가 나갔던 것뿐인데

김 감독이 규원이를 무대에 세우기 위해

일부러 희주에게 연락하지 않았다는,

말도 안 되는 소문이 났다.

갖가지 억측과 비방이 규원이에게 쏟아지고 있다.

잘못도 없는 규원이가 욕먹을 생각에 나도 억지를 부린다.

"이번 공연 안 하면 안 돼?"

그런데 정작 규원이는 공연을 계속 하겠다고 고집을 부린다.

"공연을 하든 말든 내가 결정해."

싸늘한 너의 말이 내 심장을 찌른다.

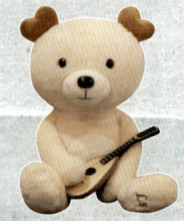

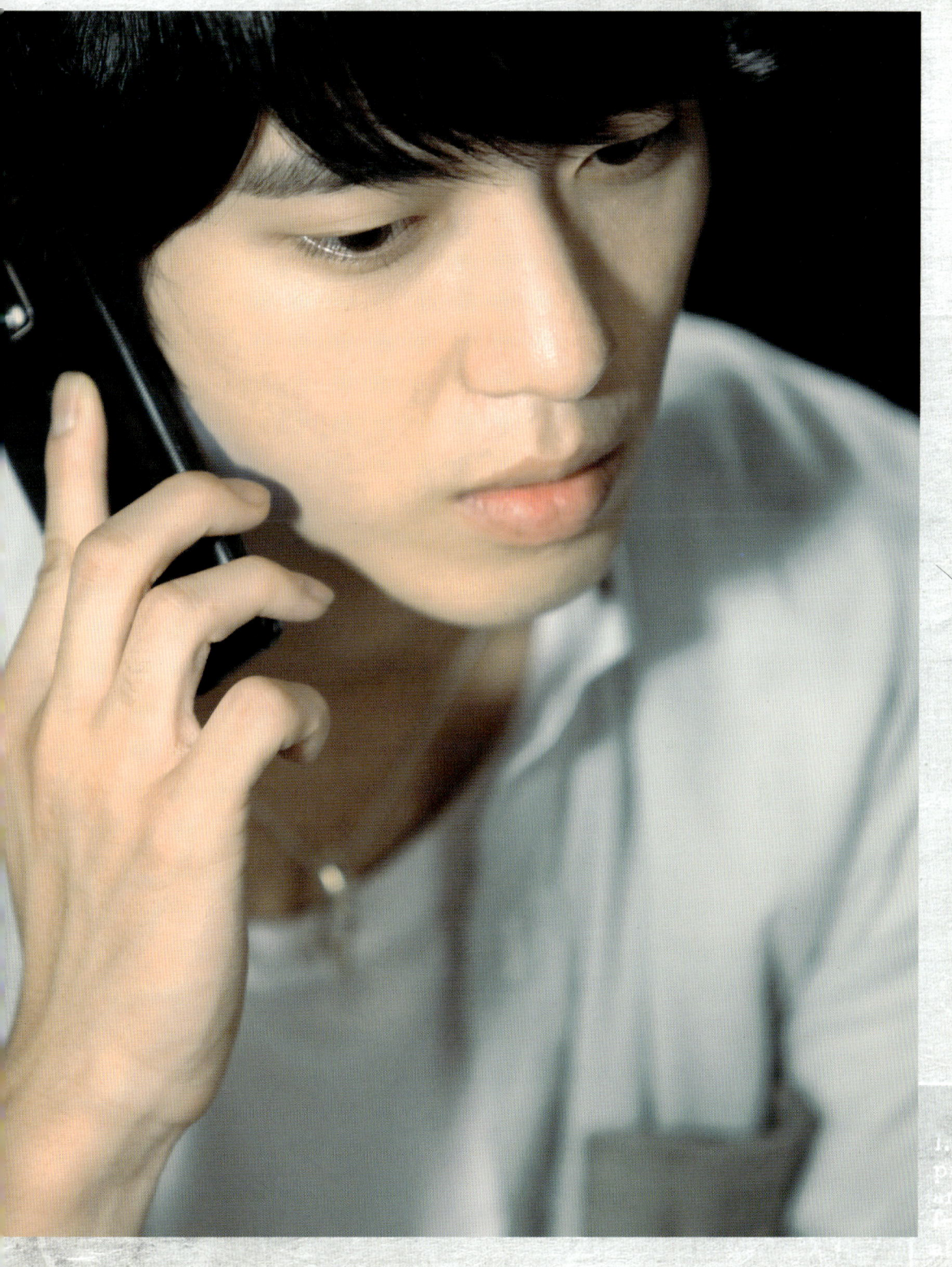

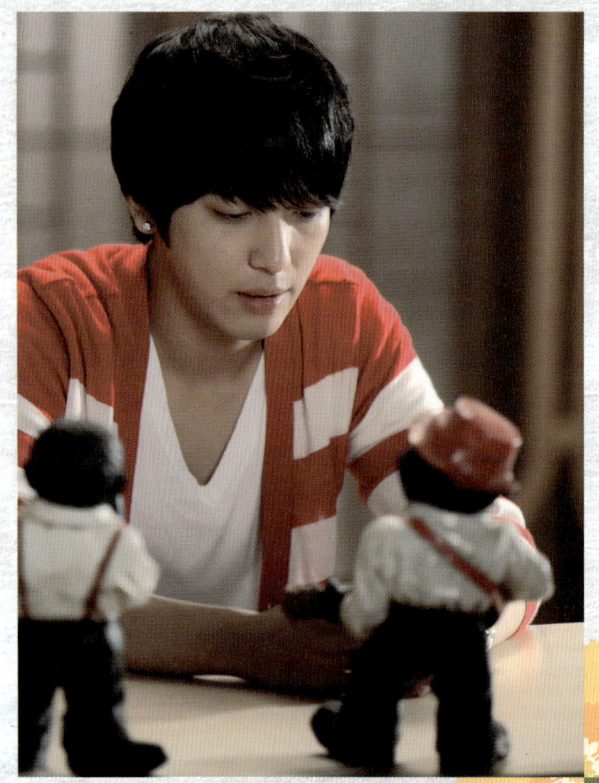

"어디야?"
"친구랑 있어."
늦은 밤, 아직 돌아오지 않은 너를 기다리다 보게 되었다.
친구랑 있다던 네가 김 감독의 차를 타고
함께 오는 모습을.
너의 거짓말을….
이규원, 왜 거짓말했어?

무슨 말인지 들리진 않지만
두 사람의 걱정 어린 표정이 심상치 않다.
아무래도 무슨 일이 생긴 것만 같다.

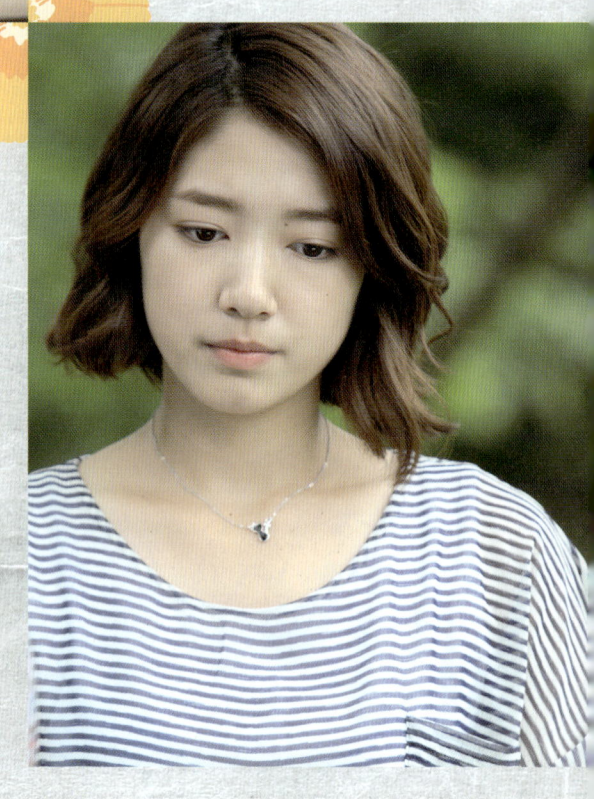

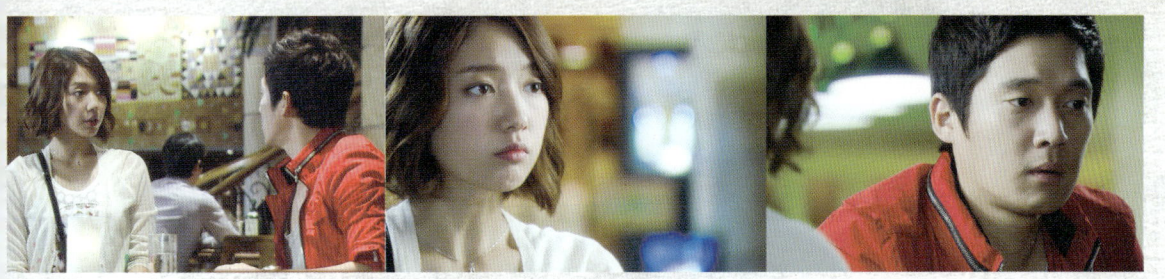

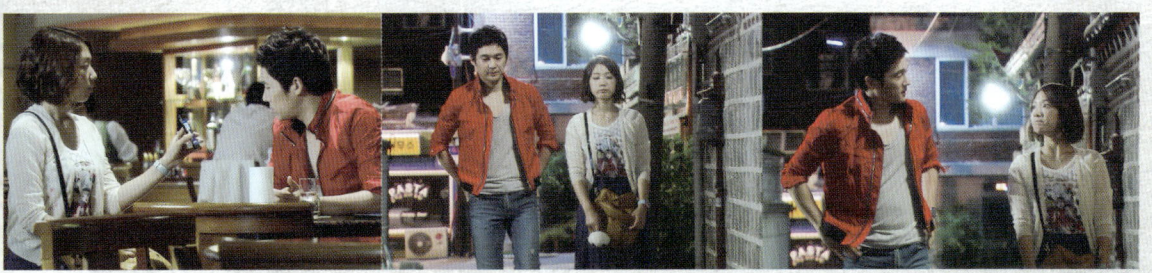

너를 알기 전엔 무의미했던 것들이 이제 모두 의미가 되어

너의 표정 하나하나가 살펴진다.

뒤돌아선 내 어깨 위로 불안한 공기가 내려앉는다.

하지만 그럴수록 내 의식은 맑게 깨어난다.

나는 너를 지켜야 하니까…

아무도 너를 다치지 못하게 할 거니까….

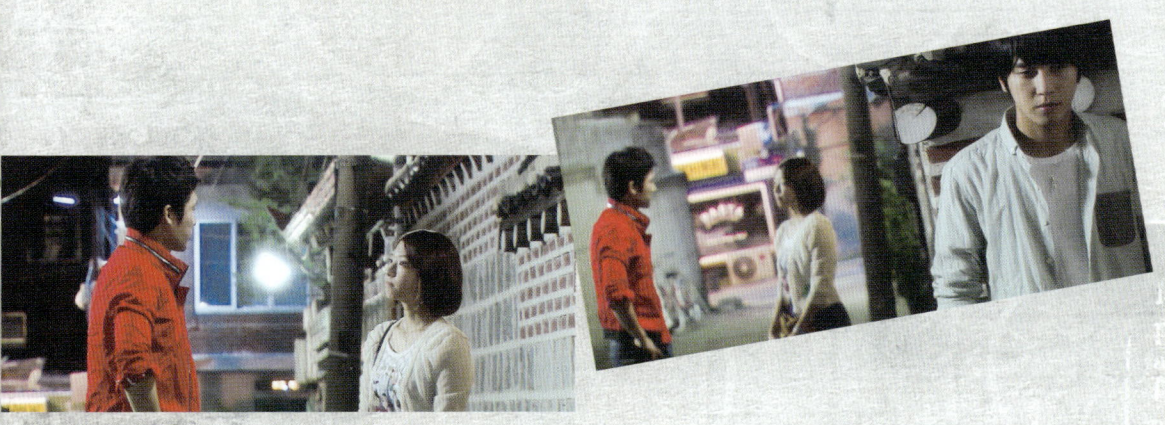

41

내 곁에 있어줘,
널 지킬 수 있게

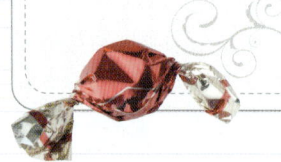

불안한 예감이 끝내는 맞아버렸다.

누군가 규원이와 김 감독의 스캔들을 만들어 퍼뜨렸다.

이 더러운 소용돌이에서 규원을 지켜야 한다는 생각뿐이었다.

규원이를 김 감독의 차에 태우고

한가한 드라이브를 떠나듯 그렇게 달렸다.

아무것도 모르고 따라나선 규원이와

환한 햇살 아래 웃고 떠들며 데이트를 했다.

함께 있는 이 행복이 언제까지 이어질지 알 수 없지만

비열한 사람들이 조작해낸 그 추잡한 사건과

뒤에서 함부로 뱉어대는 그 더러운 말들이

너를 침범하지 않기를 바라고 또 바라며.

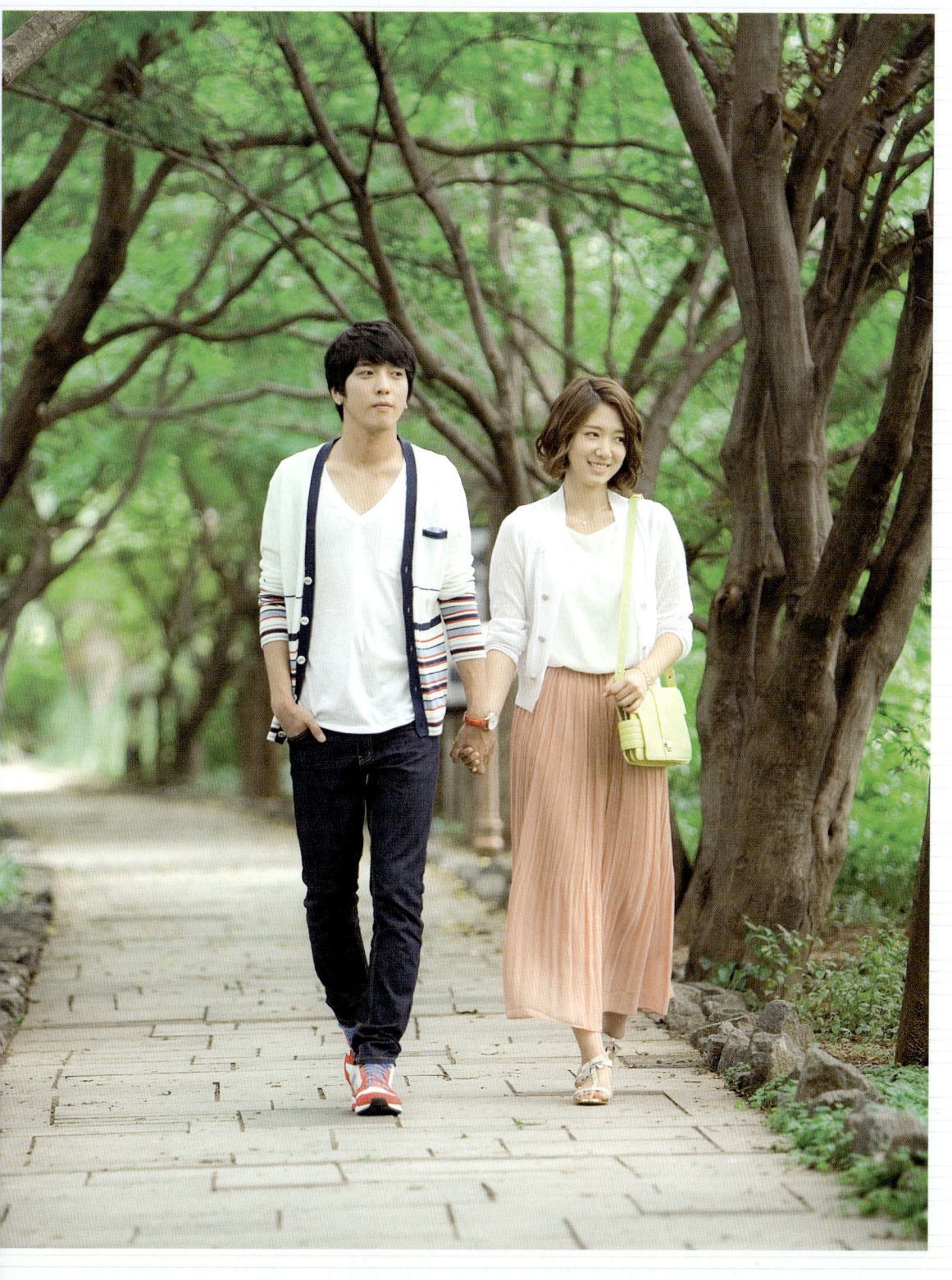

두렵던 시간이 오고야 말았다.

김 감독이 그만두었다는 전화를 받고

가서 모든 것을 말하겠다고 나서는 네가 너무 낯설다.

"가지 마, 지금 가면 너하고 나는 끝이야."

하고 싶지 않은 모진 말에도 끝내 발길을 돌리는 네 모습이

날카로운 칼날이 되어 내 가슴을 겨누는 듯하다.

그래도 할 수 없다. 나는 너를 잡을 수밖에.

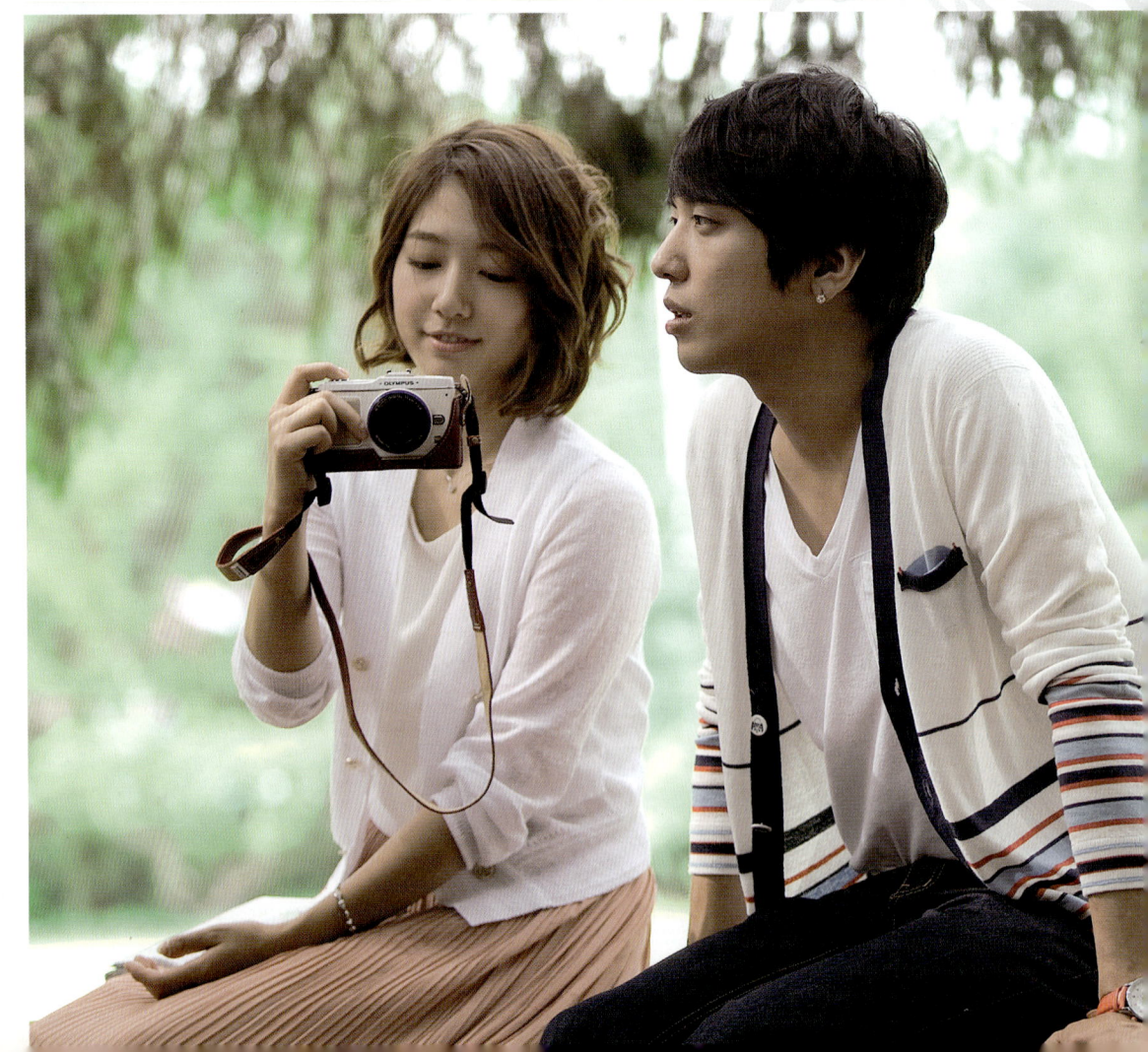

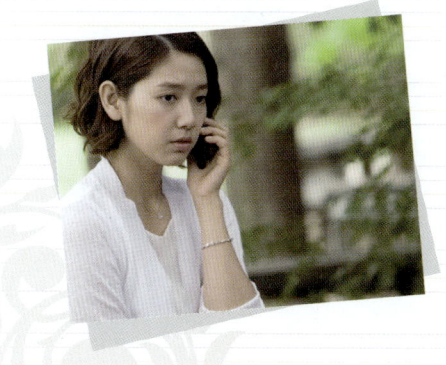

가지 마, 이규원.
내가 널 지켜주려 했던 모든 일들이
물거품이 되게 하지 마.
내 곁에 있어.
여기, 내가 널 지킬 수 있는 곳에!

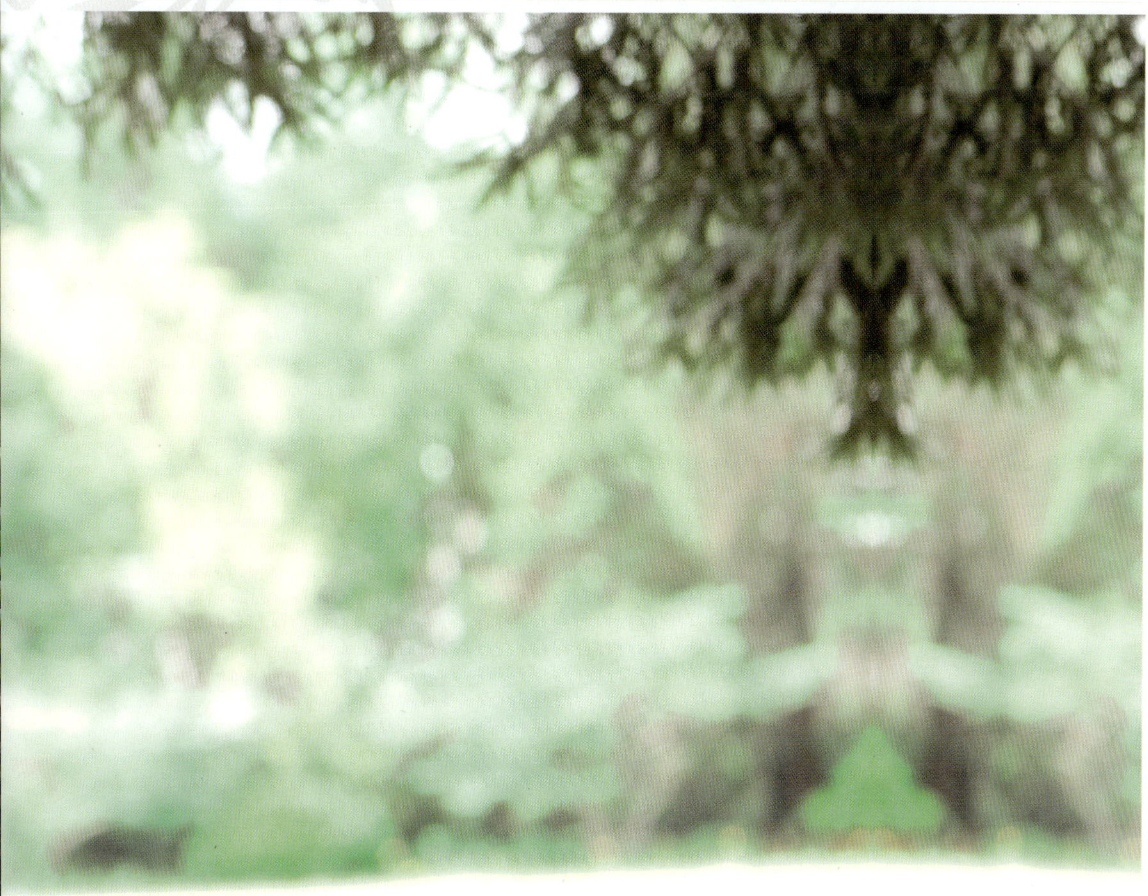

42

간절한 너의 한마디에

story of 규원

"제발 가지 마."

간절한 너의 목소리가 내 발을 잡는다.

나보다 더 아파하는 너 때문에 발을 멈춘다.

"안 갈게, 안 간다구."

그제야 너의 얼굴에서 불안함이 걷힌다.

나를 여기까지 데려온 이유가 이거였구나.

지금의 상황이 암울해 한숨이 나지만

나를 걱정해주는 네가 있어 무섭지 않다.

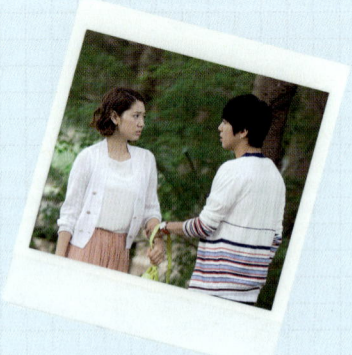

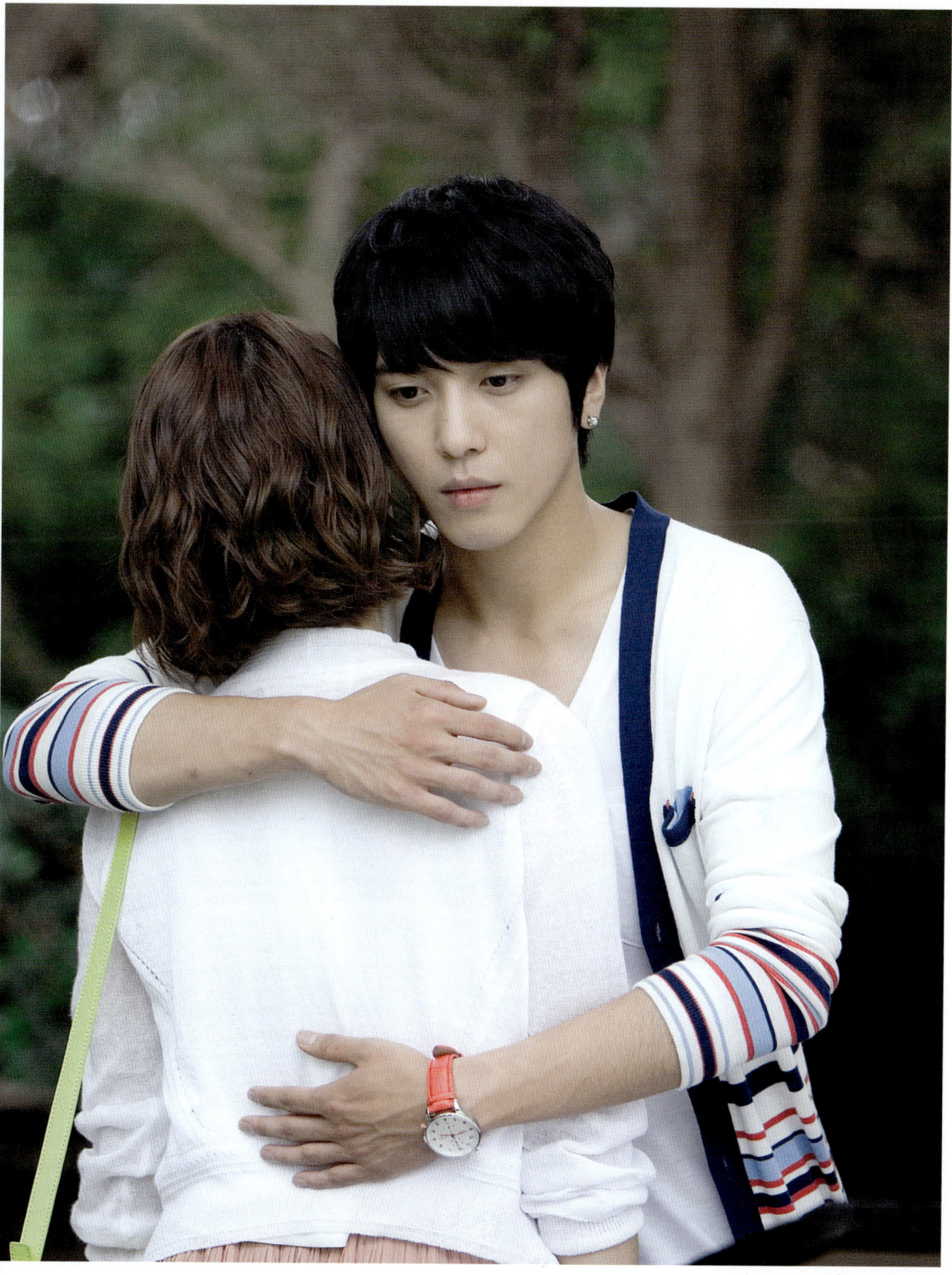

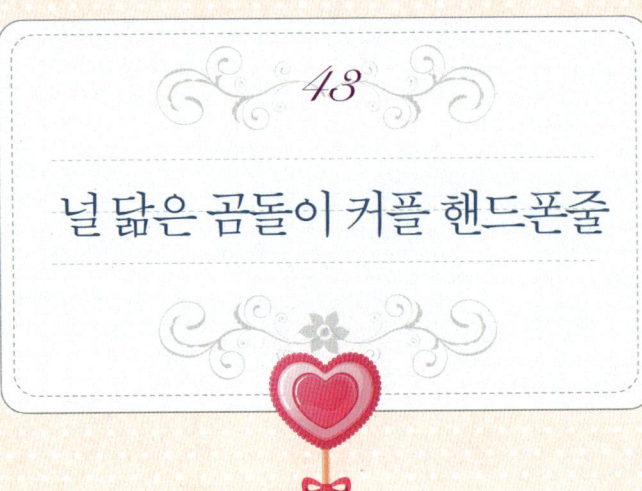

43

널 닮은 곰돌이 커플 핸드폰줄

남들이 커플티, 커플링 하는 것을 보면
닭살 돋을 정도로 정말 싫었는데
네가 서운해하니 그냥 지나칠 수가 없었다.
하트 귀와 하트 꼬리를 가진,
우리 둘만의 곰돌이 커플 핸드폰줄.
너와 내 핸드폰에 하나씩, 정표로 삼는다.

놀란 듯 동그란 눈이 너를 꼭 닮은 곰돌이가
너처럼 부드럽고 따스하게 미소 짓는다.
너인 것처럼 입맞추고 인사를 건넨다.
"잘 자. 이규원."

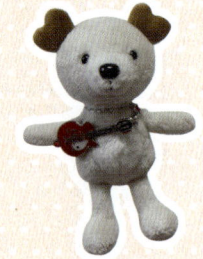

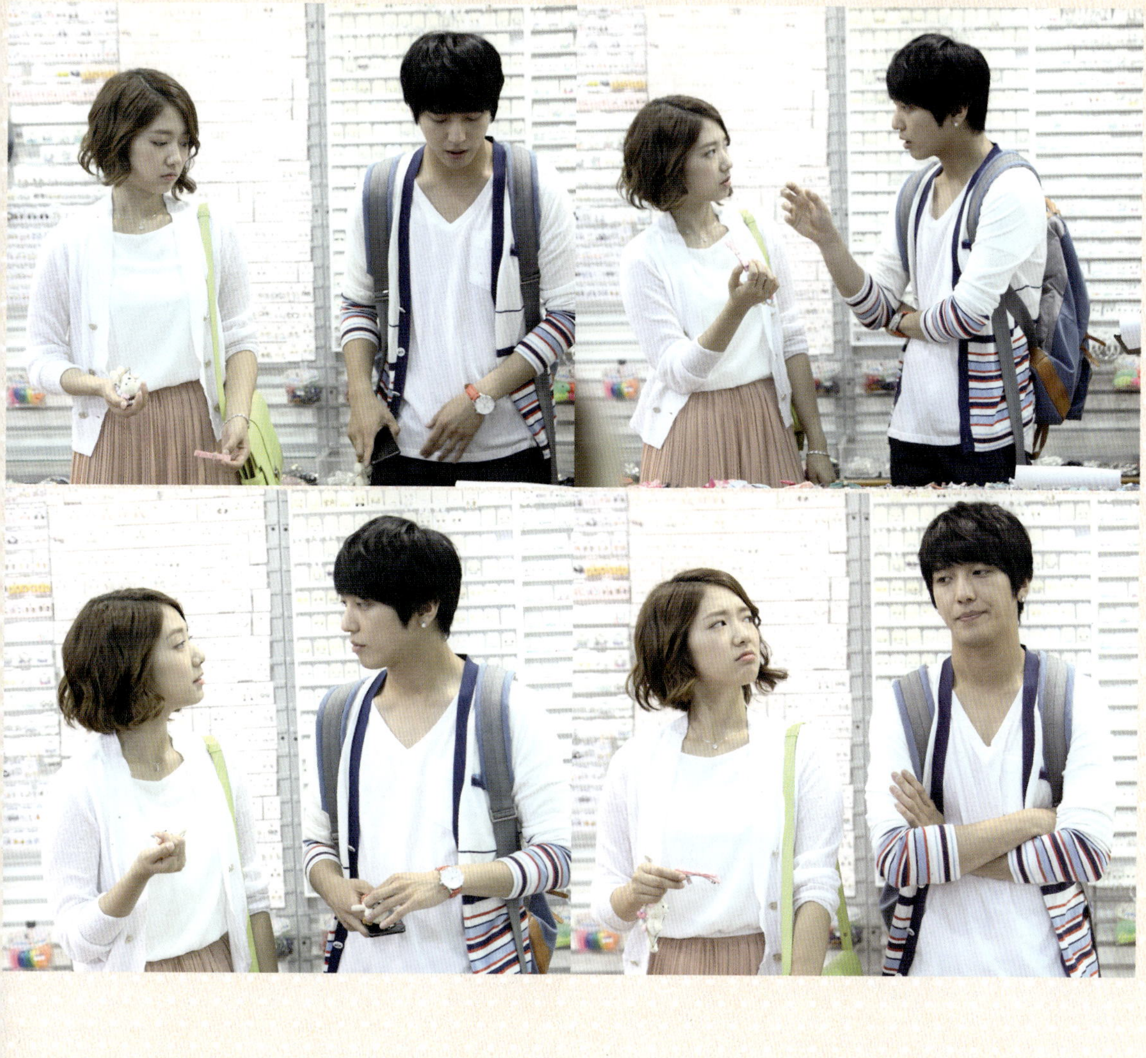

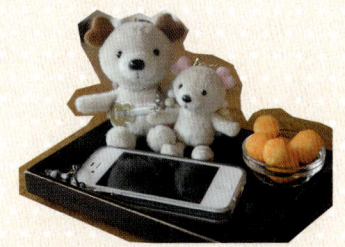

나를 위로하는 신이의 노래

story of 규원

뮤지컬 새 감독이 된 임 교수님에게
이제 그만 나오라는 이야기를 들었다.
그 말이 날카롭게 가슴을 찔렀지만
네 앞에서 울 순 없었어.
내가 울면 더 아파할 걸 잘 아니까.

괜찮은 척, 웃는 얼굴로 너를 연습실로 보내고
아무도 없는 옥상에서 혼자 울고 있을 때
스피커를 통해 학교에 울려 퍼지던 너의 노랫소리.

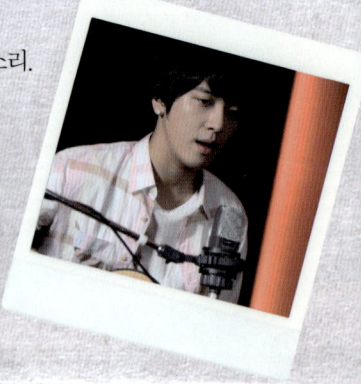

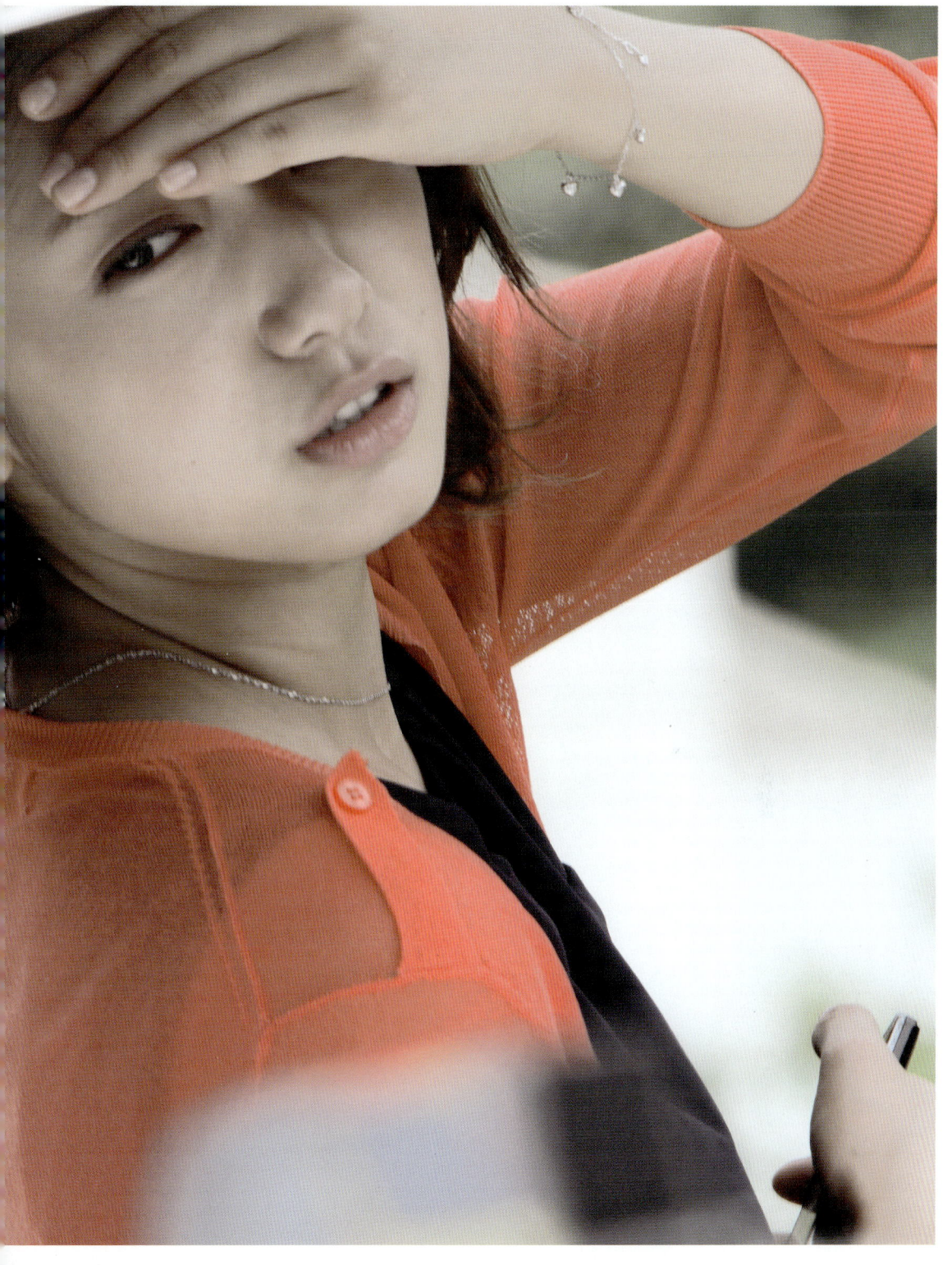

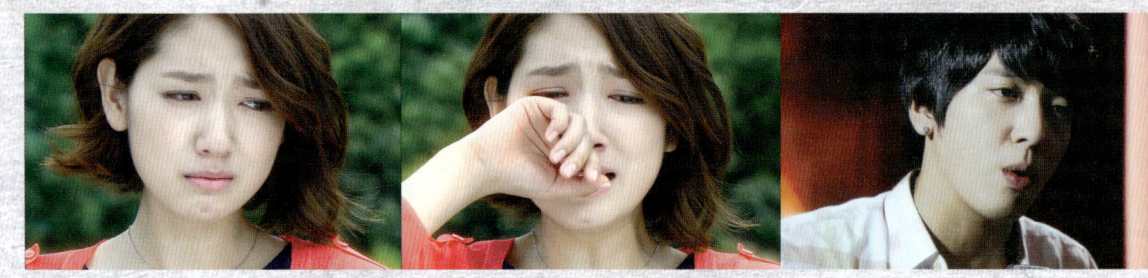

웃어봐. 슬퍼하지만 말고
괜찮아, 눈물 흘리지 말고
지금 부르는 내 노래가 작은 위로가 되길 바라….

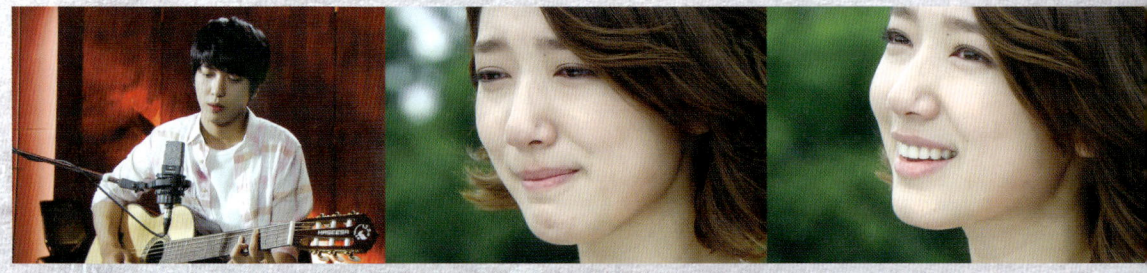

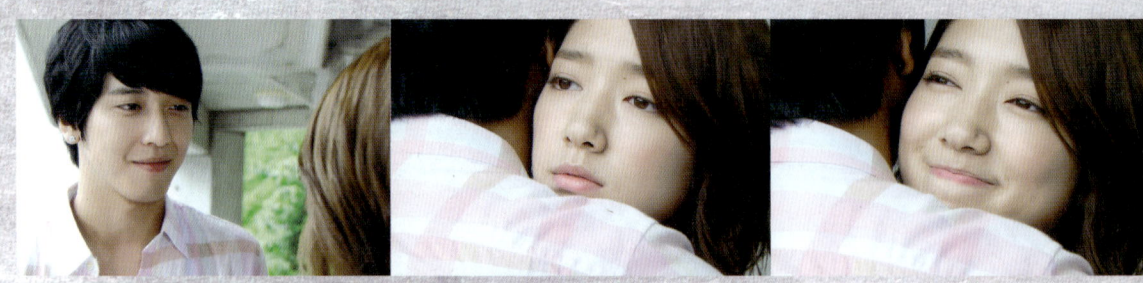

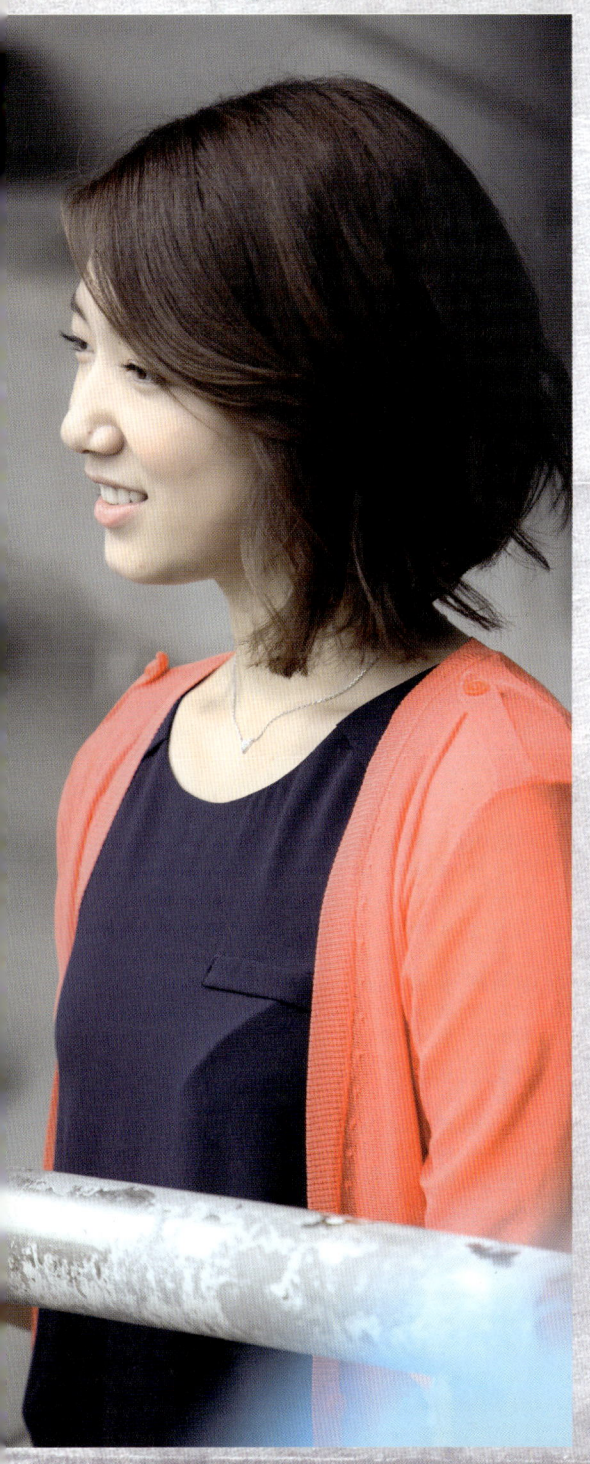

나를 찾아 헤매다 이런 아이디어를 냈겠지.
그래, 신아. 네가 웃으라면 웃을게.
가야 할 길이 가파르고 힘들어도
네가 옆에 있으니 웃을게.
미안해. 다시는 말없이 어디 가지 않겠다는 약속,
너 없는 데서 혼자 울지 않겠다는 약속
못 지켜서 미안해.

네가 오고 있다.
내 가슴에 쿵쿵거리는 발자국 소리를 내며
천천히… 조금씩…
이신, 네가 오고 있다.

우리 만남은 운명이었어

제주도에서 푸른 바람처럼 스쳐 지나갔던
그 뒷모습의 여자가 너였다니!
우린 정말 운명이었나봐.
진작 알았더라면 이렇게 먼 길 돌아오지 않았을 텐데,
여기까지 돌아오느라 버린 시간들이 안타깝다.
하지만 힘들게 만났기에 더 애틋하고 소중하겠지.

"이제 보니까 네가 날 먼저 쫓아다녔구나?"
사진을 보여주니 의기양양하게 뻐기는 규원이.
그래, 내가 너를 쫓아서 여기까지 왔나보다.
이제 절대 놓지 않을게.

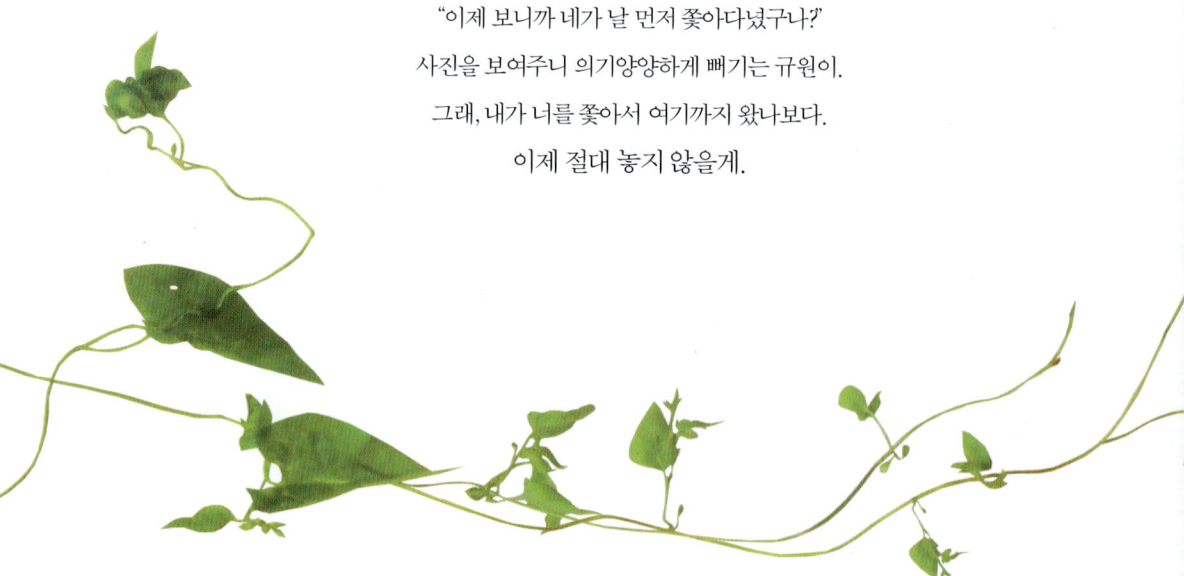

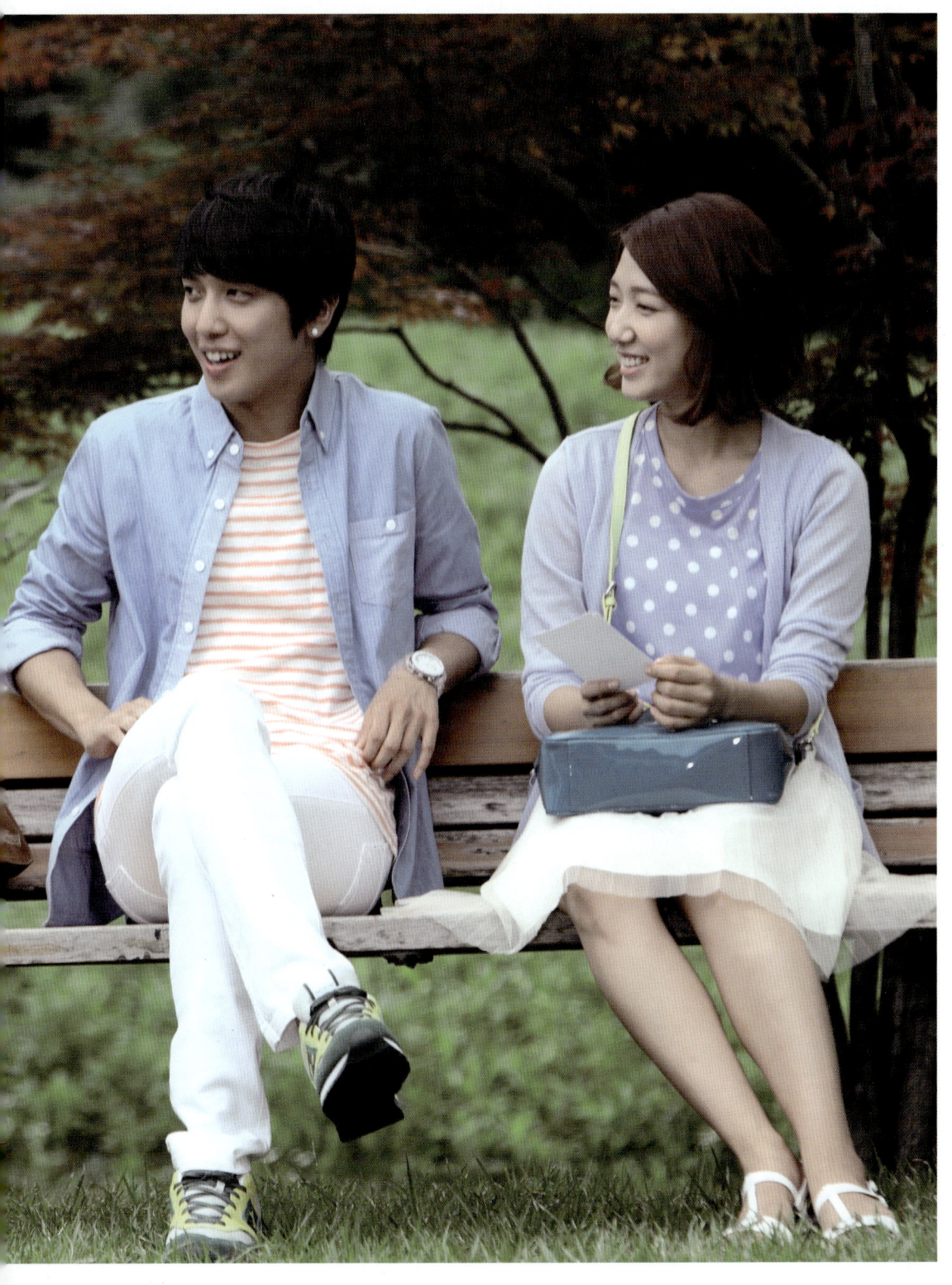

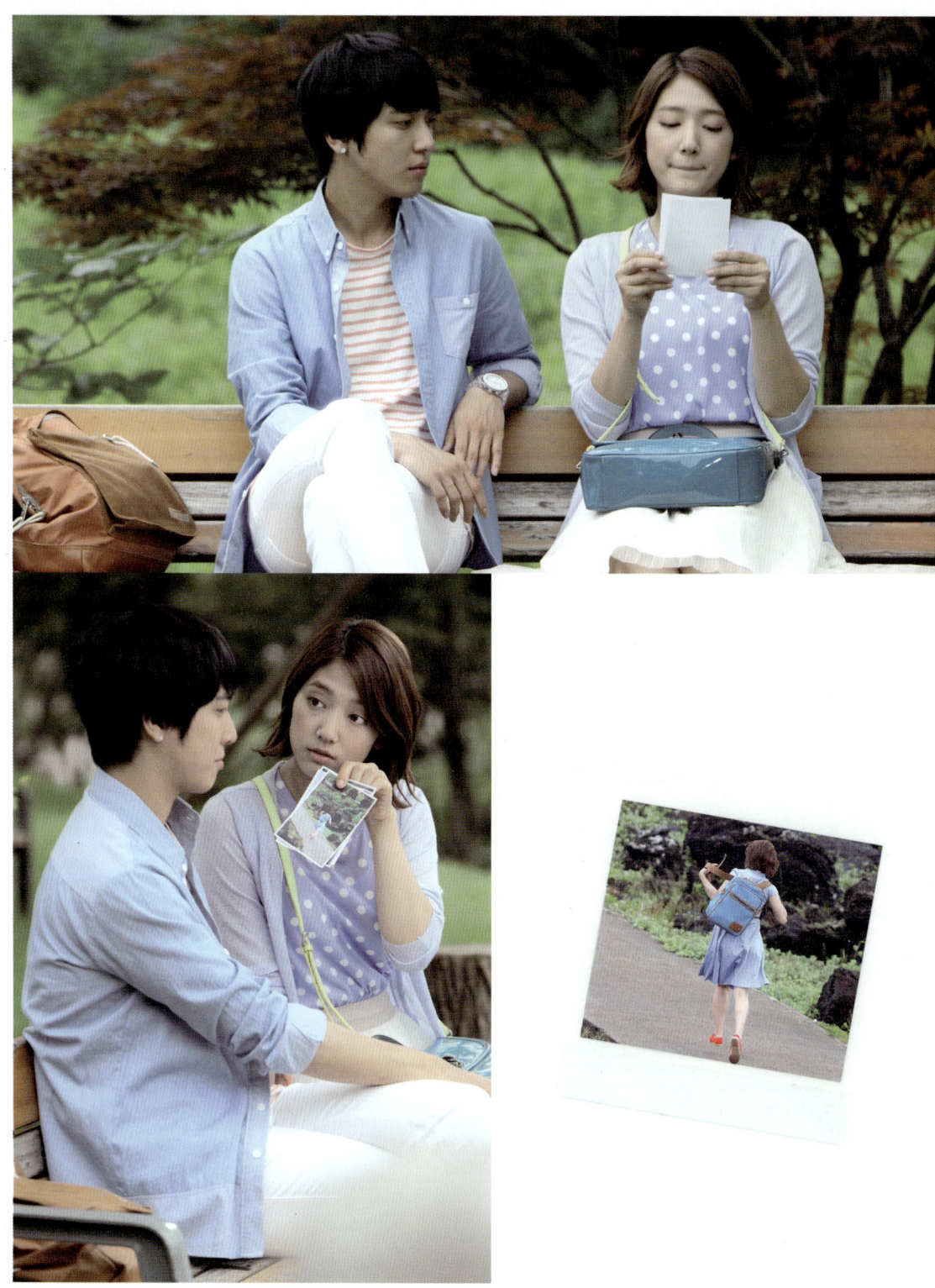

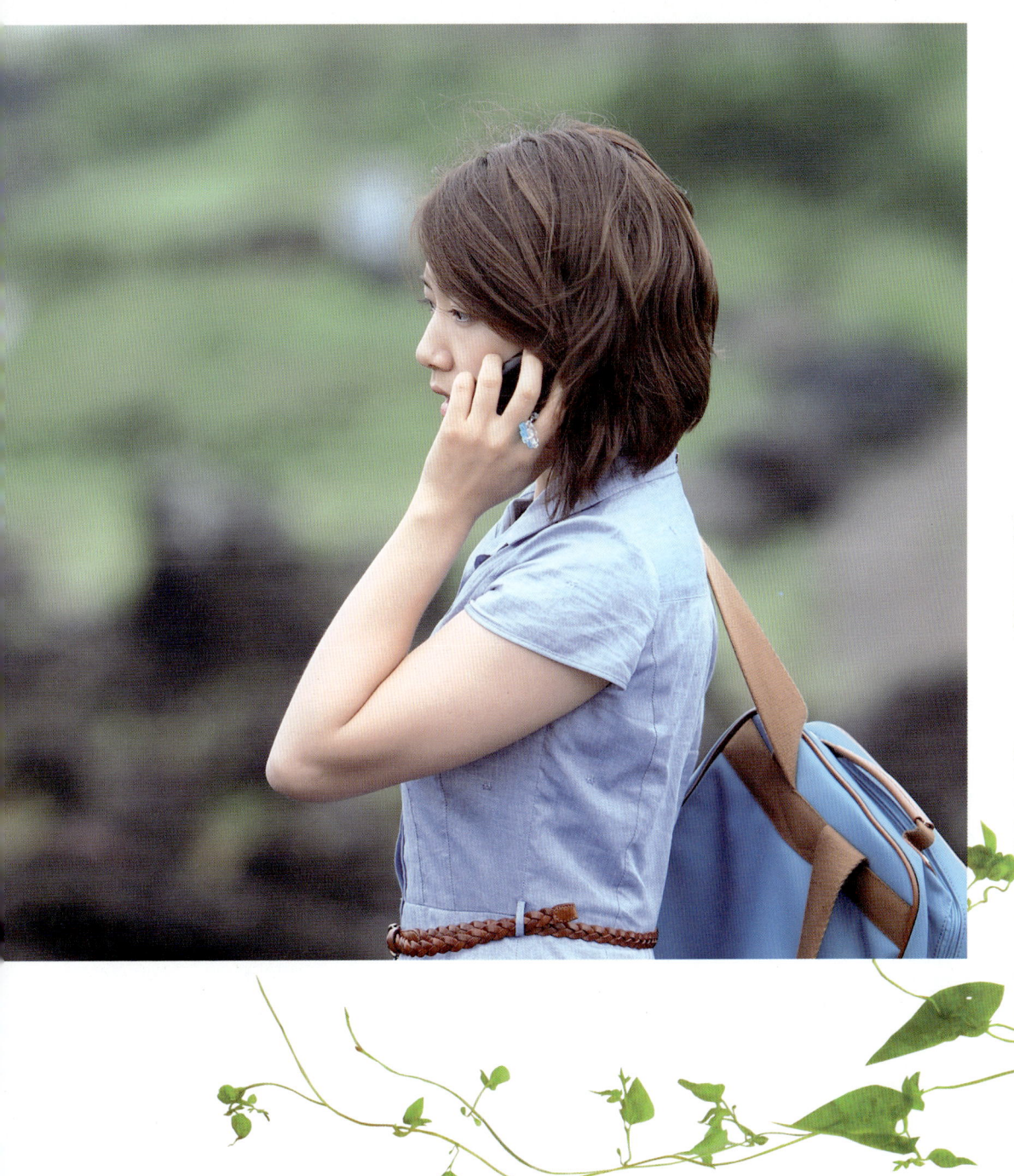

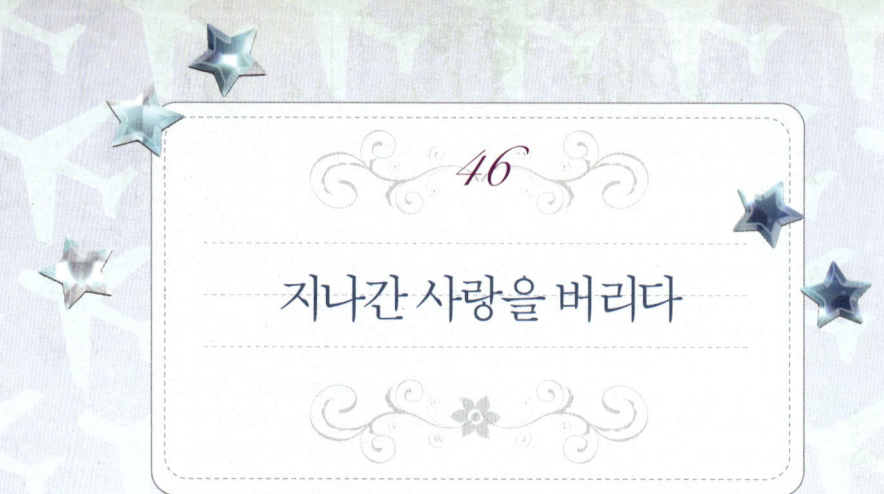

46

지나간 사랑을 버리다

규원이가 보는 앞에서 목걸이를 버렸다.
정윤수 교수님에게 선물했다가 돌려받았던,
규원이가 비를 맞으며 찾아준 그 목걸이를.
지나간 사랑, 아팠던 그 사랑을 버렸다.
이제 내 마음속 사랑은 너뿐이란걸,
보여주고 싶었다.

규원아!
이제 내 눈엔 아무도 보이지 않아.
오직 너만 보여!

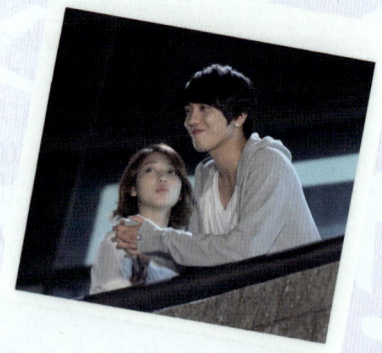

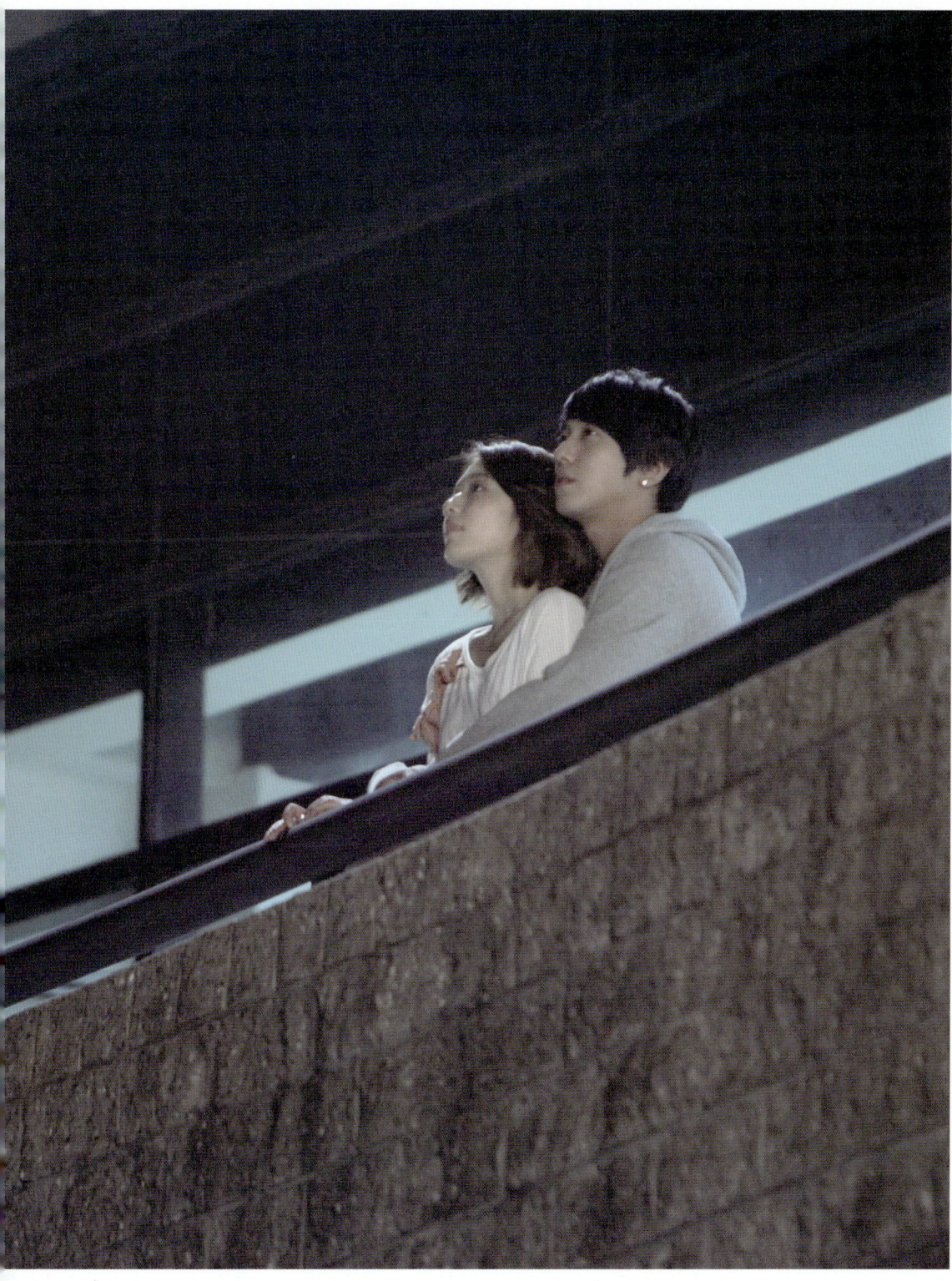

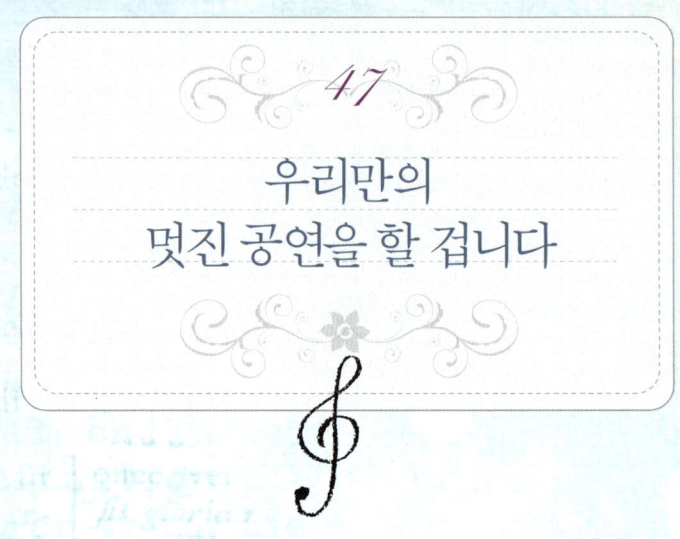

47

우리만의
멋진 공연을 할 겁니다

100주년 공연이 취소되었다는 소식에

의기소침해져 있는 너를 보며 생각했다.

꼭 멋진 무대, 많은 사람들 앞이 아니더라도

우리들만의 무대를 꾸며보자고.

이대로 공연을 접으면 그동안 땀 흘린 시간이 얼마나 아까울까?

뮤지컬이란 신세계가 무척 신난다던 규원이를 실망시킬 수 없었다.

우리의 땀과 열정을 보여줄 수 있는 무대라면,

큰 공연장이 아니어도 좋다. 스폰서도 하나 없지만

우리의 숨결이 묻어 있는 우리만의 공연을 하기로 했다.

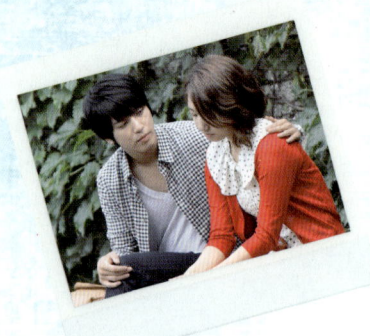

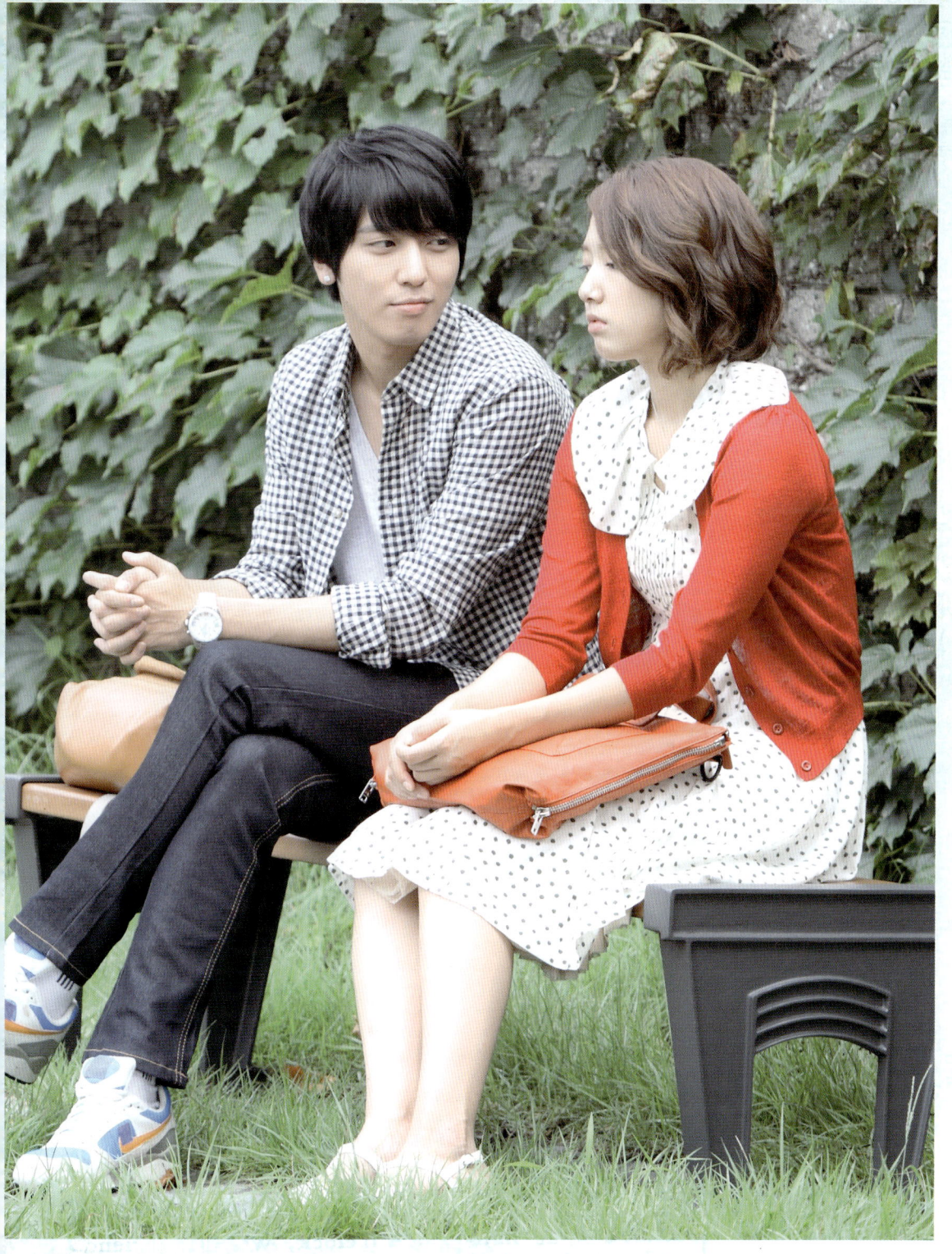

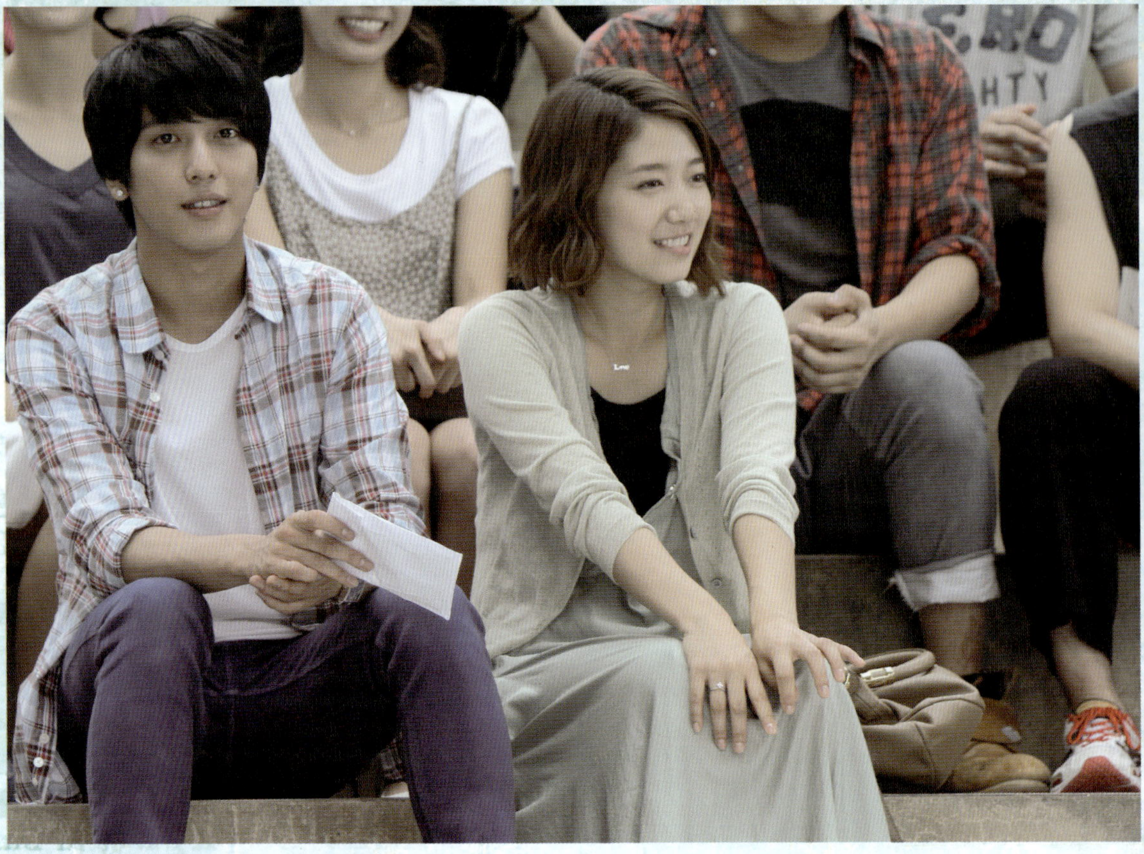

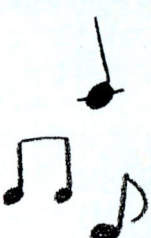

브로드웨이로 떠나려던 김석현 감독을 찾아가
함께해주기를 간청했다.
우리의 간절한 마음이 통했는지 감독님도 흔쾌히 허락했다.
김 감독님 역시 쉽게 포기하기 싫었겠지.
그 공연은 곧 당신의 이야기이니까.
잃어버린 시간과 사랑을 노래한 당신의 추억이니까.
결연하게 앙다문 감독님의 입술에 믿음이 갔다.

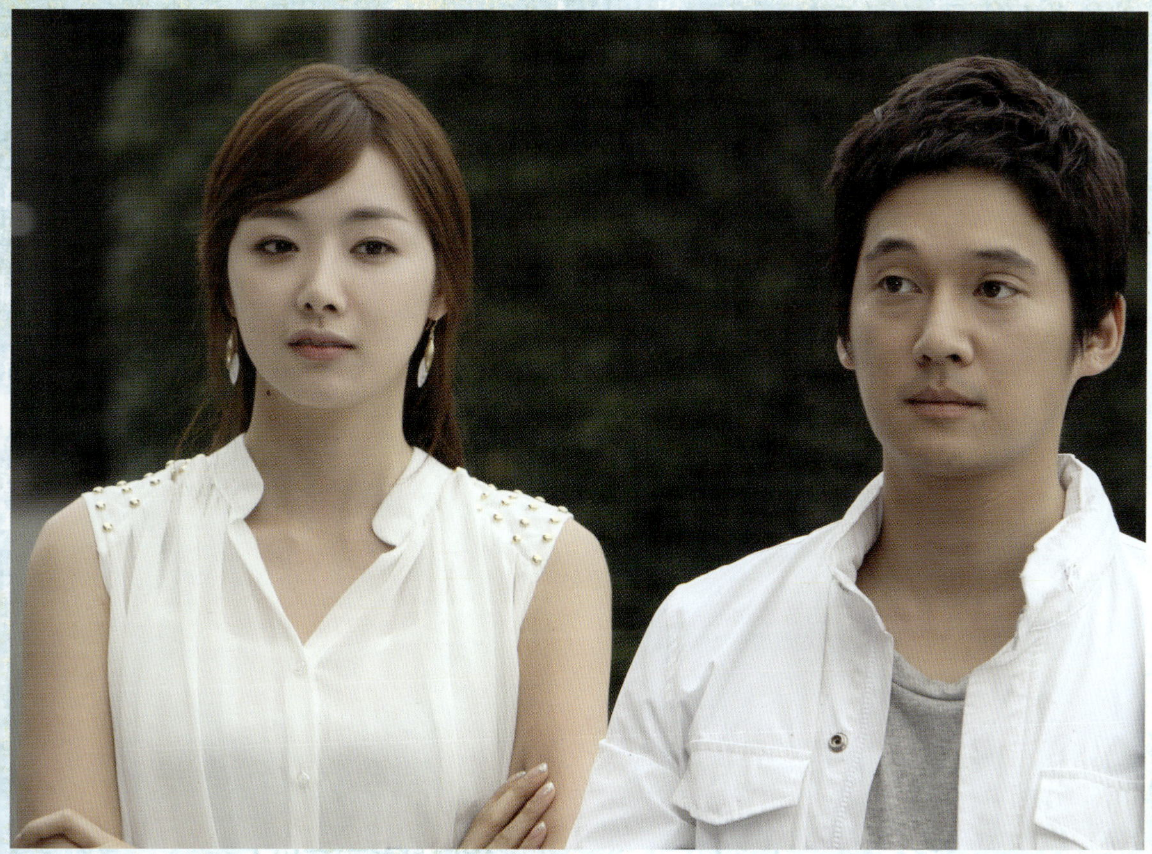

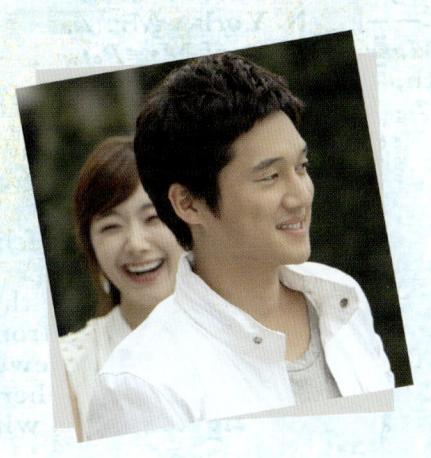

이제 시작이다.
나의 목표가 우리의 목표가 되었다.
여기 모인 우리의 가난한 마음들이
기적을 일으킬 시간이다.

스폰서 하나 없이 우리끼리 하는 공연.
턱없이 부족한 경비를 마련해보려고
규원이가 일일찻집 아이디어를 냈다.

밤늦도록 포스터를 그리는 규원이를 바라본다.
무엇이든 열심인 모습이 이쁘다.
그러고보니 두 번째 일일찻집이네?
"이규원, 너 일일찻집이 전공 아냐?
그때는 펑크 내서 미안했어."

네가 이렇게 열심히 준비했을 일일찻집,
가지 못해 미안했지만, 덕분에 우리가
이렇게 만난 것 같아 한편으론 참 고맙다.

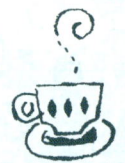

"이번엔 내가 매상 많이 올려줄게."

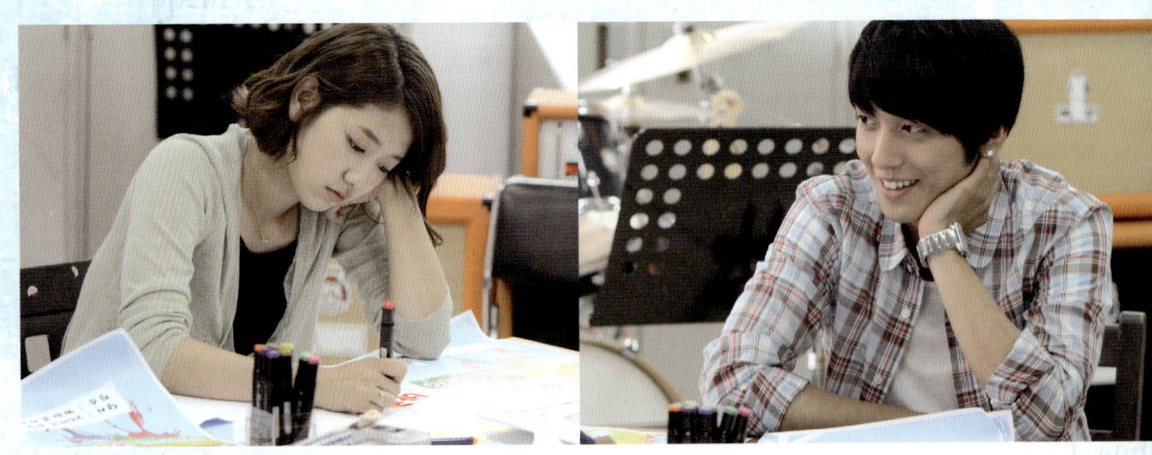

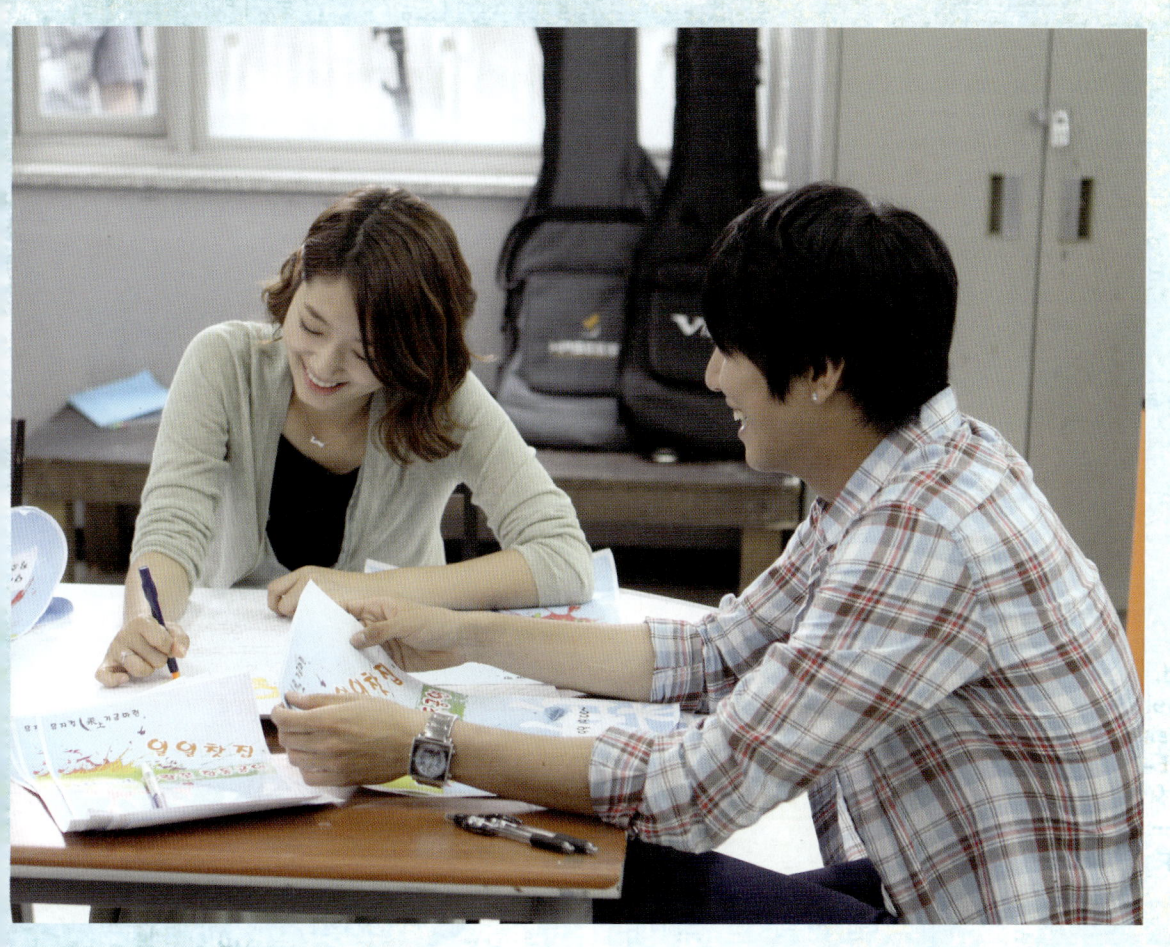

둘이 앉아서 이야기하는 이 시간이 너무 좋다.
너와 나만 나눌 수 있는 이야기가 자꾸 샘솟는다.
감추려 애써도 자꾸 비어져 나오는 내 마음,
부끄럽지만 너에게만은 감추고 싶지 않다.

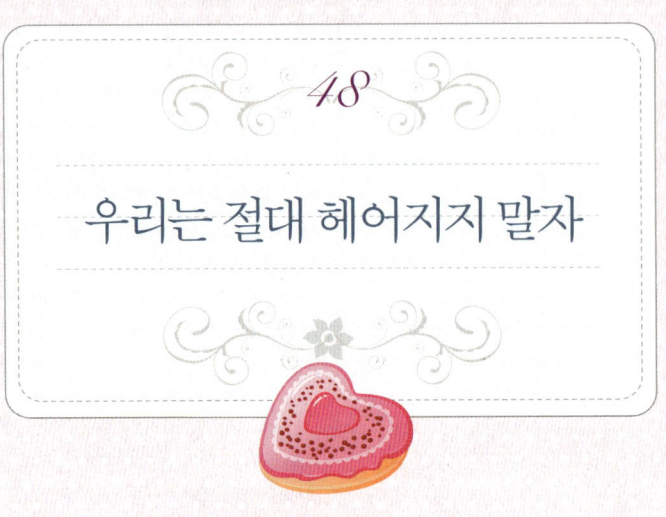

48

우리는 절대 헤어지지 말자

공연을 위해 늦게까지 연습하는 규원이 안쓰러워
근육을 풀어줄 겸 다리를 주물러주었다.
처음에는 당황스러워하더니, 이내 편안히 다리를 맡기고는
이마에 귀엽게 뽀뽀를 해준다.
어디서 그런 용기가 났을까? 늘 부끄러워만 하더니.
눈길이 마주치자 기분 좋은 두근거림이
반짝! 내 눈동자를 찌른다.

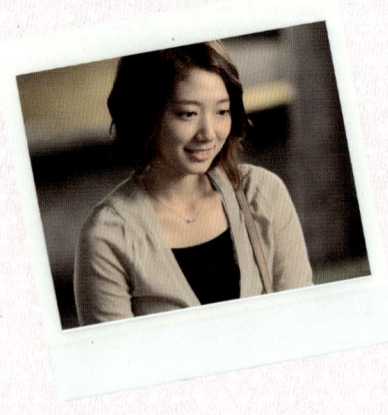

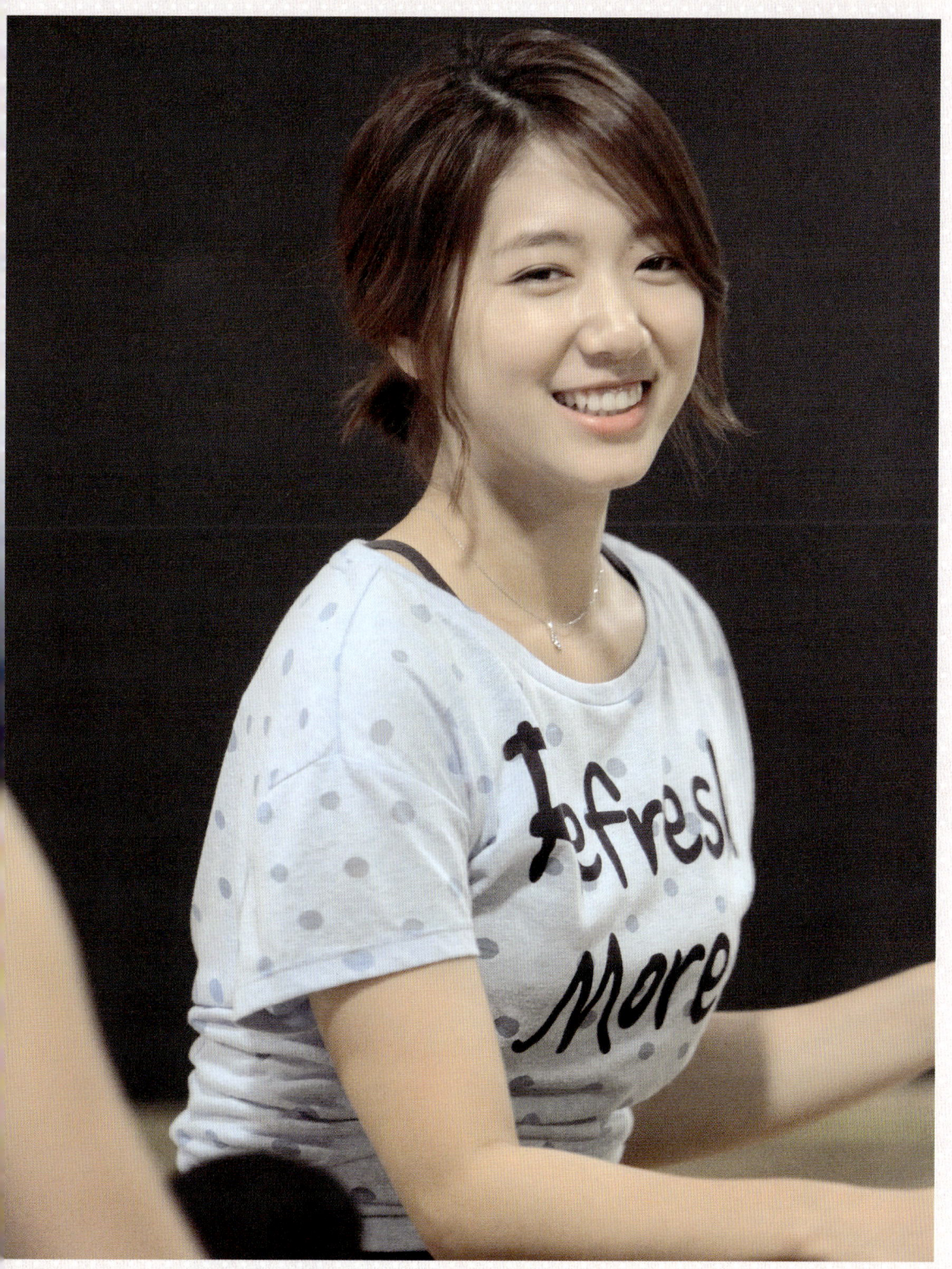

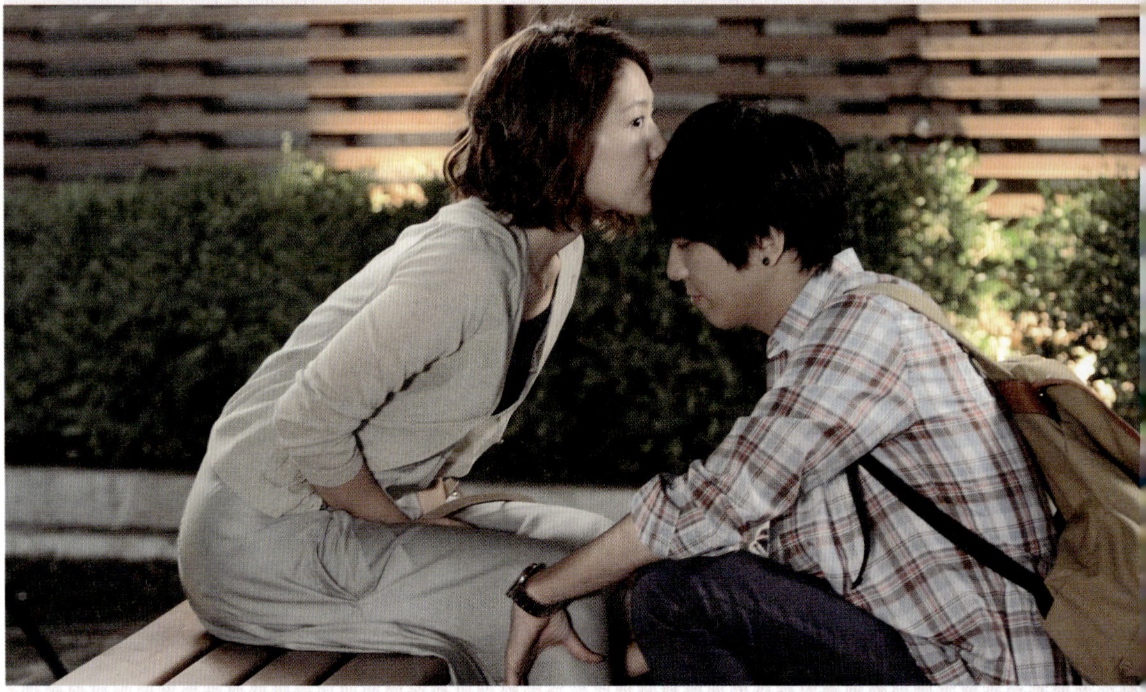

손을 잡고 오는 나의 엄마와 너의 아빠,
두 분 모습을 보고 얼마나 놀랐는지!
첫사랑이었다는 두 분.
우리 관계가 더 소중하다는 엄마의 말씀에
순식간에 긴장이 풀렸다.
너무 늦어버린 두 분의 인연이 안타까웠지만
아마 그랬으면 오늘 우리는 없었겠지.

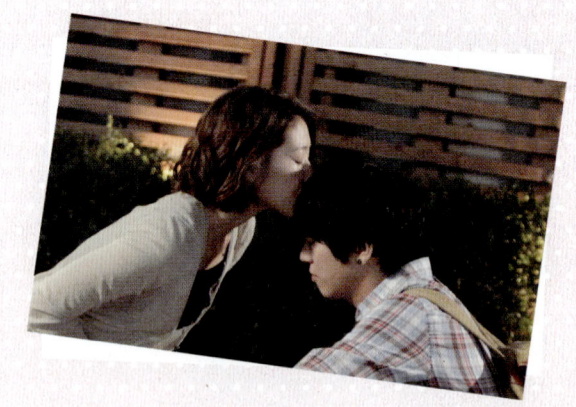

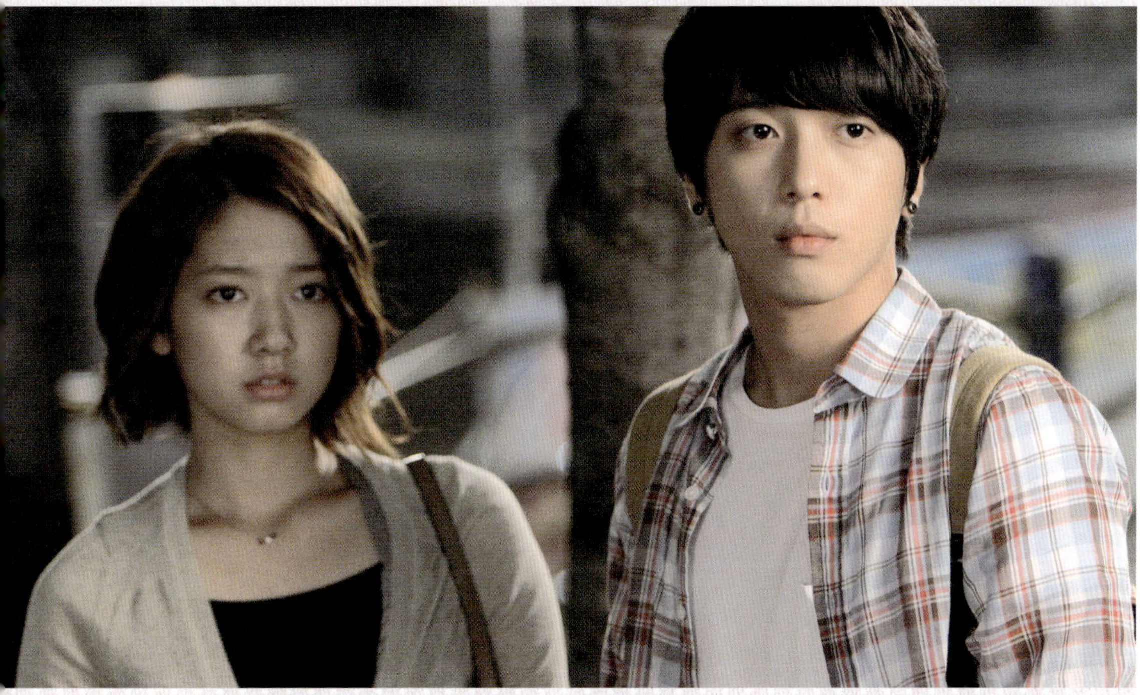

그래서 우리 그렇게 서로에게 신경 쓰였나?
우리 서로 인연이어서 그렇게 자꾸 부딪쳤던 걸까?
꽁꽁 문을 닫아놓아도 스며드는 빛처럼
순간순간 너는 나에게 스며들어 왔다.

그러니까, 우리는 절대 헤어지지 말자.
부모님처럼 아픈 사랑 하지 말자.

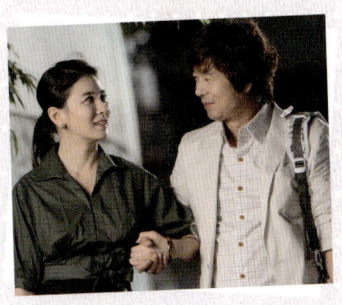

49

우리만의 마법의 주문

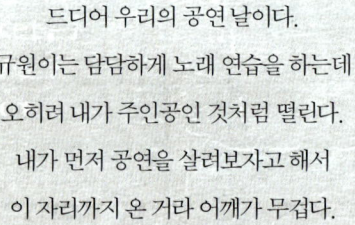

드디어 우리의 공연 날이다.
규원이는 담담하게 노래 연습을 하는데
오히려 내가 주인공인 것처럼 떨린다.
내가 먼저 공연을 살려보자고 해서
이 자리까지 온 거라 어깨가 무겁다.

아이처럼 떨고 있는 나를 보더니
규원이 가만히 내 볼을 감싸고
마법의 주문을 대신 외워준다.
"넌 내게 반했어!"
그래, 우리에게는 이 주문이 있었지.

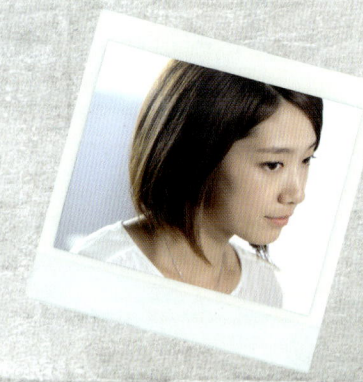

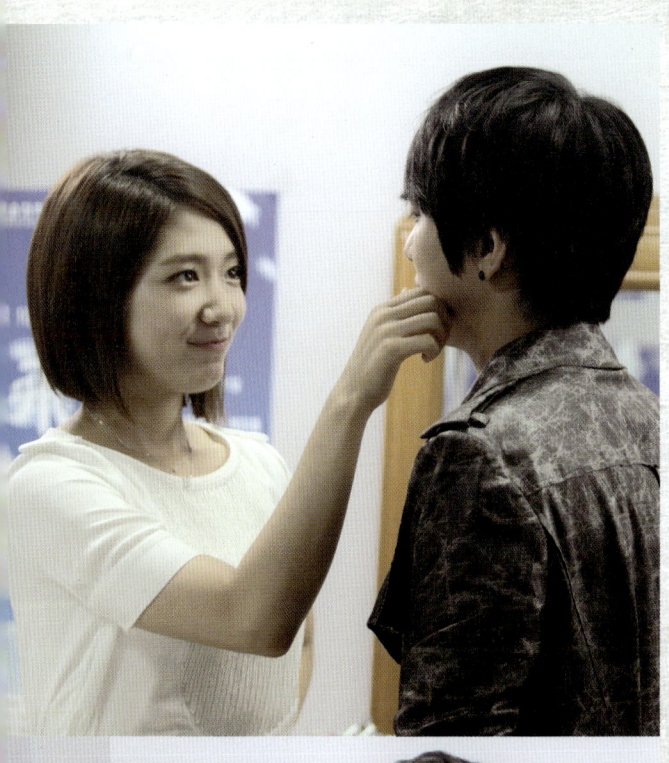

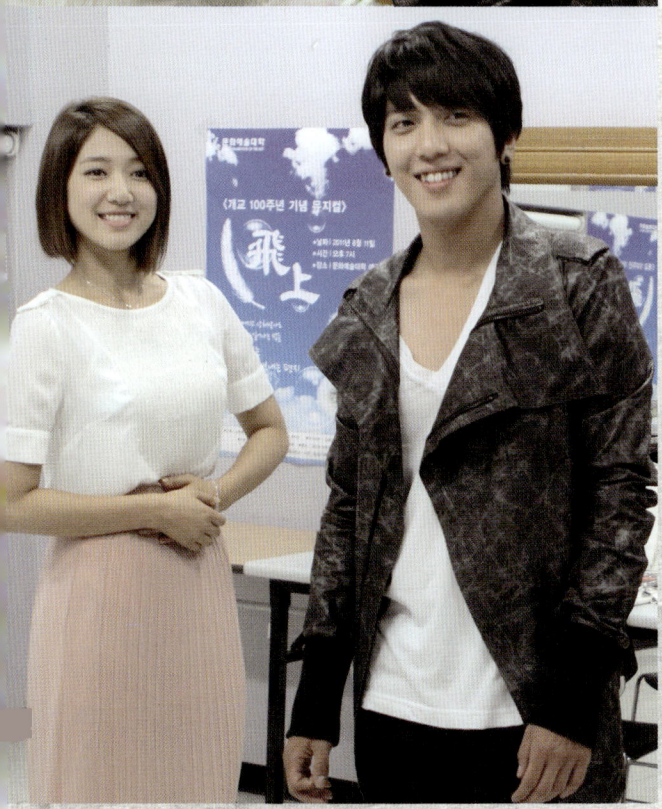

여기까지 오기 위해 흘린 땀방울이
얼마나 값진 것인지 이제 보여줄 시간이다.
연습은 거짓말하지 않으니까!!
우리가 흘린 땀방울에 모두가 반하도록 열심히 하자.
이 자리에 모인 사람들 모두
우리에게 홀딱 반하도록!

50

어둠 속에서도
빛나는 보석 같은 너!

"이번 뮤지컬, 하게 되어 다행이야.
희주에게도 감독님께도 미안하지 않게 정말 잘할 거야."
그렇게 다짐하던 규원이가 끝내
여주인공 자리를 희주에게 양보하고 말았다.
성대결절로 노래를 할 수 없는 희주 대신
무대 뒤 어두운 곳에서 목소리만 들려준 이규원.
그래도 후회하지 않을 거지?
네 목소리에 담긴 뜨거운 울림이 사람들에게 전달된다면
너의 희생과 배려가 오히려 널 더 빛나게 할 것을 나는 믿는다.

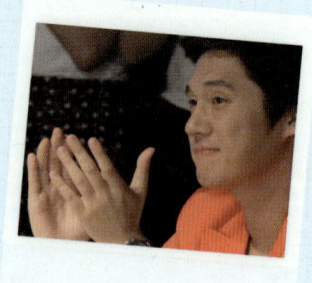

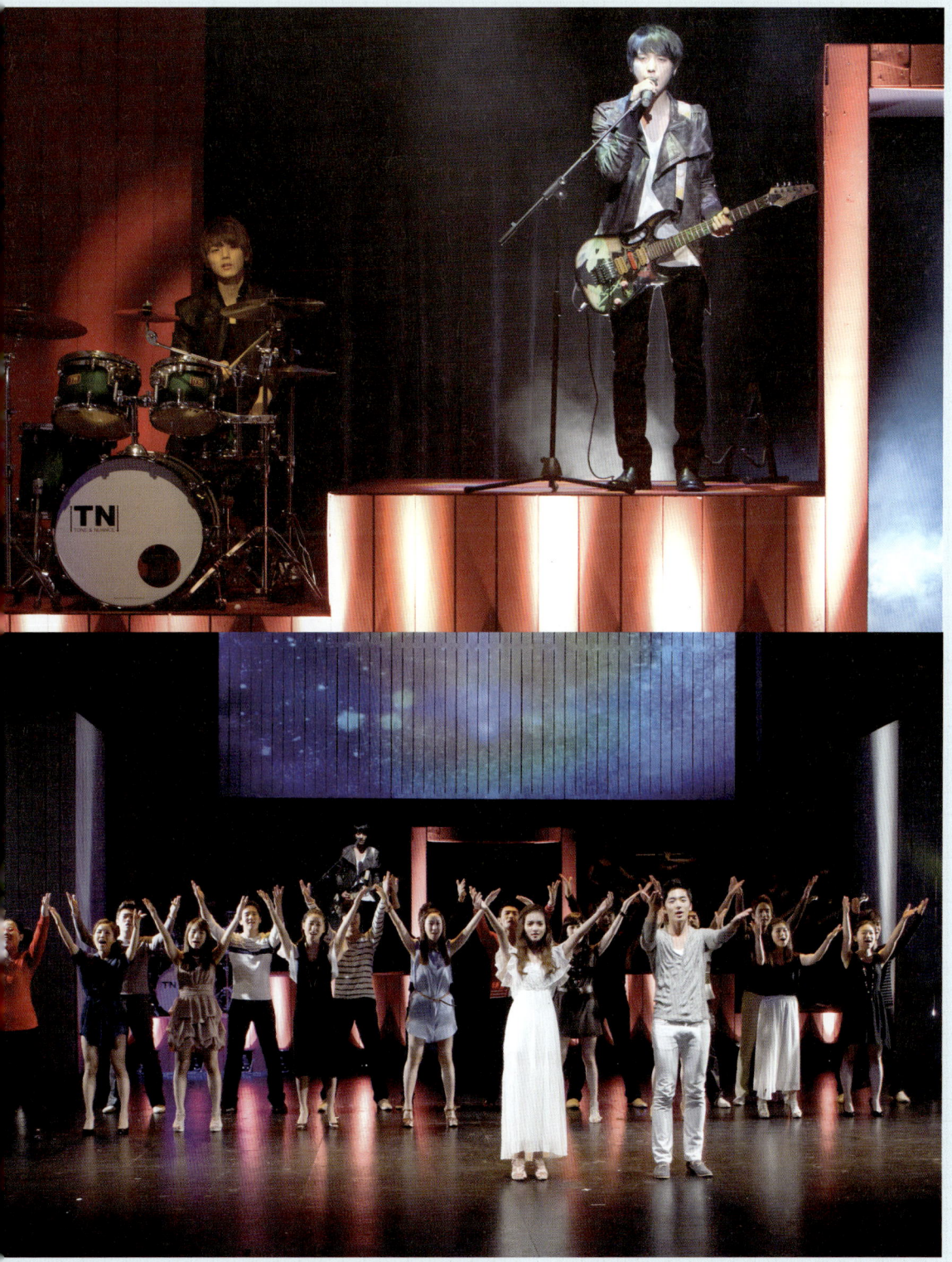

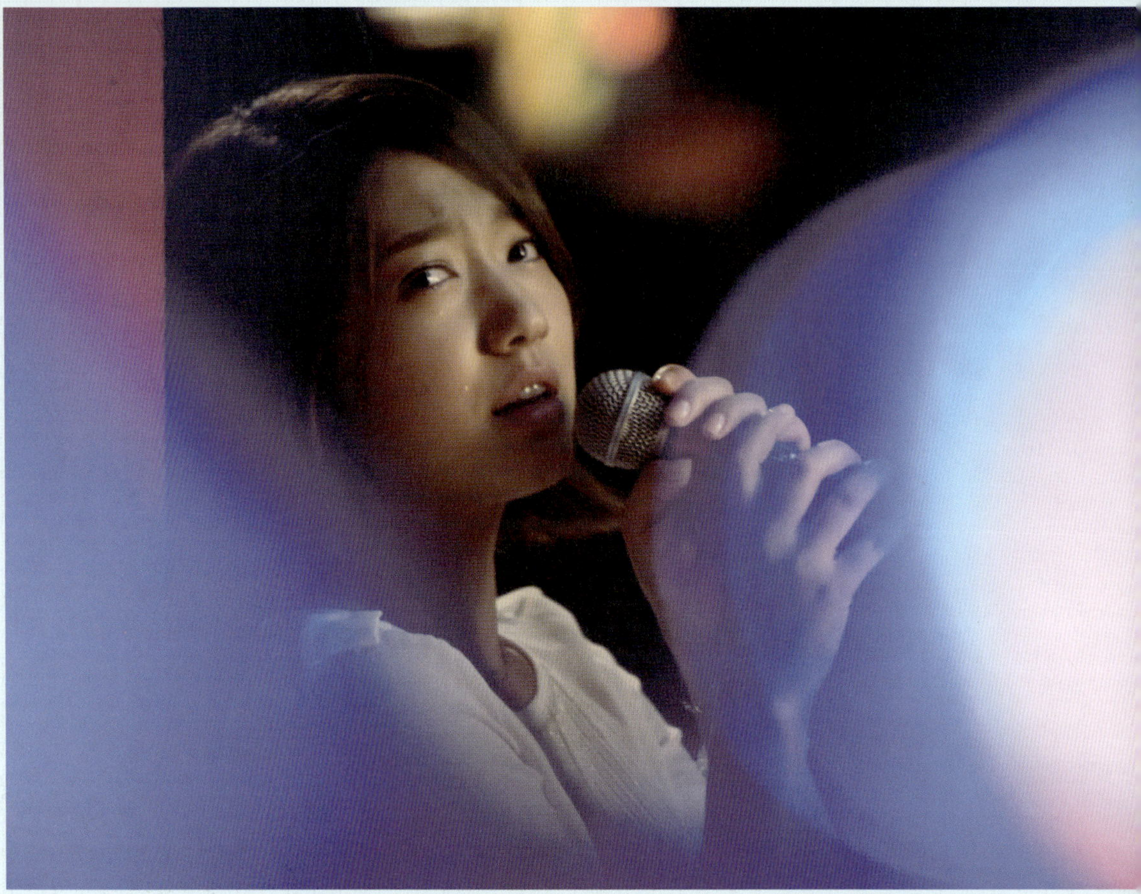

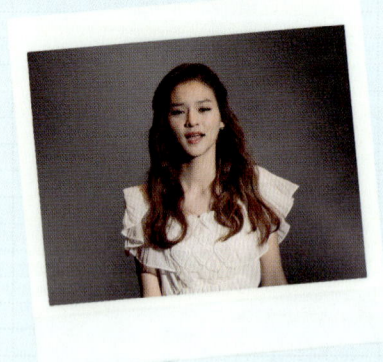

희주가 더 잘할 거라고 생각해서 이런 선택을 했겠지만

나에게는 이규원, 네가 최고다!

어둠 속에서 더욱 빛나는 보석 같은 사람.

나만의 특별한 사람.

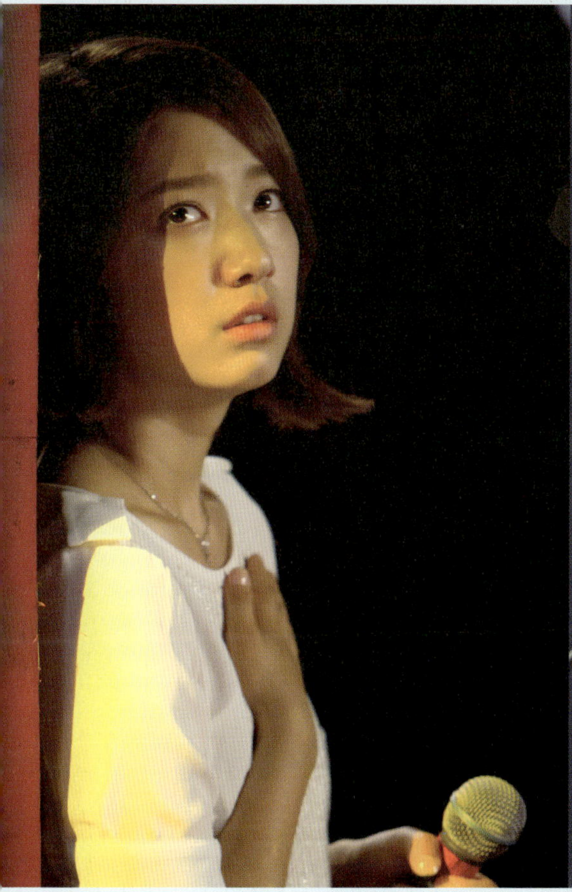

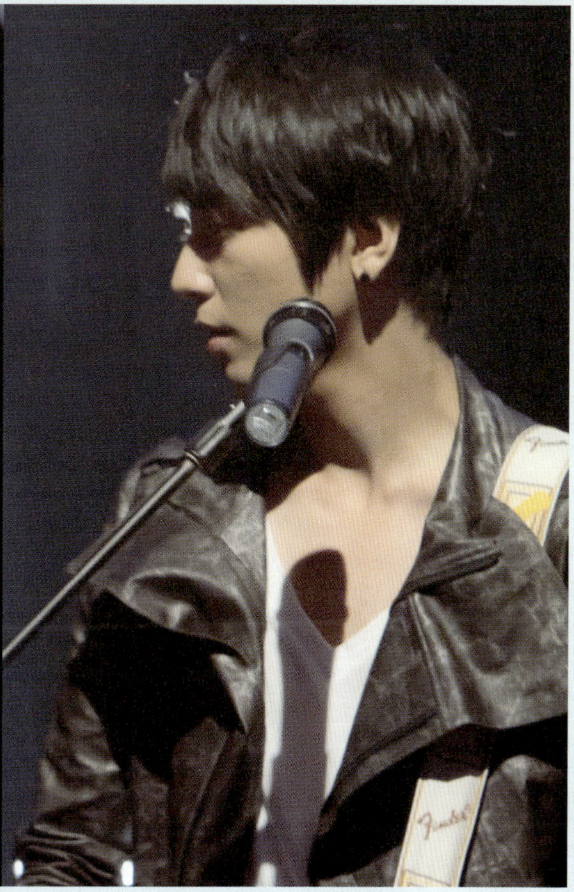

울지 마, 이규원!
무대에 서지 못해 마음이 아프겠지만
한 번씩 아프고 나면 훌쩍 자라 있는 어린아이처럼
이 공연이 끝나면 우리 역시 훌쩍 자라 있을 거야.
이렇게 우리 조금씩 함께 자라자.
아름다운 나의 사람아.

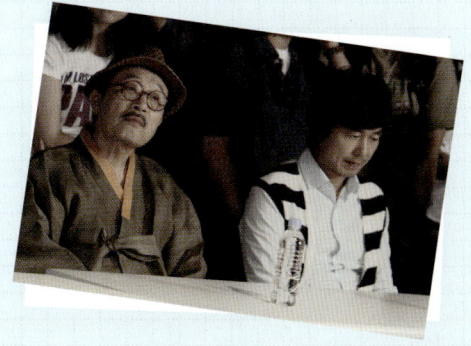

51

무대 뒤에서 부르는 노래

story of 규원

"나 없는 데서 울지 말랬지? 수고했어, 이규원."

무대 뒤로 와서 나를 안아주는 네 목소리에 애잔함이 스며 있다.

여기까지 오기 위해 겪은 많은 일들,

여러 가지 오해와 비난 때문에 포기하고 싶었던 순간들과

힘겹게 연습했던 시간들이 새록새록 떠올라서 눈물이 난 걸까?

아니면 그런 노력을 다 헛수고로 만들어버리고

무대 뒤에서 노래만 부른 내 모습이 초라해 슬펐던 것일까?

하지만 희주를 내세운 것 후회 안 해.

누구나 꿈을 이룰 자격이 있는 거잖아.

나는 열심히 노력한 희주의 꿈을 이루어주고 싶었어.

비록 나는 무대에 설 수 없었지만….

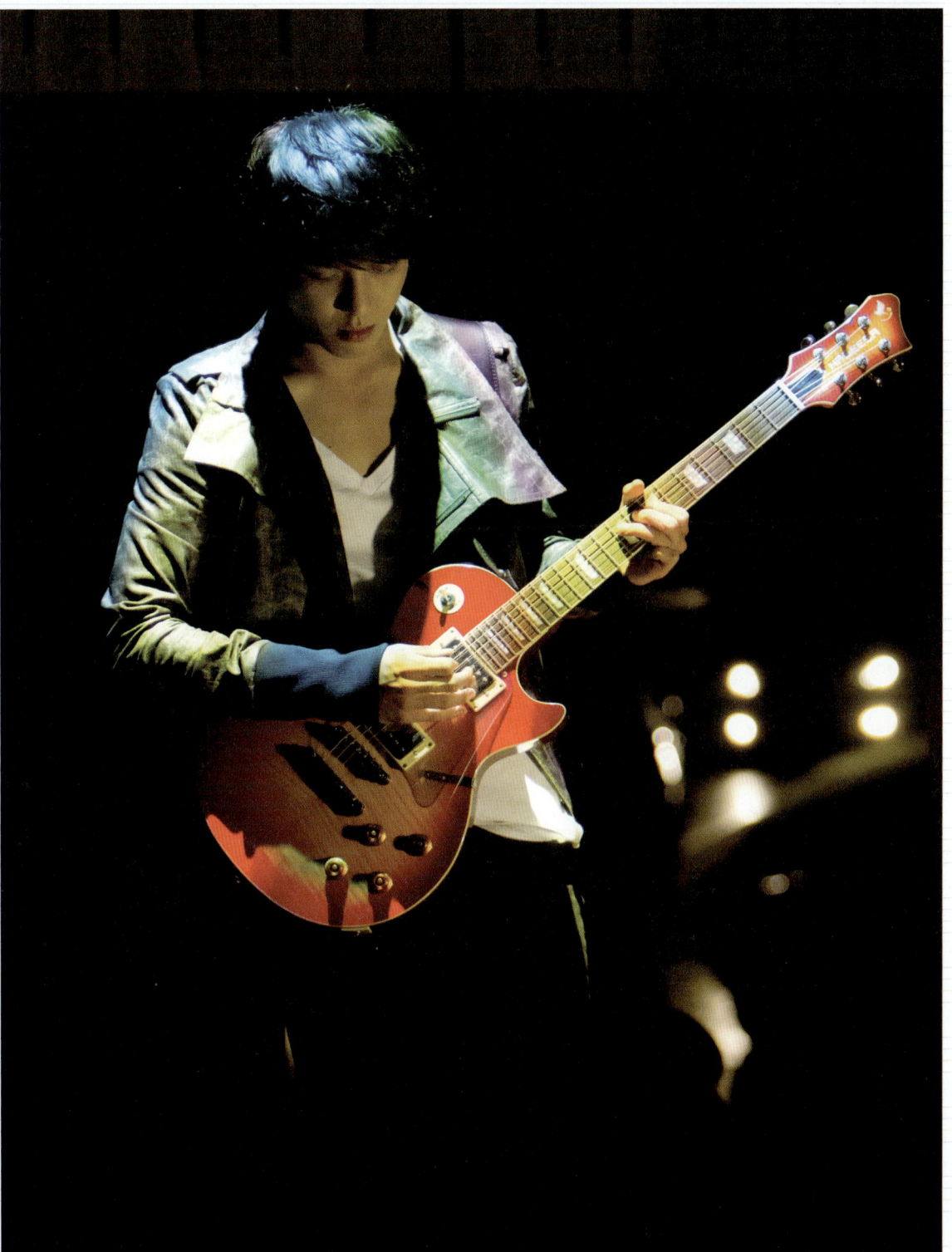

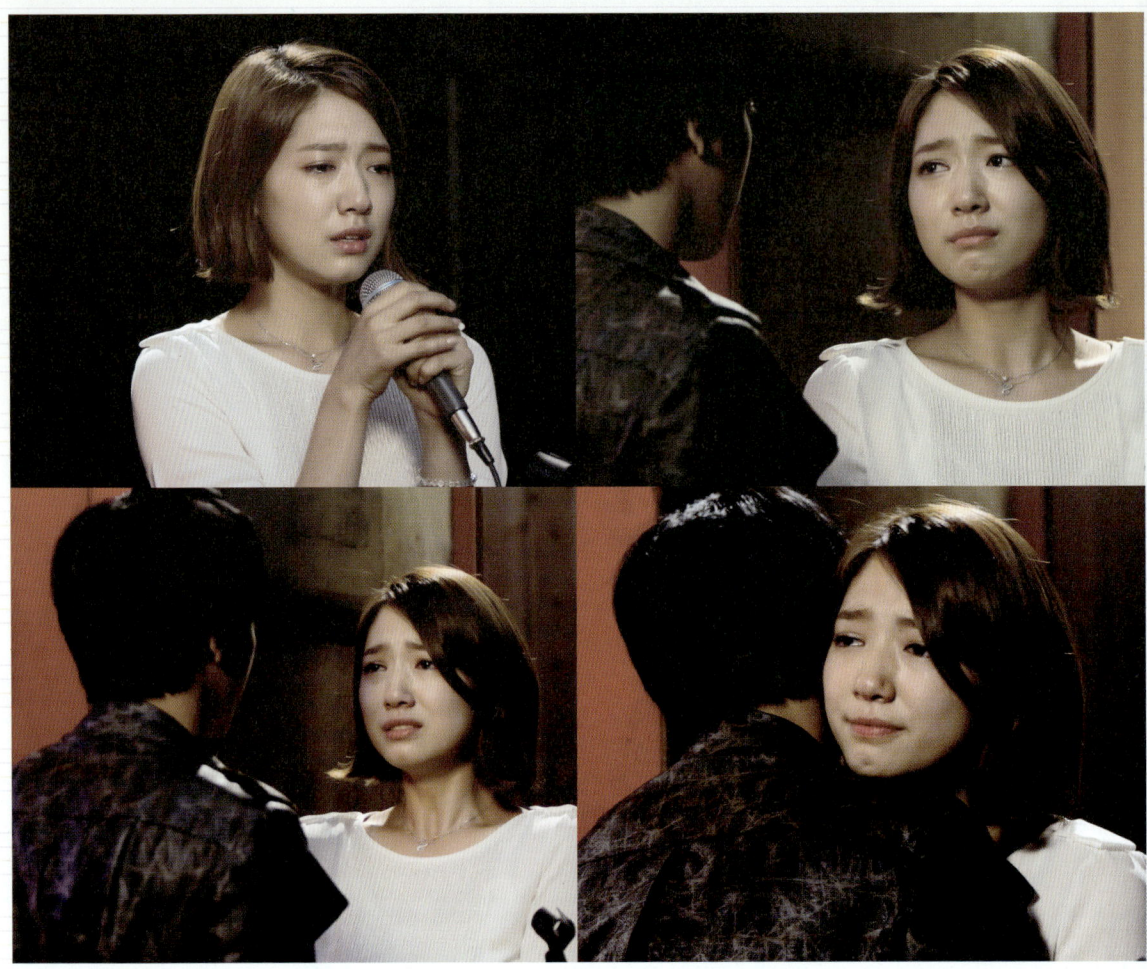

"공연에 못 올라갔어도 넌 내 인생의 최고의 주인공이야."

조용하지만 단단한 목소리로 가만히 안아주는 너.
어쩌면 내 눈물의 의미를 너만은 알겠지.
그러니까 울지 말라는 말 대신 가만히 내 등을 토닥여주는 거겠지.
너의 가슴이 너무 따뜻해서 마음이 아프고,
가슴 터질 듯 행복해서 이 눈물을 멈출 수가 없다.

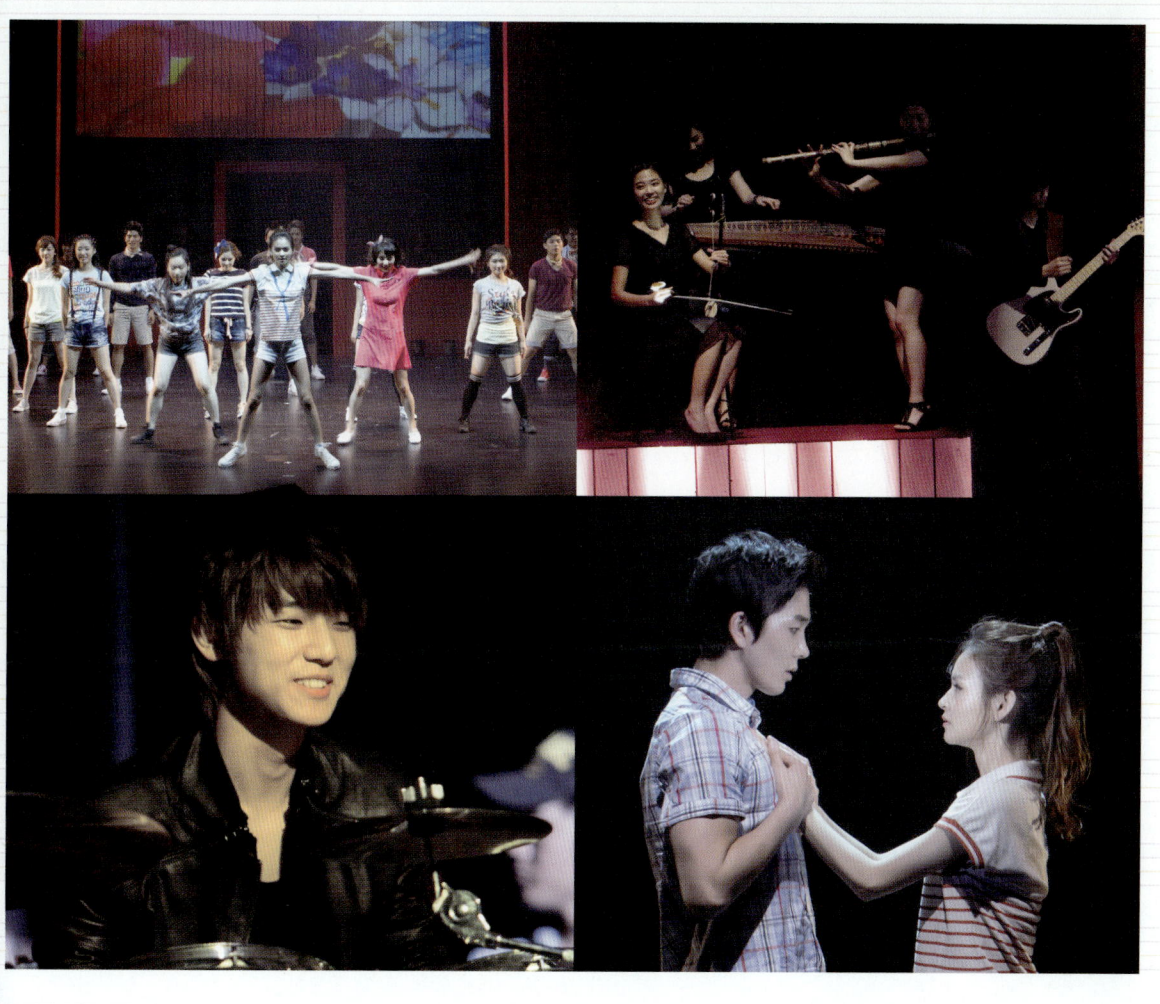

고마워. 함께 있어줘서.

저 무대 앞 박수 치는 사람들에게 가지 않고

어두운 무대 뒤 여기,

나와 함께 있어줘서.

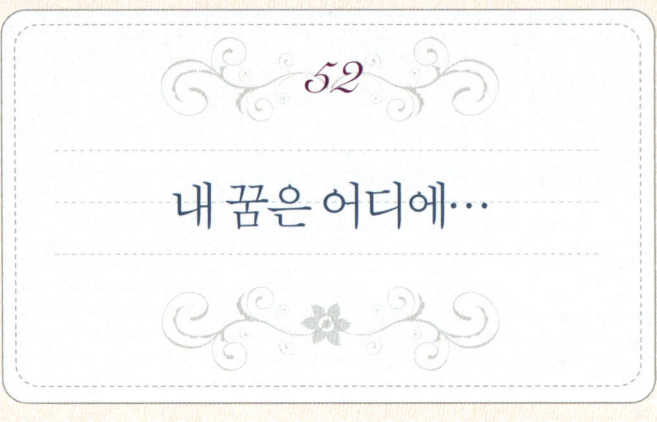

52

내 꿈은 어디에…

story of 규원

바람꽃과 스투피드의 연주를 음반으로 만들어보자는 제의를 받았다.
친구들 모두 신이 나서 열심히 연습했는데
나는 할아버지께 들켜서 그만둘 수밖에 없었다.
더는 할아버지를 실망시키고 싶지 않았지만
생각과 달리 마음이 자꾸 혼란스럽다.

나, 여기서 뭘 하는 걸까?
오늘은 연주 테스트를 받는 날인데….

정말 오랫동안 준비해온 국악대전이고
할아버지의 소망을 풀어드릴 기회인데
내 마음은 자꾸 연주 테스트 현장으로 날아간다.

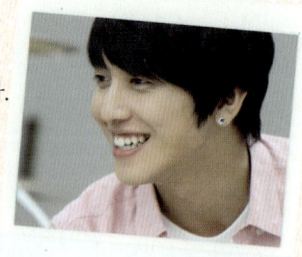

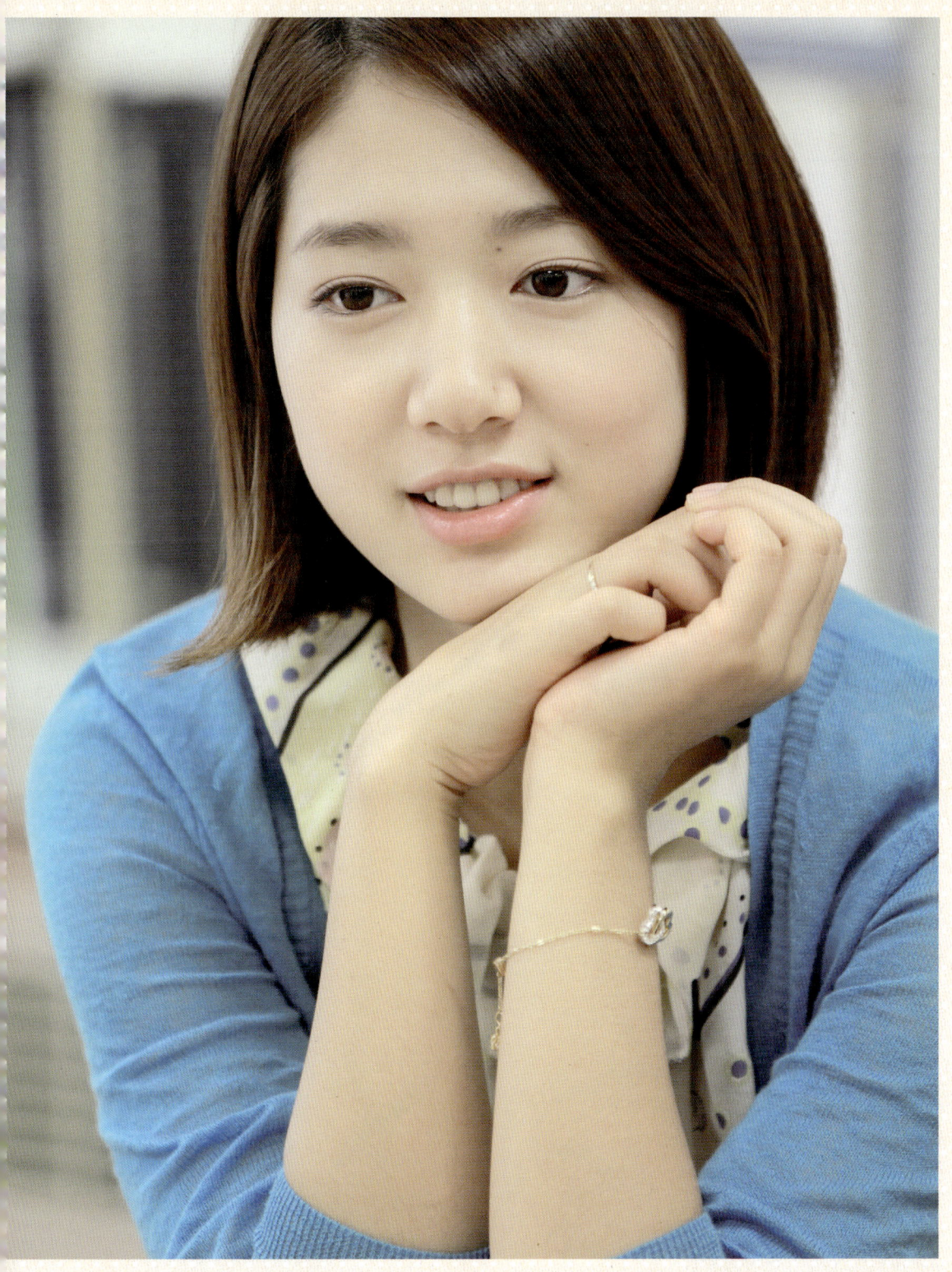

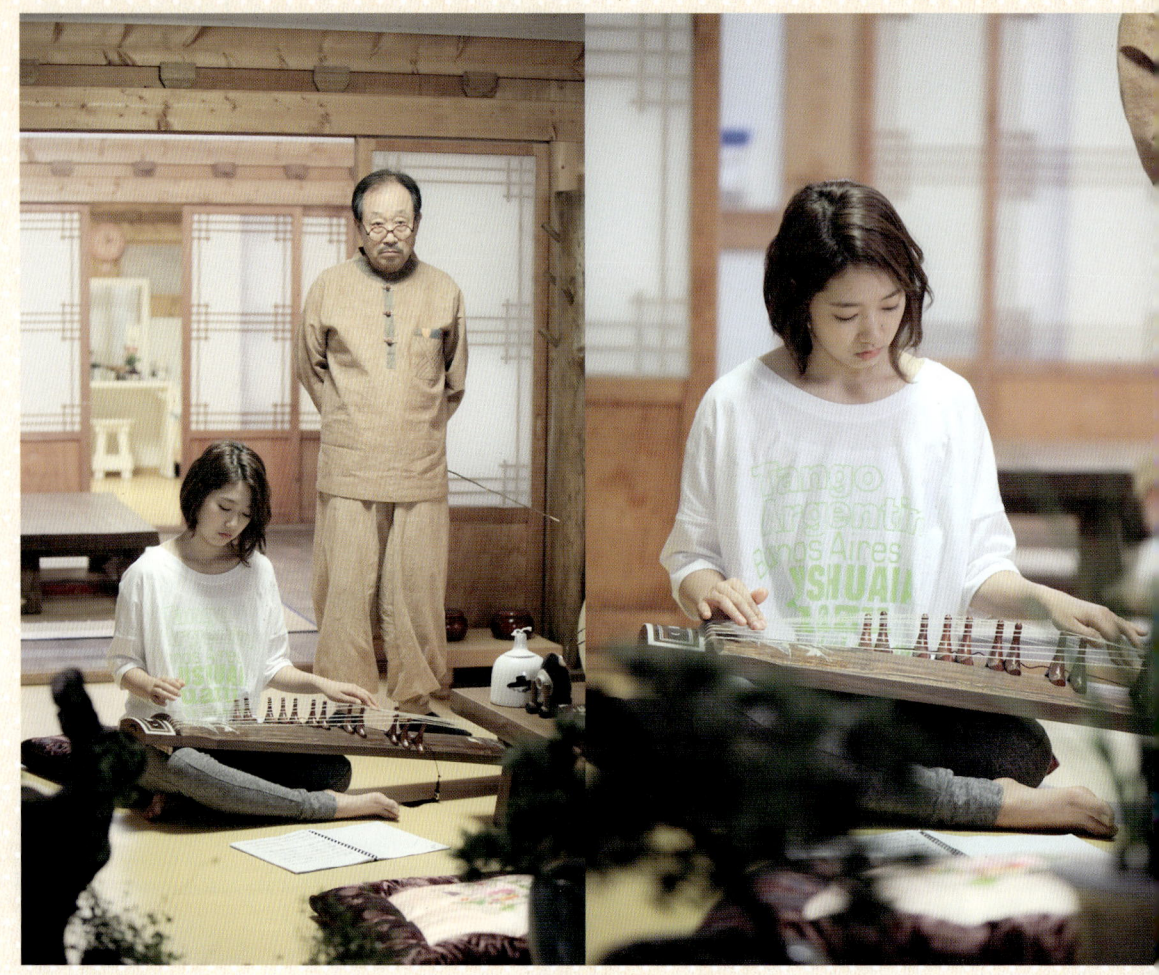

내가 정말 하고 싶은 게 국악일까? 어릴 때부터 할아버지가 하라니까 해온 가야금.

지금까지 한 번도 국악 아닌 걸 생각해본 적 없는데

뮤지컬이라는 새로운 세상이 자꾸 나를 손짓한다.

내 몸이 울림통이 되어 소리를 내고 싶다.

하늘을 날 듯 내 소리로 이 세상을 채우고 싶다.

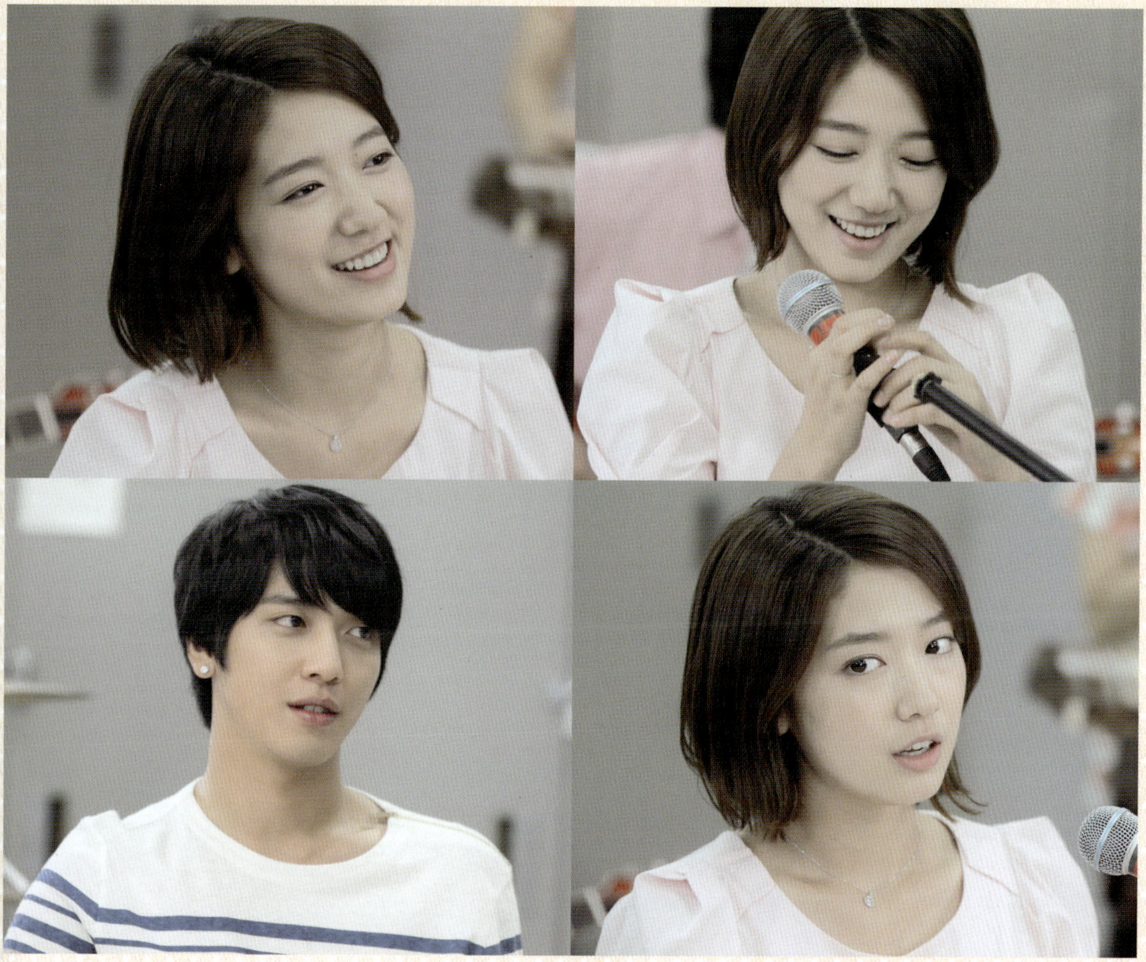

내 몸 속에 가득한 열망이 나를 들뜨게 하는데
나는 여기서 뭘 하고 있는 걸까?
내 꿈은 어디에 있는 걸까?

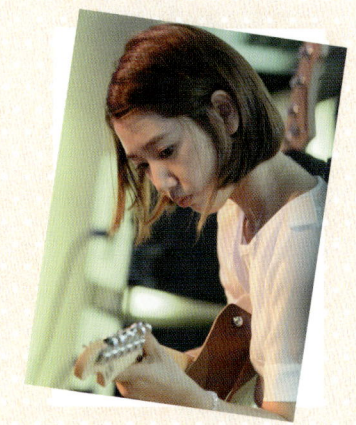

53

날아올라, 이규원!

"너에게 마지막으로 기회를 주고 싶어서 왔어.
하지만 어떤 선택을 하든 나는 네 편이야."

국악대전에서 차례를 기다리는 규원에게
마지막으로 다시 한 번 생각해보라고 했다.
규원이가 제 마음의 소리를 듣지 못하고
이대로 끌려가는 걸 내버려둘 수 없었다.
무엇을 선택하든 규원을 응원할 테지만
선택할 기회조차 빼앗기게 할 수는 없었다.
할아버지 때문에 자기가 정말 좋아하는 걸 하지 못한다면
두고두고 후회할 게 뻔하니까.

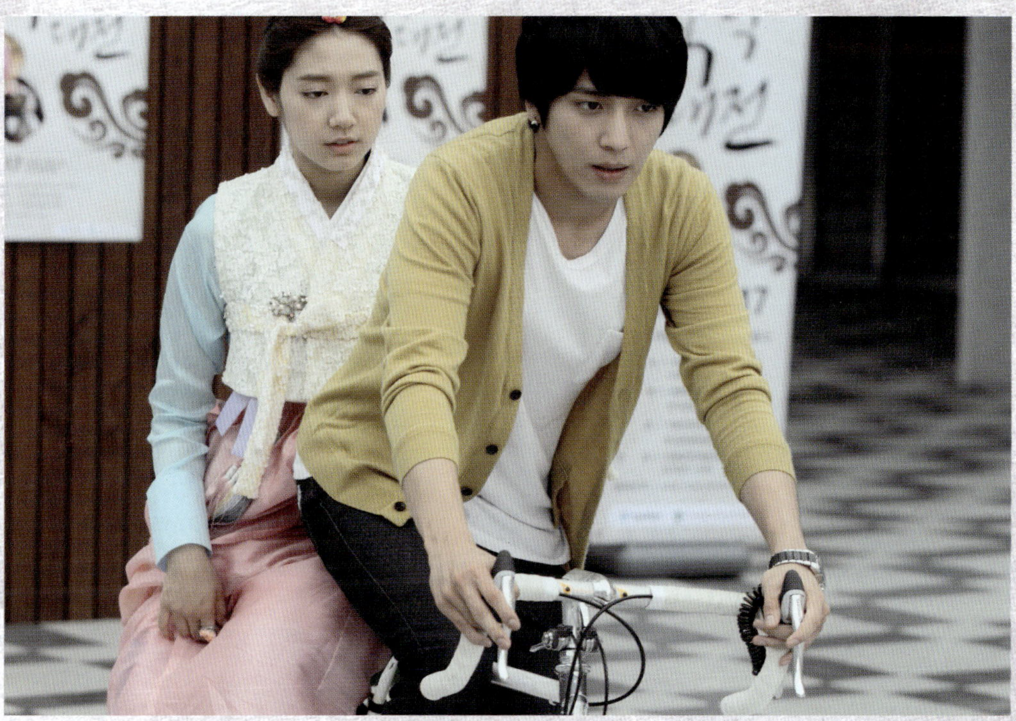

잠시 망설이던 규원이 단호하게 테스트를 선택했다.

"할아버지, 죄송해요. 어떤 벌이든 달게 받을게요.

할아버지도 내가 행복한 게 좋으시죠?"

할아버지 이해해 주세요, 우리를.

이 찬란한 청춘, 하기 싫은 걸 하면서 보낼 수 없잖아요.

언젠가 규원이가 힘차게 날아오르는 날

할아버지도 잘했다 칭찬하실 거라 믿어요.

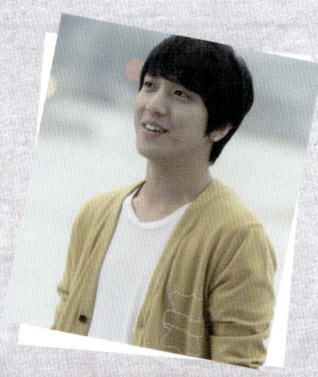

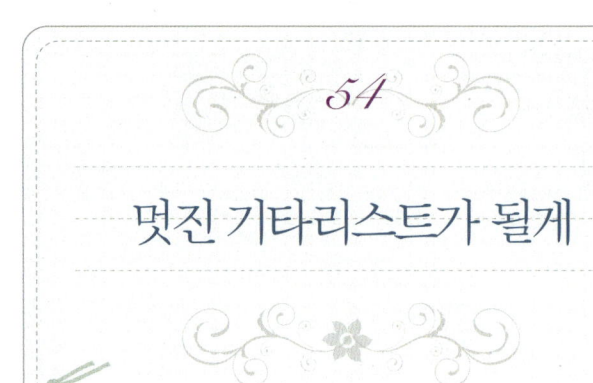

54

멋진 기타리스트가 될게

한복 치마를 밟고 넘어지는 규원을 부축하다 접질린 손목.

처음엔 몰랐는데 자꾸 욱신거리고 아프다.

약국에 들러 집에 오니 규원이가 거기 있다.

노하신 할아버지 때문에 쫓겨났다고 한다.

파가 좋니 계란이 좋니 투닥거리며 라면을 끓여 먹고

나란히 앉아서 아빠의 앨범을 들었다.

"아빠의 기타를 따라 하게 될까봐."라고 말했지만

엄마가 마음 아플 걸 알기에 들을 수 없는 아빠의 연주.

하지만 언젠가 너랑은 꼭 같이 듣고 싶었다.

이렇게 나란히 앉아 너에게 아빠 이야기를 해주고 싶었다.

기타를 치면 내 안에 아빠가 계신 듯 뿌듯하고 행복하다고,

이런 아빠가 있어 다행이었다고 말해주고 싶었다.

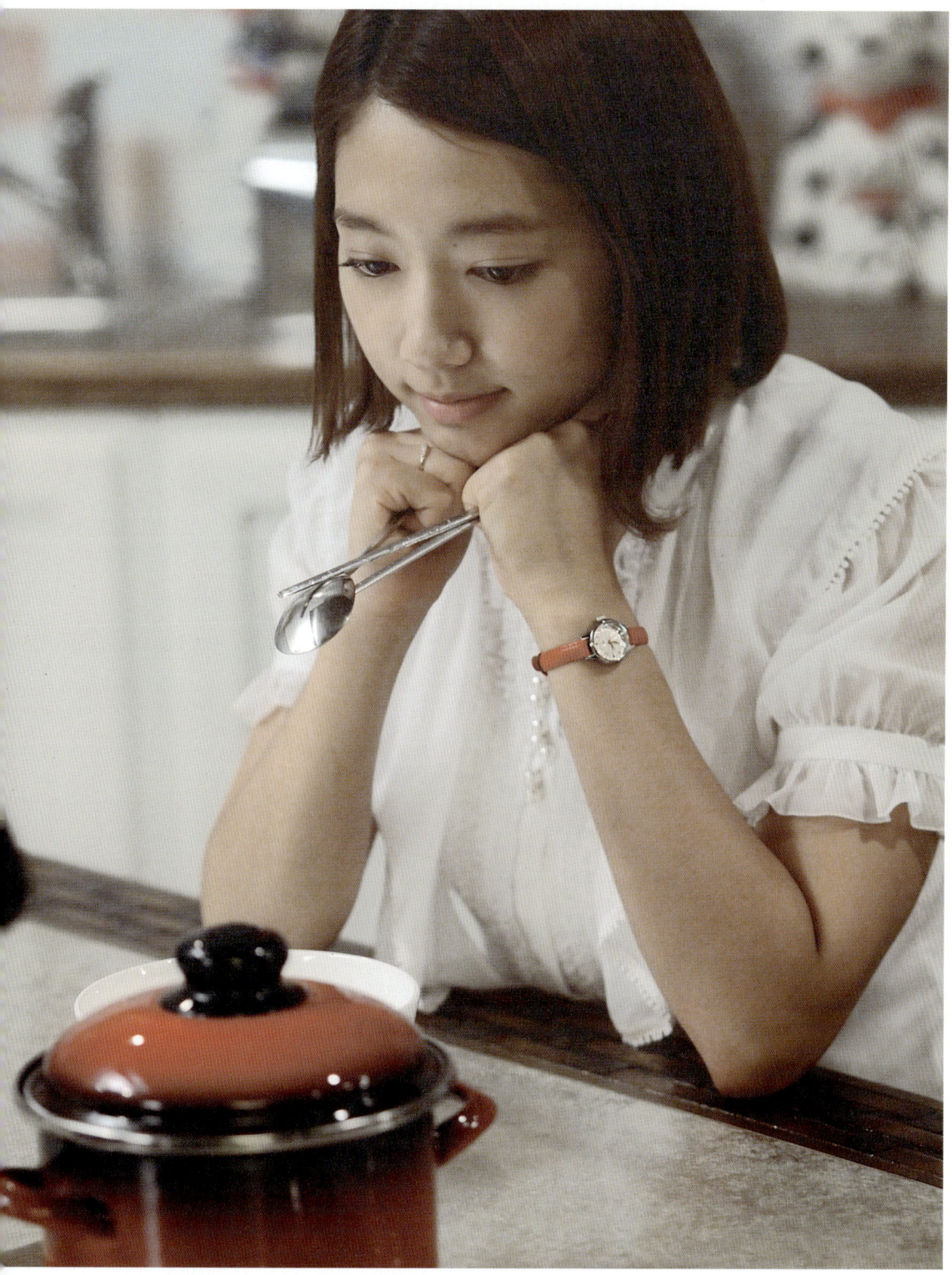

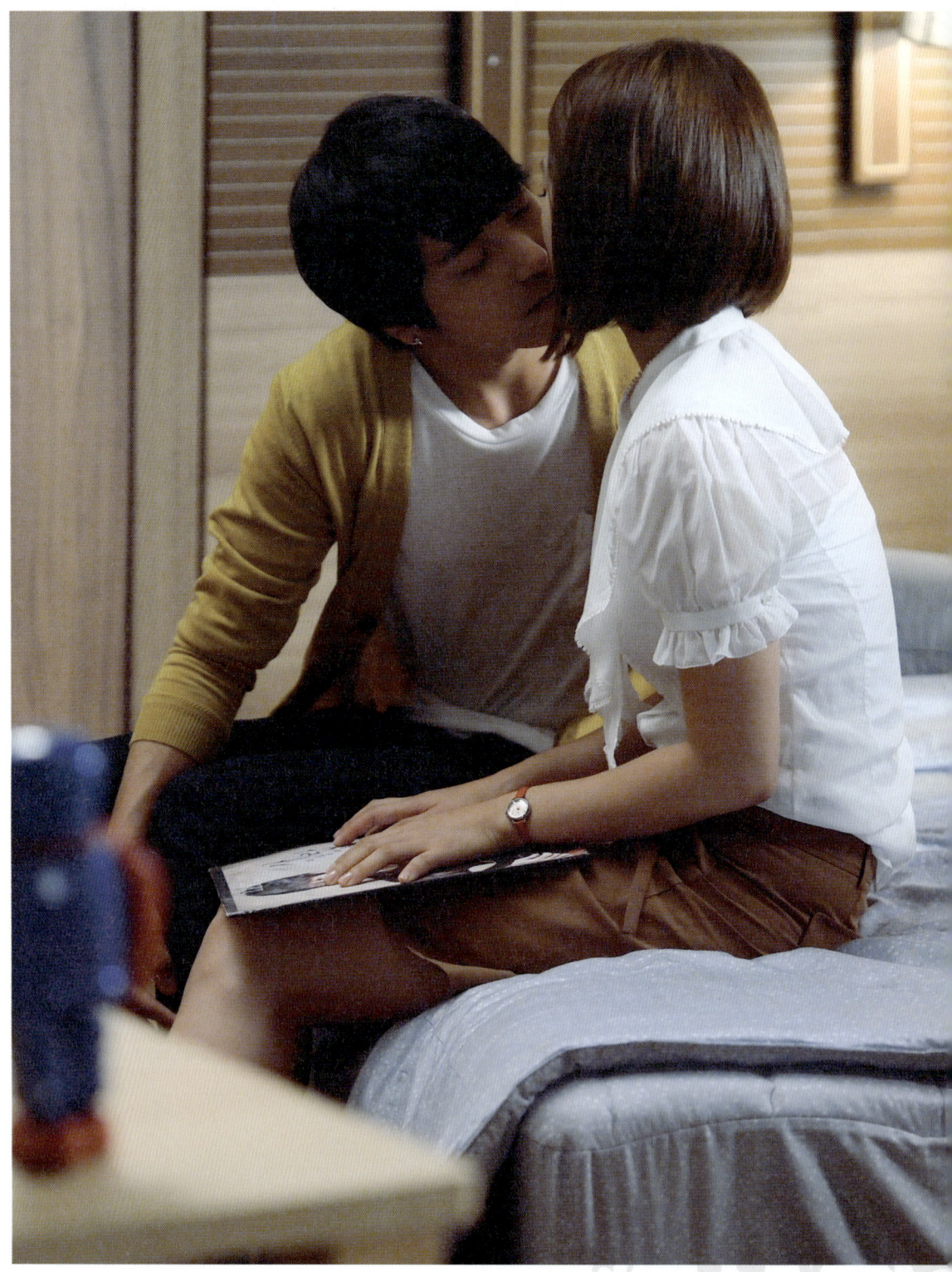

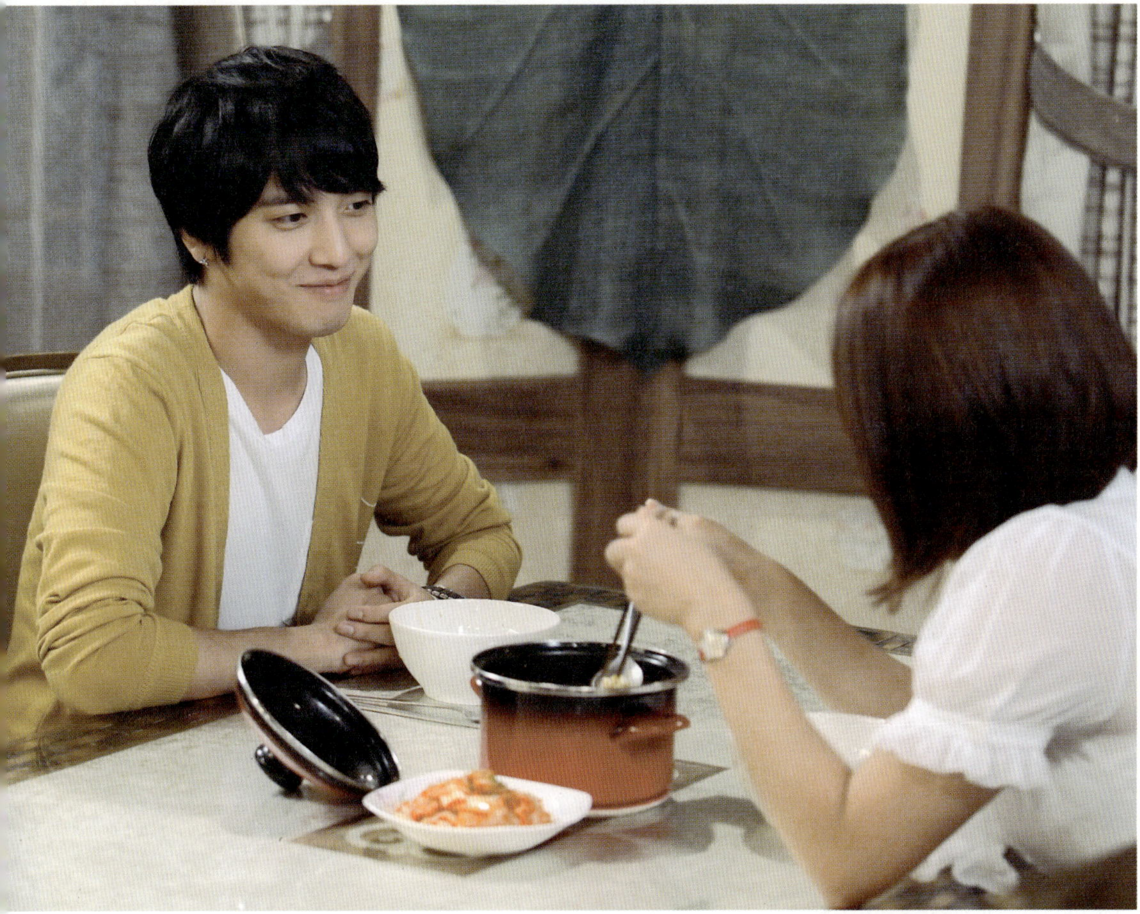

"네가 갖고 있다가 멋진 기타리스트가 되면 돌려줘."
"알았어. 진짜 멋진 기타리스트가 되어야 해."

어깨를 나란히 하고 싱긋 웃으며 약속한다.
이렇게 가까이서 네 미소를 보니
콩닥콩닥 가슴이 뛴다.
가만가만 너에게로 간다.
떨림으로 달싹이는 어깨, 딸기보다 더 빨개지는 얼굴,
당혹감에 찡그린 눈썹까지 모두 예쁜
너에게 입 맞추고 싶다.

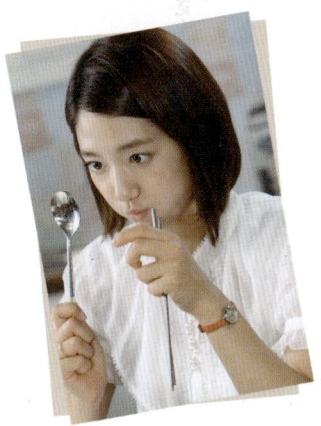

55

우리는 청춘이니까

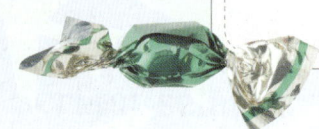

손목이 아파서 최선을 다하지 못한 탓일까?
연주 실력이 부족하다고 앨범 제작은 무산되었다.
하지만 규원이는 뮤지컬 가수로 계약을 하게 되었다.
국악대전을 마다하고 연주 테스트를 선택한 용기에,
희주에게 주인공을 양보한 규원의 착한 마음에
하늘이 선물을 준 것 같아 내 일처럼 정말 기뻤다.

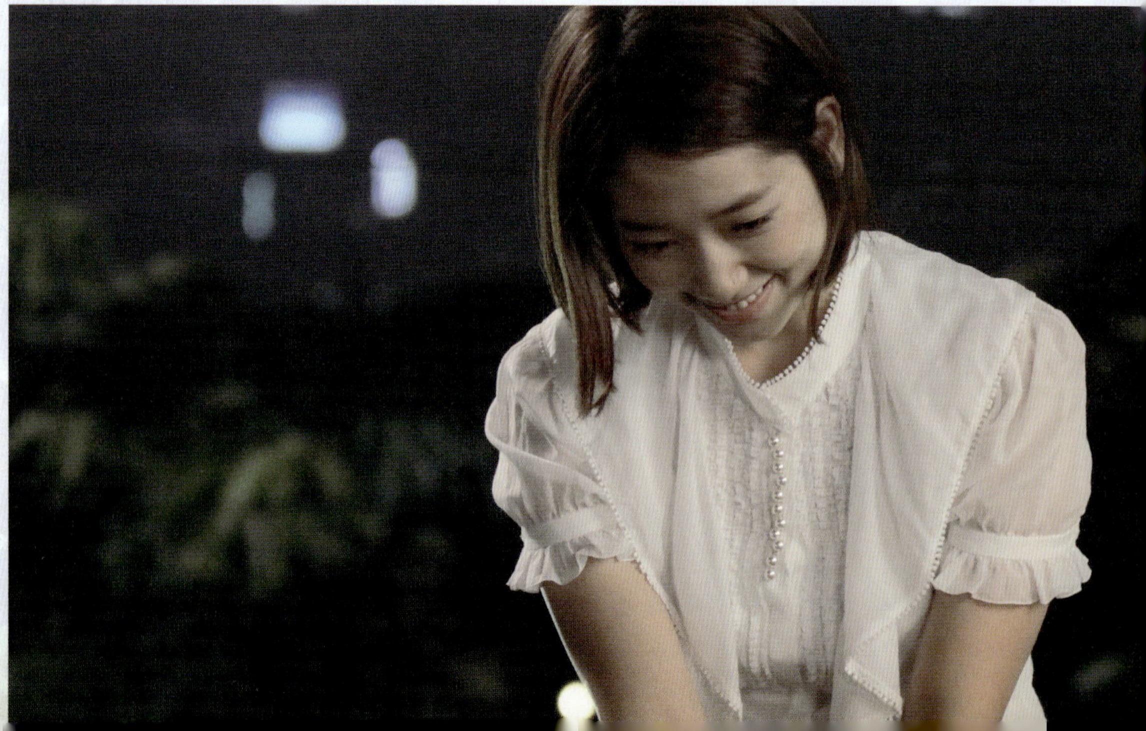

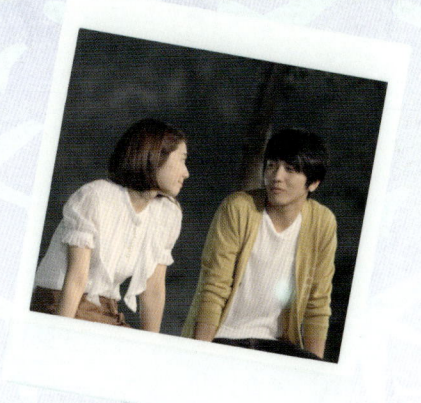

규원아, 축하해!
사랑이란 이름으로 네 앞길 막지 않을 거야.
기쁜 마음으로 보내줄 거야.
네가 없는 이 거리가 많이 쓸쓸하겠지만,
네가 보고 싶어 눈물도 나겠지만… 그래도 보내줄게.
너는 네가 선 자리에서 열심히 해.
나도 열심히 노력해서 세계적인 기타리스트가 될게.

내일은 또 어떤 것이 우리를 기다릴까 두렵지만
용감하게 한 발 내디뎌보자.
우린 빛나는 청춘이니까.

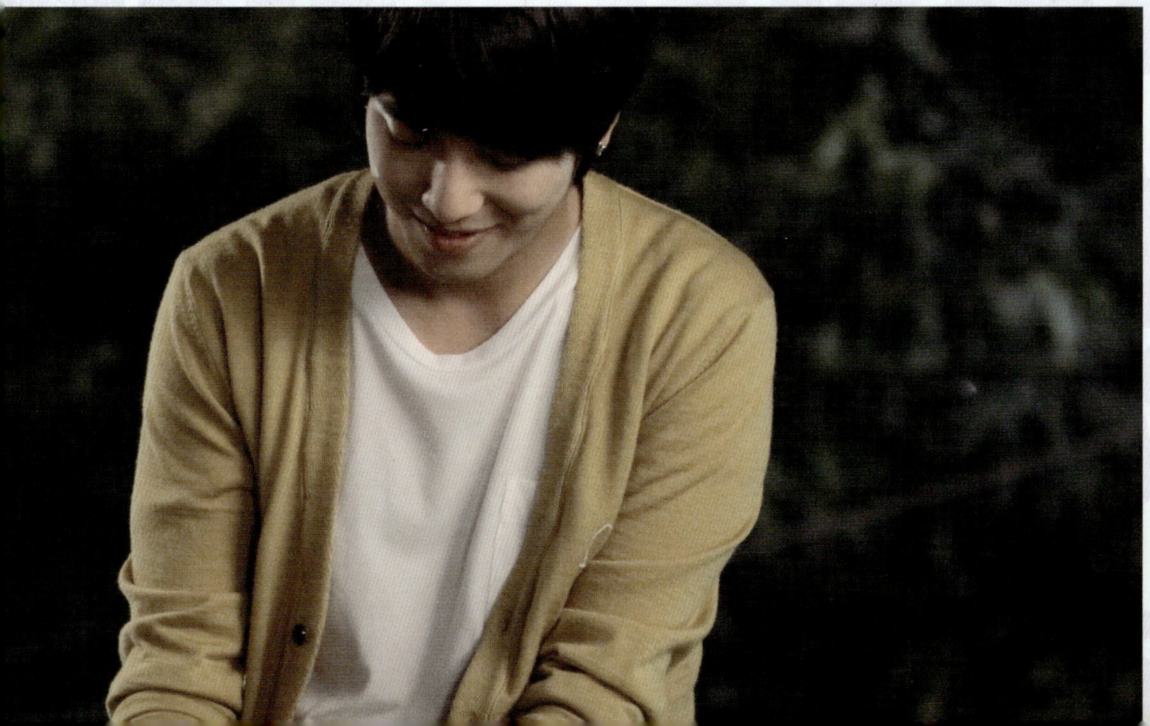

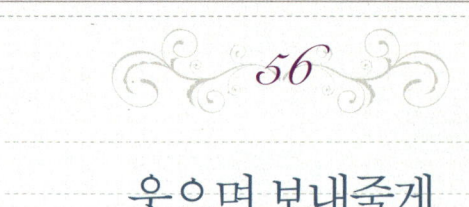

56

웃으며 보내줄게

"여권 만들려고 증명사진 찍었어.
안 웃고 찍어서 그런지 좀 이상하지 않아?"

아니, 이렇게 해도 이쁘고 저렇게 해도 이뻐.
신나고 설레다가도 날 생각하면 속상하고 섭섭하다며
웃다가 울다가 하는 규원이.

"인터넷에 영상통화까지 다 되는 세상에 뭐가 우울해?
이규원, 나 너무 좋아하는 것 같아."
"넌 나랑 떨어지는 게 안 속상해?"
"별로!"

그렇게 말하는 내 목소리에 힘이 빠지는 걸 넌 몰랐니?

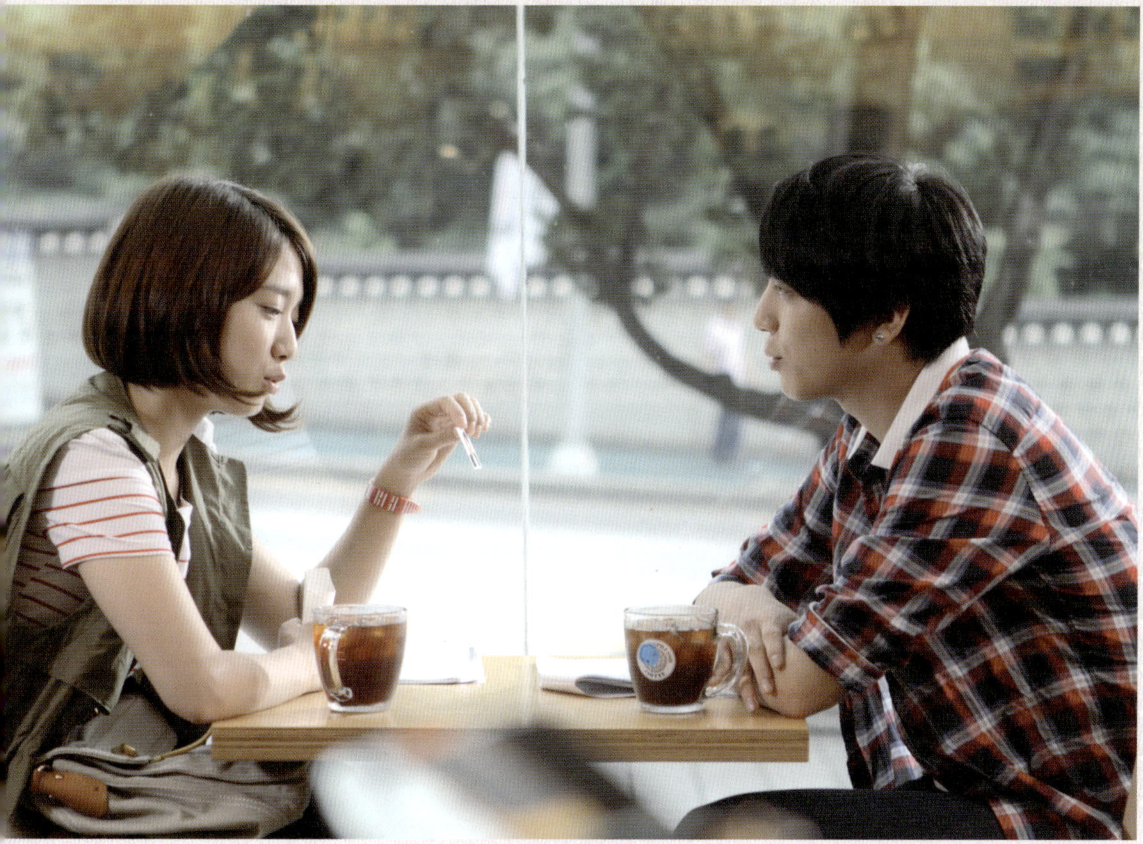

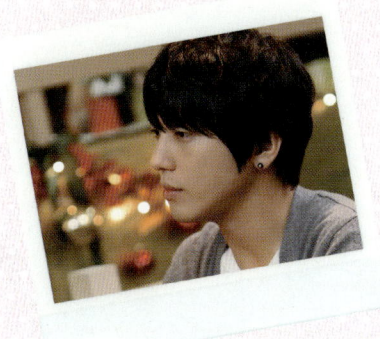

사실은 나도 며칠 전부터 일이 손에 잡히지 않았다.
손목 아픈 거야 참을 수 있겠지만
널 보고 싶은 마음이 참아질까?

매일 아침, 너를 자전거에 태우고 달릴 수 없다면
햇살보다 환한 너의 미소를 볼 수 없다면
밤새 조잘거리며 수다를 떨던 그 밤이 없어진다면
나 살아갈 수 있을까?
생각만 해도 춥고 쓸쓸해진다.

기타를 못 치게 된다면…

인대 아래 신경이 손상되어 수술을 해야 한다는 의사의 이야기.
"극히 드물긴 하지만 감각이 안 돌아올 수도 있어요."
치료하면 낫겠지, 조금 있으면 괜찮아지겠지
애써 다독여놓은 마음은 허사가 되고
불안감이 온몸을 죄어온다.

어쩌지? 이대로 영영 기타를 칠 수 없다면….
세계적인 기타리스트가 되겠다던 약속을 지킬 수 없다면…
세계적인 뮤지컬 배우가 되기 위해 떠나는
널 기다리면서 나는 아무것도 할 수 없다면….

캄캄한 절벽 끝에 서 있는 듯 외롭다.
내 안에서 자라던 꿈들이 깨지는 소리가
얼음장처럼 차갑게 귀를 울린다.

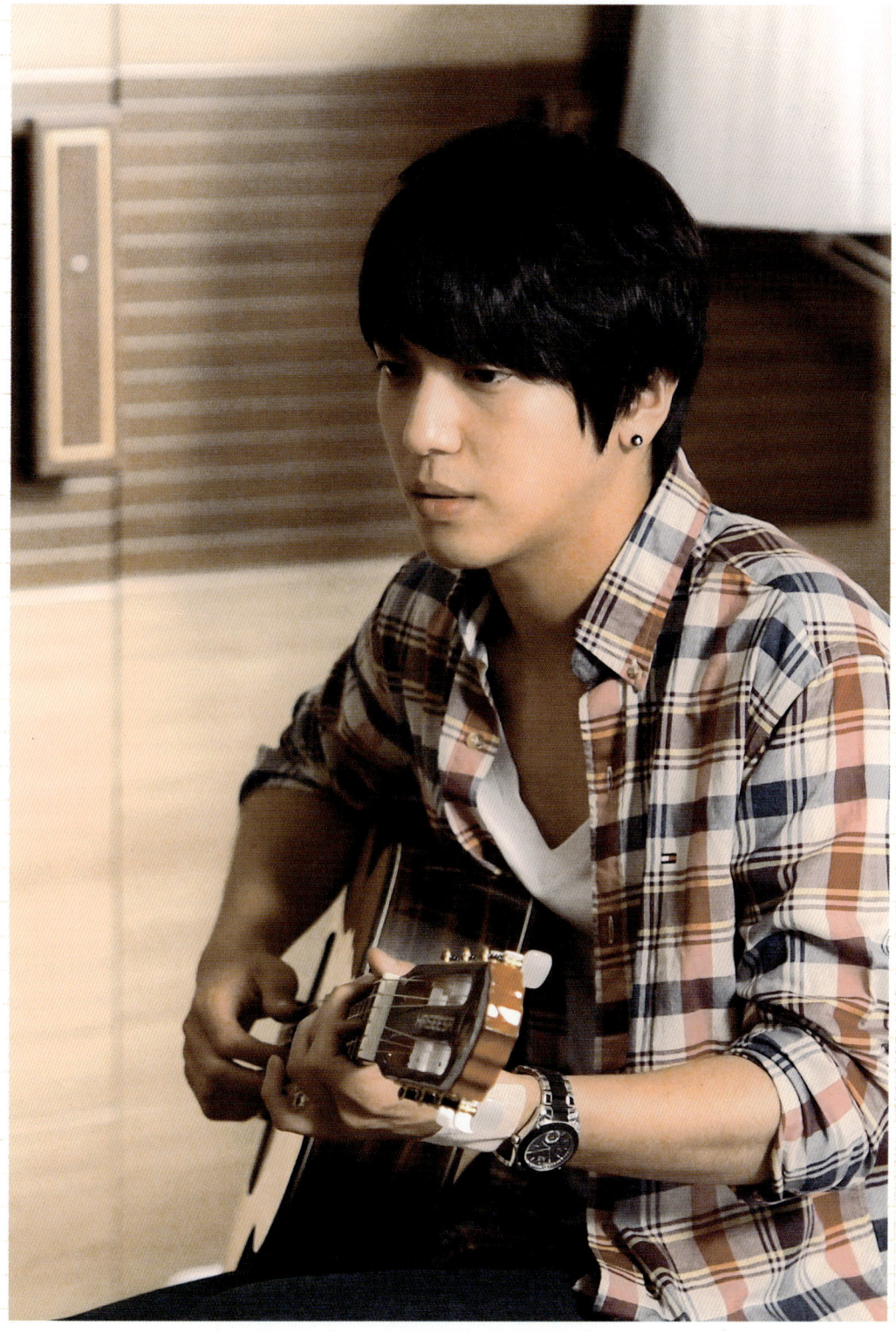

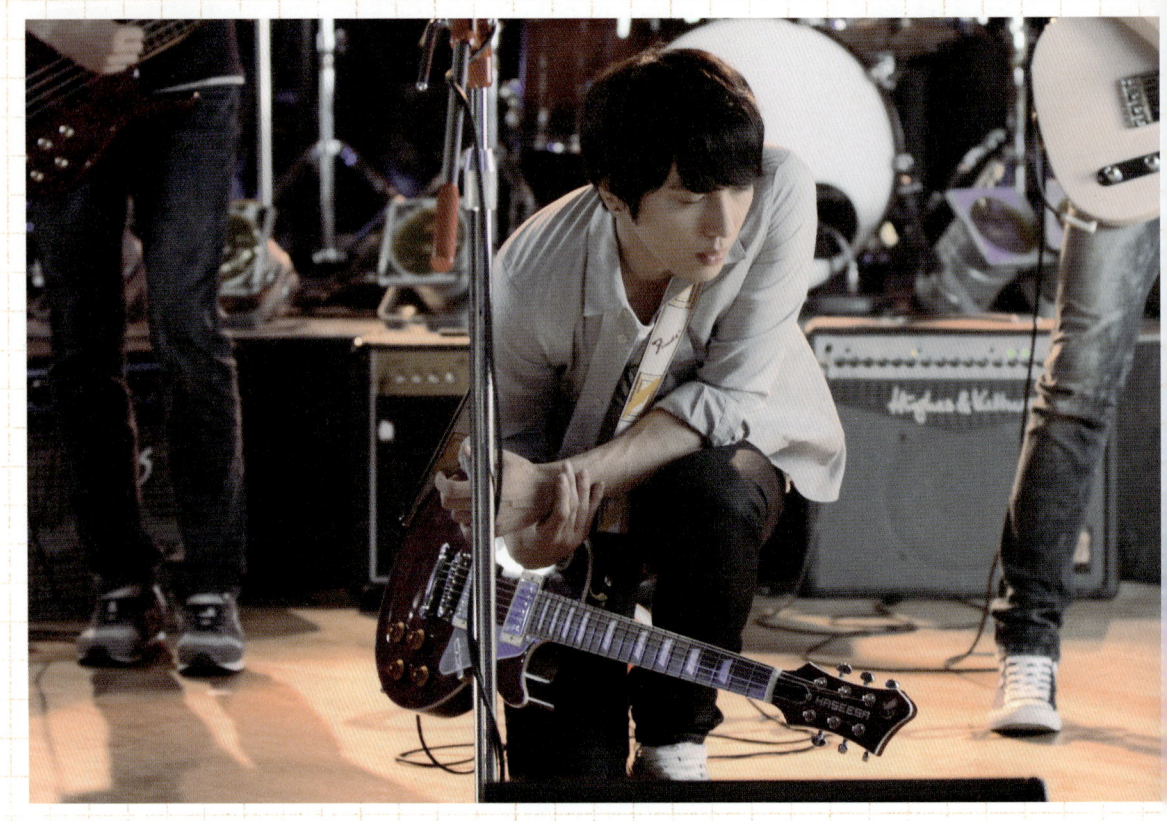

지난 며칠 동안 숨기려고 애쓴 보람도 없이
끝내 규원이 앞에서 손목을 움켜쥐고 주저앉았다.
갑자기 쓰러진 나 때문에 걱정스러운 말들이 쏟아진다.
하지만 그 중에 듣고 싶지 않았던 단 한 사람의 목소리.
벼락이라도 맞은 듯 놀라 갈라진 너의 목소리.

"신아!"
이규원, 너만은 알게 하고 싶지 않았다.

"별거 아니에요. 그냥 속이 좀 안 좋아서…"

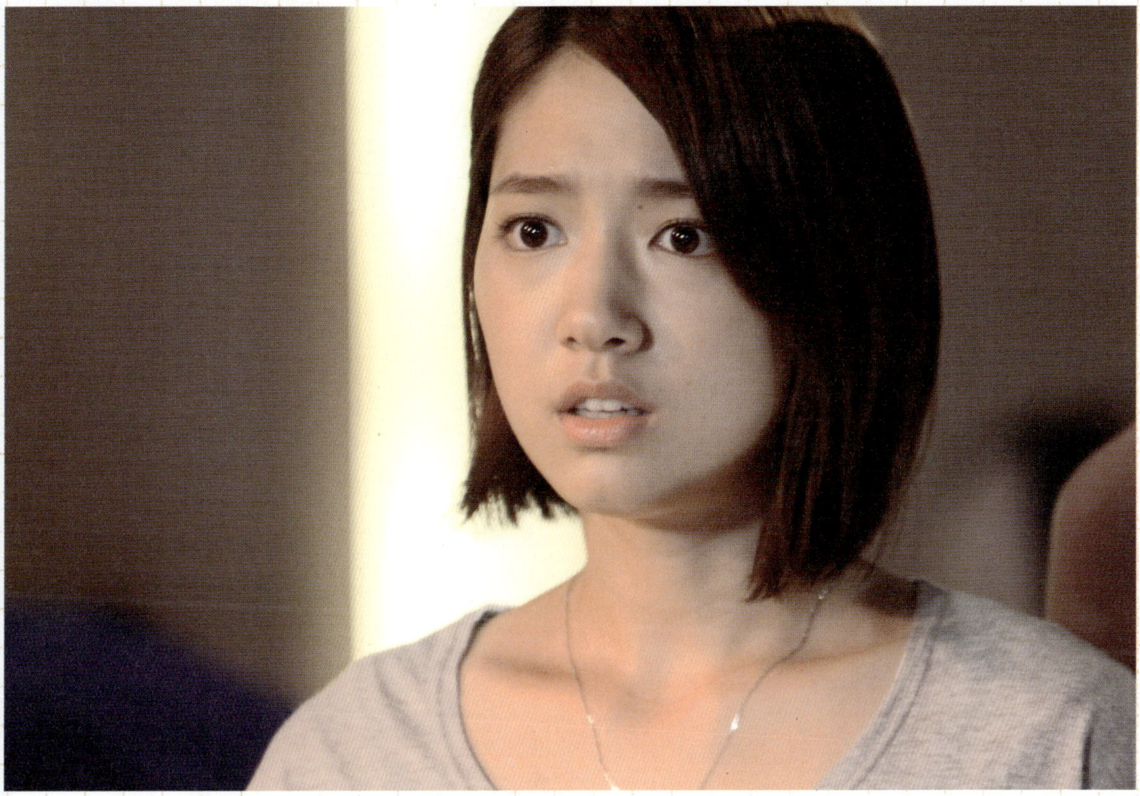

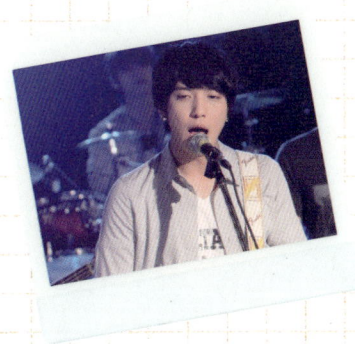

너에게 손목 다친 걸 들키지 않으려고
이를 악물고 연주하는 내내 식은땀이 흘렀다.
격렬한 연주와 함께 점점 날카로워지는 손목의 통증.
계속 걱정스레 바라보는 너를 의식하지 않으려
더 열심히 노래했다.

언제까지 감출 수 있을까?
제발 네가 떠날 때까진 들키지 말아야 할 텐데….

58

사랑하기 위해 사랑을 놓다

"나, 영국 안 가기로 했어.
나 때문에 다쳤는데, 내가 어떻게 가?"

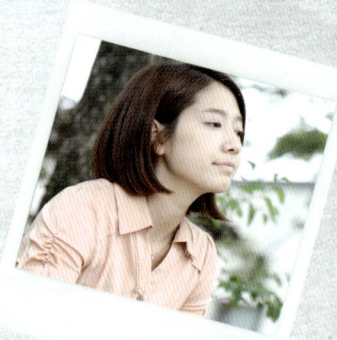

그럴 줄 알았어, 바보 이규원.
그래서 끝까지 감추려던 거였는데
결국은 너에게 걸림돌이 되고 말았구나.
사랑하는 사람의 발목을 잡는 못난 남자라니,
너무나 비참해서 이런 말밖에 할 수가 없다.

"우리 그만 헤어지자.
눈에서 멀어지면 마음에서도 멀어진대.
솔직히 너 기다릴 자신 없어."
"진심이야?"

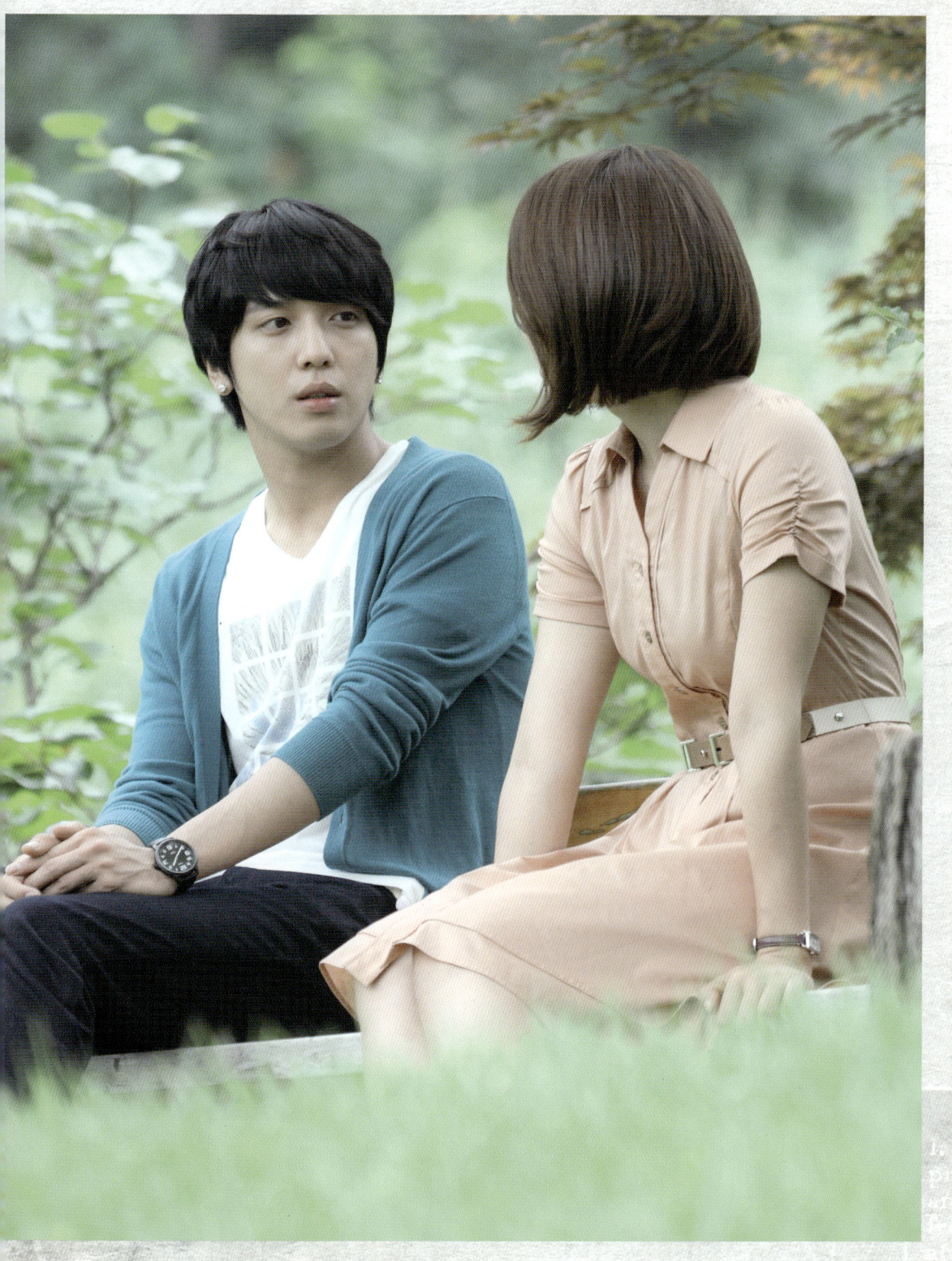

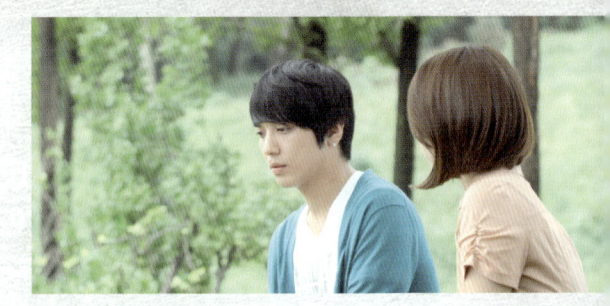

진심이냐고?
네가 알아선 안 되는 내 진심을 말해줄까?

네가 나 때문에 꿈을 접는 일은 없었으면 해.
너는 훨훨 날았으면 좋겠어.
너는 충분히 그럴 자격이 있으니까.

놓아버린다.
사랑, 그 이름 하나로 너를 놓는다.

평생을 기다리고 그리워해야 한다 해도
꿈을 담은 반짝이는 네 눈빛을 보는 것만으로도
나는 행복할 것을 알기에….

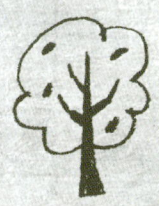

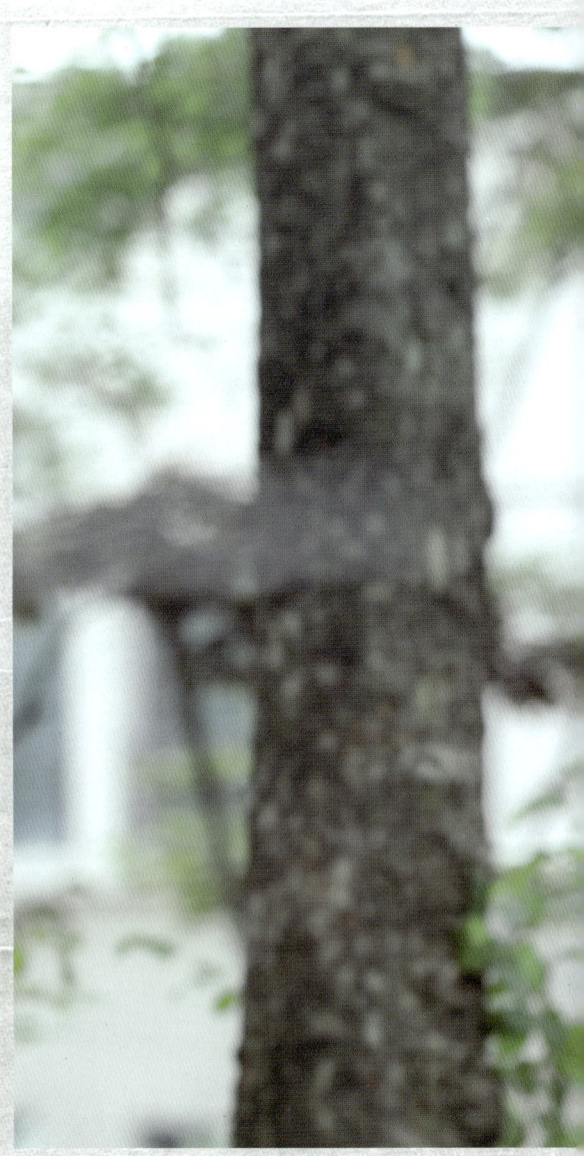

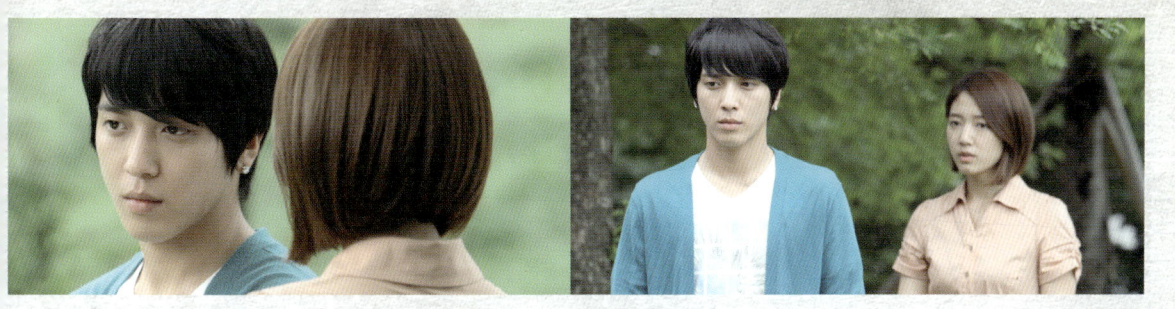

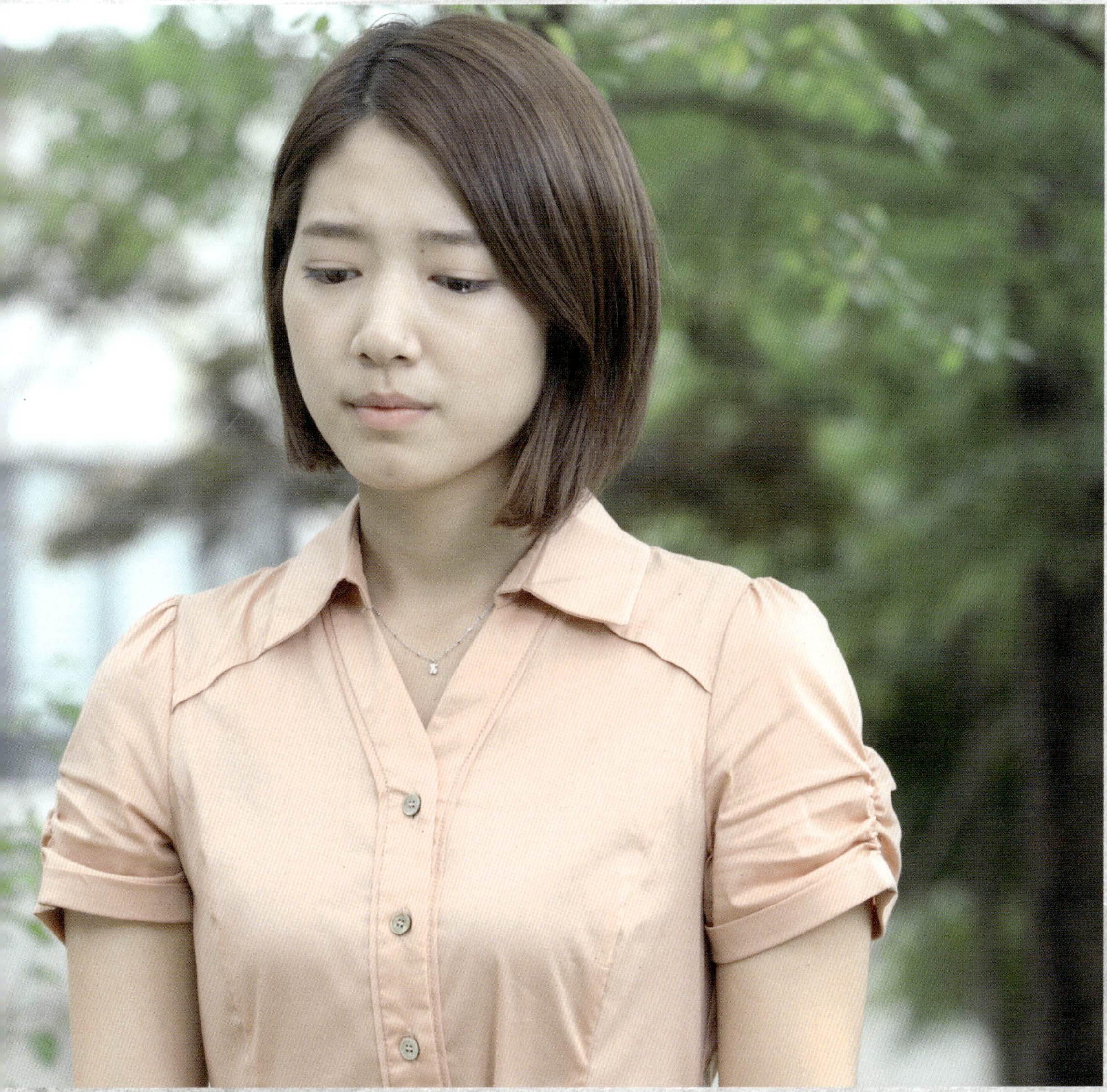

story of 규원

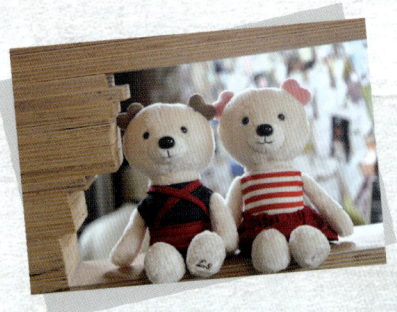

신아… 잘 있어.

무엇 때문인지 모르겠지만

헤어지잔 말, 기다리기 힘들다는 말 다 거짓말이지?

그냥 잠시 화난 것뿐이지?

네가 다친 것도 모르고 나 혼자 영국에 공부하러 간다고

들떠 있는 모습 때문에 너 잠시 외로웠던 거지?

미안해…. 바보같이 아무것도 모르고 나 혼자만 좋아해서.

하지만 내가 꿈을 향해 나아가길 너 또한 바란다는 거 알아.

그래서 갈 거야. 누구보다 열심히 공부해서 꿈을 이루고 올게.

하루라도 빨리 돌아오기 위해 최선을 다할게.

그게 바로 너에게 아무것도 묻지 않고 떠나는 이유야.

난 널 믿으니까… 네가 날 믿어주었듯이.

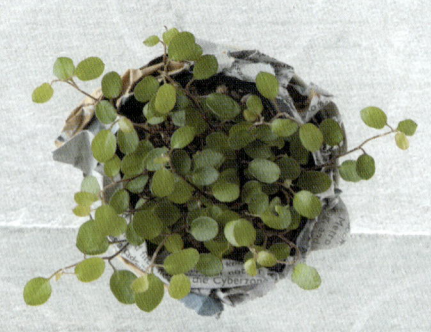

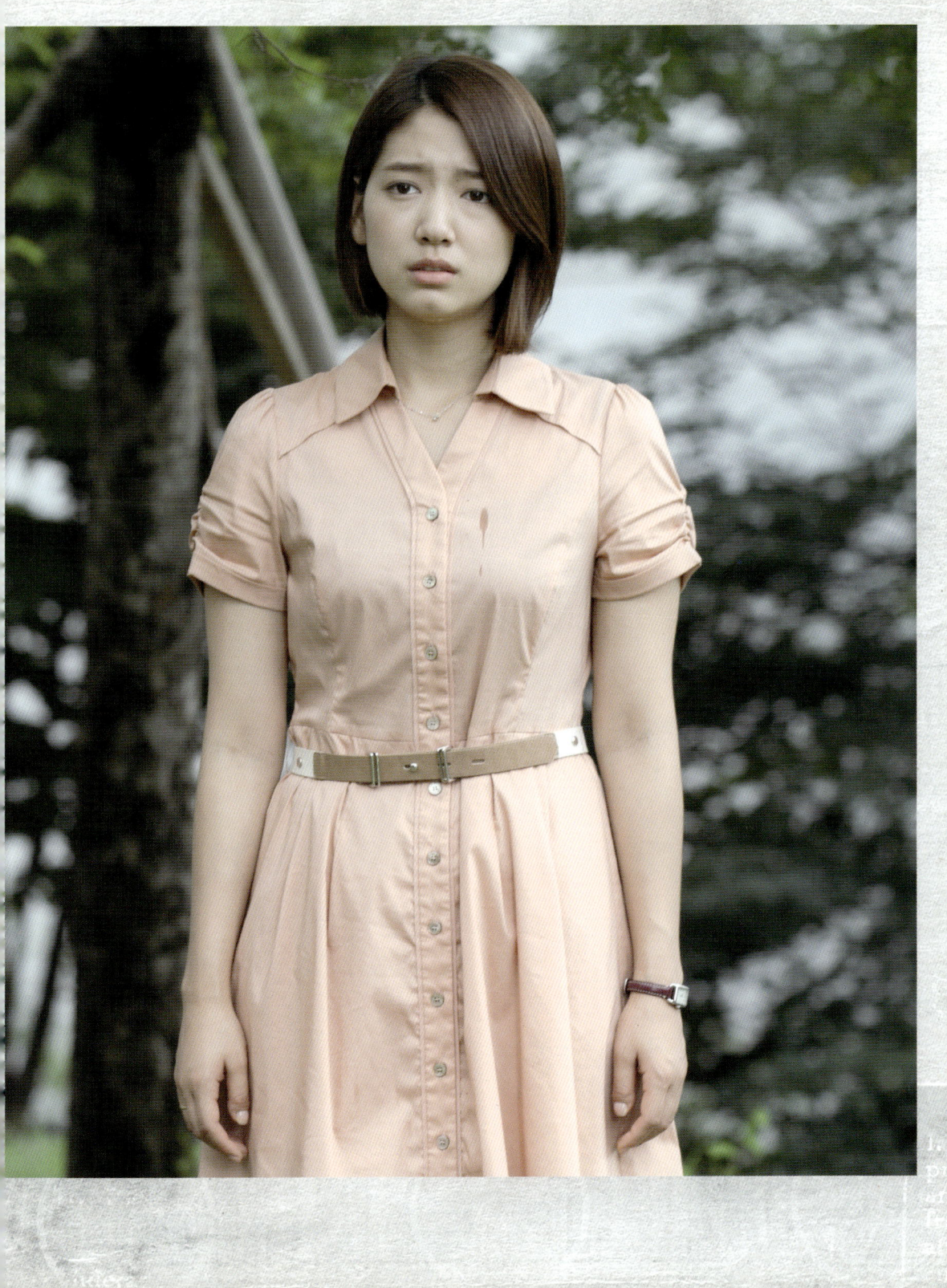

59

그리고 1년 후…

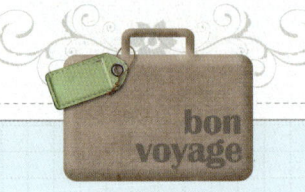

1년이란 시간을 보내고 다시 마주친 너.

아빠의 앨범을 들고 있는 너를 본 순간,

가슴이 두근거렸다.

하지만 떨리는 마음을 애써 누르며 차갑게 돌아섰다.

네가 영국에서 멋진 뮤지컬 스타가 되어가는 동안

나는 손목 수술 후유증으로 아직 기타도

제대로 칠 수 없다는 사실을 네가 알아선 안 되니까….

1년 동안 너는 내 마음에 더 깊게 뿌리를 내려

이렇게나 그립고 이렇게나 아픈데,

너와의 추억을 힘없이 되새기는 것 외에는

차마 손을 내밀 수도, 붙들 수도 없는

내가… 너무 처량하다.

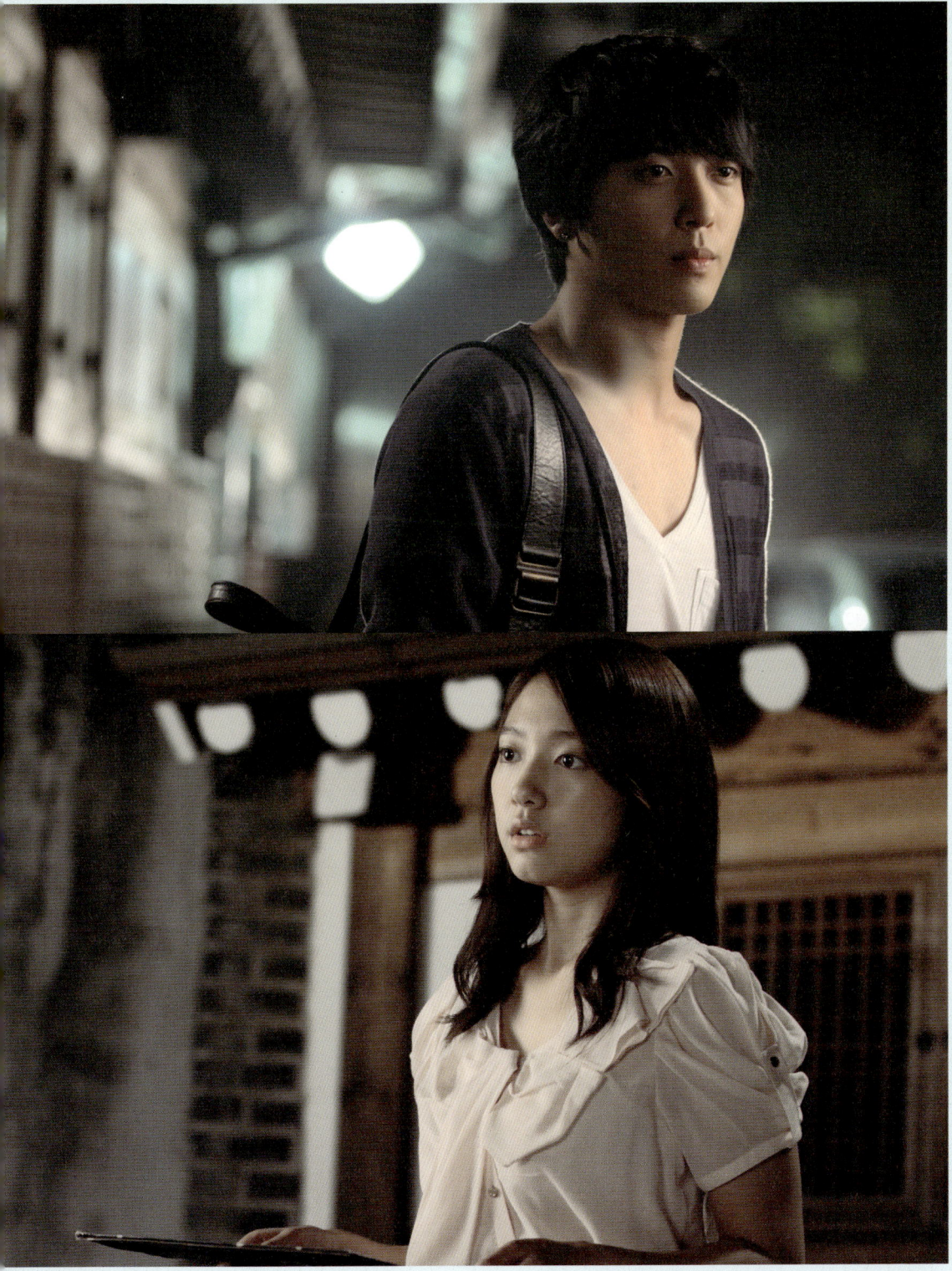

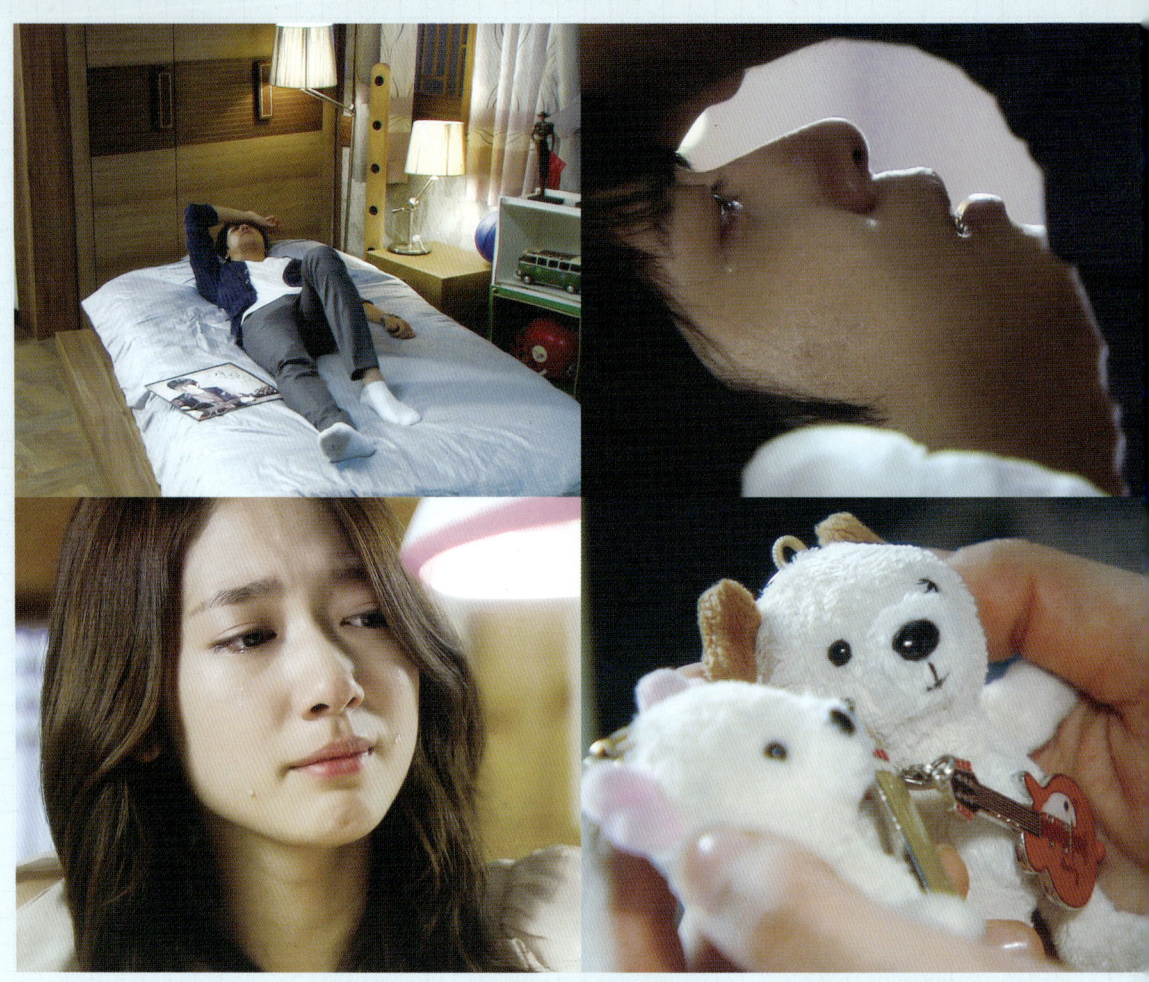

이신, 이 바보야.
사랑을 놓아버리고 이제 와 잡지 못해 애태우다니….
바보 같은 내 사랑의 방식을 대면하고 나서야 참았던 눈물이 쏟아진다.
얼음처럼 단단히 다져놓았던 마음이 규원이의 흔들리는 눈빛 때문에
자꾸자꾸 녹아 눈물로 넘쳐 흐른다.

story of 규원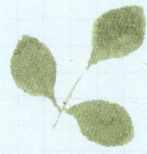

너는 헤어지던 그날처럼 여전히 차갑다.
꼭 앨범을 돌려주기 위해 찾아온 건 아니야.
널 한 번 만나고 싶었어.
그때 왜 그랬냐고, 기다리는 게 그렇게 힘들었냐고,
얼마든지 기다리겠다던 약속을
왜 며칠 만에 뒤집었냐고 물어보고 싶었어.

그리고… 그리고…
나 없는 봄 여름 가을 겨울이 어땠는지,
아픈 데는 없는지, 기타 연습은 많이 했는지,
아직도 나에게 화나 있는지 물어보고 싶었는데….

"들어가."
차갑게 말하고 돌아서는 너 때문에
여기, 너의 집 앞, 언제나 꿈속에서 달려가던 이 골목 앞에서
나는 얼음처럼 꽁꽁 얼어붙는다.

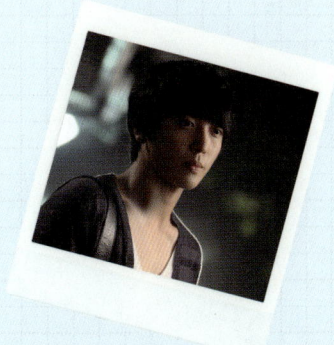

다시 시작하면 안 될까?

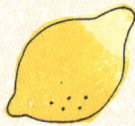

네가 너무 취했으니 데리러 오라는 연락을 받았다.
수천 번, 수만 번, 마음은 카타르시스로 향했지만 끝내 가지 못했다.
막아놓은 마음의 둑을 무너뜨리고 나면 감당할 자신이 없어서
끝내 발길을 멈출 수밖에 없었다.

하지만 나도 모르게 네 집 앞을 서성인다.
가지 못하는 마음, 미안하고 걱정스런 마음에 서성이다
아버지에게 업혀 들어오는 것을 보고야 마음을 놓는다.

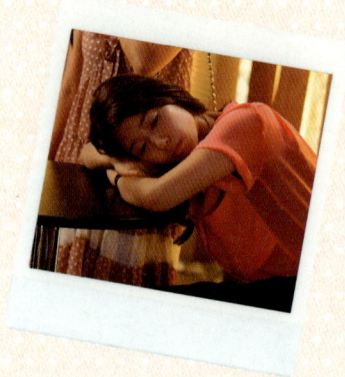

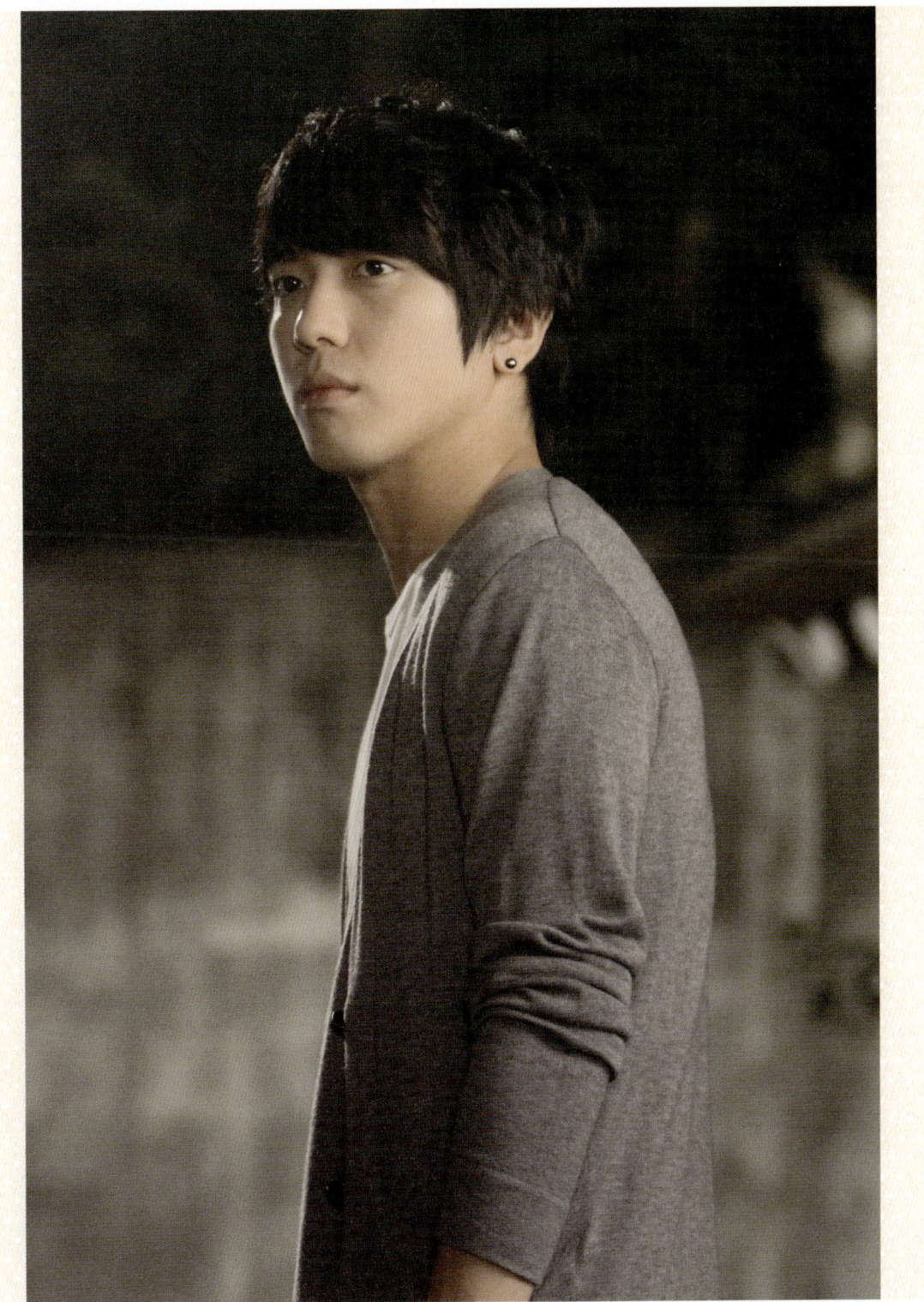

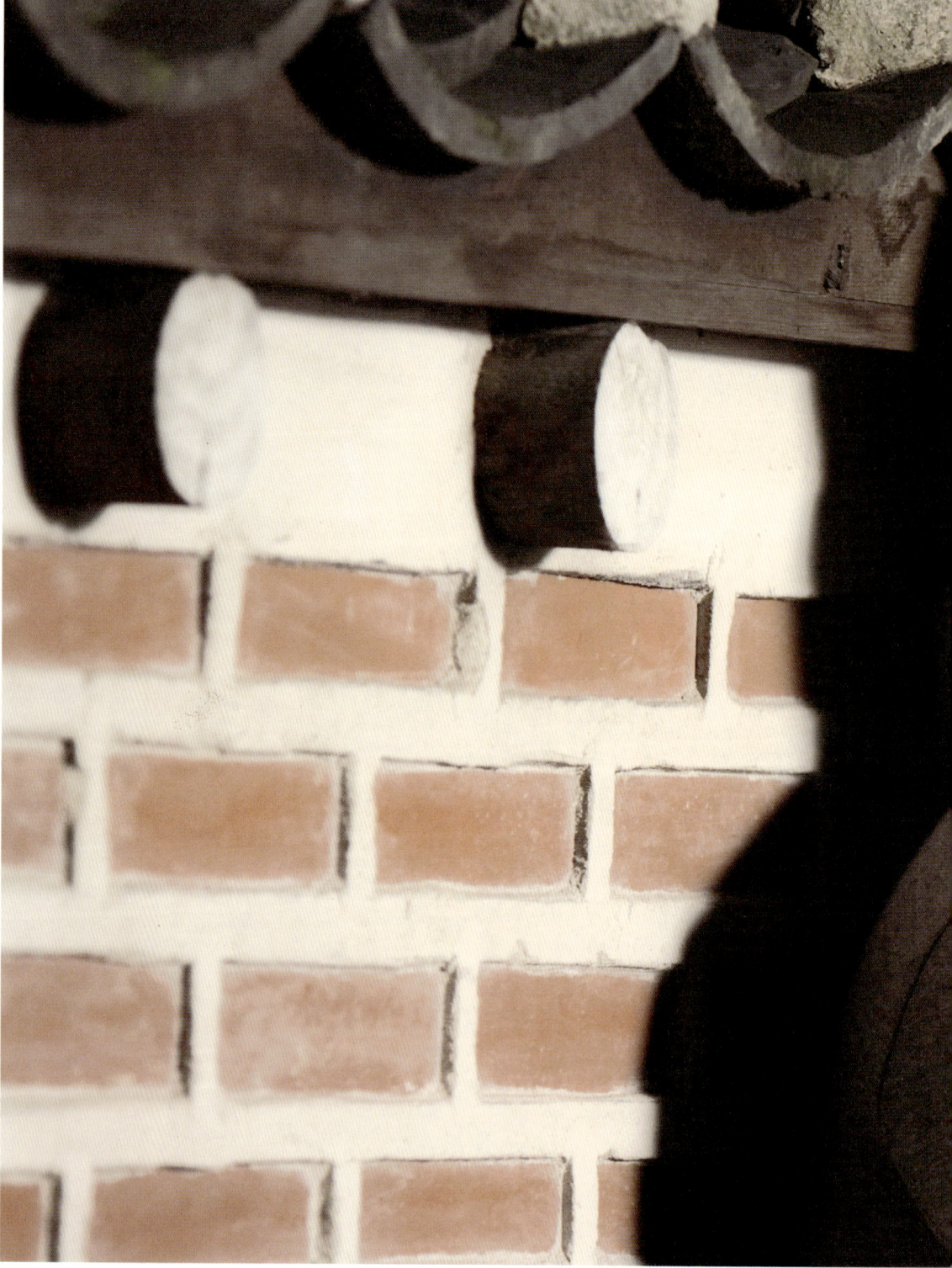

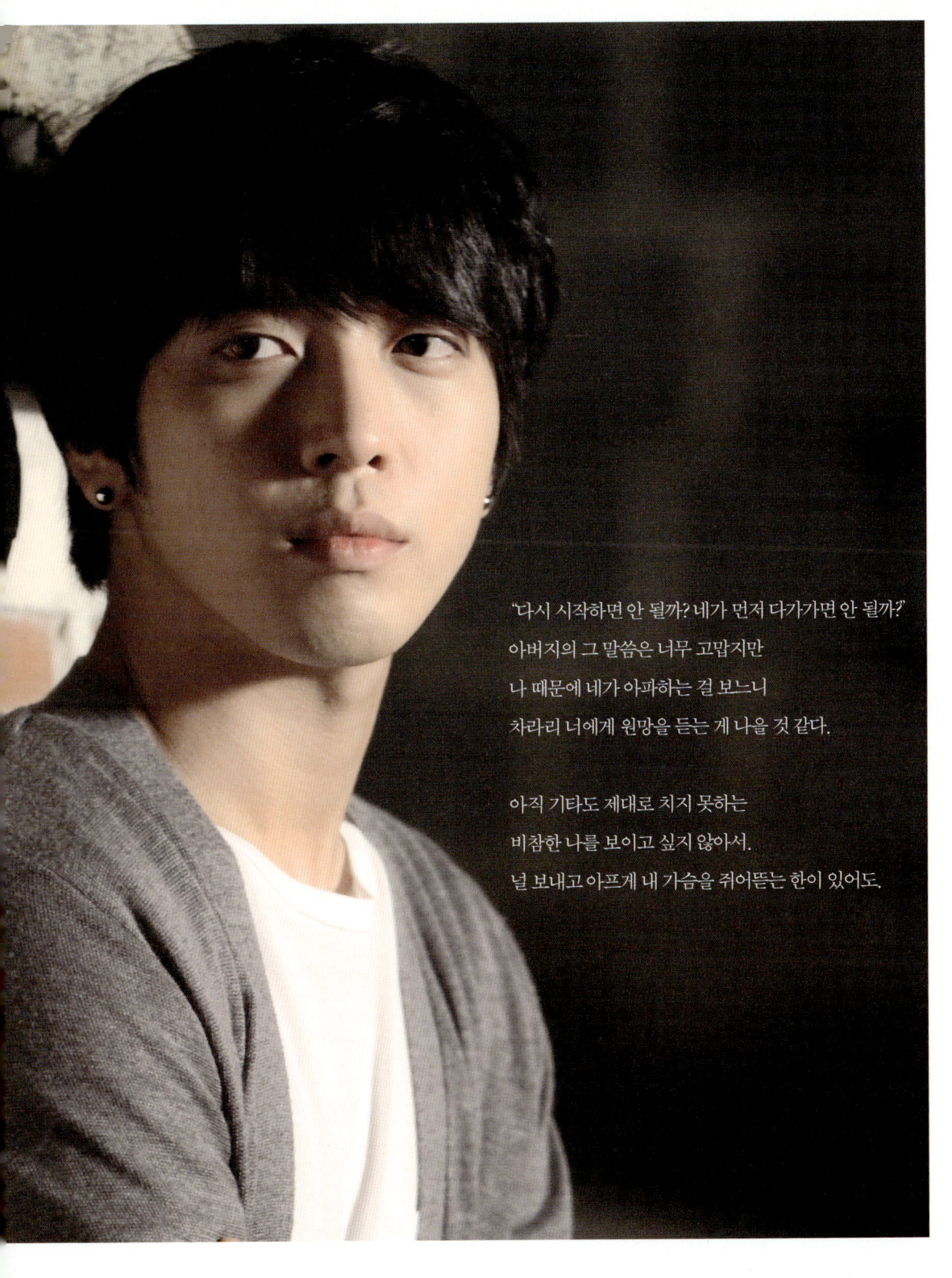

"다시 시작하면 안 될까? 네가 먼저 다가가면 안 될까?"
아버지의 그 말씀은 너무 고맙지만
나 때문에 네가 아파하는 걸 보느니
차라리 너에게 원망을 듣는 게 나을 것 같다.

아직 기타도 제대로 치지 못하는
비참한 나를 보이고 싶지 않아서.
널 보내고 아프게 내 가슴을 쥐어뜯는 한이 있어도.

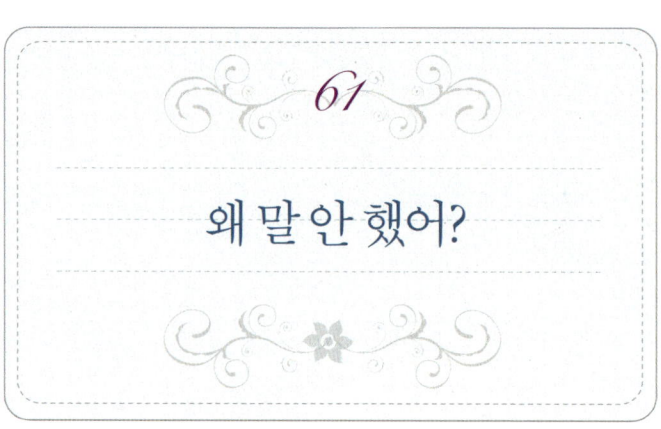

61

왜 말 안 했어?

story of 규원

왜 말 안 했어? 아프면 아프다고 했어야지.

난 그것도 모르고 널 미워하려고 얼마나 노력했는지 알아?

나를 매몰차게 영국으로 보내버린 게 그런 이유였어?

네가 너 때문에 죄책감으로 힘들어하는 걸 보기가 미안해서?

넌 혼자 그렇게 아팠으면서…

난 널 미워하지도, 그리워하지도 못하고

이유를 모르는 이별 때문에 그렇게나 아파하게 만들고.

차라리 함께 아프자고 했어야지. 같이 울자고 했어야지.

사랑하는 사람을 혼자 아프게 하는게 더 마음 아픈 일인데

이렇게 미치도록 가슴 아픈 일인데….

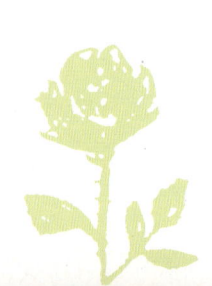

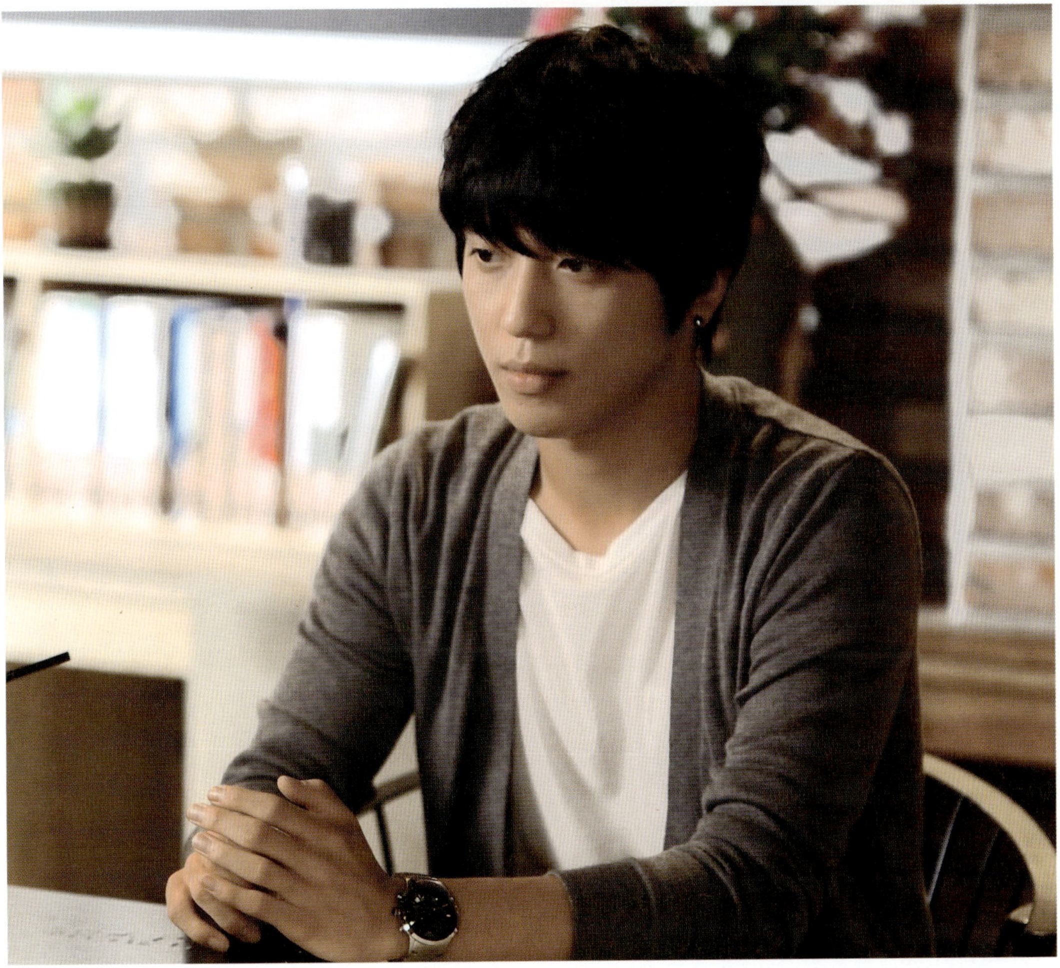

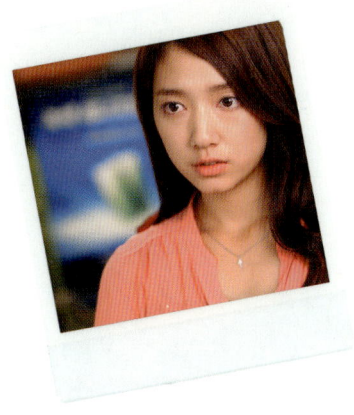

62

사랑, 그 이름 하나로

나는 정말 너 없이 살 수 있을까?

이 거리, 캠퍼스, 이 숲길, 주고받은 손짓들….

온통 너와 함께한 시간으로 가득한 이곳에서

널 온전히 잊는다는 게 가능할까?

네가 모든 것을 알아버린 지금,

나는 이제 어떻게 해야 할지 알 수가 없었다.

하얗게 비어버린 머리로 정신없이 걷다보니 여기,

우리 둘이 함께 마음을 나누었던 그 수목원.

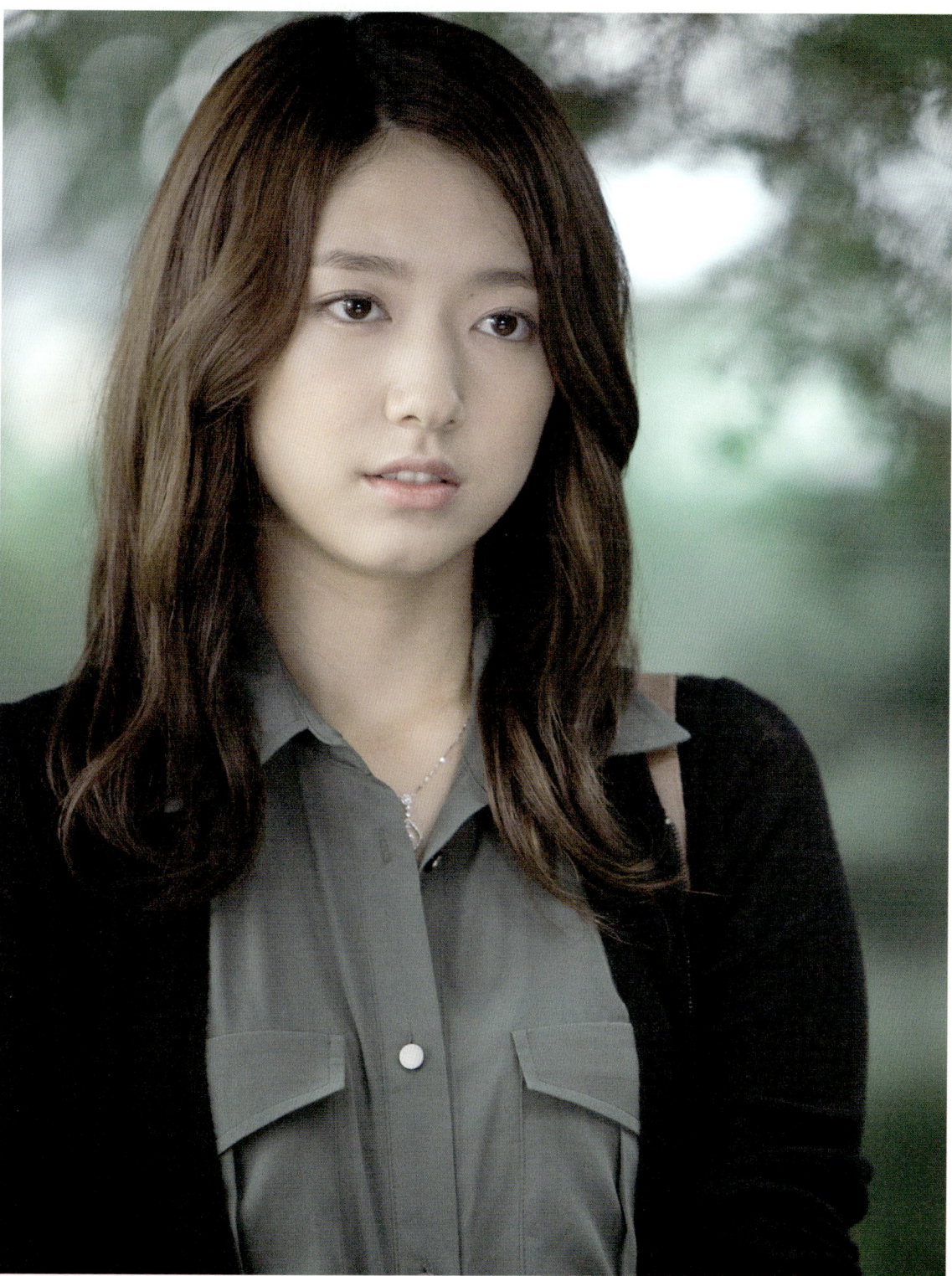

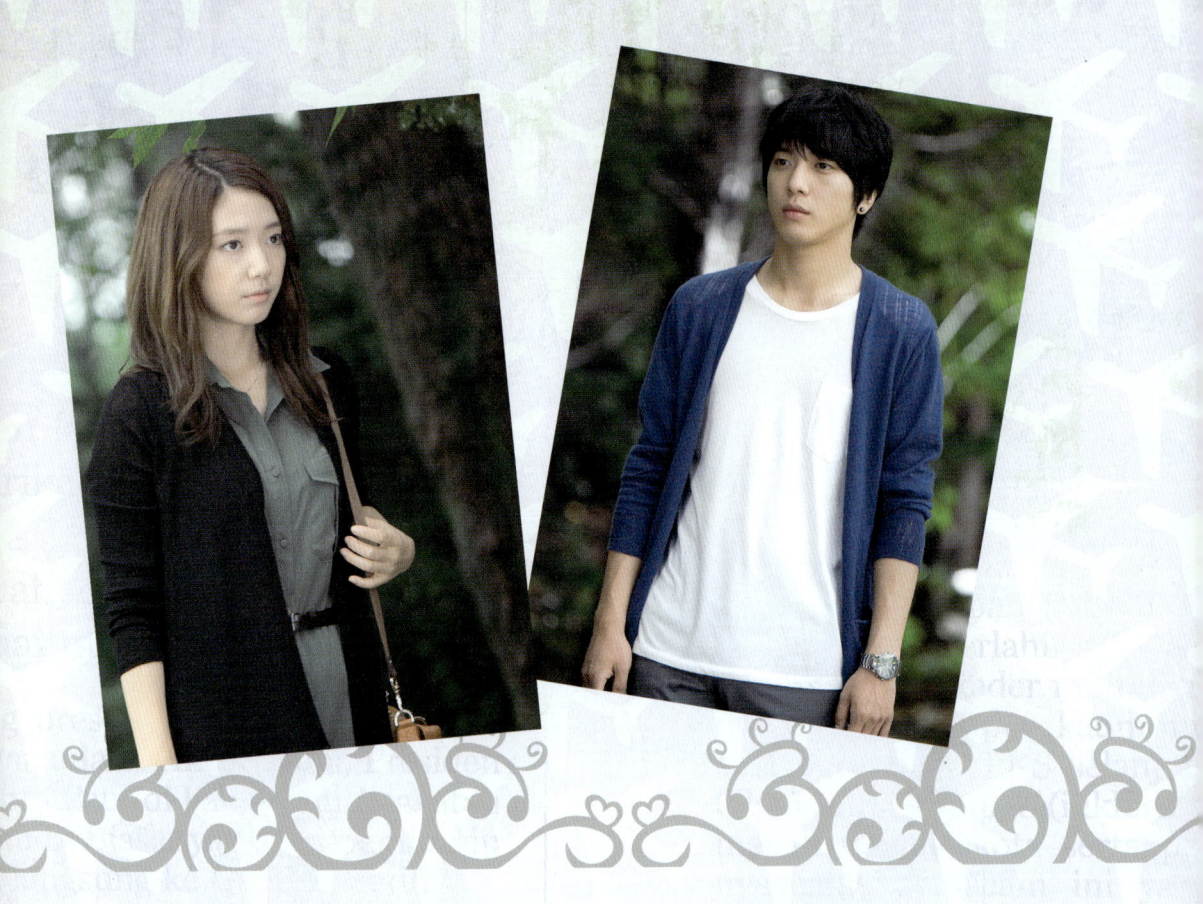

저 앞에 네 모습이 보인다.

나처럼 너도 우리 시간들을 되새기며 여기까지 온 걸까?

너를 본 순간, 저 깊은 곳에 꼭꼭 감춰두었던 진심이

한순간에 벗겨지는 것처럼 눈앞이 환해진다.

아무리 매몰차게 내몰아도

끝끝내 떨칠 수 없는 상념이 제자리를 찾는다.

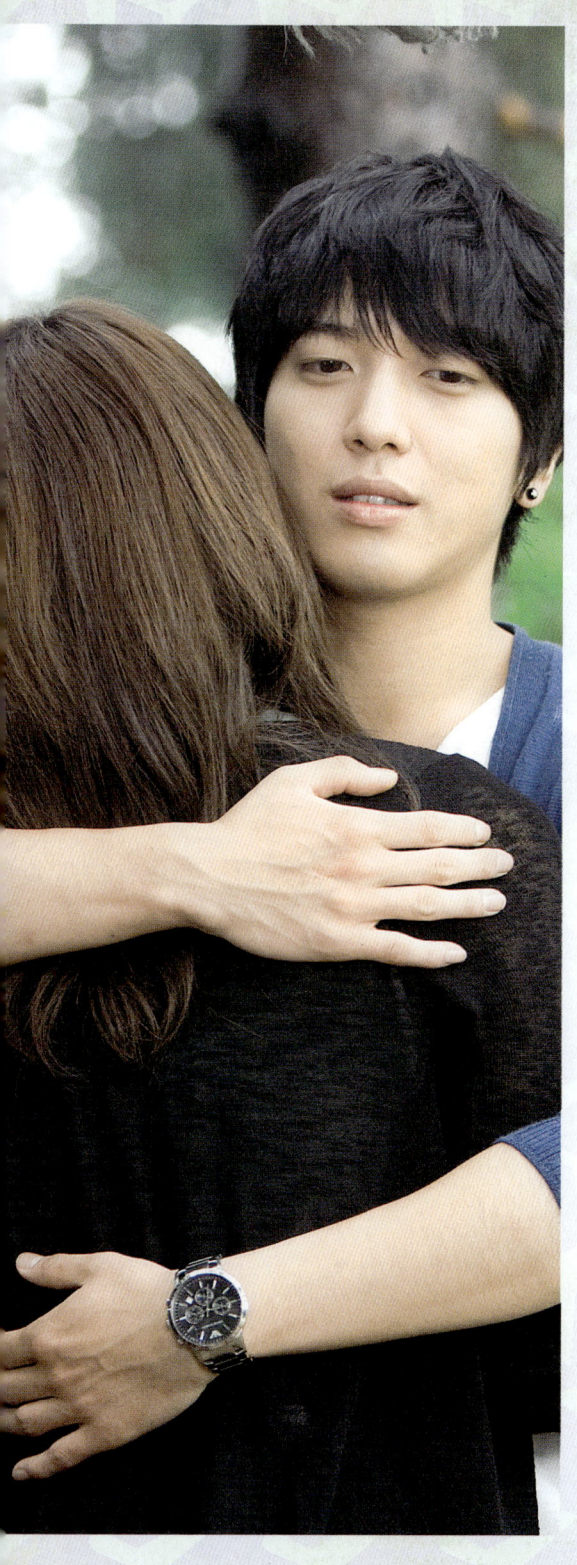

너를 잡고 싶어, 다시 시작하고 싶어.
너 없이 산다는 게 하루하루 너무 힘들어.

그때 널 보낸 건 진심으로 사랑하기 위해서였는데
사랑한다면서 그 사랑하는 주체를 놓아버리다니
난 정말 바보 같다.
좀 아프면 어때, 사랑하는데.
사랑이란 그 이름만으로도
우리 충분히 행복한데.

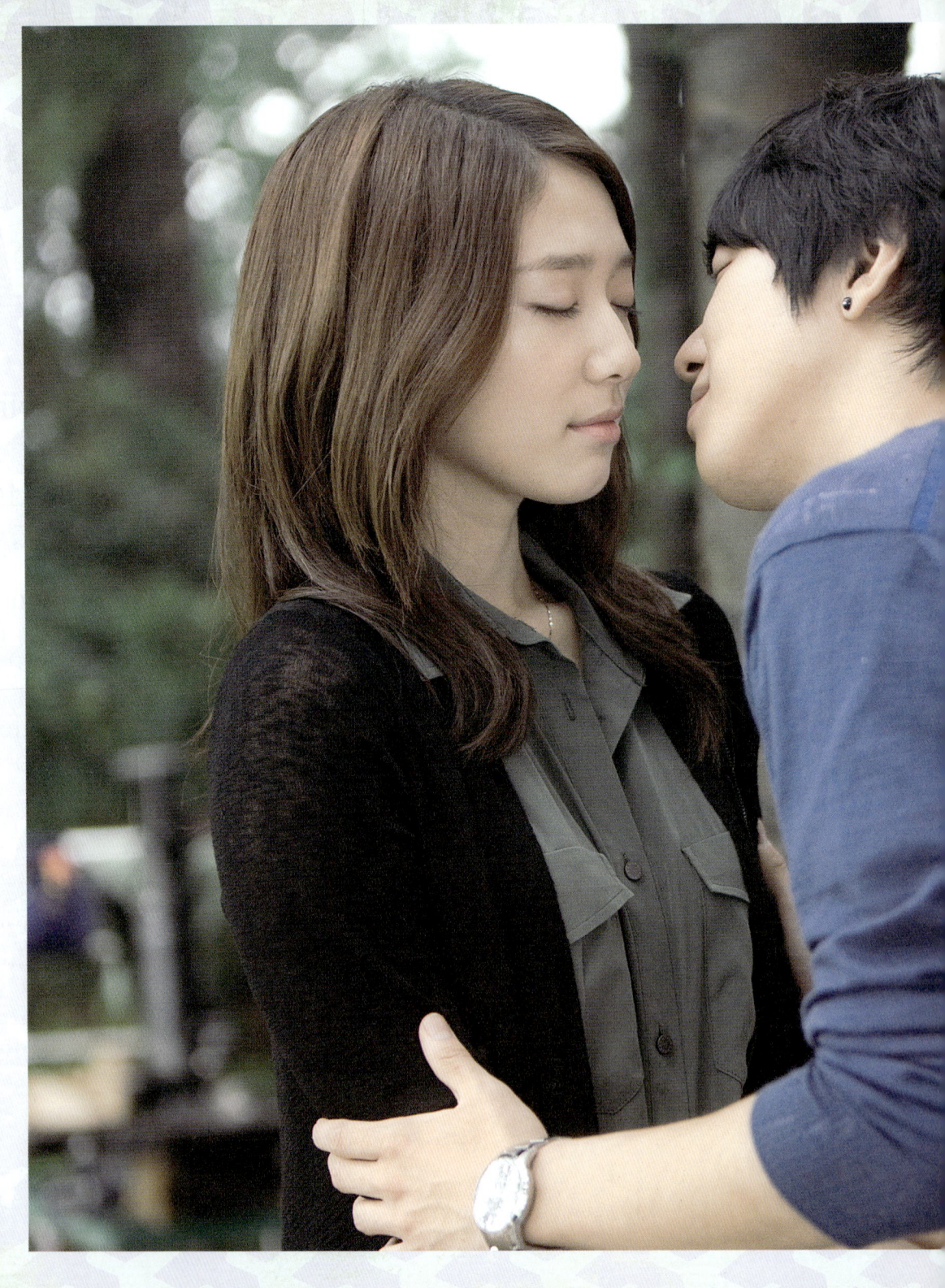

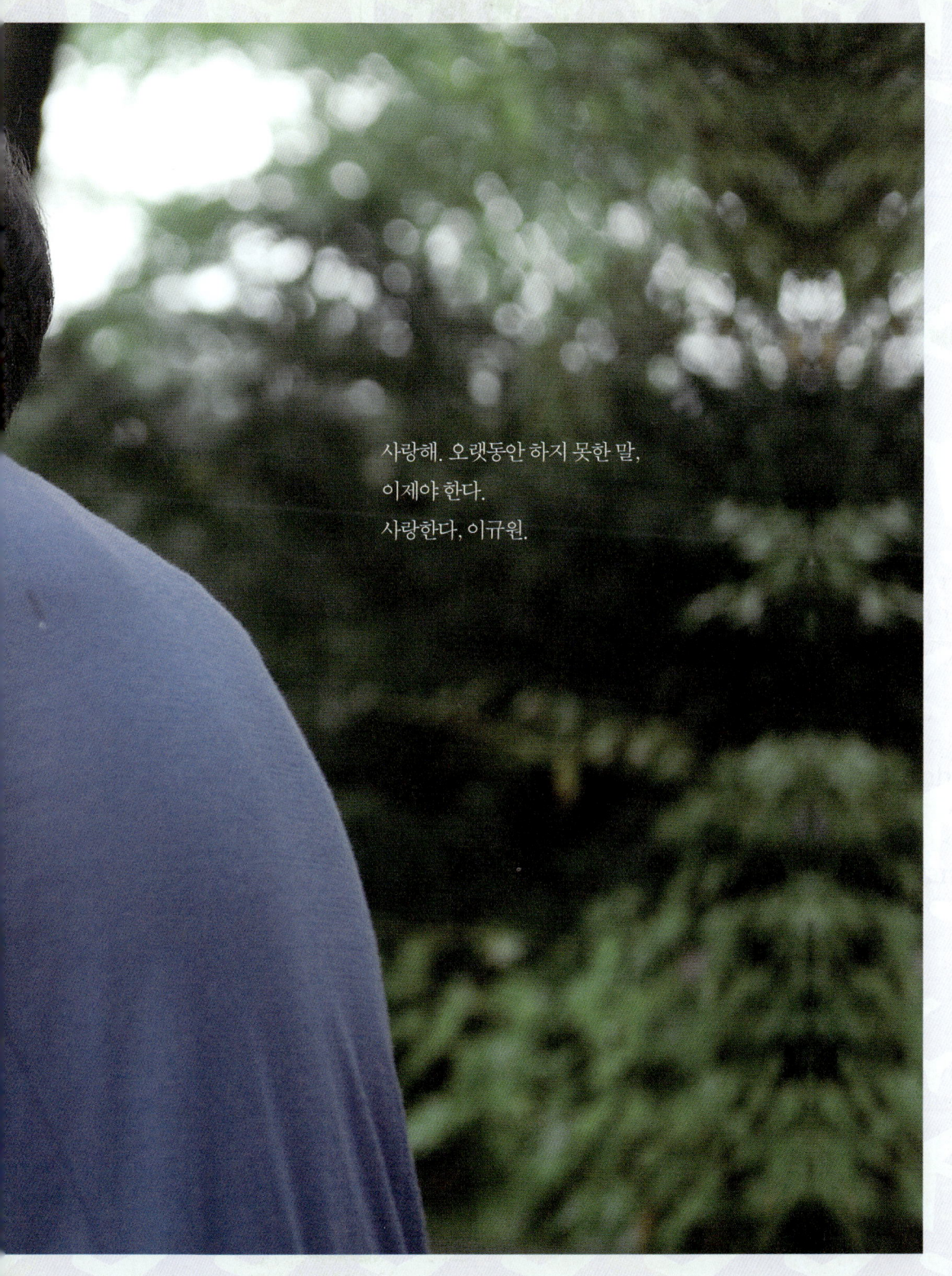

사랑해. 오랫동안 하지 못한 말,
이제야 한다.
사랑한다, 이규원.

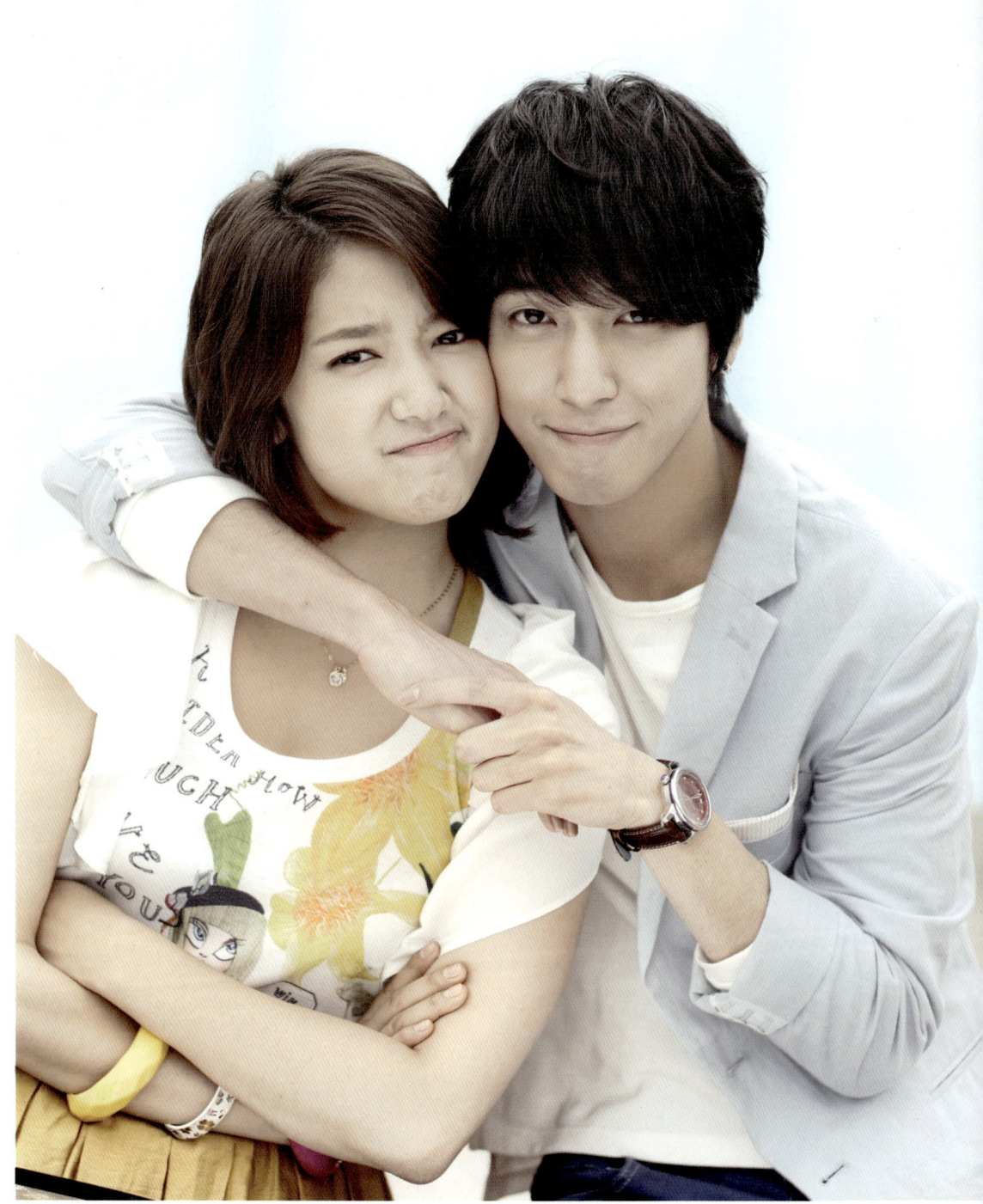

우리를 행복하게 하는 주문,
"그래, 넌 내게 반했어!"

세 번째 드라마 리뷰 겸 포토에세이를 썼습니다.

세 번째는 좀 나아질까 했지만 여전히 속옷 바람으로 민낯을 내놓은 듯 부끄럽습니다.

다른 사람의 이야기를 붙잡고 내 마음인 척하는 일은 대단한 집중력 필요로 하는 일이기에 축적된 글 에너지가 많지 않은 저로선 안 그래도 덥고 습한 올여름 완전히 진땀을 빼며 보내야 했습니다. 그래도 이 여름이 행복했던 것은 규원과 이신의 예쁜 사랑 이야기 덕분인 것 같습니다. 저는 이신의 사랑 방식에서 의심과 집착을 벗어난 성숙한 태도를 발견했습니다.

사랑하는 사람이 거짓말을 해도 무조건 믿어줄 수 있는 사랑.

내 곁에 없을지라도 그 사람의 미래를 위해 기꺼이 보내주는 사랑.

그래서 세상 사람들이 정해놓은 '편견과 기준'을 이기는 사랑.

또 하나 "넌 내게 반했어!"라는 주문을 통해 배우게 된 자긍심.

잊고 있었던, 아니 나이를 먹어가면서 퇴색되었던 자긍심을 이 드라마 덕분에 일깨울 수 있었습니다.

여러분! 특히 인생이란 길고 긴 무대를 앞둔 청소년들, 잊지 마십시오.

세상은 이미 여러분들에게 반해 있습니다.

자신감을 가지고 나아가기만 하면 됩니다.

여러분들은 이 세상에 단 하나밖에 없는 소중한 사람이니까요.

저부터 먼저 외쳐봅니다. "넌 내게 반했어!"라고!

올여름, 정말 사랑 같은 사랑 하나 만나서 행복했습니다.

이신과 규원, 그들의 마음을 가만히 들여다보며 같이 울고 웃을 수 있어서 행복했습니다.

나도 이렇게 살아야지, 마음 한켠에 꼭꼭 눌러놓습니다.

늘 곁에 있어 절 사랑해주시는 나의 그분과 기도해주시는 사랑하는 가족과 교우들, 나이를 잊게 해주

는 나의 어린 친구들, 감사합니다! 부족한 글을 받아주신 북로그컴퍼니 여러분들도 감사합니다!

무엇보다 이 글을 쓸 동안 공홈에서 같이 울고 웃어주며 격려해주신 여러분들 감사합니다.

2011 여름 임영주